关河五十州 著

蜀汉兴亡史
LIU BEI RU SHU
SHU HAN XING WANG SHI

刘备入蜀

人民文学出版社

图书在版编目（CIP）数据

蜀汉兴亡史．刘备入蜀／关河五十州著．－－北京：人民文学出版社，2025
ISBN 978－7－02－018456－9

Ⅰ．①蜀… Ⅱ．①关… Ⅲ．①长篇历史小说－中国－当代 Ⅳ．①I247.5

中国国家版本馆CIP数据核字(2024)第016111号

责任编辑	曾雪梅　张一
装帧设计	陶　雷
责任印制	宋佳月

出版发行	人民文学出版社
社　　址	北京市朝内大街166号
邮政编码	100705
印　　刷	河北盛世彩捷印刷有限公司
经　　销	全国新华书店等
字　　数	305千字
开　　本	680毫米×960毫米　1/16
印　　张	24.75　插页3
版　　次	2025年5月北京第1版
印　　次	2025年5月第1次印刷
书　　号	978－7－02－018456－9
定　　价	69.00元

如有印装质量问题，请与本社图书销售中心调换。电话：010－65233595

目　录

第一章　崭露头角 ……………………… 001
党锢之祸——大桑树誓言——儒者——贩履小儿——豪侠——桃园结义——诈死——以恶抗恶——公孙瓒——平原令——恩若兄弟——仁义之名——良机——传位

第二章　背信与复仇 ……………………… 041
名器——吕布——险棋——争盟淮隅——鸠占鹊巢——折而不挠——棋子——辕门射戟——投曹——重回小沛——东征——绑得太紧——见血封喉

第三章　流亡之路 ……………………… 078
行云流水一般的操作——选择性地忽略——许田射鹿——煮酒论英雄——披葱——重领徐州——袁刘同盟——大事完了——乱世求生——高光时刻——节义——非走不可——佳话——南下豫州——赵云来归

第四章　隆中对 ················· 119

枭雄 —— 聚焦 —— 人才 —— 火烧博望 —— 求田问舍 —— 马跃檀溪 —— 十字路口 —— 诸葛亮来了 —— 荆州学 —— 择主而事之 —— 择主 —— 弃曹 —— 看好刘备 —— 毛遂自荐 —— 三顾茅庐 —— 跨有荆益 —— 隆中路线

第五章　大功出儒生 ··············· 165

刘琦派 —— 盟友 —— 托国 —— 宁归曹操,不归刘备 —— 大祸临头 —— 非这样做不可 —— 从之如云 —— 致命弱点 —— 长坂坡 —— 走投无路 —— 吴下对 —— 低估 —— "会猎" —— 冒难而行 —— 底线 —— 豁然开朗 —— 火线结盟

第六章　瓜熟蒂落 ················ 214

樊口会 —— 赤壁之战 —— 火攻之计 —— 华容道 —— 跳板 —— 新方案 —— 南荆州 —— 双赢 —— 公安 —— 联盟再分工 —— 借荆州 —— 建议 —— 势之所迫 —— 遏制周瑜 —— 最大受益者 —— 新方案 —— 周瑜之死 —— 投资

第七章　众里寻他千百度 ············· 265

困境 —— 借道 —— 行云流水 —— 刘璋 —— 宽严皆误 —— 张松 —— 一拍即合 —— 机缘 —— 刘璋的决定 —— 刘璋的心思和苦衷 —— 凤雏 —— 我恐怕要比

您稍强一些 —— 转机 —— 权借 —— 权变

第八章　夺蜀 ……………………………… 307

涪城会 —— 欲速则不达 —— 庞统三策 —— 彭羕 —— 合适的借口 —— 涪城欢宴 —— 万万没有想到 —— 围攻雒城 —— 庞统之死 —— 马超 —— 一厢情愿 —— 招降 —— 放纵 —— 回归 —— 得人 —— 千金买骨 —— 用人之长 —— 经济 —— 以法治蜀 —— 药方 —— 主客 —— 将相和 —— 刺客 —— 预言 —— 追悔莫及

参考文献 …………………………………… 382

第一章　崭露头角

刘备六岁的时候，人们都在谈论一件奇事：黄河水居然变清了！

在西汉，有一本专言阴阳灾变的古书，名为《京氏易传》。按照书中的说法，"河水清，天下平"，后世又将之传为"黄河清，圣人出"，总之是个吉兆。然而在刘备生活的年代，虽然预卜吉凶的风气照旧盛行，但对于"黄河清"的现象已经另有解释。

那一年是东汉延熹九年（166），天气一直都很反常，全国各地又接连发生奇异的事，比如在山上发现了大型动物的尸骸，大小形状和传说中的龙非常相似，还有陨石落下，其坠地之声，周围三郡的人都能听到。大学者襄楷精于天文阴阳历算之术，他把天气反常归结为"天文呈怪异之象"，"龙尸"和陨石归结为"地上妖孽滋生"，联系当时疫病流行的情况，认为这三者同时出现，预示着黄河水清，必有灾异。

在襄楷做出这一令人吃惊的论断之后没多久，一场人们从没见过的政治运动，就如同沙尘暴一般席卷而来，这就是所谓"党锢"。

"党锢"的直接导火索，缘于一个叫张成的人。张成是个方士，擅长占卜，有一天他推算出朝廷将要大赦天下，于是竟然教子行凶杀人——我的儿，想杀人玩吗？现在就去，反正朝廷最后会赦免你的。

张成的儿子很听话，果然跑出去杀了人。时任司隶校尉的李膺立即下令逮捕了张成之子，令人想不到的是，张成居然算得挺准，这边他儿子刚刚落入法网，那边皇帝就颁下了大赦令！

其时为东汉末年，能推算出大赦倒还称不上什么本事，因为那段时间被称为历史上大赦最频繁的一个时期，当政的汉桓帝平均一年半就会大赦一次，继位的汉灵帝更是几乎年年大赦。张成厉害就厉害在，他不仅准确地推算出了大赦的大致时间，而且还敢让儿子以身试法。

难道张成是先知先觉的活神仙？当然不是。事实上，此时正值宦官权势猖獗之际，张成平素以方术结交于宦官，人们推测，他正是从宦官处掌握了皇帝即将宣布大赦的内幕消息。

党锢之祸

眼看蓄意杀人的恶棍即将逍遥法外，李膺不干了，在大赦令已出的情况下，他还是毅然决然地处死了张成之子。

虽然李膺此举违反了大赦令，但就张成案本身来说，实在也算不上什么大事，况且张成不过区区方士，即便他是宦官党羽，正常情况下，宦官也不至于为这么一个走卒而去跟士大夫较劲。问题在于，此前宦官和士大夫之间早已结下梁子，双方甚至已达到了剑拔弩张、一触即发的程度。

这群宦官文化素质不高，他们倚仗皇帝的宠信，为非作歹，仅中常侍侯览一人就抢夺民宅三百八十余所，土地一百多顷，所作所为与强盗毫无二致。目睹此情此景，朝中一些富有正义感的士大夫挺身而出，不顾皇帝对宦官的庇护，大胆予以指斥和打击，侯览在其家乡修建的坟墓和府邸被毁，家财也被没收。

在挺身而出的士大夫中，李膺是领袖级人物，设于洛阳的太学里便流行一种说法："天下楷模，李元礼（李膺字元礼）。"当时的太学已成为全国的舆论中心，太学生在对李膺等贤能大臣给予褒扬的同时，也同样对弄权的宦官予以鞭挞，谓之"清议"。

宦官集团对这些士大夫、太学生恨之入骨，称之为"党人"，时时欲挟私报复。张成案发生后的当年秋天，侯览唆使张成的徒弟牢修——一个猥琐小人，上书朝廷，指控李膺等官员拉帮结派，私养太学游生（即游学的太学生），诽谤朝廷，移乱风俗。

有学者将唐宋以前的皇权政治称为贵族政治，其特点是士族能够形成与皇权相颉颃的力量。作为皇帝，自然会"严加注意"党人士族的言行，具体到汉桓帝，他别的可能还无所谓，最看不得的就是臣子违令，李膺无疑触犯了这一禁忌，而侯览也正是揣测到汉桓帝的想法，才会利用张成案借题发挥。

果然，牢修的上书使得"天子震怒"，汉桓帝诏令天下郡国逮捕党人，一时间全国通缉，传令的使者相望于道。"党人"的帽子本是宦官所强扣，其概念并没有明确的界限，经过各级司法机关互相牵引、勾连攀附，最后包括李膺在内，一共抓了两百多人，后来也把这些被捕党人称为"钩党"。

"钩党"大多是天下名士、社会贤达，消息传出，引起朝野的强烈不满。次年，经朝中重臣力谏，汉桓帝宣布大赦天下，"钩党"被全部释放出狱，赦归乡里，但他们的姓名被各级官府记录，本人禁锢终身，不许再做官。

这就是历史上著名的"党锢之祸"。虽然其间没有党人被处死或在狱中病死，但皇帝之昏庸，宦官之凶狠，社会之黑暗，也在这场持续达十个月的政治风暴中暴露无遗。

黄河清，原来不幸真是灾异到来的标志！给"黄河清"做鉴定的大学者襄楷，在党锢之祸前曾给汉桓帝上奏，说我以前从琅琊宫里得到过一本神书，按照神书所示，今年天气反常是因为冤狱太多，汉兴以来，朝廷从没有像如今这样拒绝进谏、诛杀贤人、滥用刑罚的，至于"龙尸"和陨石，则预示着朝中已有奸佞。

"党锢之祸"表明皇帝并没有听从劝告，党锢造成了一次前所未有的大冤狱，而以宦官为代表的朝中奸佞则继续胡作非为、横行无忌，把朝野弄得乌烟瘴气。年幼的刘备当时未必知道这一重大事件，或即使从大人口中有所听闻，也难以深入了解，汉桓帝成为被他经常念叨的反面典型，那是后来的事。不过相比于其他人，成年后的刘备似乎更有资格对皇帝进行评判，因为他是中山靖王刘胜的后裔。

刘胜为汉景帝的庶出子（即非正妻的嫔妃所生之子），汉武帝的异母兄，被封中山王，因其谥号靖，故称中山靖王。满城汉墓（又名中山靖王墓）系中国二十世纪考古大发现之一，此即刘胜与妻子窦绾的墓葬，墓内除了两套完整的金缕玉衣葬服外，随葬器物达到上万件，规模如此之大，其生前待遇可想而知。

刘胜妻妾成群兼子孙满堂，居然有一百二十余个儿子，这么多儿子里面，又有二十人得以封侯，刘备的直系祖先刘贞作为最早封侯的五人之一，被封为涿县陆城亭侯。

在汉代，亭侯大致与乡侯同一级别，处于县侯以下，当时封地在涿县境内的乡、亭侯有五六人，陆城亭侯刘贞只是其中之一。

刘贞当了十五年亭侯，到了第十六年，却碰上了"坐酎金免"的倒霉事。汉代制度，每年正月初一酿酒，八月酿成，称为"酎酒"。新酒酿成后，皇帝要用新酒在宗庙举行大祭，称为"天子饮酎"，"饮酎"时，诸侯王和列侯都要献金助祭，这种献金被称为"酎金"。当年是汉武帝致祭，诸侯王、列侯按照常规缴纳酎金，但汉武帝认为他们的酎金在分量、成色上都不足，作为处罚，于是下令削减诸侯王的诸县封地，并废除了一批列侯的爵位。

"坐酎金免"实际上是汉武帝大规模削藩行动的一部分，讲穿了，就是想把已封的爵位和食禄都收回去，所谓酎金的分量、成色不足，不过是故意找碴儿而已。刘贞成为这一事件的牺牲品，他被免去爵位，降为庶民百姓，其子孙也从此失去了继承爵位的资格。

大桑树誓言

刘备身上毫无疑问有着皇室的正统血统，但也仅止于此。在汉代各藩系中，以刘胜开创的中山刘氏繁衍最快，支系最多，宗族最大，后裔人丁最为兴旺，然而到刘备出生的时候，距刘胜去世已历两百七十多年，在经历起起落落之后，中山刘氏的支系宗族大都已平民化，跟普通百姓没什么两样了。

对刘备而言，除了追慕先祖的荣耀外，皇族身份已经不能给他带来任何实质性帮助，他既不能凭这个求得一官半职，也不能靠它发家致富。事实上，不仅仅是刘备，自刘贞失侯之后，一直到刘备的祖父、父亲，其间谱系甚至出现了中断，说明刘家别说封侯晋爵，连居官者都已罕见。

在史书上有名有姓的，只有刘备的祖父刘雄和父亲刘弘两人。刘雄孝廉出身，官至县令，刘弘也在州郡做过职级不高的小官。刘雄在世时，虽然依旧家世不显，但依仗着父子两人都是官员，刘家还有一定的社会和经济地位。刘雄去世后，刘氏家境就一般了，尤其刘弘早逝，令刘备幼年时即成为孤儿，一家的生活立刻变得窘迫起来。

涿县隶属于涿郡，即今河北涿州，当时处于幽州地界，而幽州又与鲜卑、乌桓等胡人部落相邻，境内胡汉杂居的情况也并不鲜见，因而商贾往来十分频繁，许多底层百姓都可以通过从事小商小贩来维持生计。面对家道中落的困难现状，刘备的母亲也不得不放下原来官员眷属的身份，开始"贩履织席"。

这里的履应指草鞋，古时穿草鞋相当普遍，不仅平民百姓穿用，甚至皇帝偶尔也穿。席是草席，作为那时人们使用最广泛的家居用品之一，席不仅能铺在床上，而且因为当时没有桌子这一类高足家具，客厅、餐厅等也普遍铺着席子，所以需求量很大。涿郡地处现在的冀中平原，水大河多，遍地都是芦苇蒲草，编织草鞋、草席，可就地取材。

在汉代，县以下地方的固定商铺一般较少，专家考证，刘母在去集市叫卖自己编织的草鞋、草席时，摆的还是地摊。正是靠着这一"地摊经济"的收入，刘氏母子终于得以自食其力，虽然不可能赖此致富，但也不至于贫寒落魄，总之，日子是能继续过下去了。

刘家东南角的篱笆旁长着一棵大桑树，刘备居住的村庄后来就以此命名，称楼桑村或大树楼桑。大桑树"高五丈有余"，且枝繁叶茂，远远望去，树荫垂下，就像车盖一样。来来往往路过这里的人，都惊异不已，认为这棵怪状桑树非常特别。汉代风水术已经形成，即便普通民众，对于风水术也已习以为常，涿郡有个善知风水的人，名叫李定，他在看了桑树后，便言之凿凿地说，大桑树旁的这户人家必出贵人。

在旧时的村庄里，大树下往往是村民集谈和少儿玩耍的最适宜场所。年幼的刘备也常和同族的孩子一起在大桑树下嬉戏，玩着玩着，他突然冒出了一句："我一定要乘坐这样的翠羽华盖车！"

所谓翠羽华盖车，就是天子出行所乘坐的车子，其伞盖系用翠鸟羽毛装饰而成，非常华美。说立志要乘坐翠羽华盖车，不啻说自己想做皇帝，虽是童言无忌，但若被人告发，也属于大逆不道。无怪乎刘备的叔父刘子敬知道后，脸色骤变，连忙惊惶失措地阻止和警告他："你千万不要再胡说了，当心招来灭门之祸！"

如果刘氏宗族愿意将他们的老祖宗从刘胜那里再往上延伸，便可以指向刘高祖刘邦。当年刘邦看到秦始皇的车驾威仪后，曾经感叹："大丈夫当如此也！"刘邦后来的对手项羽，在面对同样情境时，也说："彼可取而代也！"结果，项羽大败秦军，刘邦不仅灭秦，还真的做了皇帝，开创了汉代基业。刘备的"大桑树誓言"，很难与已经完全成人化思维的刘邦、项羽相提并论，他当时也无法深入领悟到，门前那棵酷似帝王伞盖的桑树与自己日后的事业会产生什么必要联系，然而也正是这种看似无心的童稚之言，反映出了刘备真实的内心世界以及他的与众不同，同时也可以看出，帝室之胄的血统及其祖上曾拥有的荣光，确实对刘备有着潜移默化的影响力。

刘备的不凡志向以及自小就表现出来的独特精神气质，开始令刘母和同宗人等刮目相看，同宗刘德然的父亲刘元起尤其欣赏他。东汉熹平四年（175），刘母让十五岁的刘备随刘德然一起出外求学，刘备求学期间费用的大部或全部，来自刘元起的慷慨解囊。刘元起每次给儿子学习费用，也要给刘备一份，而且都同样多，其妻见状免不了生出怨言，说："各人都有各自的家，怎么能经常这样呢？"刘元起则断言刘备绝非常人，他为族中有这样一个好苗子而感到高兴，对其资助依旧。

儒　者

东汉开国皇帝光武帝刘秀年轻时曾就读于太学，作为中国历史上唯一一位太学生皇帝，光武帝刘秀登基后即重建太学并扩大规模，汉顺帝死后、梁太后执政期间，洛阳太学已有三万多学生。与此同时，东汉的私学也很发达，史书所载著名的私学就有三十八家，其中学生千人以上的有十五家，万人以上的也有两家。

刘备上的就是这样的私学，他的老师则是大儒卢植。卢植出自名门，乃经学大师马融的弟子，他精通古今之学，著述甚多，在学问上，喜欢钻研经义而不爱雕章琢句。更为难能可贵的是，卢植与自己的老师马融以及一同拜于马融门下的另一位经学家郑玄都不一样，在大儒的身份之外，他还是一个具备文武才略、有经邦济世之能的实干家。

就在刘备前去求学的当年，九江郡少数民族发动叛乱，卢植被朝廷拜为九江太守，到任后，很快便平定了叛乱，之后因病辞官，在野著书立说同时授徒教学。

要拜在这样一个著名大儒的门下，自然不是一件轻而易举的事，不仅需要交纳不菲的费用，学生还需要具有一定的文化基础和社会根基。虽然史书没有明确记载，但刘母及宗族既如此重视对刘备的教育和培养，学习当是他生活中的一项重要内容。在外出求学之前，刘备应该是通过上其他私学或者自学，已打下一定的文化基础，否则不可能直接到卢植那里读书。至于涿郡刘氏，尽管并非豪族世家，却也是涿县大姓，卢植本身也是涿县人，刘备、刘德然等人能被他接纳，本身就说明涿郡刘氏至少在涿县本地具有影响力，卢植是知道并且予以尊重的。

就像"老祖宗"刘邦打江山前一样，刘备也不大喜欢读书。埋首故纸堆，穷经皓首，做一个如同卢植、马融、郑玄那样的经学家，从一开始就不是刘备的理想。他根本无心在古书上多下功夫，耗费光阴。话又说回来，孔子"十五而志于学"，这个"学"本不应该仅仅局限于啃书本、读经义。从刘备日后的所作所为来看，他恰恰是卢植学说也可以说是整个儒家道德体系的服膺者，他虽然没能著书立说，却通过卢植的亲传亲授，从中领悟到了儒家仁义、民心的精髓，并且在后来的政治生活当中，也始终都能坚持以儒家的仁德作为行动标准，讲究诚信，布施仁义。

卢植性格刚毅有大节，是一个真正的儒者，他的老师马融乃外戚豪门，平日常在家里安排女伎歌舞于前，卢植在他旁边侍讲多年，却从来也没有转过眼珠子去瞧一瞧不远处的美女。马融看在眼里，也对卢植颇为敬重。卢植的这些品质，后来都在刘备身上一一得到了投射和反映。刘备幼时偶尔会口不择言，"大桑树誓言"说来就来，但成人后则少言寡语，喜怒不形于色，有一种与其年龄不甚相称的沉稳老练，同样一个人，能有如此变化，固然不能不归功于岁月的沉淀，然而相信亦离不开卢植的言传身教。

东汉熹平六年（177），庐江郡的少数民族发生叛乱，因卢植在九江太守任上时曾成功平定叛乱，深受当地民众的信任和拥戴，于是朝廷又再次拜他为庐江太守。随着卢植的再次入仕，刘备的外出求学生涯也就结束了，满打满算，他师从卢植的时间尚不足两年，却对他的一生都有着重大影响。

卢植不是墨守经典的单纯经学家，因此他手下才会有刘备这样的学生，而且不止一个，与刘备同窗的公孙瓒亦是如此。按理说卢植对刘备是不会不满意的，但是相传刘备在其求学初期，却发现老师不太爱搭理他，这让刘备颇为惶恐，于是便硬着头皮上前请教。卢植没说别的，只问了刘备一个问题："汝可有鸿鹄之愿？"——你有鸿鹄那样的远大志向吗？

刘备忙道："先生可有指教？"只见卢植闭起双眼，说："汝心大，孝不足，日后多编草鞋，达成一万，可成事也。"

刘备听了丈二和尚摸不着头脑，不是说远大志向吗，怎么扯到了编草鞋呢？但见卢植已经闭口不言，也不便多问，只得拜退出来。

据说刘备回去后，对卢植的话进行了认真思考，终于领会到，老师让他多编草鞋，甚至要编一万双，是要他重视孝道，通过编草鞋这件事，时刻提醒自己不忘母亲抚育的辛苦。

贩履小儿

孝道是儒家文化中的重要一环，汉王朝将孝道与忠君联为一体，提倡"以孝治天下"。两汉时代，除西汉开国皇帝刘邦和东汉开国皇帝刘秀，其他皇帝的谥号中大多带有"孝"字，比如汉桓帝的谥号就是孝桓皇帝，这充分表明了朝廷的政治追求和对"孝"的尊崇。

刘备作为汉代皇室后裔，传承孝道既是本分，同时也可借此显示自己对于汉室传统的继承，为今后做大事树立形象、凝聚人心。显然，卢植了解刘备的身世背景，也早已知道他胸怀大志，这位同样怀有立功立业之志的大儒，便先故意进行冷处理，之后才用类似"禅宗棒喝"式的手法，对刘备进行了悉心点拨。

外出求学前，在刘母"贩履织席"时，刘备不会没有帮忙的经历，但仅止于帮忙，无论刘母还是刘备自己，都不会把它当作一个有前途的青年该干的事。在刘备生活的时代，"医巫、商贾、百工"皆受歧视，从事这些职业的人家被视为非"良家"，其子弟也不被视为"良家子"。汉律中有"七科谪"，规定七类人正常的人身权利受到限制，国家可以随时将他们征调充军。这七类人除罪吏、亡命徒、赘婿，剩下的四类人都与商贾也就是商人有关，即在籍商人，做过商人的，父母做过商人的，祖父母做过商人的。

编织草鞋、草席当属"百工"，到集市上去摆摊叫卖，无疑属于"商贾"。尽管东汉末年，民生凋敝，社会开始动荡不安，人们已不完全受"良家"或非"良家"的法律约束，然而习惯思维和势力仍然存在，"贩履织席"依旧还是世人眼中上不了台面的卑贱职业。可以想见，但凡有一点办法，刘母也不至于"贩履织席"，更不会允许儿子以此为业。

卢植点拨的传说，显示的是刘备对"贩履织席"看法的改变。师从卢植读完书后，刘备有一段失业的时光，他便不顾世俗眼光，开始埋头编织草鞋、草席然后摆摊出卖，正正经经地当起了"百工"兼"商贾"。

刘备有没有编过一万双草鞋？史无所据，但他后来养成了编织物件的爱好和习惯却是事实，每当无聊或者心理压力大的时候，就会一个人坐着编点小物件。不少人都知道刘备有这个爱好，遇到适合编织的东西，如牦牛尾巴什么的，都会拿来送给刘备。

民间更是留下了不少关于刘备贩履的佳话，直到今天，歇后语中仍有一句："刘备卖履——内行。"刘备甚至还被奉为鞋业鼻祖，中国民俗注重行业崇拜，所谓"三百六十行，无祖不立"，一般行业鼻祖都由一人担当，鞋业却罕见地有三个鼻祖，黄帝、孙膑和刘备，其中黄帝、孙膑的"鞋缘"皆为传说（黄帝据传发明了鞋子，孙膑据传因失去双足而发明了义肢和皮靴），只有刘备制履贩履有史为证。

编草鞋给刘家带来了收入，使刘备得以赡养和孝顺从小含辛茹苦把自己拉扯大的母亲，成全了孝道，同时也保证他自己可以自食其业地立足于社会。刘备有追逐时尚的一面，史称他喜欢穿着打扮，斗犬赛马、弹琴作乐也很在行，这些都是要花钱的，向来是有能力赚才有资格花，可知刘备"贩履织席"的手艺不赖，只是他对此仅止于维持生计和恪尽孝道，所以终究不会成为一个真正的手艺人或者商人。

毋庸讳言，刘备编草鞋的选择和行为，让他承受了不少社会压力，有许多人对此表示不解甚至鄙夷。在《三国演义》中，刘备和曹操在翻脸成为不共戴天的对手后，曹操便常用"贩履小儿""织席贩履之夫"的话来骂他。

他们不知道或不愿意知道的是，"贩履小儿"心中有一个大格局、大世界、大梦想。

此时汉桓帝早已驾崩，汉灵帝继位，但朝廷权力依旧掌握在宦官手中。党锢之祸的始作俑者中常侍侯览，故技重施，派人告发李膺等人"皆为钩党"，李膺被捕入狱，随后被害，其他士大夫、太学生被害或被禁锢者难以计数。这就是第二次党锢之祸，其株连之广，为害之深，远远超过了前一次。此次事件给士大夫造成沉重打击的同时，也进一步动摇了士大夫乃至普通民众对刘氏皇族的信心，大汉王朝陷入危机而不能自拔，逐渐成为不争的事实。

在汉王朝的发展史上，这种危机并不是第一次发生，要不然西汉也不会因王莽篡位而终结。当时站出来解决危机的，是光武帝刘秀，他建立的东汉终于又把汉王朝的命给续上了。刘秀是汉景帝之子长沙定王刘发的后裔，刘备则是汉景帝之子中山靖王刘胜的后裔，刘发系和刘胜系可以说是汉景帝这一棵藤上结出的两颗瓜，刘秀能延续汉朝国运，为什么他刘备就不能？

幼年的刘备脱口而出"大桑树誓言"时，未必知道为何要乘坐翠羽华盖车，以及将乘着车往何处去，如今他再不会随随便便道出如此"狂言"，但是"兴复汉室"的伟大理想却已在他心中悄悄地播下了种子，而"贩履"可算是实现这一理想过程中的起点和小小代价。

你们认为"贩履"低贱，那只能说明你们的浅薄！在《三国演义》里面，诸葛亮反驳"织席贩履之夫"的话，正好地道出了刘备的心声：当初汉高祖起兵时，不过是小小的亭长，也照样取得天下，一个人如果仅仅是年轻时曾经"织席贩履"，为何要因此觉得难为情？

正如传说中卢植所点拨的那样，刘备通过"贩履"把孝道与忠义相联结，又将忠孝伸向"兴复汉室"。他知道，物以类聚，人以群分，忠孝精神就像是黑暗中的烛光，一定会温暖和吸引那些同类人，如此，就能把大家聚拢起来，一起共举"兴复汉室"的大业。

豪　侠

　　汉灵帝继位后，在宦官的操纵和鼓动下，所作所为甚至还不如他的老子汉桓帝。东汉熹平五年（176），永昌太守曹鸾基于党锢之祸的危害，仗义执言，上书为党人鸣冤，要求给仍被关押于大牢的党人解除禁锢。未料惹得汉灵帝勃然大怒，曹鸾的建议不仅没有被采纳，反而被下令收捕并处死。

　　随后，灵帝一不做二不休，又下达诏书，宣告凡党人的门生、故吏、父子、兄弟为官者，一律免职，禁锢终身，并牵连五族。这已经是党锢之祸的第三波，更多无辜者受到牵连，朝野上下一片恐怖气氛，人人被迫三缄其口，社会迅速陷入了集体失语的状态。

　　党锢之祸前后两起三波，经历汉桓帝、汉灵帝两朝，时间跨度十年不到，便严重伤及和动摇了东汉王朝的国本，为其灭亡埋下了祸根。刘备作为亲历者，自然是触目惊心，后来他每次与诸葛亮谈到这些，都为之深深叹息，对桓帝、灵帝时期烂透了的政治感到痛恨不已。

　　执政者很快就尝到了苦果，东汉中平元年（184），冀州人张角率部起义，因起义军都用黄巾裹头，故称黄巾军。黄巾起义爆发后，一时"天下响应，京师震动"。汉灵帝这才慌了手脚，急忙拜刘备的老师卢植为北中郎将，令其率天下精兵前往冀州征讨黄巾军，与此同时，各州郡和地方武装也都纷纷举兵自保。就在这种形势下，二十四岁的刘备毅然投身其中，从此开始了他的戎马生涯。

　　幽州接近边塞，常受到鲜卑、乌桓等胡人部族的侵扰，民众为了进行抵抗，养成了勇武之风，所谓"人习兵战，号为精勇"。刘备即属幽州"精勇"之士，他素有大志，平常就练习武功，号称"武勇"过人，直到日后跃身于中原群雄,刘备也仍然以"勇"著称于世,是一个很能打的武人,绝非《三国演义》中上阵时只能"比画"几下的弱者。

自春秋战国时的荆轲等著名刺客开始,古代民间即多游侠,至汉末,时事纷乱,侠风再起,其上乘者称为豪侠。刘备毫无疑问就是一个豪侠,同时他也喜欢结交天下的其他豪侠。涿郡四通八达,流动人口很多,出没的青年豪侠自然不在少数。刘备大气稳重、待人谦和,更兼有为人忠孝的好口碑,很多青年豪侠都争着接近他,其中名气最大的就是关羽和张飞。

关羽是河东郡解县人,少年时期的生活经历不得而知,家庭背景也无从考证,史书上对此仅有寥寥数语:"因故改名换姓,逃亡到涿郡。"关羽为何亡命异乡,《三国演义》上说是因为他杀了地方豪强。在关羽的家乡即今山西运城解州,则传说当时城内有一个名叫吕熊的豪强,包括他在内,七姓富豪平时欺压良善,无恶不作,有一天,关羽又听说了他们欺男霸女的事,一时义愤填膺,便挥剑斩杀了吕熊等七姓家族中的一百零八人,之后潜逃在外。

解州关于关羽的传说很多,以他杀吕熊七姓出逃的传说流传最广,而且普遍被当地人所认可。关羽出逃后,他的父母知道此事非同小可,官府不但要追捕关羽,而且将株连家人,老两口不愿被官府捉去受辱,便双双跳到祖居院里的一口水井里自溺身亡。关羽的同族人也纷纷逃至外乡避难,而关羽本人终其一生都未能返回故里,所以便无人把关羽父母的遗骸打捞上来掩葬。过了许多年,人们才在井上修了一座砖塔,因塔有七级,称为七级塔墓,该塔墓也是解州保存至今的古迹之一。

结合史书和演义传说,可知关羽一定是遇到了难以忍受的不平事而奋起抗争,最后才被迫背井离乡,而他这种"任侠使气"、敢作敢为、路见不平即挺身而出、仗义搏命的行为,正是当时作为豪侠的一个重要特征。

张飞则是刘备的同乡,他的出生地原名桃庄,距楼桑村仅约六里。

有关张飞的家世、出身，正史同样没有记载。按照今天涿州民间的说法，张飞有一些田地和一片桃园，是做屠夫的，自己养猪，自己杀猪，自己卖肉，此人武艺高强、力大无穷，而且性情豪爽、喜好交游。这些细节与《三国演义》中所述大致吻合，可以看出，张飞在当时的涿郡地界称得上是条好汉，所以也是一个响当当的豪侠。

关张与刘之间，一方面是关张仰慕刘的德才；另一方面，刘备与关张也是一见如故，相识之后便竭力接近他们。从实际情况看，三人虽然性格迥异，但都从小生活在社会底层，属于"市井细民"之流，又都受到豪侠精神的熏染，能够迅速成为意气相投的知己朋友，自然不是一件奇怪的事。

桃园结义

在民间传说中，刘关张曾在张飞的桃园里焚香叩头，结为异姓兄弟。据说，关羽本来年岁大于刘备，但因刘备是有德之人，又是汉室后裔，于是按照"拜德不拜长"的道理，刘备就成了兄长，关羽是二弟，张飞居三。这就是广为流传的"桃园三结义"故事，《三国演义》将这个佳话加以演绎，说他们在桃园里举行了正式的结拜仪式，并盟誓说："不求同年同月同日生，只愿同年同月同日死。皇天后土，实鉴此心。背义忘恩，天人共戮！"

实际上，将知己朋友发展成为结义兄弟，虽然相传在春秋战国时期就已存在，但截至汉末，"结义"的社会风气也尚未普遍流行，史书中关于这个时候结义的事记载极少，刘关张的桃园结义也同样。史料上只说关羽要比张飞年长几岁，故而张飞把关羽当作兄长来看待，但也仅止于此，并没有说关张或者关张与刘备曾结为异姓兄弟。另一方面，关羽在跟随刘备打天下的最初阶段，对刘备的称呼，始终都是"刘将军"，而非"兄长"，张飞亦是如此。在这种情况下，史家对桃园三结义多持怀疑、否定态度，清代学者梁章钜就曾说："（刘关张）三人共谈，意气相投不假，但结桃园之盟，纯属演义。"

刘备虽已家道中落，沦为平民，但终究是皇室贵胄，在身份上与关张还有很大差别，刘关张未正式结拜，原因也很可能出于此。不过这些显然对刘关张牢不可破的特殊情谊都毫无妨碍，尽管他们并没有像《三国演义》中那样在桃园结义，后来却在现实中完美地履行了同生共死的誓言。

以关张为首，刘备手下聚集了不少豪侠和年轻人，要组织武装，人手是不缺的，缺的是经费。涿郡来往客商较多，有中山国（中山国为王国，相当于郡）的两个大商人，一个叫张世平，一个叫苏双，他们常来涿郡一带贩马，资产已达千金，非常有钱。这两人听到刘备的声名后，主动前去相见。初次见面，他们就发现刘备的确有些与众不同——此人身材魁梧，尤其胳膊很长，双手下垂能过膝盖，耳朵也很大，这在古人眼里可都是不折不扣的异相。

刘备"织席贩履"，常年跟各种各样的人打交道，早就学会了察言观色的一套本领。几句话一聊，他立刻明白了对方的用意，商人重利，张、苏慕名登门，可不是吃饱了没事干来扯闲篇，人家是来看看有没有投资可能的！

人生处处需投资，当初刘备的族人刘元起资助刘备，虽曰无私，但内心深处，必然也存了一番感情投资或是待价而沽的意味。张、苏同此目的。世道要变，这两位饱经世故的大商人对此看得真切，他们要提前投资，把宝押在某一个人身上，以便今后能有所凭借或保障，而刘备就是他们的考察对象。弄清楚这一点后，刘备就知道该如何应对了，张、苏先是听他毫不迟疑地道出自己是中山靖王后裔——一个妥妥的帝室之胄，彼此再一深谈，更感到他有一种以天下为己任的抱负和眼光，非凡夫可比。

生有异相或者说富贵之相，为人谦和，话虽然不多，但每一句都在点子上，且胸怀天下，这就是张、苏对刘备的大致印象。张、苏颇感满意，认为刘备乃不寻常之人，在他身上投资，大概率不致打水漂。计议已定，两人当即毫不吝惜地给了刘备很多钱，以资助其图大事、成大业。

汉末将私人武装称为部曲。正是依靠两位富商的赞助，刘备招兵买马，建立了自己的第一支部曲，这支部曲虽然不大，但却随着刘备南征北讨，成了他事业做大做强的基干力量。

刘备自建部曲后，即归入破虏校尉邹靖的系统，在幽州境内参加对黄巾军的作战。邹靖生平不详，有人从当时的布军态势等分析，推测他可能是刘备的老师、时任北中郎将卢植的麾下。

卢植不仅是海内大儒，还是一位出色的将领，行军布阵多具方略，有学者更将他归之为汉末"士人武人化"的典范。被朝廷委以重任后，卢植连续与张角接战，几场战役打下来，把张角打得大败。

此后张角等人逃回大本营广宗城，卢植在城下筑围墙、凿壕沟、制造云梯，进行攻城准备。广宗城眼看就要快被攻破了，就在这节骨眼上，汉灵帝偏偏派宦官左丰到军队里查看情况。这些宦官贪得无厌，到军中去照例是要受贿的，有人劝卢植依例给左丰送钱送物，但被刚正不阿的卢植拒绝。左丰没收到好处，怀恨在心，回到朝廷后就信口雌黄，对汉灵帝说广宗城其实很容易被攻破，但卢植却态度消极，按兵不动，难道是想等老天来自动诛杀张角吗？汉灵帝听了左丰的谗言后勃然大怒，下诏免去卢植的职务，并派囚车押送回来，判处其无期徒刑（当时叫"减死罪一等"）。

卢植虽然功亏一篑，但其临阵表现，已经在海内外赢得一片赞誉。和自己的老师相比，作为镇压黄巾军战争中的下层参与者，刘备和关张等人的军事经验都尚在学习和积累阶段，所起作用也较为有限。后世颇有文人称颂刘关张这一时期的战绩，说他们"义师一指荡黄巾"，还有人埋怨《三国志》的作者陈寿没有详细记载该段事迹，认为"陈寿寥寥数简，此真千古恨事"。其实都只是一厢情愿的看法，刘备在所参与的另一场战争中的表现，便很能说明问题。

诈　死

东汉中平四年（187），中山相张纯等人发动叛乱，杀掉不少朝廷命官，部众达到十余万，青、徐、幽、冀四州皆受其威胁。朝廷急忙下诏平叛，青州刺史在接到诏书后，派遣从事（刺史的佐吏，即僚属）率兵前去征讨。经过平原国时，当地人刘子平向从事推荐了刘备，认为刘备勇武非凡，必能助一臂之力。

从事接纳了刘备及其队伍。一行人奔往前线，谁知就在进军途中，他们却突然与张纯叛军意外遭遇了。所有人都毫无准备，从事和刘备一方狼狈不堪，一败涂地，刘备不仅负伤，而且命悬一线，亏得他情急生智，立即装死躺下，否则十之八九要在乱军丛中被当场杀死。后来一直等到战争结束，叛军撤出战场，人们在死尸堆中找到刘备，用车把他拉回来，刘备这才算捡了一条命。

与张纯叛军的遭遇战，只能算是一场小规模的局部战斗，在这样的小战中，还必须使用诈死的方式才能够保命存活，日后与刘备并列的中原群雄，恐怕谁都不曾有过如此不堪的经历。这倒真不是刘备个人不能打或不够勇猛，恰恰相反，战场之上，越能打越勇猛的人，反而可能死得越快。究其实，还是刘备的队伍力量太过薄弱。当时起义兵的人多为地方豪强，譬如曹操，背后是一个庞大家族，有钱有势有人；刘备则完全是白手起家，部曲还是靠捐款才得以组织和维持起来的，自然无法与曹操等相提并论，刘备也从此给外界留下了"孤穷"的印象。

谁活着，谁才有资格继续奋斗和创业，当处于绝对劣势时，生存下来才是王道。刘备深明此理，在其羽翼未丰的登场初期，很难从他身上找到什么过人的英雄之举，自然也就不奇怪了。

卢植因谗获罪后，另一员当朝名将皇甫嵩代其指挥三军。皇甫嵩盛赞卢植的军事才能和谋略，在用兵上也萧规曹随，继续沿用了卢植的方案。最终，皇甫嵩乘张角病死、黄巾军士气受挫之机，一举攻破广宗城，歼灭了冀州黄巾军的主力。皇甫嵩与卢植惺惺相惜，返回洛阳后，即上书汉灵帝，将功劳推给卢植，卢植因此得以官复原职，被朝廷任命为尚书。

在与黄巾军的战争中，刘备虽未能大出风头，但也因参与镇压黄巾军有功，被任用为冀州安喜县的县尉。

正如从事是刺史的佐吏一样，县尉是县令的佐官，主要负责维护县里的地方治安。这是刘备得到的第一个正式官职，但时间不长，又让他自己给亲手"还"了回去。

汉灵帝是个酷爱敛财的皇帝，在位期间大肆卖官鬻爵。黄巾起义爆发后，汉灵帝不得不号召各地组织义兵，并给有军功者封官，但不久他就后悔了，想想那么多官职都让有军功者占了，为什么不把这些官职解除，再把它们重新拿出来赚钱呢？于是汉灵帝便自作聪明地给各州郡下了一道诏书，命令对所有依靠军功被封官吏的人进行一轮考核淘汰，实际就是想借此收回一些乌纱帽。

在州郡范围内，"督邮"这一职位专事对所领县的长吏进行督察纠举，考核淘汰的任务也就落实到了他们头上。这显然是个肥缺，因为上梁不正下梁歪，所谓考核淘汰、择优录用只是放在台面上的话，私底下的潜规则是谁向督邮送贿甚至送贿多，才能留下来，其余则将被"淘汰"。

年轻时的刘备就很有度量，尤其"善下人"，也就是对身份低微的人非常友善和谦逊。另一方面，他和老师卢植一样，素无媚骨，在善待部卒和百姓的同时，并不委曲求全，曲意逢迎顶头上司，更从不行贿，加之又无政治背景和靠山，这样的人自然不讨督邮喜欢。因此考核淘汰的消息一经传出，刘备便担心自己将被列入裁员名单。

安喜县属中山国，中山国的督邮来安喜县办公事，刘备打听到他所住客舍后，就去求见，然而督邮早已打定主意准备免去刘备的官职，当下以身体不适为由，给刘备吃了个闭门羹。

以恶抗恶

担心的事终于还是发生了。

以刘备的志向和目标来说，居官至少也应进入朝廷的权力中心，一个小小的县尉并不算什么，但毕竟是对于他军功的一份肯定，同时也是未来仕途的起点，如今不明不白地就被免去，放在谁身上也不会甘心。当然还有一个办法，就是直接或托人向督邮行贿，但这又严重违背了刘备为人处世的准则 —— 有其师必有其徒，就像卢植一样，即便到这个时候，刘备也绝不愿意违心谄媚。

刘备越想越气，这是个什么混账皇帝？混账督邮！好，你们恶，那我就以恶抗恶！他跑回自己的衙内，率领所属兵丁返回客舍，冲进大门，大喊一声："我接到府君（对郡守的尊称）的密令，前来逮捕督邮！"

傲慢的督邮正躺在床上睡觉呢。众人不由分说将他捆绑起来，拖了出去。一行人走到县城边界的时候，刘备将自己的县尉印绶解下来，系在了督邮的脖子上，然后将其捆在树上，举起马鞭，噼里啪啦，一口气抽了一百多下。

还有记述说刘备打了督邮二百杖。总之这顿打是够结实的，足以让督邮长记性。刘备本来想索性结果了狗官的小命，但那督邮见势不妙，一再求饶，便将他放走。

在后世的演义故事中，刘备已被严重"醇儒"化，鞭打督邮的生动情节也被强加给了看似有些鲁莽的张飞，而刘备则成了唯唯诺诺的懦夫。然而相比于演义故事中被扭曲的形象，真实的刘备却并非那样一个事事温良恭俭让、可以"仁厚"到窝囊程度的人，面对社会的不公，他也会激愤火爆，也会拍案而起，甚至不计后果地发泄自己的不满情绪，而这显然倒更符合刘备的豪侠性格和大丈夫气概。

以恶抗恶是有代价的。督邮乃郡守佐吏、朝廷命官，刘备假传上命，逮捕和怒打督邮，属于以下犯上，罪不容诛。至此，他只得像当初的关羽一样，弃官逃亡他乡。

这一时期，虽然张角已死，冀州黄巾军主力被歼灭，但起义军已成燎原之势，四面八方都有，而且皆以"黄巾"为号。按汉末官制，州刺史只拥有对地方的监察权而没有行政权和军权，这导致州和所属各郡县在对抗黄巾军以及其他叛军时犹如一盘散沙，州刺史、郡守、县令被杀死的情况比比皆是。为了改变这一状况，汉灵帝接受东汉皇族刘焉的建议，在刺史以上增设州牧，史称"废史立牧"。

州牧掌握一州的军政大权，还可以自行征兵。东汉中平六年（189），被任命为幽州牧的皇族刘虞平定张纯部，后者也就是那支令刘备不得不装死逃生的叛军。州牧制度大显成效，不过也同时带来了地方权力日重的问题，一些州牧常居一方，逐渐发展成为中央无法控制的割据势力。

汉灵帝即便能够察觉州牧制的弊端，也已经来不及纠正了，距张纯叛军被平定后仅隔一个月，他在宫中驾崩，长子刘辩继立为帝。刘辩年幼，生母何太后临朝称制，何太后的哥哥何进掌握了兵权。

何进属于帝王的母族，是外戚，外戚和宦官彼此争权夺利，何进为了壮大自己的力量，特派都尉毌丘毅到丹杨招兵。毌丘毅在史书上生平不详，但据推测可能是河北人，而且与刘备是旧交，流亡中的刘备得知他要到丹杨招兵，便率关羽、张飞等应募随行，等于又再次从军了。

队伍走到徐州的下邳时，与当初平定张纯叛军时颇为相似的一幕出现了，他们突然遭遇了黄巾军。正所谓吃一堑，长一智，这次刘备有了经验，一路上颇为警醒，遇到黄巾军也不慌乱，通过力战，他们击退了黄巾军，刘备也因功被任命为下密县丞。

下密属北海国，在青州。汉制，每县都设有县令、县丞、县尉，县丞是县令的副手，负责"署文书，典知仓狱"。一县之内，如果说县令是一把手，县丞、县尉作为县令的佐官，便分别是二把手、三把手。与安喜县时相比，刘备的官是升了一级，但可能还是无法忍耐仕宦生活约束的缘故，不久他便选择了辞官而去。

这时何进为求一举杀尽宦官，欲召并州牧董卓带兵入京。董卓手握强兵，早有骄横跋扈之名，时任尚书的卢植预料此人凶恶难制，进京后一定会有不测之险，因此坚决反对，但昏懦的何进一意孤行，没有接受他的建议。

此后发生的一连串事件，直接导致了京城的大变乱。先是董卓尚未赶到京城，何进已为宦官所诱杀，接着，何进手下的袁绍等一班人又大杀宦官。就在外戚、宦官两大集团同归于尽之际，董卓率部赶到，他入京后，即废掉刘辩，拥立刘辩的异母弟刘协称帝，这就是汉献帝。从此，皇帝被挟于强臣之手，东汉王朝名存实亡，卢植关于引狼入室的预言不幸成为现实。

在董卓废帝时，百官无人敢吭一声，只有卢植表示抗议，坚决不赞同废帝。董卓发怒，当即准备诛杀卢植，幸亏一些朝中大臣为卢植说情，劝谏董卓说："卢尚书是海内大儒，众望所归，现在先把他杀了，天下都会为之震惊恐惧。"董卓虽是一介粗鲁武夫，却也明白若撇开士大夫便难以维持统治的道理，为了能够让士人为其所用，他这才强压怒气，没有立即杀害卢植，只是撤了他的职。

卢植随后以年老多病为由，得以告老还乡。他知道董卓所谓重用士人，只是权宜之计，一旦意识到自己失去利用价值，其残暴面目仍会再次显露出来，因此在辞别时故意谎报了回乡路线。

果不其然，卢植走后，董卓很快后悔并立即派人追杀，幸得路径不对，派去的人没有追上。卢植自此步入出世道家之途，终其余生，皆隐居于乡间，不再与世人往来，而他曾经的学生刘备，则依然秉持着老师所教授的儒家理想，在乱世中继续奋斗和挣扎。

公 孙 瓒

董卓虽然在引用士人方面采取了一些矫情措施，但他及所部那些残暴放纵的行为，早已引得神人共愤，士大夫自然不肯与之真心合作。作为朝中年轻一代健将的袁绍、袁术、曹操等人，都从洛阳逃出，在地方上树起反旗。

东汉初平元年（190），关东州郡推袁绍为盟主，宣布"会盟讨董"，《三国演义》中称为十八路诸侯讨董，实际是十三路，包括了袁术、曹操、孙坚等。他们尽管打着勤王讨董的旗号，然而多数人不过以割据地盘为志，并无讨董的诚意，连袁绍兄弟亦不例外，其中真正有点实力又敢于和董卓军掰手腕的，仅曹操、孙坚两人。

由于诸侯们大多态度敷衍、按兵不动，看似声势浩大的"会盟讨董"最后只能在一无所成的情况下不了了之。刘备从广义上也参加了讨董之役，但因势单力薄，只能追随他人讨董，而且除了实施一些策应性的行动外，也难以在战争中建立什么值得称道的功绩。

此役后，刘备得到了高唐县县尉的职务，继而又迁升县令，成了一县的最高长官。县太爷的板凳还没坐热，黄巾军杀来了，高唐属青州平原郡，当时青州黄巾军的势力相当大，普通郡县根本抵挡不住，高唐县被迅速攻破。刘备无处安身，只得率领属从离开青州，重返幽州，投奔昔日的同窗好友公孙瓒，这就是史书上所称的"（刘备）为贼所破，往奔中郎将公孙瓒"。此时的刘备恐怕不会想到，这一决定将令他的事业绝处逢生，出现质的飞跃。

公孙瓒是辽西令支人，辽西郡属幽州，所以他跟刘备算是半个老乡。他的家族世代任郡太守，"家世二千石"，但由于公孙瓒的母亲地位卑贱，在当时"子以母贵"的礼法影响下，公孙瓒很难得到家族的重视，因此少年时即出外谋职，到涿郡担任"书佐"小吏。

"书佐"主要是负责起草和抄写文书，当时只要通晓"学童"课本的人就能充当，属于地位比较低的部门职员，但公孙瓒声音洪亮、机智善辩，很快就在一众小吏中脱颖而出，引起了涿郡太守的注意。涿郡太守发现公孙瓒不仅才能突出，而且相貌俊美，遂招其为女婿，并将他送至卢植处读经。这样公孙瓒就与刘备成了同学。

公孙瓒天资聪颖，但他和刘备一样，无意于做经学家，对于卢植在经学方面的学问，未必学习得很深、很通。他们从卢植身上学到的，主要都是卢植性格中的刚毅、大节以及济世之志。后来有一段时间，公孙瓒曾在辽西郡太守刘其手下做事，刘其犯了法，被装在囚车里送往洛阳。公孙瓒诈称是刘其的侍从，不避艰险，一路护送刘其到洛阳，直到刘其遇赦，才和刘其一道返回辽西。此事被传诵一时，说明公孙瓒受卢植影响，至少早期也是儒家忠孝观念的坚定维护者。

俗话说得好，物以类聚，人以群分，学生时代的公孙瓒和刘备就很投脾气，公孙瓒比刘备年长，刘备视之为兄，两人关系非同一般。

在随刘其赦归后，公孙瓒即被举为孝廉，任辽东属国长史。"举孝廉"是汉王朝任用官吏的清流正途，意思就是要把那些"孝顺父母、做事廉正"的人选拔出来，问题是必须首先有人举"孝廉"，推荐你，而这些推荐者又得是地方上的士大夫豪族才行，平民老百姓根本连推荐的资格都没有——公孙瓒的事迹固然感人，值得举为孝廉，但那"编了一万双草鞋"的刘备难道就不孝不廉？说到底，还是公孙瓒后面有家族和岳父助力，而身为寒门子弟的刘备就是再怎么努力，也只能博得关羽、张飞等民间同道者的青睐。事实上，刘备终身未被举孝廉，若不是依赖特殊时期的军功，要想涉足仕途是非常不易的。

公孙瓒与刘备一样勇武，刘备初次投军时，他正与破虏校尉邹靖共同对边境的乌桓作战，其间邹靖曾被敌人包围，公孙瓒回师救援，大破乌桓，给邹靖解了围，此后两人又合兵一处，乘胜追敌。显然，公孙瓒与邹靖的关系应该是比较密切的，有人推测，刘备能够参加邹靖的部队，应该也是通过公孙瓒的关系。

因在与北方少数民族的作战中表现出色，公孙瓒先迁为涿令，到刘备家乡涿县当了一段时间县令，之后又被朝廷调去征讨凉州叛军。主持平叛的车骑将军张温对公孙瓒颇为赏识。为了对付叛军，张温计划从幽州的鲜卑、乌桓人中征用三千精锐骑兵出战，中山相张纯自请指挥这部分乌桓骑兵，但张温没有同意，三千骑兵被他全部交给了公孙瓒。张纯深感不满，不久他便引诱辽西乌桓首领丘力居等共同发动反叛。刘备曾参与平定并在战斗中差点送命。

公孙瓒自然也得转过身来追讨张纯叛军。刘备打不过张纯叛军，主要还是部队实力太弱，公孙瓒则不然，张温交给他的三千骑兵成了他最大的本钱。公孙瓒喜爱白马，绰号"白马长史"，他把一些擅长骑射的骑兵挑出来，将他们的坐骑也都和自己一样换成白马，从而组成了汉末有名的轻骑劲旅"白马义从"。

公孙瓒率部与张纯叛军对战，屡战屡捷。特别值得一提的，是他与张纯、丘力居等在辽东属国石门进行的那场大战。在战斗中，公孙瓒和他的部队尤其是"白马义从"直突敌阵，以摧枯拉朽之势击溃了叛军，令人叹为观止。石门获胜后，虽因追击时太过深入，公孙瓒也吃了亏，曾被丘力居反包围于辽西管子城，但他终究还是熬到对方都撑不下去，不得不远走柳城。凭借这些亮眼表现，公孙瓒一举成名，威震塞外，乌桓部落听到他的名字都发抖，从此再不敢轻易进犯幽州边境。

由于在平叛中战功卓著，公孙瓒先后迁升为骑都尉、降虏都尉、中郎将，并封都亭侯，实力上已达到了基本控制幽州的程度。公孙瓒和他的部卒籍贯多为幽州，又是从幽州起家，故而人们也把以公孙瓒为首的这批幽州武人称为幽州系。

平 原 令

刘备南北奔波，却始终都无大成就，甚至连个落脚点都不能保证。公孙瓒则不同，他走上社会后称得上人生赢家，自然也就成了刘备在困顿之中能够攀附的最大人脉资源。

刘备鞭打督邮出逃后，有资料说，他曾辗转到京城洛阳居住，还与曹操一起到曹操的家乡沛国募兵，并随从曹操起兵讨伐董卓。从刘备那段时间的经历来看，他的活动区域主要都集中于河北的冀、青两州，似乎不太可能去过洛阳，也不太可能与曹操结识。实际上，彼时的刘备地位低下，不为世人所重视，与曹操这一层次的士大夫们还相距较远。此前刘备所能依附的，也不过是校尉邹靖、都尉毌丘毅，邹、毌均为无名之辈，至少不够显赫，否则他们在史书上不会只留个名字而没有任何事迹。因为被依附者分量不足、能力一般，刘备很难出头，他先后担任的几个职务，除印绶都没焐热的高唐县令，都只是县尉这类"主捕盗贼"的小武官，或是作为副手的县丞，而且任职地点不是在冀州，就是在青州，没有一个在中原地区。

公孙瓒是刘备能够依附的第一个大人物。公孙瓒果然也很讲交情，他对刘备表示欢迎，并当即表请朝廷封刘备为别部司马。汉制，将军属官有长史、司马各一人，司马掌军事，是具有一定独立性的武职，如果是别部司马，其领兵多少还可随情况变化而增减。

刘备投奔公孙瓒时，青州黄巾军正进入渤海，准备与另一支名为黑山军的起义军会合。公孙瓒率步骑两万迎击，消灭黄巾军三万余人，俘七万余，所缴获的车甲财物不计其数。此战令公孙瓒"威名大震"，他也因功被朝廷提升为奋武将军，封蓟侯。

自关东十三路诸侯"会盟讨董"失败后，朝中大臣、司徒王允与董卓部将吕布合谋，杀掉了董卓。董卓虽死，他所带来的凉州兵即所谓"凉州系"却成尾大不掉之势，凉州系的两名将官李傕、郭汜，起兵攻陷长安并杀害了王允。接着，李傕、郭汜又发生内讧，汉献帝好不容易才脱离了他们的魔掌，但仍然是朝不保夕，日子很不好过。

中央王朝自顾不暇，已谈不上对地方的控制，在这种情况下，以原有的十三路诸侯为主，各诸侯间频起争斗，竞相逐鹿。公孙瓒并未列名于十三路诸侯，但他后来居上，迅速成为诸侯中的佼佼者，以至于袁绍、袁术、曹操等人都不得不刮目相视。

随着自身军事实力的增强和官爵的升高，公孙瓒的贪欲也跟着不断膨胀。在击破青州黄巾后不久，他即上书朝廷，历数冀州牧袁绍的种种

"罪状",实际是欲向这位曾经的讨董联军盟主、地盘最大、势力最强的大佬发起挑战,与之争夺河北。

在群雄争霸的时代,上书朝廷不过是形式,"罪状"一抛出,公孙瓒便迫不及待地挥师南下,向袁军发起进攻。一开始,瓒军颇占上风,冀州各城多叛袁从瓒。公孙瓒志得意满,自置冀州、青州、兖州刺史和郡县守令,冀、青两州本为袁绍势力范围,但公孙瓒俨然已视之为囊中物。直到东汉初平三年(192)春,公孙瓒与袁绍大战于界桥之南。在这场决定双方命运的大决战中,袁绍使出绝招,将先登兵(指步兵中的精锐先锋兵)与弩兵组合在一起,结果大破公孙瓒的"白马义从",公孙瓒所置冀州刺史也在阵前被杀。

公孙瓒的事业开始走下坡路,瓒绍之间的战争虽然还在持续,但已明显居于劣势。公孙瓒急于挽回局面,特派刘备配合他所置的青州刺史田楷,向青州推进,与袁绍所置青州刺史即其子袁谭进行争夺。

刘备原本兵力非常薄弱,几乎不堪一战,来到幽州后,公孙瓒给予了拨付补充,使其步兵达到千余,更重要的,还多了一批乌桓杂胡骑兵,战斗力有所增强,因此在青州争夺战中屡建战功,可谓帮了公孙瓒大忙。公孙瓒在总体处于劣势的情况下,却在青州打开了局面,所部乘胜南攻,直至进入青州的平原郡。

为了阻止袁绍势力在青州的发展,公孙瓒以刘备代理平原县令。此时平原郡所属的青州,早已成为瓒、绍两方势力激烈争夺的重要战略区,双方连续作战,士卒疲困,军粮也快吃光了,于是便互相抢掠对方的百姓,加上战乱、匪患,搞得整个青州民生凋敝,田野中甚至连青草都看不到了。刘备担任平原令后,一方面积极训练军队,加强战备,确保外敌不敢贸然来犯,以维护平原县百姓的平安;另一方面通过抑制豪强侵吞百姓土地,迅速恢复地方经济等措施,着重抓民生建设,确保当地百姓安居乐业。

刘备本人出身草根，来自底层，深知民间之疾苦，所以他采取的一系列措施都很对症。刘备的治军为政能力也逐渐显现出来，并受到公孙瓒的肯定，由此又得以兼任平原国的相（相当于郡太守）。界桥之战前，因为刘备在公孙瓒属下的地位并不算很高，所以公孙瓒并未将刘备作为所置刺史中的一员，现在的平原国乃王国，相当于郡，平原相与郡守同级，禄秩二千石，这标志着刘备首次跨入了郡守一级官员的行列，从而拥有了在政坛上崭露头角的机会和可能。

恩若兄弟

"人一阔，脸就变"，似乎是人生常态。刘备算是已经出人头地，但他并没有因此而变脸，对于始终不离不弃、不避艰险地跟着自己周旋流亡于四方的关羽、张飞，更是待之如手足，三人同榻而眠，真正成了睡在一个铺上的异姓兄弟，所谓"寝则同床，恩若兄弟"。

刘备被任命为平原相后，即以关张为自己的别部司马，分别统领部曲。每逢公私聚会时，关张都在大庭广众之下侍立于刘备身旁，且终日不倦，史书上说关张为刘备"御侮"，古之"御侮"不是一般意义上的抵御防范，而是一种相当于侍卫的职务，也就是说，关张尽管身份上已是掌握军队的武官，但为了保护刘备，都毫无怨言地兼任了他的侍卫，由此足见刘关张感情的真挚。后世戏曲舞台上，但凡演三国戏，刘关张共同出场时，总是刘备坐着，关张肃立身后，即缘于此。

刘备原本的部曲多为步兵，骑兵主要是他奉命随田楷征战青州时公孙瓒给的，骑兵需要人统带，所以公孙瓒还拨了一员骑兵将领给刘备，这就是赵云。

赵云是常山郡真定人，此人身材魁梧，英姿勃发，虽然出身寒微，却胸怀壮志，有平定天下的理想，在常山郡百姓中很有人望。经过众人推举，赵云出面召集了本郡的一些民众，把他们武装成吏兵，之后便时时准备率部投奔明主，以寻找能够发挥自己才能的平台。

常山郡属冀州，冀州人多倾向于自任冀州牧的袁绍，唯赵云带着自愿跟随的常山郡吏兵前来投奔公孙瓒。公孙瓒原本十分担心冀州民众都倒向袁绍一边，看到赵云自然很高兴，但他心里又犯嘀咕，疑惑为何赵云不就近追随袁绍，反而来投附他，于是便半开玩笑地问赵云："听说贵州（即冀州）的人都向着袁绍，你怎么偏偏能回心转意，弃暗投明，迷途知返呢？"

"现在天下纷纷攘攘，也不知道谁对谁错，总之，百姓正受倒悬之苦，期盼着有人能将他们从苦难中解救出来。鄙州（冀州）百姓的意思是看谁能实施仁政，就支持谁。"赵云不卑不亢地答道。他明确告诉公孙瓒，我来投奔你，不是瞧不上袁绍，也不是觉得你公孙瓒特别可爱，而是最终要看你能不能实施仁政，能不能救黎民百姓于水火之中，如果你可以做到，我就会坚定不移地跟着你。

公孙瓒当场没作任何表示。作为卢植的学生，公孙瓒原本是儒家道统的信奉者，但在身份日渐显赫后，他的心理已开始出现变化，对于仁政与否毫无兴趣，赵云的话显然对他并无太大触动。

这时恰巧刘备也来投奔公孙瓒，同在公孙瓒帐下，他与赵云也就有了接触。两人相识后，立刻到了相见恨晚、无话不谈的程度。刘备比赵云年长，经过时间的洗礼和沉淀，性格方面已臻于成熟，俨然一个老成持重、见多识广的谦谦君子，当然最重要的是刘备始终把匡扶汉室，救民于水火作为个人的政治抱负和追求方向，这令赵云产生了强烈的共鸣。

被公孙瓒拨给刘备后不久，因为兄长去世，赵云向公孙瓒提出了暂归家乡为兄长料理丧事的请求，并得到允准。虽然说好是暂归，俟处理完兄长的丧事就回来，但刘备闻讯后，却马上预感到赵云这一走，就必定会一去不回头。

原因无他，刘备、赵云当初投奔公孙瓒，都是带着期待而来的，然而他们现在又都失望了。幽州地处边塞，过去资用就经常不能自给，需从青、冀二州调取赋税，才能够维持开支。公孙瓒与袁绍开战后，幽州无法再得到外州援助，加之旱灾、蝗灾，导致连年歉收，百姓饿殍遍野，甚至出现了人吃人的情况。公孙瓒的顶头上司、幽州牧刘虞仁爱节俭，施政总为民众着想，见状心急如焚，一面采取措施开放贸易，鼓励农耕，一面劝公孙瓒暂息兵戈，不要再与袁绍打来打去。然而公孙瓒对于刘虞的劝告却置若罔闻，你不让我打，我偏要打，同时他还"纵任部曲，颇侵扰百姓"，招致民间怨声载道。

公孙瓒不是一个愿意施行仁政的贤能之人，这已成为刘备、赵云的共同看法，赵云此次就是要打定主意永远离开，刘备对此心知肚明。此时刘备与赵云已深结友谊，同时他也明白，自己要想成就事业，就必须广纳贤者，延揽人才，而赵云骁勇善战、胆识出众，正是一个不可多得的军事人才。由于顾忌与公孙瓒关系等原因，刘备现阶段尚不能公开将赵云收于帐下，但他又生怕今后再也见不到赵云，内心颇为纠结，在与赵云告别时，久久地握着赵云的手而不肯放开。赵云心知其意，他也早就有了以刘备为主公的想法，面对刘备的难舍难离，他颇为感动，在离去时不惜剖明心迹："云（赵云自称）绝不做有违德操之事。"意思就是告诉刘备，我赵云今后要么不出来闯天下，要出来，就只会誓死跟随你刘备一人！

仁义之名

在平原相的任上，刘备颇有政绩。当时的平原郡乃是兵连祸结的重灾区，老百姓连年遭受饥荒之苦，许多人都被迫聚集起来劫掠滋扰，刘备到任后，对外抵御流寇进犯，对内广施财物，实行仁政，把平原郡治理得井井有条。与此同时，他还礼贤下士，士人到访，必定要亲自接待，与之同席而坐、同簋而食，倾心交往。时间一长，刘备爱民重士的声名远播，不少人都主动为之出谋划策，平原的社会经济状况得到很大改善。

其时天下分崩离析，东汉政权名存实亡，社会陷入极度混乱之中，民众的生命财产安全没有任何保障。人们热切期盼着有能力的人能够站出来重建社会秩序，刘备以其治理平原郡的突出表现，迅速脱颖而出，引起了时人的注意。

因为出了名，刘备还受到了某些心理阴暗者的妒恨。平原郡有个叫刘平的士绅，他觉得刘备出身贫寒，很瞧不起他，认为在刘备治下为民是一种耻辱，因而派遣刺客前去刺杀。刘备不知道对方是刺客，就像接待普通士人一样热情，刺客早已听闻刘备的大名，又见他待自己如此殷勤厚道，不禁深受感动，不忍下手不说，还在离去前，把真相全都吐露出来。这件化敌为友的事传开后，又进一步提升了刘备的知名度，连一些社会名士都开始对刘备刮目相看，北海相孔融就是其中一个。

孔融是孔子的二十世孙，"孔融让梨"故事的主角，当世大儒。汉灵帝末年，孔融曾得罪大将军何进，何进的属官想私遣刺客杀掉孔融，有人赶紧提醒何进，说孔融这个人千万杀不得，你杀掉他，所有名士都会离你远远的，不如礼遇他，给天下做个样子。何进尽管没什么头脑，但此话却不敢不听，孔融的声誉和影响力之大，可见一斑。

董卓篡权后，孔融又得罪了董卓，董卓也不敢直接杀他，便想了个阴招，将他派到最危险的地方去做地方官。当时所谓"最危险的地方"，是黄巾军活动最为频繁的青州北海郡，孔融被派到那里当了北海相。孔融是个文臣，嘴皮子、笔杆子厉害，舞刀弄枪不行，和黄巾军作战连遭败绩，直至被黄巾军围困于都昌，危急中，孔融派宾客太史慈冲出重围，向刘备求救。

听说孔融来向自己求援，刘备大出意料之外，竟至脱口而出："孔北海居然也知道这世上有刘备啊！"

事实是，孔融不仅知道有刘备这么一个人，还对他有着极佳的印象，正如太史慈对刘备所述："因为您有仁义之名，能救人之急，故而北海（指孔融）极为仰慕，延颈以望，仰仗于您。"

原来自己的名声早已远播在外，且广泛程度超出想象，刘备在又惊又喜之余，立即郑重其事地组织救援，发兵三千跟随太史慈前往都昌。包围都昌的黄巾军一看救兵已到，只得自动解围散去。

时隔不久，刘备又救援了徐州，这次不光是发兵，他自己还跑了过去。此处的徐州乃东汉十三州之一，该州百姓富足，粮食有余，几乎就是战乱年代的桃源，以致很多流民都跑来徐州避难。徐州牧陶谦年轻时被举为孝廉，早期为官也很廉洁，且有刚直之名，然而就如同公孙瓒的经历一样，人是会变化的，由徐州刺史升任徐州牧的陶谦，在掌握地方大权后，开始疏于政事，所谓的"刚直"也变成了一意孤行和听不进逆耳忠言，其官声由此出现了断崖式的下跌，进而为一场大祸埋下了伏笔。

东汉初平四年（193），曹操的父亲曹嵩携家带口，想去徐州琅琊郡避难，陶谦的部将贪其财物，在途中将曹嵩等人全部袭杀。虽然此事可能并非来自陶谦本人的授意，但部将竟如此恣意妄为，显见得平时就缺乏约束，作为上司的陶谦自然难逃干系。

徐州西北面的兖州为曹操所据，曹操早就想夺取徐州，扩大自己的势力范围，于是便趁机以报父仇为名，引兵攻打徐州。陶谦在徐州牧时曾大破黄巾军，然而此时早就老朽庸碌，根本不是曹操的对手，很快就兵败东逃至郯城（郯城是东汉前期徐州州治，即徐州的州政府驻地，后徐州州治迁至下邳）。虽然曹操因粮尽退兵，没能把郯城打下来，但却对被他所攻占的徐州五县进行了屠城。史载，在曹军制造的这场血案中，共有男女数十万人被害，很多居民都是因避战乱，从长安地区流亡来的，他们也全都被杀光了。因为漂浮的死尸太多，连流经徐州境内的泗水河河道都被阻塞住了。自此以后，徐州这五县地界之内，就变得人口稀疏，其状可谓惨不忍睹。

曹操并没有就此罢休，翌年，他又一次东征徐州。经历过上次东征，陶谦及徐州军民已充分体验了曹军的强大凶悍和残忍嗜血，对之有着挥之不去的心理阴影，一想到徐州将再度遭遇浩劫，众人便感到不寒而栗。

就当时群雄争霸的阵营划分来看，曹操与袁绍是一拨，陶谦则加入了公孙瓒、袁术这一拨，也就是说，陶谦、公孙瓒乃是盟友关系。基于公孙瓒本人远在幽州，鞭长莫及，且正与袁绍对峙，陶谦只能转向徐州相邻的青州，向青州刺史田楷就近求援。此时在朝廷派出使节的解劝调停下，袁绍、公孙瓒已暂时休战罢兵，田楷、刘备在青州方面承受的军事压力骤然减轻，田楷于是派刘备率兵往救，但他没想到刘备这一去就再没有返回。

良　机

刘备带去徐州的部队，主要是其自有步兵千余人以及少部分乌桓骑兵，在前往徐州的途中，又收容了数千饥民。刘备到了徐州，陶谦见其部队薄弱，立即将四千兵卒拨给了他，从而使备军达到了近万人的规模。

兵员数量增多其实尚在其次，重要的是这四千兵卒乃是汉末著名的丹杨兵。丹杨兵也称丹阳兵，因兵员出自扬州丹杨郡而得名，汉末的丹杨郡位于今天安徽、江苏、江西、浙江四省交界处的险峻山区，当地山民矫健灵活、尚武好斗，是百里挑一的上佳兵源，丹杨因此也素来被视为"精兵之地"。

丹杨兵全国知名，当初何进派毌丘毅募兵，就是去的丹杨。陶谦本身即丹杨人，自然更不会错过，他曾从家乡大量征募和编伍丹杨兵。据估计，陶谦所拥有的丹杨兵数量当在数万以上，他在徐州刺史任上时，也正是依靠手下精锐的丹杨兵，才得以击败黄巾军，安定了徐州。

陶谦能招兵，却不会选将，手下曹豹等将领皆平庸无能之辈。作为一支军队，统帅、将领、士兵缺一不可，陶谦自身为军事统帅是不合格的，曹豹等人又不行，徐州军队虽有精兵而无强将，使得它难以成为一支真正的强军，败于曹军乃势所必然。刘备与陶谦恰恰相反。刘备自己作为统帅能征惯战，关羽、张飞皆为当世猛将，唯独缺少精兵，陶谦的慷慨拨付，取长补短，无疑大大扩充了刘备的军力，也可以说，从这个时候开始，刘备拥有了一支像样的武装力量。

丹杨兵是陶谦在徐州立身乃至保命的宝贵资源，若不是久闻刘备之名，对他有着充分信赖，同时也有将其收为己用、以解燃眉之急的想法，是断不肯割舍的。也就在这种情况下，刘备决定脱离田楷，转归陶谦。

脱离田楷，也就等于脱离了公孙瓒，有人认为刘备此举属于对公孙瓒的背叛，是刘备"枭雄"性格的最早反映。其实，这种批评未必公允。刘备本是要自己开创一方天地和局面的豪杰，时时都在谋求如何取得更大发展，绝不可能一直寄人篱下，从长远来看，他是注定要脱离公孙瓒的。公孙瓒的难有作为，使他离瓒之心更切。事实上，从赵云离开起，刘备也就有了出走的想法，只不过当时赵云正好兄长去世，他可以以此作为辞别的理由，刘备则不能说走就走。这次救援徐州，正好给刘备创造了一个脱离公孙瓒的良机，而陶谦的厚爱和信赖，则更坚定了他的这一选择。

投我以诚，报之以信，刘备随即率部驻扎于陶谦的临时驻地郯城附近，与陶谦的大将曹豹合力建立防御线，对曹军进行截击。然而此时的曹操从实力上说，虽然尚不及袁绍、公孙瓒，却比刘备和曹豹加起来还高出不少，即便刘备军已经得到丹杨兵的补充，亦无济于事。郯城一战，刘备、曹豹双双落败。陶谦闻讯恐惧万状，已打点行李，准备逃往家乡丹杨。幸亏曹操突然后院起火，为其留守兖州后方的陈宫等人举起反旗，并迎吕布为兖州牧，曹操被迫从徐州撤兵，回救兖州，一场危机这才得以缓解。

在徐州保卫战中，刘备虽然不敌曹操，但不能说他没有贡献。毕竟守城必守野，如果不是刘备在郯城外倾尽全力和曹豹一起抵挡曹军，郯城的防守压力必会变得非常之大，而郯城若是在曹操撤兵之前就被攻破，徐州也将全部陷落。

过去陶谦疏远忠直、亲近小人，以致徐州渐渐出现乱象并酿成了大祸，陶谦自己也后悔莫及，对于有仁义之名的刘备极为依恃。其时天下大乱，诸侯们可以凭借自身实力，私自署置或自领牧守，而无需经过朝廷同意，最多也就是上表打个招呼也就是所谓"表荐"。公孙瓒和袁绍相斗，便是如此，就一个青州，这边公孙瓒表荐田楷为青州刺史，那边袁绍表荐自己的儿子袁谭为青州刺史，朝廷也不敢不同意，于是便形成了一州数刺史（或一州数牧）的现象。

作业人人都会抄，瓒、绍能这么干，别人当然也行。徐州西面是豫州，豫州本来已有朝廷所任命的刺史，但陶谦依旧表荐刘备为豫州刺史。陶谦并不实际据有豫州，自然也没法把豫州交给刘备，不过他控制着豫州东境边缘，且位于徐、兖二州交界处的小沛，因此便让刘备屯驻于小沛，如此既可兼顾豫州刺史的名义，又能扼守曹操从兖州沿泗水趋徐州的通道。

刘备的豫州刺史只是虚领，他的主要活动区域还是徐州，在内部，刘备和陶谦之间的关系有些类似于田楷与公孙瓒，并不具有完全的独立性。当然对于刘备而言，能在短时间内由平原相迁升至刺史，进入封疆大吏的行列，已属非常难得，而陶谦能够做出如此安排，也至少说明他没有简单地将刘备视为属下，其诚意是满满的。

传　位

虽然徐州又重新恢复了和平，但这种和平注定是短暂的，曹操对徐州觊觎已久，可以预料的是，他处理完后方的麻烦后，一定还会在某个时候卷土重来，徐州依旧岌岌可危。陶谦自感难以应付，不久便忧愤成疾，乃至一病不起。弥留之际，考虑到两个儿子皆才能平庸，连仕途也未进入，而曹豹等老部属又都难当大任，陶谦便把保有徐州的希望寄托在了刘备身上。临终前，他在病榻上对其佐官、担任别驾的糜竺说："除了刘备，别人谁都不能安定徐州。"

让徐州与刘备，成了陶谦最重要的政治遗嘱。陶谦一死，糜竺即遵其遗愿，率领徐州官民前往小沛，迎接刘备接任徐州牧。然而面对陶谦的"传位"遗命，刘备却再三谦让，连说不敢当，怎么都不肯答应下来。

刘备在成为豫州刺史后，已经拥有了自己的幕僚，他对继任徐州牧的望而却步，同其职衔为别驾的陈群幕僚的劝阻有很大关系。陈群力劝刘备不要入主徐州，主要理由是袁术驻扎于近处，对徐州也时有窥视之意，如果刘备现在就东取徐州，必定会与袁术发生争斗。

除了眼下袁术的力量不可低估，陈群还提到了据有兖州的吕布，他指出，若刘备因领徐州一事与袁术打起来，吕布有可能会从后方袭击，届时腹背受敌，徐州很难守得住。

其时吕布正同曹操在兖州进行争夺，刘备估计他自顾不暇，应该分不出精力来打自己的主意，但袁术的威胁却实实在在，而就军政实力而言，袁术与袁绍、公孙瓒、曹操等处于同一档次，属于诸侯群雄中的第一梯队，刘备连第二梯队都没能挤进去，一旦因接任徐州而惹怒了袁术，的确也够他喝两壶的。

得知刘备婉拒接任陶谦之位，广陵太守陈登也赶到小沛做说客。"如今汉室日益衰败，天下大乱，若要建功立业，现在正是大好时机。"他劝说刘备，徐州殷实富庶，有百万户人家，作为创业基地再好不过，所以对于"委屈您来处理州中公务"这件事，不应推却。

陈登文武兼备，在广陵很有声望，见陈登亲自登门，且言辞恳切，刘备终于道出了自己的隐衷："袁公路（袁术，字公路）近在寿春，此君四世出了五位公卿，众望所归，你们可以把徐州交给他。"

陈登是多聪明的人，他马上就听明白了，原来刘备不是真的不想当这个徐州牧，所谓袁术"四世五公"，有社会影响力，比他刘备更有资格当徐州牧云云，亦非心里话。说穿了，刘备其实是忌惮袁术，怕把这位大神给得罪了。

弄清刘备的顾虑后，陈登首先声明，"袁公路（袁术）骄傲霸道，非治乱之主"，他姓袁的再怎么有资本，我们徐州人也不稀罕。接着，又连哄带骗地给刘备加油打气，说"我们现在打算为使君（指刘备，汉时敬称州刺史为使君）集结十万步兵和骑兵"，有这样强大的武装，您再碰到袁术，还需要绕着走吗？

在徐州凑齐十万步骑，至少在短期内是根本做不到的，否则的话，陶谦又何至于忧惧而死？可是这话对于内心正在反复权衡、思想斗争激烈的刘备来说，却具有很大的吸引力和诱惑力。毕竟，徐州牧这把交椅，要甩他那个有名无实的豫州刺史两条街，当了徐州牧后，虽然未必能立刻得到十万步骑，但陶谦的丹杨兵总可以照单全收吧？假以时日，再努力一下，将所部扩充到十万步骑，想来也不是完全无法企及的事。

陈登给刘备画的饼足够大，按照他的说法，只要接任了徐州牧，坐拥了"十万步骑"，实现政治理想便有了条件，上者，可"匡扶天子，拯救百姓，成五霸之业"，退而求其次，也可"割地守境，功垂青史"。

早在刘备任平原相时，其重义、爱民、以诚待人的名声就已传到了徐州。在那样一个战争频仍、动荡不安的时代，虽然平民百姓依旧没有多少选择的余地，但上层士人为了切身利益和地方安宁，则可"择良木而栖"，主动对军政领袖进行挑选，而不用再一味听任中央委派。刘备为人所熟知的忠厚仁义以及知人善任，区别于其他各路大小诸侯，显然更能获得士人们的好感和信任。陶谦"传位"给刘备，不仅是他个人的想法，同时更是糜竺、陈登等人的集体意愿。有人甚至认为，陶谦病危之际的这一"遗命"，乃是糜竺的伪托，虽然此说缺乏依据，但刘备深受徐州名流和官僚士大夫拥戴，众人乐于将他推上一州之牧的位置，则是不争的事实。

在刘陈的会晤临近结束时，陈登对刘备说："如果您不肯听从我的意见，那么我也不敢听从您的话去把徐州交给袁公路（袁术）。"其态度已经非常明确，即徐州牧就是给刘备的，其他人包括袁术在内，想都不用想。

陈登的劝说让刘备既感动又心动，陈登走后，他已有接任之意，但还未最后下定决心。就在这时，又一位贵宾来访，正是他的到来，驱走了刘备心中仅存的那一点点犹豫。

孔融来了！

作为关东硕儒名士，孔融是陶谦生前的座上宾，且一直与徐州名士觥筹交错、穿梭其间，对于徐州的上层舆论圈有着很大影响力。孔融向来喜欢"荐达贤士"，发现刘备"有仁义之名，能救人之急"后，便常卖力宣传，而刘备应其请求出兵救援一事，又进一步验证了他对刘备的评价，其奖掖自然更加不遗余力，刘备能在初来乍到的情况下，就被陶谦以及徐州名士视同自己人，实际上就有孔融的一份功劳。

听说陶谦托领徐州却被刘备推辞，孔融急忙跑来小沛，问刘备为何不肯接受。刘备不便一上来就明言，便只能像跟糜竺、陈登说的那样，故示谦逊地把"四世五公"的袁术抬出来。

若是换一个人，听到袁术的名字及其家族背景，可能还会缩一缩脖子，孔融乃世家大族，自己又是成名很早的大名士，岂能把这些放在眼里？在他看来，袁术无论是个人品质还是政治操守，都无接任徐州的资格，他毫不客气地直言："袁公路难道能算一个忧国忧民乃至不顾身家性命的英雄吗？不过是依仗祖上遗留下的威望，受'冢中枯骨'之余荫而已，实在不足挂齿。"

陈登以"治乱之主"期待刘备，希望他能以接任徐州为契机，做一番"匡主济民"的事业。孔融对刘备有着同样的期许，他对刘备说："今日之事，是百姓要把徐州交给能够执掌它的贤者，此为天意，如果您不接受，就是辜负了天意，到时后悔就来不及了。"

孔融的话终于促使刘备打消顾虑，决定接受陶谦的"传位"遗命，继任徐州牧。这一年，刘备三十四岁，在他面前，一个更大的人生舞台正缓缓拉开帷幕。

第二章　背信与复仇

陶谦留给刘备的，除了徐州这一偌大产业，还有徐州所面临的危机，即如何应对曹操的威胁。糜竺、陈登等人既然选择刘备并将其推上州牧位置，自然也要就此替他出谋划策，众人筹划的结果，就是必须改变以往的"对外之策"。

陶谦的对外策略方面是联合袁术、公孙瓒，对抗袁绍、曹操。一开始还好，在盟友袁术、公孙瓒的协助下，陶谦对抗袁绍、曹操尚具一定的优势，后来随着袁术、公孙瓒在与袁绍、曹操争雄的过程中慢慢落于下风，情况就不对了，曹操两征徐州即以此为背景。徐州如今已是危机四伏，还能再倚靠术、瓒？更何况明眼人都能看出来，袁术本身也有觊觎徐州之心，他所控制的扬州就在徐州南面，如果趁火打劫，进袭徐州乃是分分钟的事。

为什么不换一个阵营，转而向比术、瓒更强的袁绍靠拢？曹操与袁绍属同一阵营，且多少为袁绍所制约，投向袁绍也就等于和曹操成了盟友，双方便可借此捐弃旧嫌，这样一来，徐州所面临的威胁不就自行消除了吗？决议已定，陈登等向袁绍派去使者，将奉迎刘备为徐州牧的事向他做了报告，并且解释说，因为现在是战乱时期，到处都不安全，所以刘备暂时还不能亲自前来拜见袁绍。

派使报告的做法，是刘备依附于袁绍的一种明确表示，其时两大阵营严重对立，任何能够削弱袁术、公孙瓒势力或对之造成不利影响的事，都是对袁绍的支持，更别说刘备带着徐州跑过来了。袁绍当即予以接纳，并对刘备领徐州表示认可和支持，说："刘玄德（刘备字玄德）宏量大度，甚有信义，如今徐州民众乐于拥戴他，实在是很符合大家的期待。"

名　器

徐州官民没有看走眼，刘备就任徐州牧后，延续了任平原相时的作风和魄力，平时亲待下属，宽和治民，很得民心。

善于知人待士，是刘备的另一个突出优点。拥有州牧资格，也就意味着具备了荐置州郡大吏的权力，刘备没浪费这个权力，但他上书表荐的既非好友也非故旧，而是以孔融"领青州刺史"。

青州本就已经一州两刺史，即公孙瓒方面的田楷和袁绍方面的袁谭，现在再多一个孔融，成为"一州三刺史"。虽然孔融对于"青州刺史"也只能虚领，然而这并不重要，重要的是刘备借此传递出了他对于士人特别是名士的尊崇。

因为战乱原因避居徐州的硕儒名士也为数不少，辈分上刘备应称为师叔、与卢植同出一个师门的经学家郑玄，还有大名士陈纪等，当时都在徐州，刘备对郑玄执弟子礼，经常拜访他和陈纪等人，向他们虚心求教治乱兴衰之道。

刘备原先只是一个依附于人的带兵部属，没有也似乎不太需要幕僚，但自从担任地方最高军政长官就不一样了。刘备从被陶谦表领为豫州刺史起，便利用自己"举孝廉"的资格，开始在士人中挑选和任用人才，并由陈群、刘琰等人组成了他最早的幕僚班子。

陈群系陈纪之子，出身名门望族，他和父亲陈纪都与孔融交往甚密，自身也有一定的政治才能。糜竺迎刘备领徐州时，陈群曾劝刘备勿往，虽然刘备最终没有采纳他的建议，但对其尊重依旧。士人的特点各不相同，另一个幕僚刘琰并不热衷于参与实际政事，然而此人有名士风度，仪表堂堂，擅长交谈议论，刘备扬长避短、量才录用，亦将其辟为从事。

按汉制，将军、州牧皆可以开府治事，刘备入主徐州后，即在原有幕僚班子的基础上，正式建立幕府，并进一步吸收幕僚人才，士人孙乾就因得到郑玄的举荐，被刘备即时辟为从事。与此同时，环境也在催动着刘备自身的不断成长和转变。刘备晚年给儿子刘禅开了一个书单，实际上，这也是刘备给自己开的书单，可见他本人在公务之余亦注重阅读，以增长自己的知识才干。

结合史书上关于刘备早年师事卢植时，就不太爱读书的记述，可以推知，他在成为州牧之前，未必有这么好的自觉性和读书习惯。之后一方面是责任感和紧迫感的驱使；另一方面，近墨者黑，近朱者赤，与孔融、郑玄、陈纪等硕儒名士的交游，也肯定会让他受到影响。

依靠交游和阅读，刘备逐步建立起了一个政治领袖所应具备的知识结构，视野也变得越来越宽广。

将刘备迎入徐州的广陵太守陈登，素来敬重刘备，他在与人纵论天下时，开出了一份"名器榜"，所谓"名器"亦即国家栋梁。陈登认为普天之下，只五人有资格被称为"名器"，五人中，徐州占三个，其中两人皆为名士，即孔融和陈纪，剩下一人就是刘备。刘备入主徐州后的变化以及所表现出来的见识，让陈登感到颇为欣喜，他因此评论刘备"雄姿杰出，有霸王之略"。

就在刘备埋头处理徐州内外事务之际，有人来徐州投奔他了。

先前曹操二征徐州时，被吕布、陈宫等人在兖州联手反曹，差点陷曹操于绝境，逼得他不得不放弃几乎已唾手可得的徐州，回军兖州。吕、曹一战，吕布成了失败者，如今在徐州城下等着被接纳的，就是吕布和他的残兵。

吕　布

吕布出生于并州五原郡，他的祖父是奉命留守边塞、抵御匈奴的军人，吕家从此就在五原定居下来。传说吕布的母亲善染织，吕布出生于她母亲所在的染织作坊，呱呱坠地时被抱于布匹之上，故名吕布。

五原当地人传说吕布从小身高体重就超出常人，且力大过人，同龄孩童都只能远而视之，不敢与之玩耍。吕布生性好斗，最喜舞枪弄棒，但唯有同女孩在一起时则温顺体贴，判若两人，俗话说"从小看看，到老一半"，这些也确实非常符合吕布长大后的性情和做派。

西北的凉州、并州皆为边塞，二州相当于幽州的加强版，一方面常与胡人冲突和交战，另一方面境内汉人与胡人杂处，受胡人风气习俗影响较大，不管男女皆能骑善射。吕布据说从五岁起，就常随牧马人野外放马，自己也很爱马，只要见到马就精神头十足，兴奋得手舞足蹈，他当时骑在马上，即能手持一根木棍，刺击野鸡野兔。七岁时，吕布可单人独骑追击野狐山鹿，且从未空手而归，他还经常将重于他几倍的小马驹抱起玩耍，有时甚至举过头顶。

汉灵帝时，鲜卑部落联盟四处扩张，对东汉发动掠夺战争，东汉边将被迫大举南迁，已经成年的吕布遂随父离开五原，南撤至山西境内，归附为并州刺史丁原部下。

董卓和丁原受何进所召，分别带兵入京。董卓虽然身份为并州牧，但他是凉州人，带的兵也是凉州兵，丁原带的则是并州兵。以吕布为代表的并州、凉州军人，从小生长在恶劣的边塞环境之中，且久与匈奴等胡人相处，胡化倾向非常明显，故而有的学者也称之为"胡化之武人"。匈奴等胡人多朝秦暮楚、反复无常，这一点也反映在吕布等"胡化之武人"身上，吕布本受丁原重用，但在董卓的诱惑下，居然不念旧谊，杀掉丁原，投靠了董卓。

董卓旧部，皆以勇猛善战著称，然而战将以上鲜有具备雄才大略的人物，董卓亦不例外。董卓死后，凉州系的李傕、郭汜等人不久便完蛋了，只有吕布凭借其骁勇，不仅没有消失，还成了逐鹿中原的关东群雄之一。

吕布的勇武，人所共知，而且手下还有张辽、高顺等一众并州系良将，正常情况下，不管谁将他们收归麾下，都能起到如虎添翼的作用。可是面对主动来投的吕布，刘备却发起愁来，感到颇为棘手，当然不是吕布的能力不够资格加入他的队伍，而是他的人品实在让人心里没底。

投靠董卓后，吕布又被司徒王允拉拢，再弑董卓，如此反复多变，即便在那个乱成一锅粥的年代，也不多见，吕布由此得到了一个"轻狡反复，唯利是视"的恶评。

因京城被李傕、郭汜攻陷，吕布被迫来到关东，先投袁术，后又寄身袁绍篱下。二袁本是同父异母的亲兄弟，因袁绍被过继给袁术的伯父，故而两人又以堂兄弟相称。董卓得势时，袁绍、袁术虽得以逃离洛阳，但留在洛阳的袁氏一族被董卓抄杀殆尽。吕布投奔袁氏兄弟，是认为自己杀了董卓，相当于替他俩报了仇，对方看在这个分上也会收留和善待他，然而吕布的想法却落了空，他根本无法取得袁术、袁绍的信赖。无奈之下，吕布只得离开，此后不管他走到哪里都被怀疑，成了一个不受欢迎的人。

吕布四处乱窜，没想到在经过曹操的根据地兖州时，意外地被天上掉下的馅饼给砸中了。留守兖州的陈宫等人欲背叛曹操，可又苦于自身武力不足，看到吕布到来，不由得喜出望外，这才让吕布捡了个现成便宜。

若是能长久自领兖州，对于吕布倒是一个不错的选择，因为不用去投奔别人而让别人为难了，奈何他又守不住兖州，便不得不让刘备来替他解决人生困境。

吕布此人反复无常，不易驾驭，连袁氏兄弟都容他不下，刘备又岂能对之视而不见，他也深知接纳吕布存在很大风险，弄不好就会引狼入室，但问题是若直接拒绝，站在他的立场，似乎亦非良策。

险　棋

刘备刚刚置身于州牧一级的诸侯行列，且已经被外界贴上了仁厚之主的标签，这种情况下，做任何事，都不能不认真考虑一下世人对自己的看法——且不管吕布有过怎样不堪的过往，他山穷水尽、走投无路才会前来投奔你，你却二话不说地拒之门外，那你的"仁"体现在哪里，"厚"又在何方？有了这个先例，试问以后谁还会再来投靠你，如何广纳贤才，积聚力量？

陶谦生前，徐州军政圈主要有两派势力：一派是许耽、曹豹等将领，他们是陶谦的家乡人，陶谦的丹杨兵亦由他们直接统辖，可称为"丹杨派"；另一派是徐州本地豪族出身的士大夫官僚，即陈登、糜竺等，可称为"徐州派"。丹杨派自居为陶谦的嫡系和亲信，许耽、曹豹等人本以为陶谦会像其他诸侯那样，在自己死后将州牧之位交给子嗣，这样他们或许可以凭借辅政之名成为权臣，未料陶谦指定的接班人却是刘备！

刘备本来跟徐州的圈子没有半毛钱关系，他只是在曹操攻打徐州时应邀前来援救的友军，能以客将身份，暂居于小沛，已经很够意思了，凭啥还要把徐州拱手让与这个"外人"？丹杨派理解不了陶谦的决定。其实岂止他们理解不了，后世有人也理解不了，这才有了所谓的"糜竺伪托遗命说"。坚持此说的人疑惑为什么给陶谦传达"遗命"的不是许耽、曹豹之辈，而是糜竺一类曾被陶谦排斥和打击的徐州士人，并由此质疑陶谦是否真正留有传位于刘备的"遗命"。

问题是，丹杨派在陶谦心目中的地位真的还那么重要吗？丹杨兵当然还一样值得信任，但是统领丹杨兵的将领们就未必了。陶谦后期遭遇巨大危机，固然有着多种因素，然而有精兵而无强将，导致丹杨兵的战力无法得到充分发挥，却是战场上落败的主因。陶谦岂能不对此耿耿于怀，他只是一时无法对丹杨兵将领进行撤换而已，哪里还会对他们抱多大希望。

不过不管怎样，以许耽、曹豹等人为首的丹杨派在失落之余，必然会对刘备产生不满乃至怨怼情绪，也不会认可他在徐州的执政，他们只是慑于陶谦有"遗命"在先，暂时不敢轻易造次而已。刘备自然能够察觉得出来，但他在徐州的根基尚浅，陶谦生前尚动不了丹杨派，在时机成熟之前，他当然也不敢轻易尝试。刘备入主徐州时，许耽任中郎将，曹豹任下邳相，刘备并没有来个"一朝天子一朝臣"，撤掉他们的职务，换上关羽、张飞等自己的亲信将领，这说明他还是以抚慰、笼络为主，在处理方法和态度上是相当谨慎的。

另一方面，对于难以控制，随时可能反叛的丹杨兵将，刘备也不能不防。吕布是首屈一指的猛将，他所率领的并州军也是一支战斗力颇强的部队，曾数次击败过曹军。现在吕布兵败来投，如果予以接纳，在刘备想来，吕布必定会对自己感激涕零，其掌握的并州精锐亦可为己所用，如此，不但可以在外战中助一臂之力，还能在内部对丹杨兵起到制衡和监控作用。

有鉴于此，刘备在经过一番深思熟虑后，决定收留吕布，以后的事实证明，这是一步险棋，但就当时的情形来看，刘备也只能如此处理。

得知刘备同意收纳自己，吕布十分高兴，两人初次见面，刘备简直被吕布当成了一尊佛，他对刘备说："我与您都是偏远之人啊！我看到关东诸将起兵要杀董卓，于是我就把董卓杀了，然后来到关东，可是关东诸将却没有一个能够容纳我，他们都要杀我！"

吕布是并州五原郡人，刘备是幽州涿郡人，五原、涿郡在东汉王朝的版图上皆属边境，吕布的意思似乎是说关东诸侯歧视他们这些边境之人，故而才容他不得。这当然与真实情况相去甚远，不过听过之后，也就是一笑置之的事，但接下来的画面，就有些让人难以接受了。

吕布将刘备请入帐中，坐在自己妻子床上，并让妻子向刘备行礼。刘备是一个受儒家思想影响很深的人，儒家讲究礼，到别人家里做客，是不能坐在床上的，更何况还是主人家配偶的床。吕布大概是认为只有这样做，才能表现出自己对刘备的敬重，却无意中让刘备尴尬到了用脚抠地的程度。

随后，吕布又设酒宴款待刘备，席间他竟然称呼刘备为弟。史书上没有记载吕布的出生年月，也可能他确实比刘备大，但你既然是前来投奔别人的，哪有一上来就自居大哥的？

对于吕布这些颠三倒四、语无伦次的表现，刘备似乎毫无触动，脸上一无波澜，你让坐，我就坐，你称我为弟，那我就是弟，然而内心肯定极不痛快。也许从这一刻起，刘备对自己收纳吕布的决定就已经后悔了，但为时已晚，也只能走一步看一步了。

争盟淮隅

在刘备身领徐州牧、并采用新的"对外之策"后，徐州周边的战略环境已经发生了重大变化。

北面，袁绍正忙于和公孙瓒争夺，曹操与袁绍处于联合之势，在刘备得到袁绍承认后，袁、曹暂时都不会对徐州构成威胁。

如同曹操的兖州与徐州紧紧相邻一样，公孙瓒所部控制的青州也是徐州的近邻，他署置的青州刺史田楷仍在那里。公孙瓒、田楷与刘备本有宿谊，在刘备投奔徐州后，史书虽未载公孙瓒、田楷的态度，但从此后他们与刘备之间再无交集的情况来看，友谊的小船大概是翻了。不过话又说回来，刘备的做法充其量只能算是职场上最常见的跳槽，且并未对公孙瓒的利益造成实质性损害，加上公孙瓒的征战目标又向来都不在徐州，所以可以推知公孙瓒、田楷与刘备之间即便已有微嫌，也不至于相互为难。

南面是袁术。袁术据有扬州，但他又兼称徐州伯，所谓"徐州伯"其实就是徐州牧，因州牧的本名即牧伯，可见袁术对徐州早有非分之想。陶谦还没死的时候，就对袁术的这种行为产生了反感，盟友关系已经名存实亡。

袁术的心很大，只要嘴边能够得着，就没有他不惦记的。事实上，之前刘备虚领豫州刺史，就已经让袁术颇为不满。也曾控制豫州，只是在他败于曹操后才退到了扬州。陶谦表荐刘备为豫州刺史，自有防备曹操将来向豫州扩张之意，从当时术、陶联盟对敌的角度讲本无可厚非，但此举却难以得到袁术的赞同。

豫州刺史之事尚未了结，得知刘备又接掌了徐州，袁术不由得大为恼怒。除了觊觎徐州牧的宝座外，他自恃"四世五公"，对于"贩履织席"出身的刘备也有着一种本能的蔑视，为此扬言："我长这么大，还没听说过天下有刘备这么个人！"

袁术代替曹操，成了徐州方面最大、最迫切、最现实的威胁。好在刘备对此也已有了充分的心理准备，当初他不敢贸然接任徐州牧，究其原因，就是害怕袁术大军压境。

既有准备,自然也就做好了防范。刘备原本力量有限,初到徐州时只有杂兵数千人,依靠陶谦分四千丹杨兵给他,才稍具规模。后来驻扎小沛,通过招兵买马,又收得一些。及至接掌徐州,以丹杨兵为主的徐州驻军全部归入其麾下,此时的备军虽还未如陈登所说的那样,扩至十万步骑,但总体上亦达到了能与袁术一级的诸侯相抗衡的水平。

东汉建安元年(196),袁术终于发动了攻打徐州的战争,刘备亦不甘示弱,积极组织抵抗。时人将这场战争称为"争盟淮隅",所谓"淮隅",其实指的就是徐州,淮水与泗水横贯徐州南北,因此往往用"淮泗"作为徐州的代称。

刘备派张飞与下邳相曹豹共守州治下邳,自率主力在淮阴县的石亭抵御术军。两军相持一个多月,互有胜负,作为刚刚跻身于诸侯行列的新生面孔,刘备能有此战绩实属难得,但形势很快就急转直下。

张飞和曹豹在下邳不但不能和衷共济,还发生了激烈冲突,丹杨派将领许耽等人也迅速卷入这场争斗,并由此激起了丹杨军的反叛。

下邳事件被公认为刘备争盟淮隅的转折点,一般论者都从张飞性格鲁莽出发,归咎于刘备用人不当,不应以张飞与曹豹共守下邳。然而若是能够透过现象看本质,会发现许耽、曹豹等人不满于刘备执掌徐州,其实早非一日,丹杨派与刘备的冲突本属在所难免,即便刘备任用他人比如关羽守城,或者他给予丹杨派将领以更多的厚待,丹杨派的反叛也只是时间问题。

就张飞而言,这个人整体上粗中有细,并不缺乏大局观,他在处理具体问题上或许会急躁一些,但还不至于在强敌压境的严峻时刻,自己先在内部放一把火。从下邳事件的前因后果来看,与其说是张飞引发了丹杨兵将的反叛,倒更像是丹杨派为了实施反叛行动,以不听从调遣和号令的方式,故意激怒张飞在先。

事件发生时，丹杨派的反叛图谋已经变成现实，张飞、曹豹皆欲先一步控制住下邳。其时刘备的主力部队已前往盱眙、淮阴一线作战，下邳的留守兵力不多，与城内的丹杨兵相比处于劣势，但张飞"雄壮威猛"，乃超一流的战将，非曹豹这样的庸将可比，飞、豹相斗，反而张飞占优，曹豹很快就死于张飞枪下。

丹杨兵大乱，许耽急忙率部退入军营固守，同时派属官司马章诳星夜出城，向吕布紧急求援。

鸠占鹊巢

在徐州内部的各方面力量中，刘备的嫡系部队和徐州派是明确支持刘备的。初来乍到的吕布则实际属于半独立状态，加之他频繁叛主弑主的名声，丹杨派一定会想到要与他联手。

史书未载吕布在徐州的具体驻兵地点，不过从刘备对吕布不能不收，却又无法亲近，反而还得加以提防的心态来看，他应该不敢把吕布安置得靠下邳太近，最大的可能还是仿照陶谦当初对自己的安排，让吕布屯兵于小沛。这样一来，平时可用吕布来防御曹操，必要时，也可调至下邳，以其应付丹杨兵异动等内部突发情况。

小沛离下邳既不算远，也不算近，但当司马章诳跑到距下邳西面约四十里处时，却与吕布所率的并州军不期而遇了！

吕布早就奔着下邳来了，起因是他收到了袁术的一封信。

在信中，袁术首先恭维了吕布一番，说董卓灭我袁氏一族，是将军你杀死这个老贼，替我报了仇、雪了耻，又夸奖吕布击破兖州，给曹操来了个下马威，称此役使他眼光明亮，从此看清了天下形势。

杀董卓、破兖州，被袁术列为吕布的两大功劳，但他给吕布写这封信的真实用意所在，却是希望吕布去干成所谓的第三件功劳，也就是配合他袭击下邳，击败刘备——备、术两军相持不下，袁术既看刘备不起，却又扳他不倒，情急之下，便想到这个从内部瓦解的损招。

好话人人爱听，但若不搭配必要的实惠，也很难打动对方。并州军连年征战和流浪，粮草方面需求较大，作为让吕布干成"第三件功劳"的代价，袁术承诺立即资助其军粮二十万斛，并且说以后还会按需送来，另外如果吕布缺少兵器战具，只要说一声，他亦将如数奉送。

对于吕布这样的人，诱之以利果然是最管用的，吕布得信之后，立即将被袁术拒于门外的怨愤，以及落魄之际，诸侯之中只有刘备肯予以收留、给了他安身之处的恩惠，统统抛到了九霄云外，当下便率军水陆并进，向下邳进发。

从刘备这方面来说，他不是对吕布不提防，也对吕布朝秦暮楚的老毛病有所警惕但最终出现疏漏，是与他当时的一些基本判断有关，即认为吕布的人品无论多么差劲，也会对自己存有感激之情，况且之前无论是自己在徐州的施政，还是对待吕布个人，都挑不出什么明显的问题。再退一步来说，就算吕布对在徐州的前景感到失望，抑或发现了更好的去处，大不了就是一走了之，这在当时那个年代是常事，毕竟刘备自己也这么做过。但他没想到吕布居然可以什么都不顾及，说翻脸就翻脸。

刘备收纳吕布，本有让并州军和丹杨兵相互监督和牵制之意。丹杨兵不对劲，可以让并州军威慑；同理，并州军有个风吹草动，丹杨兵也不会坐视不理。这是刘备料定吕布在短时间内不敢造次的另一个因素，同时也是他在袁术大兵压境之际，可以放心地将主力部队抽出，用于前线作战的保证，但丹杨兵与吕布的勾结，却彻底摧毁了刘备这一设想的前提，事实是吕布不但不能帮着灭火，反而还成了内乱中最大的助燃剂。

司马章诳在下邳附近与吕布会合。司马章诳告诉吕布，下邳的西城门尚在丹杨兵手中,那里有上千丹杨兵,张飞暂时难以控制,他还用一种略带夸张的语气渲染说,丹杨兵在得知吕布将来增援后,上上下下都极为踊跃,如同获得重生一样。

丹杨兵仍掌握着城门,只要并州军一到,里应外合,城门自然洞开。吕布闻之大喜,传令马不停蹄,连夜进军。

天亮时,并州军抵达城下,许耽立即率丹杨兵打开城门,将他们迎入了城中。入城后,吕布坐在城门楼上指挥,他的步骑兵在城内放起大火,与丹杨兵一起对张飞所部展开进攻。

张飞猝不及防,他个人再勇猛,要带着城中的少量守军抵御对方的夹攻,显然也是不大可能的。飞部大败,仅张飞凭着个人悍勇冲出了重围。下邳作为徐州州治,既是政治也是军事上的要地,刘备的大部分军需物资、妻子儿女,以及将吏、部曲们的家眷,都在下邳,就此全部落入吕布之手。

得知下邳失守,刘备如闻晴天霹雳,这是被吕布鸠占鹊巢,端了老窝。他忙率军自石亭北还,匆匆回救下邳。刘备的主力部队其实亦以丹杨兵居多,他自己的亲信嫡系人马在比例上并不占多,下邳的丹杨兵亦参与反叛的情况,这边的丹杨兵难免心情复杂。部队将近下邳时,尚未与叛军作战,丹杨兵就开始不听约束地四散而去,军心因此动摇,最后导致全军溃散。

折而不挠

仅仅一夜之间,刘备就从人生巅峰滑到了谷底,变得一无所有。随后他虽然会合了突围的张飞,又与张飞、关羽等一起收拾了残部,但力量已被急剧削弱。

前有吕布迎头阻击、后有袁术尾随而至，为了避开两边的锤击，刘备率部从空隙中钻出，往东进入了扬州广陵郡辖区。然而还没等他站着把气喘匀，袁术追兵就赶到了，刘备被迫再战，结果又吃了败仗。

此役之后，刘备彻底沦为丧家犬，面对敌人的追击，他没有任何办法，只能抱着头继续逃、继续躲、继续藏。接下来的落脚点是广陵郡海西县，这时部队供养已基本断绝，陷入了恐怖的饥馑之中，将官士卒们饿到没办法，竟然从上到下互相残杀，以人肉充饥。当时的中国北部兵荒马乱，缺粮是常态，在军粮不够时，袁绍的军队吃过桑椹，袁术的军队吃过田螺，不一而足，但有史书明确记载吃过人肉的军队，就只有刘备和曹操两家。

曹操及其部下早已否极泰来，刘备及其部下的噩梦才刚刚开始。这是刘备一生中最绝望、最困顿也最为刻骨铭心的一个阶段，周围和他打交道的，不是必欲置其于死地的宿敌（袁术），就是翻脸比翻书还快的叛徒（吕布），或是身边这些眼睛已经发绿的食人魔（部下）。若是换作其他人，恐怕早就已经拔剑自刎或者精神失常了，事实上，刘备曾经的老友、一度风云一时的公孙瓒，就因此最后走了不归路，但刘备选择了咬牙硬挺，继续坚强地活下去，其意志之坚韧，令人印象极其深刻，无怪乎《三国志》的作者陈寿如此评价："先主（刘备）折而不挠！"

话又说回来，人不是铁打的，很难抵抗得住饥饿的威胁，不消几日，刘关张就算自己不饿死，也得被他们那些已经饿疯的士兵给撕碎吃掉。

关键时刻，救星出现了。当初率徐州官民迎请刘备的糜竺，得知刘备已转军海西，于是带着弟弟糜芳，毫不犹豫地前来追随。糜家世代经商，家中资产巨亿，奴仆万人，考虑到刘备家眷被掳，身边无人照料起居，糜竺非常贴心地将自己的妹妹送给刘备作为夫人，连带还送了两千奴仆。

穷困潦倒之际，居然还能天降这等好事，大概也只有刘备能够遇上了，但他得到的还不止这些。见备军陷入困顿，糜竺又毫不吝惜地倾囊相助，把家里的金银财货都拿出来，送给刘备充作军饷和购买军粮。这大大缓解了备军的状况，一时备军"赖此复振"，士气逐渐振作起来，又重新像个军队的样子了。

即使如此，刘备面临的困难依然很大，海西条件较差，长此以往，部队将坐吃山空，届时不仅难以应付袁术、吕布所发动的新攻势，生存也会再次成为问题。

糜竺当初来迎接刘备领徐州时，幕僚陈群曾劝阻过。他除认为袁术会因此闹上门来，还预言吕布将袭击刘备的后方。现在陈群的话全都变成了现实，只不过吕布是以另一种方式从后方实施了袭击。

陈群之言不虚，果然落得一个兵败城陷，为他人作嫁衣裳的下场！刘备后悔莫及，但世上是没有后悔药可买的。眼看广陵海西实在是待不下去了，其他地方又都去不了，茫茫大地，竟似已无容身之所，百思无计之下，他决定向吕布请降。

这是一个极为艰难的决定。想那吕布，本来活像一条无人收留、栖栖惶惶跑到徐州地界来的流浪狗，没有刘备，连块立足之地都找不到，结果这小子不谋报答不说，还恩将仇报，帮助宿敌将刘备逼至了空前绝望的境地。对刘备而言，吕布给予他的这份伤害可谓刻骨铭心，然而临到头来，他不仅得亲手给自己"争盟淮隅"的宏图降下帷幕，而且还要暂时忘记所有伤害和仇恨，装得像个没事人一样，低声下气地向对方请降，真可谓屈辱之至。

问题在于，人在走投无路的情况下，往往是没有什么条件不能答应的，现在最让刘备及其部下最担心的，倒是吕布能不能接受他们的投降。

如果是在此之前，即便刘备愿意请降，吕布肯不肯搭理，也确实很难说，但凡事都有机缘，恰巧这个时候，吕布、袁术的盟友关系也出现裂缝。

原来在吕布帮助袁术击败刘备后，袁术已经停止了向吕布运粮，之前承诺的那二十万斛军粮并没有全数送到，实际上就是不给了，至于当时夸海口许下的其他好处，自然也不用再惦记了。

军粮物资，大家都不宽裕，袁术亦不例外。在他想来，所谓二十万斛军粮不过就是说说而已，能给一部分就不错了，哪能真的全给。合着我把大米全都奉送过来，然后自己吃田螺？再者，你赶走刘备固然花了力气，可不也拿到徐州了吗，最后也没见你把徐州让给我或者从中分我一杯羹啊？可以了，人贵在知足！

吕布会知足吗？根本不可能。站在吕布的角度，他当初可是冒着被刘备反杀的危险，才出兵下邳的，包括二十万斛军粮在内，袁术承诺的所有条件都是他应得应分的，少一粒米也不行，那叫"背信弃义"。

吕布恨不得马上给袁术一点颜色看看，但鉴于周围复杂的形势，一时亦不敢轻举妄动。就在他满腹委屈、一腔怨愤之际，刘备的使者来了，吕布顿时眼前为之一亮。

袁术，你过河拆桥，以为刘备已经完蛋，再也用不着我了？好，那就让你重新认识一下我吕布的分量！

吕布不但接受了刘备的投降，还主动提出要与刘备联合对付袁术。与此同时，吕布的小算盘也打得飞快，他乘势剥夺了刘备徐州牧的头衔，让其依旧挂名豫州刺史，自己则取而代之，名正言顺地当了徐州牧，驻兵下邳。

棋　子

刘备又回到了徐州，只是物是人非，此处已非他所有——从接替陶谦继领徐州，到被吕布乘势袭占，得失之间才不过一年有余，若是自吕布来投开始算，则时间更短，对当事者而言，更像是做了一场梦。

刘备阵营从决定请降起，就已被迫接受事实，反而吕布这边对于刘备的归来，心情较为复杂。

吕布上位靠的是背叛和武力袭击，要论统领徐州的合法性和正当性，则无法和奉有"遗命"的刘备相比，且刘备在徐州拥有一定的民意基础，他如今归来，会不惦记着把失去的再拿去吗？回到刘备身上，他志向远大，不甘于为人附庸，早先来到徐州就是因为脱离公孙瓒，转投了陶谦，这一做法与吕布的背叛相比，虽然性质不同，但结果看上去都有一致之处。吕布的将领们以己度人，认为刘备背叛吕布也只是迟早的事，他们对吕布说："刘备一再反复，难以共事，应该赶快除掉。"

吕布内心的想法和将领们其实差不多，尤其刘备来到身边后，一看到此人，马上就会联想到自己的交椅是从他手中抢来的，顿时便有如芒在背之感，浑身上下都不舒服。

不留旧主是胜利者的常规操作，如果可以随心所欲，吕布早就冲上前去，把刘备这个时刻都在戳自己眼睛的家伙给砍成肉酱了，还用得着别人提醒？他不这么做，是因为现实不允许，而他也并不是一个意气用事的人。

事实上，吕布虽然见利忘义、锱铢必较，却也有他的生存之道。当初他叛丁原投董卓，叛董卓投王允，难道仅仅是因为受利所诱？非也，表面的"利"充其量不过小利，他吕布要追逐的是大利，即更有利于自己的活动和上升空间。在每一次类似的交易中，吕布都凭借其政治嗅觉，攀上了他所认为的高枝，虽然最后的结果也不是都能得偿所愿，但起码是有所得的，而且得到的东西不止一点半点。这也就能解释，为什么从董卓专权到王允当政，吕布都能混得如鱼得水，直至西北凉、并二系黯然失色，董卓旧将多从历史舞台上消失，而吕布依然还能继续在关东诸侯中纵横捭阖了。

同样，吕布能够接受刘备的投降，并与之联合，也不是那二十万斛军粮纠纷造成的，讲穿了，后者只是他拿来说事的一个借口。袁术觊觎徐州，此事吕布岂能不知？徐州只能有一个主人，袁术只要想打徐州的主意，这个脸是迟早要翻的，换句话说，即便袁术把二十万斛军粮如数送来，布、术也不可能再成为盟友，只不过会将反目成仇的时间稍微推迟一些罢了。

在吕布看来，已经成了脱毛凤凰的刘备，是他手中用来对付袁术，维持徐州、扬州之间"州际均势"的一个最好棋子。这个棋子才刚刚发挥作用，远没到可以轻弃的时候，当然此人现在离得太近，不仅碍眼讨嫌还有很大威胁性，是得想个办法、玩个套路，让他自己知情识趣地离远一点。

吕布叫来刘备，把手下诸将所言跟他说了一遍，并表示这些都是无稽之谈，他吕布根本就不相信。可想而知，吕布披露的信息给刘备带来很大冲击，回到住所后仍惊惧不安，于是便派人前来游说吕布，主动请求屯兵小沛。

小沛在豫州境内，刘备屯兵小沛，既符豫州刺史之名，又可帮助吕布抵抗曹操，这理由说得通。更重要的是，此举正中吕布下怀：小沛的刘备除了防御曹操外，还可暂与自己成犄角之势，对袁术势力进行抑制。

吕布不仅爽快地答应了刘备的请求，还亲自张罗，举行了欢送仪式。在仪式上，吕布将之前俘虏的刘备家小和其部曲的家眷全部释放，允其随刘备前往小沛，又按照刺史的待遇，为刘备配备了车马和童仆，把个泗水之上的船只塞得满满当当。

对于这场欢送仪式，留下的记录是"祖道相乐"。所谓祖道，最早是为出行者祭祀路神的一种仪式，后引申为饯行送别，通过"祖道相乐"一词，可以想象现场的热闹气氛。吕布这么做，无非有两层意思：对外，显示自己和刘备的融洽无间,这是给刘备看的,更是给袁术看的,为的是稳固自己在徐州的地位;对内,把吕、刘主客身份互换的事实再公开展示一遍,告诉徐州人,刘备自己都已老老实实地臣服于我,你们还有什么不甘不服的?

辕门射戟

吕布联合刘备的一系列操作,果然让袁术感到了心虚害怕。看情况,刘备是已经不成气候了,但吕布又起来了,如果这两个人一直联手,轻者难得徐州,重者扬州老巢亦可能不保。

最好的办法,是分而治之。袁术派人向吕布提出请求,欲聘吕布的女儿为自己的儿媳,显然是想与吕布重归于好。吕布把刘备拉过来,是认为袁术对他有威胁,并不是觉得自己已经有能力可以干翻袁术,故而对这种政治联姻方式也表示认可。

在给吕布抛去橄榄枝的同时,袁术对较弱的刘备挥起了大棒。刘备在小沛刚刚安顿好,袁术即第二次向其用兵,派大将纪灵等率步、骑兵三万杀向小沛。刘备新败未久,元气尚未恢复,实力很弱,自然无力独自抵抗,只得向吕布求救。

吕布不乏生存之道,然而也有不少属于他个人的性格缺陷,除了重财贪利,常犹豫反复亦是其中之一。在将刘备送去小沛后,虽然不用再经常看到他,但吕布又多了一块心病,生怕刘备借机恢复力量,东山再起,成尾大不掉之势,那样一来,自己岂不是放虎归山了?吕布的悔意和杀机,都被部将看在眼里,刘备的求救信一到,他们就对吕布进言:"将军您一直想杀刘备,这次好了,您不用亲自动手,可假袁术之手来做这件事。"

对刘备的求救装聋作哑，任其被袁术所灭，诸将以为吕布一定会表示赞同，不料吕布听罢却摇了摇头。

小沛虽实际属于豫州，远离徐州腹心，但它南连扬州，西连徐州，北端挨着兖州，处于各州的交叉点上，可以说，谁能够控制小沛，谁就拥有了伸向各州的触角。对于这样一个军事要点，吕布是不会轻易让给别人的，更不用说他的战略竞争者袁术了。这是其一。

其二，在小沛北面，徐州与青州之间的滨海之地上，还驻屯着一支武装力量，其将领臧霸等皆为兖州泰山郡人，士兵系从家乡泰山招募而来，号"泰山兵"，臧霸等则被人们称为"泰山诸将"。

史料上称丹杨兵"果劲"，意谓果敢有力；泰山兵则以"勇劲"著称，特点是勇猛有力，且泰山诸将纵横江湖，统兵作战能力尚在许耽、曹豹等丹杨派将领之上，泰山军自然拥有很强的战斗力。泰山军依附于徐州刺史，曾协助陶谦征讨过黄巾军，但与丹杨军不同，早在陶谦生前，他们就基本处于半独立状态。吕布取刘备而代之后，虽有意收揽泰山军，但效果一般，总体来看，在吕布坐镇徐州时期，泰山诸将已经相当于徐州范围内的独立小诸侯了。

袁术主动以联姻示好，加上对刘备借机坐大的担忧，这些固然可以促使吕布放弃联合刘备的初衷，转而采用部将的借刀杀人之计，但他不能不考虑刘备的另外一个作用，即作为他和泰山诸将之间的调和剂——刘备在据有徐州时，基于丹杨兵将不愿真心降服、自身军事实力又有限的不利局面，一直积极联络以臧霸为首的泰山诸将，双方自此建立和保持了一种相对紧密的关系，即便刘备落魄，泰山诸将对其态度依旧不改，这是吕布做不到的。

袁术的企图心很大，刘备形式上是吕布的客将，他都说打就打，显然是没有真正把吕布放在眼里，而袁术在吞下小沛、干掉刘备后，也必然会将下一个目标对准吕布。若吕布对刘备坐视不救，名义上也归附吕布的泰山诸将，必然会受到极大触动和刺激，到时若他们投向袁术，袁术便可依托小沛至泰山军驻屯地一线，对徐州形成包围。吕布对此看得分明，他告诉部将："袁术如果击溃刘备，就可以向北联络泰山诸将，那样我将陷入袁术的包围之中，因此不得不救刘备啊！"

事不宜迟，吕布率领步兵千人，骑兵两百，急速赶赴小沛。纪灵等敢于悬军敌境，是欺负刘备兵弱，现在听说吕布援兵已至，都赶紧收兵回营，不敢再向刘备进攻了。

袁术对吕布，暂时并不占有绝对优势，起码他不能忽略吕布的军事存在，否则的话，也不至于使出政治联姻这一招了。纪灵等进攻刘备，实际是抓住吕布和刘备之间彼此猜忌的缝隙，以吕布不会干预作为前提的，一旦发现吕布不肯坐视不管，这仗就打不下去了。

纪灵等虽然罢手，但他们既然兴师动众而来，总也不能说撤就撤，好歹要有个台阶可下才行。与此同时，吕布驰援的目的也不是为了打仗，说白了，就是要维系一个力量平衡，见纪灵虽停止了攻势，却又摆出一副欲走还留的样子，他便先在小沛西南一里地处安营扎寨，并派兵卒去请纪灵等前来，欲从中斡旋调停。

纪灵等恐遭不测，都不敢来吕布军营，他们回复说，自己也想请吕布一起开怀畅饮，只不知道吕布肯不肯赏这个脸。吕布听后，不仅慨然应允，还把刘备邀请过来，随其一同前往赴宴。

尽管刘备就在眼前，然而有吕布相陪和作保，纪灵等亦不敢轻举妄动。众人落座已毕，吕布对纪灵等人说："玄德（刘备字玄德）是我弟弟，现在他被你们围困了，所以我来救他，不过我这个人生性不喜欢聚众争斗，只喜欢化解纠纷。"

言罢，吕布命人在营门前竖起了一柄长戟。大家不知道他葫芦里到底卖的是什么药，全都上前围观，却见吕布一手执弓，一手执箭，做好了弯弓射箭的准备。

戟是汉代常见的长柄格斗武器之一，戟头通常呈"卜"字形，前端为直刃，用于刺杀，名为"刺"，旁侧伸出一个横枝（小支），有尖有刃，既可钩割，也可啄击，名为"援"。

吕布拉满弓，对旁观的纪灵等人声言："诸位看我射戟头旁边的小支，如果一箭命中，诸位就各自解围罢兵，离开这里，如果射不中，你们可以继续留下厮杀。"

军营瞬间沉寂下来，众人屏息凝神，静静地等待着结果。人人皆知吕布弓马娴熟，武功超强，但在场的将军们皆为内行，目测吕布与营门间的距离较远，"援"的目标又小，多数人还是不相信吕布真的能够一箭命中。

一箭发出，正中小支！

纪灵等人全都大吃一惊，脱口而出："将军真是天赋神威！"次日，他们再次设酒欢宴，然后各自班师，小沛之围顿解，这就是有名的"辕门射戟"。

投　曹

吕布在不犯糊涂的时候，无论智商、情商还是胆略都很在线，他这神来一箭，不但给纪灵等人提供了撤兵的台阶，也震慑了袁术直至刘备、泰山诸将。

"辕门射戟"之后，袁术预谋称帝。吕布分析形势，决定站队拥有朝廷这张王牌的曹操，他一面接受曹操以汉献帝名义给予的左将军官职，一面与"乱臣贼子"袁术彻底划清界限，除悔婚，把已经上路的女儿追回外，还用囚车把袁术派来迎请的使者送往许都（即许昌，曹操迎献帝迁都于此），致使后者被砍了头。

袁术大怒，与白波军将领杨奉、韩暹联合起来，派遣大将张勋攻打吕布。白波军本是黄巾军余部组建起来的部队，因将兵主要出自并州西河郡的白波谷，故而得名。吕布从老乡关系入手，通过利诱的方式，派人成功游说杨奉、韩暹，二人战场倒戈，协助吕布一举攻破了张勋的军队，张勋大败而走。吕布联合杨奉、韩暹乘胜追击，水陆并进，一直打到袁术的老巢寿春附近，对袁术辖地的资财进行一番掳掠后，唱着得胜歌返回徐州。

袁术势力遭到极大削弱，从此再也不敢向吕布叫板了。这是吕布最得意的时候，他乘势整顿内部，开始对徐州境内的不服势力进行逐个修理。首先被开刀的是泰山诸将，吕布亲自率步骑兵攻打泰山军所据的莒县。因臧霸凭城死守，吕布最终没有攻下来，只好引兵退还下邳。尽管如此，臧霸等人最后还是怕了吕布，他们向吕布表示服从，由独立转回陶谦时期的半独立。

从纪灵等对小沛的进攻到"辕门射戟"，刘备始终都是配角，他就像是砧板上的肉，不管袁术还是吕布，随时都能将他灭掉。为此，纪灵等一撤离，刘备就在小沛急谋恢复和发展，以图自救。

吕布对泰山军下手，加剧了刘备的危机感。他意识到留给自己的时间已经不多了，吕布在徐州的反对派越少，地位越巩固，自己的生存空间就越小。时不我待，刘备招兵买马，进入了超常规扩张阶段，至臧霸等人屈服于吕布之时，刘备已集合起了一万余人的部队。

小沛地方不大，短时间内便招这么多兵，想不惹眼都难。吕布在摆平臧霸等人后，下一个目标本就是刘备。而刘备迅速聚兵万人，这在令吕布倍感不安和威胁的同时，也有了出兵的理由。

袁术老实了，曹操也已不用担心，留你刘备还有何用？吕布亲自率部兵发小沛。

刘备虽已拥兵万人，但是这些士兵多数都还没有训练精熟，亦未在战场上充分磨炼捶打，可想而知，根本就不是并州兵、丹杨兵的对手，转眼间就被打得七零八落，四散而去。这已是一年之内，刘备第二次败于吕布了，第一次失败后，他选择了向吕布投降，那时因为吕布要用他来对付袁术，所以尚能容他，这次却是非欲置其于死地而不可了。

只能弃小沛而走。跑路是一定的，问题是去投奔谁才能躲过眼前的一劫？刘备的选择是曹操。

刘备刚来徐州时，曾帮助陶谦抵御和对抗曹操，以后又收容过曹操在兖州的对手吕布，曹操可以说是刘备昔日的敌人。不过在那样一个风云诡谲的时代，此一时彼一时，敌友的角色永远都在不断变化。刘备主持徐州期间，抵抗袁术的进犯，接着，吕布夺占徐州，刘、吕反目成仇，袁术、吕布是曹操的宿敌，当刘备跟曹操的这两个敌人都成为对手，他在曹操的眼里也就具有利用价值。

曹操原领镇东将军职，迎汉献帝至许昌后，以所谓"匡扶汉室"之功，得转大将军，封武平侯。为了拉拢刘备，让刘备帮他对付袁术和吕布，曹操表荐刘备接替自己的原职，即镇东将军，刘备因此得以正式策名于汉廷。

汉朝的"将军"并非常设，如果用今天的军衔相类比，相当于上将，能被授以"将军"者并不多。在此之上，曹操又荐封刘备为宜城亭侯，自刘备的先祖刘贞失侯起，其间三百余年，刘备的直系先人中别无封侯者，刘备既拜将又封侯，可谓是开了先河，绝对可以在家谱中添上重重一笔了。

曹操与刘备早已化敌为友，如今刘备被吕布逼攻，无处可去，曹操那里自然是首选。

刘备投曹的时机也不错。此前曹操、袁绍早已从一个同阵营的伙伴，转化为战略竞争对手。袁绍是关东最强有力的诸侯，曹操深知，只要打败袁绍，关东就是他说了算，因此所有活动及其策略安排都以削弱和消灭袁绍作为目标。

恰恰在这个时候，吕布开始崛起于东方，尽管他有意与曹操言归于好，但曹操对吕布并不信任，为示笼络，也只把袁术头上的左将军转给了吕布。

吕布诛杀董卓后，汉献帝即下诏任命其为奋武将军，封温侯。也就是说，吕布早已经过了拜将封侯这一兴奋期，一个左将军对他来说，根本无关痛痒。吕布真正期待的，是朝廷能够正式确认他为徐州牧，然而曹操的想法却仅仅是利用他来对付袁术，把袁术的左将军转给吕布，也正是此意，让吕布以徐州牧的身份在徐州做大做强，这可不符合曹操的利益。

如曹操所愿，吕布与袁术打了起来。二虎相争必有一伤，袁术被打得不敢吱声了，吕布则威风起来，变成了曹操在袁绍之外的另一大劲敌。曹操由此不得不盘算一个问题，即先战袁绍，还是先讨吕布？经过与群僚谋议，他决定先解决吕布，以消除与袁绍决战的后顾之忧。

就在曹操积极谋取吕布之际，刘备来投。刘备是吕布的旧东家，加之数年转战徐淮，无论是对吕布的军事实力，还是当地的民风地理，都有一定程度的了解，为对打击和牵制吕布自然有用。当然刘备的实力也实在弱了一点，又无固定地盘，不过也正因为如此，把其收归自己麾下，曹操才觉得放心。

对于刘备的投奔，曹操视为自己剿灭吕布计划的一大利好，不仅给予刘备较为优厚的待遇，还让朝廷任命他为豫州牧。

相比于陶谦、吕布表荐的豫州刺史，豫州牧在官衔上又让刘备升了一级，而且由于是朝廷直接任命，所以显得更为正式。这就是为什么后来很多人在提到刘备时，都会尊称他为"刘豫州"。

曹操如此厚遇刘备，很快就惹来了不少议论，有人不仅反对礼遇刘备，而且还向曹操进言说："刘备有英雄之志，若不趁早除掉他，必有后患。"

曹操为此征询大谋士郭嘉的意见。郭嘉也认为刘备不是一个安分的人，日后很可能给自己造成麻烦，但他随后又话锋一转，得出了看似与此判断完全相悖的结论：刘备动不得！

重回小沛

吕布当初来投刘备，刘备明知吕布人品有问题，仍然接纳，不是一定要用吕布，而是怕将他拒之门外，会令其他走投无路前来投靠的人望而却步，从而堵塞了贤路。在这个问题上，曹操其实有着同样的顾虑，按照郭嘉的说法，他自起兵以来，恨不得把招募英雄豪杰的公示贴遍天下，就这样，还唯恐他们不来，又岂能因为没照顾到细枝末节而把人才都吓跑了？

更何况，刘备还不像吕布那样声名扫地，人家不但有英雄之志，还有英雄之名，社会声望是很高的。如果按照进言者的建议，把刘备杀了，那曹操就会从此落下谋害贤才的恶名，以后别说广纳贤才了，就连已在曹营供职的才智之士也会各怀疑虑，甚至改变心意，另选阵营。郭嘉提醒曹操："到了那个时候，您还去和谁一起平定天下？"

杀一人而失天下，智者不为也！郭嘉的意见是，不能因为刘备可能会带来隐患就杀掉他，进而令天下人失望，他指出这不单是对待刘备一人的问题，更是关系今后曹操事业安危的关键，请曹操务必慎重行事，仔细考虑。

郭嘉的认识与曹操完全一致，他听后笑道："你分析得很对。"

刘备的事就这样定了下来。豫州已为曹操所控制，但曹操当然不会把它完全交给身为豫州牧的刘备。鉴于刘备来投时所部已寥寥无几，仅关羽、张飞等少数人跟随，曹操给刘备拨了一些部队，又供应粮草，让他仍然到小沛一带活动，同时把被击溃的残部收容起来，以之对抗吕布。

刘备重回小沛，如果吕布要打他，是轻而易举的事，但刘备是以朝廷任命的豫州牧名义，堂堂去小沛上任的，而且更重要的是，他背后如今是曹操，那是吕布轻易不敢惹的，于是吕布只能对刘备的复归睁一只眼闭一只眼，双方形成了对峙。

既然打不得，那我骂一骂行不行？刘备任豫州刺史时期，曾将流寓徐州的名士袁涣推举为茂才（即秀才），吕布觉得如果让袁涣现身说法，写封信辱骂刘备，一定能起到不一样的效果。可是袁涣非常尊敬刘备，怎么也不肯答应，吕布再三强逼，仍被拒绝。

吕布恼羞成怒，拔出宝剑，威胁袁涣说："你写了这封信，就可以活；不写，就得死！"袁涣面不改色，笑着答道："我听说，只有以德服人，才可以使被责之人有羞耻感，从没有用辱骂就可以让人感到难堪的例子。"

刘备是君子吗？如果是，你骂他，他觉得不是事实，只会不以为意。刘备是小人吗？如果是，你骂他，他认为你揭了他的伤疤，必然要回骂，那样一来，受到羞辱的可能就是你，而不是他。

袁涣还说，他当初跟随刘备，就跟今天跟随吕布一样，让他骂前主公的事，最好不要找他——"假设有一天我又离开徐州，跟随了别人，那个人与吕将军您有隙，也要我写信骂您，您觉得合适吗？"

刘备在士民心目中的地位和感召力，确非他人可比，袁涣一番绵里藏针的说事论理，直把个吕布弄得满面羞惭，见袁涣誓死不从，他也只得放弃了作书辱骂刘备的文攻尝试。

吕布能够打败袁术，主要是靠策动白波军将领杨奉、韩暹。白波军劫掠成性，杨奉、韩暹在与吕布一起攻打袁术的过程中，沿途就没停止过纵兵抢掠；战争结束，他们还是在徐州与扬州交界地区继续抢抢抢。到最后，那里已经抢无可抢，如果转到徐州或扬州的中心区抢掠，吕布、袁术自然也都不会答应。

待在徐州没意思了，杨奉、韩暹向吕布告辞，打算去南方，到荆州投奔刘表。吕布正要借助白波军的力量和声势，不同意他们离开，本来杨、韩也可以不告而别，但杨奉突然想到他也可以效仿吕布的鸠占鹊巢，把吕布给赶下去——以后也不用再投靠任何人了，就自己在徐州做主人，岂不妙哉？

光靠白波军还打不过吕布，杨奉便暗中与刘备联络，想与刘备一起进攻吕布。杨奉、韩暹胡作非为，甭管他们能不能干掉吕布，徐州百姓都得跟着遭罪，而如果白波军继续依附于吕布，对吕布而言，又无异于如虎添翼。刘备决心借此机会除掉杨、韩，他假装同意杨奉的提议，让他到小沛来进行商议。杨奉不知是计，果然率部前来，刘备请杨奉进城，并摆宴席予以款待。酒宴尚未过半，杨奉已经昏头昏脑，完全失去了戒备，刘备一声令下，刀斧手就在席间将杨奉捆绑起来，随即斩杀。

杨奉的部队群龙无首，四散而去。韩暹是跟杨奉搭档着出来混世界的，杨奉一完蛋，立显孤立，他自己也没信心继续留在关东，带着手下的十余名骑兵准备返回老家并州，结果在半路上就被地方上的县令给杀死了。

杨奉、韩暹本为客军，对吕布来说，外战时有他们做帮手，自然是好，他们若是败亡的话，对自己也没有伤筋动骨的影响，可是接下来刘备方面的一个动作，却让吕布急得跳了起来。

东　征

东汉末年，骑兵已发展成为能够决定陆战胜负的主力兵种，历史进入了马背上的"英雄时代"。骑兵所用的战马主要来自北方草原和西部高原的游牧胡人区，并州、凉州直至幽州等地因处于边塞，与之相邻，故而盛产骑兵，并州籍的吕布即为骑兵将领，他的并州军嫡系部队也基本是骑兵。

战马在战争中会出现消耗，同时扩充骑兵军队也需要不断添补马匹，但中原和南方地区多不产马，想要战马，就得到产马区去买，这使战马成了中原战场上一个极其重要，甚至是不可或缺的资源。东汉建安三年（198）春天，吕布派人带着资金前往北方的河内郡购置马匹，然而购马者却在路上遭到了刘备所部的袭击。

刘备的行动成功切断了吕布的购马渠道，从此以后，吕布的骑兵再未能够得到战马的充分补充。这是吕布无论如何难以忍受的，他再也顾不得忌惮刘备背后的曹操，当即派高顺、张辽等进攻刘备。

面对来势汹汹的敌军，刘备抵挡不住，吃了败仗。曹操闻讯忙派大将夏侯惇往救，结果也没成功。当年秋天，高顺等攻破小沛，刘备虽然得以突围而走，但他的妻子儿女又再次被俘。

这已经是刘备第三次吃吕布的亏了，不过此时的刘备与吕布也早就不是一个量级上的对手了，曹操把他安排在小沛，也并不是要他与吕布直接单挑。刘备回到小沛后，除了通过自己在徐州士民中的影响力去动摇吕布的地位，主要活动都集中于消灭和削弱吕布的盟友、切断其战马来源上，到了将成功激怒吕布不顾一切地派兵攻打小沛，已经是超额完成曹操交给的任务了。

刘备是朝廷正式任命的豫州牧、镇东将军，吕布贸然攻打这样一个朝廷命官，曹操便有理由以朝廷的名义将他定性为"叛军"，在政治上首先就占据了制高点。要不要立即实施剿灭吕布的计划？战将幕僚们在讨论时，"叛军"成为曹军必须出战且战则必胜的一个重要依据，这也促使曹操最终下定了亲征吕布的决心。

曹操火速率部东征徐州，在路上，遇到了从小沛突围逃出的刘备。刘备便也随之加入了东征队伍。

曹军准备充分，攻势凌厉，很快就攻陷了彭城。在徐州内部，吕布也从未真正得到徐州派的支持。当年极力劝说刘备入主徐州的广陵太守陈登，事前就建议曹操应尽早设法除掉吕布，并与曹操暗中相约里应外合。曹军拿下彭城后，陈登即率领广陵郡郡兵作为曹军先锋，进抵下邳。

为击退曹军，吕布亲自领兵，屡次在下邳城外与曹操大战。吕布虽然勇猛过人，但作为军事统帅，却是个优柔寡断的无谋之帅，手下高顺、张辽等诸将又都各怀异心，形不成战斗力，所以每战必败。在这种情况下，吕布只得退守城池，至此再也不敢出战。

眼看情势急迫，吕布不得不拉下脸，向已经一刀两断的袁术告急。袁术虽然也知道唇亡齿寒的道理，但之前实在是被吕布伤得太深了，在接到吕布的求援后，只是勉强派兵声援了一下，算是给了一个交代。

袁术明明无意全力援吕，然而吕布仍抱着幻想不放，他拒绝了谋士陈宫等人用游军切断曹军粮道的建议，只是死守下邳，等待袁术救兵的到来。

曹操久围下邳不克，转而引沂水、泗水倒灌下邳，城内外一片汪洋，这使得吕布部属在惊慌绝望之余，更加与之离心，最终，吕布的部将侯成首先调转了矛头。

骑兵是并州军的核心，吕布虽然自身就是骑将，但他作为主帅，当然还得有专门替他统领骑兵的下属将领，侯成即担任此职。吕布爱马，众所周知。据一本古书记载，侯成为吕布特地挑选了十五匹好马，并派人精心放养。有一天，牧马人把马通通赶走，奔向小沛，打算归顺刘备。侯成得知后，亲自骑马追赶，把马都夺了回来。诸将得知后，一齐送礼致贺，侯成自己也觉得脸上有光，他拿了自酿的酒和猎得的野味，亲自送给吕布，并汇报了将马匹夺回和诸将致贺的事。

吕布这个人除了贪财好色、容易犹豫反复外，疑心病也很重，听了侯成的报告，他首先想到的是诸将为什么致贺——你侯成对牧马人有监管之责，牧马人带着马要跑，你把马给追回来，这最多是将功补过，有什么可贺的？而且诸将都送礼致贺，你们想干什么，搞小团体孤立我姓吕的？

吕布曾颁布过禁酒令，他便借题发挥，对侯成大发雷霆，说："我禁酒，你酿酒，诸将在一起吃吃喝喝，都成了兄弟，你们是想串通起来，谋杀我吕布吧？"

侯成满心指望吕布就算不奖赏他，至少也会夸上两句，没承想什么好话都没得着，还劈头盖脸挨了一通臭骂，不由得大为惊惧。回去后，侯成把自酿的酒都扔了，诸将送来的礼物也都逐一退送，就这样，仍害怕被吕布治罪乃至诛杀。

侯成相当于埋在吕布身边的一颗定时炸弹，当下邳被兵围水困三个月后，这颗定时炸弹终于爆发了，侯成和吕布的另外几个部将宋宪、魏续等联手，将陈宫、高顺抓起来，率众投降了曹操。吕布退守下邳南门的城楼——白门楼，但在外部强敌围困、内部众叛亲离的形势下，他知道难挽颓势，犹豫再三，还是决定投降，于是就有了历史上著名的一幕：白门楼命案。

绑 得 太 紧

曹操和刘备等人登上白门楼,这时已被绳捆索绑的吕布,被推到他们跟前。让众人感到诧异乃至有些忍俊不禁的是,吕布张口说的第一句话,不是感叹自己兵败,或者徐州又换了新主人,而是:"绳子绑得太紧啦,请稍微松一点吧。"

曹操笑着来了一句:"捆绑老虎不能不紧呀!"

吕布的临场表现,显见得是想求生,他见曹操言语缓和,又称他是猛虎,相当于肯定了自己的存在价值,便认为曹操并无杀掉他的意思,不由得更增求生之念,于是立即装出一副老相识的模样,对曹操说:"明公(对曹操的尊称)好像瘦了。"

吕布只是在曹操起兵反对董卓之前,与他一度同殿为臣。不过当时吕布是董卓身边的红人,曹操则是被董卓重点防范打压的前何进余部,而且很快就逃出了京城。因此两人并不熟悉,曹操甚至都不记得他与吕布照过面,听后便接茬反问道:"你过去见过我吗?"

吕布见状,连忙提醒说:"当年我在洛阳的温氏花园中见过明公,您忘了?"

洛阳的温氏花园?在那里,吕布见过我?曹操对此显然毫无印象,当然就算真有这回事,又能说明什么呢?不过是在故意套近乎,没话找话说而已。

曹操心中有数,突出妙语:"对,我忘记了。你说我瘦了,是的,我确实瘦了。我之所以瘦,是因为恨不能早点得到你啊!"

曹操此语,既可以解释为他总是抓不住吕布,因而心力交瘁,也可以理解为他思慕吕布这样的将才而不得,结果给活活熬瘦了。吕布乞命心切，很自然地就会以后一种方式进行诠释，他马上抓住机会直接向曹操哀求："齐桓公不记射钩之仇，用管仲为相国，现今让我吕布竭尽股肱之力，为明公做马前卒，可以吗？"

所谓"射钩之仇"，说的是春秋时管仲对齐桓公施放冷箭，箭射在齐桓公的铜制衣带钩上，差点要了他的命，但齐桓公不计前嫌，依然重用管仲，为春秋五霸之首。吕布与曹操的"射钩之仇"，指的当然不是吕布进攻刘备，而是曹操东征陶谦时，吕布突然出手，抢夺了曹操的老巢兖州，吕布希望曹操能够不再计较这些，并表示愿为其用。

曹操雄才大略，岂会在乎"射钩之仇"。事实上，吕布投降后，是将其杀掉还是收入麾下，曹操一直在反复进行权衡。以曹操爱才如命的性格，对于吕布这样的超一流勇将，自是喜爱有加，故而自登上白门楼，与吕布对话起，才会语带暧昧。问题在于，吕布是个有名的反复无常、缺乏忠诚度的人。即便是不太把私德当一回事的曹操，也极为在乎部属的忠诚，对于猛虎一般的吕布，曹操并没有将其驯服的十足把握，也不敢保证他能始终忠诚于己。一句话，曹操对吕布可谓是又爱又恨。爱其骁勇，恨其反复，总之十分纠结。

见曹操犹豫不决、沉吟不语，吕布情急之下，语出惊人："明公，从今以后，天下可定矣！"

这句话倒是成功地引起了曹操的注意，他表示奇怪："何以见得？"

吕布挺起胸膛道："明公您所顾忌的人，不过是我吕布，现在我已经服了，天下将再没有令明公忧虑的事了。"

在曹操面前，吕布不过是个败军之将，一个败军之将，何以言勇？可是按照吕布所言，仿佛普天之下就他挡着曹操的路，袁绍等人都是打酱油的了。曹操听了只能一笑置之，让他动心的是吕布的后半句话："明公可以自统步兵，把骑兵交给我率领，则天下无人能敌。"

进入诸侯争雄时代，骑兵逐渐成为战场上的主角。曹操靠骑兵起家，他自起兵反对董卓开始，就组建了一支由自己直接控制、堪与鼎盛时期的"白马义从"相媲美的骑兵部队——"虎豹骑"。负责训练和统领"虎豹骑"的骑将，主要是曹操的家族子弟，如他的从弟曹仁以及族子曹真、曹休等，客观地说，这些人无论能力还是声望，都远不及吕布。若吕布真心归附曹操，助"虎豹骑"更上一个台阶，天下能与之竞逐的，还真数不出几个。

就在曹操浮想联翩之际，吕布此时已经按捺不住，他一旁没说话的刘备注意到了。尽管吕布不久前才结结实实地揍过刘备，并再次抓了他的妻儿，但吕布在这方面的记忆却是选择性的，由此上溯到他强夺刘备的徐州，吕布统统都忘了，记得的只是自己反过来收留刘备以及"辕门射戟"解救刘备的事。尤其"辕门射戟"，吕布为之得意不已，并自认是刘备的救命恩人。

为了促使曹操能够下决心饶过自己，吕布把头转向刘备，说道："玄德，现在你是座上客，我是阶下囚，绳子把我捆得太紧，难道你就不能帮我说句话，把我绑得松一点吗？可别忘了当年辕门射戟之事啊！"

吕布不说这话还好，一说倒把刘备给气了个半死。要知道，正是吕布的恩将仇报把刘备从事业的巅峰推到了谷底，刘备之后的所有厄运，可以说都直接来自吕布。其间数次战败逃亡，弄到九死一生，连妻儿都无力顾及，皆拜此人所赐。

我帮你说话？把你放掉后再追杀我？即便"辕门射戟"，不错，我确实从中得益，但那也是形势使然，你的动机和根本目的还是为你自己，在此前后，你天天都惦记着要除掉我，以为我不知道？！

刘备虽然已被吕布大大激怒，但素来城府很深的他听后并未立即作答，脸上亦不动声色，丝毫看不出内心有何波澜。这时曹操却笑了，对吕布道："你还是觉得绑得太紧？那你为什么不与我直说，而非要告诉刘使君（刘备）呢？"

说着，曹操命人把吕布身上的绑绳松开一些，此举令在场众人都领悟到，曹操果然是想留用吕布，吕布不用死了！

就在吕布的心头也为之一松之际，没有想到，关键时刻，有人凭借一句话，又重新把他拉回了死亡的轨道。

见血封喉

此人姓王名必，在曹操手下任主簿。他突然站出来，进言道："吕布是个很厉害的俘虏，他那些同样被俘的部属就近在外面，对他不可宽松啊！"

曹操幕府人才济济，与郭嘉等大谋士相比，王必似乎没什么名气，但他从曹操起兵时就开始追随，是跟着曹操一路披荆斩棘杀出来的老臣。他说这句话，意在提醒曹操，虽然并州军能招降的都要招降，但吕布却是唯一的例外。原因就在于，吕布除战将身份，还是并州军的首领，只要吕布活着，投降的并州将兵就不会被完全驯服，他们随时可能听从吕布的号召，或以他为旗帜，重新组织起来，反戈一击，另立山头。

王必的进言立刻让曹操冷静下来，他改口对吕布说道："我本来要给你绑宽松一点的，可是主簿有意见，这可怎么办呢？"

一个主簿，怎么可能让曹操不知所措呢？这分明就是反悔后的托词。吕布犹如被兜头浇了一盆冷水，顿时垂头丧气。

此时刘备终于对曹操说了一句话，只不过他说的是："明公，您可还记得当年吕布侍奉丁建阳（丁原字建阳）、董太师（董卓）的情形？"

刘备一直保持沉默，是因为他深知自己并非曹操的亲信，在曹操对某事犹豫不决、尚无定策之前，不能轻易表态。眼看着作为曹操亲信的王必发了言，且曹操已听从其言，刘备明白时机已到，这才说出了自己早就想说的话。

吕布侍奉丁原，亲手杀了丁原；侍奉董卓，亲手杀了董卓……接着还有人想让吕布去侍奉你吗？如果是的话，就等着去阎罗殿与那先走的二位会合吧！

有的人不开口便罢，一开口就能见血封喉。曹操点头，对刘备的话表示领会和认同。

刚才我向你刘备求助，你装傻充愣、不肯帮忙也就算了，现在居然还落井下石，把我推坑里？这回轮到吕布气急败坏了，他抓住刘备天生耳朵大的特点，当众称刘备为"大耳贼"，双目圆瞪破口大骂："大耳贼，背信小人！"

"大耳贼"是最不讲信用的人吗？貌似并不是。尽管刘备在羽翼稍丰时曾脱离了公孙瓒，但那也只是另谋高就，寻找新的发展机会，即便以那个时代的标准来说，也谈不上背信弃义。因此之故，在刘备接陶谦的班、成为徐州牧时，袁绍曾说他"弘雅有信义"，这显然也不是袁绍一个人的评价，实为当时的公论。

问题是，只有对于同样讲信用的人，才谈得上"信用"二字。吕布堪称背信弃义的大家，刘备在他身上吃了太多的亏，几乎惨死于海西，他对吕布的感情自然而然只剩下了仇恨，当然吕布对刘备亦无信用可言，总之是各有各的一本账，算法不同而已。

话又说回来，吕布怒不择言，他所说的刘备最不可信，也不是指刘备背弃了两人之间的某种承诺，如《三国演义》中所说，刘备明明答应替他向曹操求情，却又反悔，只是一种虚构的情节。吕布的真实意思是说刘备"最不能依靠"，即他在"辕门射戟"时曾帮刘备摆脱困境，反过来，刘备不仅不肯帮忙，还毫不犹豫地上前补了一刀，等于直接把他送上了断头台。

白门楼命案是一幕交织着背信与复仇的戏剧，它的结局既无情又可悲：曹操下令勒死了吕布，可叹这位在争雄时代首屈一指的猛将，转眼之间一命呜呼，以这种方式在东汉末年英雄逐鹿的历史舞台上谢幕，他一生的是非荣辱，在后世历代话本戏文中，或金戈铁马，或儿女情长，变换着耀目的光彩，被一次又一次地提起。

第三章　流亡之路

吕布死了，刘备迎回原被吕布俘虏的妻儿，但徐州已不再属于他。曹操既未把刘备留在小沛，更没有恢复他的徐州牧地位，而是把他带回许都，另行任命自己的心腹将领车胄为徐州刺史，由其接替了吕布。

在徐州方面，刘备替曹操做的最后一件事，是为他传递消息。吕布在兖州夺曹操老巢时，部将徐翕、毛晖也乘机叛离曹操，曹操重新夺回兖州后，二人投奔了臧霸。曹操让与泰山诸将关系不错的刘备传话给臧霸，要臧霸将徐翕、毛晖的人头送来给他。

刘备身份已是曹操属下，曹操之命，不得不从。臧霸听刘备说明来意后，恳切地告诉刘备，自己在险恶复杂环境中，之所以一直能保持独立和半独立状态，是因为讲江湖道义，从不做出卖朋友的事。自然，臧霸也明白曹操的命令违抗不得，但他仍请求刘备再去跟曹操说说情，希望曹操能以王霸之君的大度姿态，赦免徐翕、毛晖的死罪。

刘备回去后，如实向曹操进行了汇报，本来预料这件事可能会很僵，孰料曹操听后不但没有发怒，还把臧霸招来，当面对他叹息道："不出卖朋友，乃是古人之举，一种极为高尚的行为，你能这样做，正符合我的想法。"

出乎意料的是，曹操不单单同意赦免徐翕、毛晖，而且居然又把他们全都任命为太守。徐翕、毛晖感激涕零。臧霸也有了面子，对曹操极为感佩。

作为细心的旁观者，刘备不能不叹服于曹操的"机权干略"。很明显，这一切都是事先设计好的。曹操当年因父亲曹嵩被杀而大举征伐陶谦，但其实他对于需要对曹嵩被杀案负直接责任的陶谦部将，并不那么上心，直到陶谦去世，也没见他花精力去追缉凶手。一言以蔽之，父亲被杀只是曹操进攻陶谦和夺取徐州的一个借口，追究叛将徐翕、毛晖同样如此，曹操真的那么在乎徐、毛的人头吗？非也，不过是欲擒故纵，欲收臧霸之心耳。

曹操对以臧霸为首的泰山诸将厚加结纳，已在刘备的意料之中。但更令人惊诧的，是曹操居然将徐州及青州的沿海地区全都划出来，奉托给了泰山诸将！

行云流水一般的操作

汉末的徐州包括了今天山东省的东南部和江苏省的长江以北地区，青州包括了今天山东省的大部以及河北省的一小部，从地形上看，前者濒临黄海，后者北靠渤海、东临黄海，皆为面海区域。泰山军原本就盘踞在徐青二州的滨海之地，也就是说，这些地方是他们的实际控制区，曹操的所谓奉托，并不需要另外送地盘，而只是给予承认罢了。

在进攻和擒杀吕布的战争中，徐州原来的并州军与丹杨军均已被曹操所灭，泰山军成了当地最大同时也是唯一的一支地方武装力量。泰山军能够长期雄踞一方，历任徐州之主以及外来入侵者均奈何他们不得，足见其实力。曹操要想剿除泰山军亦非易事，更何况他在除掉吕布这个后顾之忧后，就得回过头来准备全力与北方的袁绍竞逐，暂时无法分身来对付泰山军，或对之进行监控。

泰山诸将被外界称为"泰山贼"，他们从未脱离过滨海地区，也从来没有想到过继续做大做强。这说明他们就是几个缺乏远略，且无大志向、大企图的混江湖者。曹操通过刘备向他们索要叛将人头的过程，本身也是一种测试。测试的结果是，臧霸等人心思单纯，只需稍使手腕，就可以将他们拿捏住，这也令曹操放下心来，无须再顾虑泰山军会否从背后跟自己捣乱。

既如此，那何不做个顺水人情，干脆就把徐青二州的沿海之地委托给泰山诸将呢？

曹、吕大战时，臧霸等人为图自保，曾出兵增援吕布，他们也害怕曹操会老账新账一起算，像杀吕布一样杀了他们。孰料曹操不但既往不咎，还甩手就送了块大蛋糕，这令他们激动不已，简直都不知道该如何向曹操效忠是好了。

对于以陈登等人为主的徐州派，曹操同样做了尽可能妥善的安排。陈登更因助曹操攻灭吕布有功，被进封伏波将军，仍为广陵太守。曹操还对徐州本地士人进行大力提拔，虽然刘备在任时也甚得士人之心，然而刘备名微将寡，无立锥之地，在政治、领地等方面，根本没法与"挟天子以令诸侯"、雄踞数州的曹操相比。正所谓人往高处走，水往低处流，在曹操的招揽下，即便是陈群、袁涣等本为刘备所辟用的人，此时也都相继投向了曹操。

徐州内部派系复杂，往往令徐州的执掌者顾此失彼，难以应付。在刘备"争盟淮隅"的过程中，丹杨派与刘备嫡系、并州军团、徐州派、泰山诸将等派系的纠葛就始终贯穿其中，刘备也正是因为本身力量过于弱小，无法有效平衡各方派系，才丧失了对徐州的控制，使其"争盟淮隅"的战略构想归于失败。曹操消灭了丹杨派、并州军团，带走了刘备嫡系，笼络住了徐州派、泰山诸将，通过一番行云流水般的操作，把徐州内部关系弄得清清爽爽，在基本结束徐州派系之争的同时，也实现了最大限度控制徐州的目的。

当然，曹操待刘备也不薄，为了表彰刘备在征伐吕布时所作的贡献，他特表荐刘备为左将军，把这原授予吕布的头衔又给了刘备，关羽、张飞也双双被拜为中郎将。

后来刘备在公开提及他的头衔时，只有左将军、豫州牧、宜城亭侯三项，获得过正式的王命封拜，而这三项又其实都是从曹操手中得到的。除了给予高官厚禄，曹操对刘备也极为尊重，和刘备在一起时，出门要同乘一车，居处也要同坐一席，给人感觉，曹操已经把刘备整个捧上了天。

刘备自迈入许都起，和曹操及其属下有了近距离接触。曹操手下的那些大谋士们，都是人精中的人精，他们只是站在旁边一看一听一问一聊，马上就能估量出对方的价值，对于刘备，他们从早先听闻的"英雄之志""英雄之名"，一下子就过渡到了更为直观的"英雄之姿"——谋士程昱说他对刘备进行了仔细观察，发现此人"有雄才而甚得众心"，谋士董昭评价刘备极有勇气且志向远大，所谓"勇而志大"。

刘备，原来确实很不一般！也正因为如此，大家在向曹操提建议时，对于如何安排刘备，仍像以前一样，存在着杀与不杀两种态度。程昱是主张杀的，认为刘备"终不为人下"，他这种人终究不会甘于被别人驱使，还是早点除掉为妙。与程昱不同，郭嘉应该是"不杀派"，如前所述的，他曾向曹操陈言，顾及当时，虑及久远，绝不能做杀一人而失天下人心的傻事。不过这只是一种说法，关于郭嘉的态度，历史上还存在着截然相反的另一种记载。

选择性地忽略

郭嘉在对刘备进行观察后，得出的印象跟程昱一样，认为刘备有雄才而甚得众人之心。他还发现刘备的两员大将关羽、张飞都是在战场上可与万人匹敌的绝世勇将，偏偏二人对刘备还死忠得很，属于死心塌地、赶都赶不走的那种追随者。

郭嘉也相信刘备不会甘于久居他人之下，他察言观色，试图弄清刘备未来的打算及真实想法，但不管如何旁敲侧击，刘备都表现得滴水不漏、毫无破绽。这样一来，反而令郭嘉感到"其谋未可测也"，刘备此人深不可测，不知道他以后会怎样，太让人放心不下了。

"古人有言，一日纵敌，数世为患。"郭嘉向曹操进言，对于刘备，"应及早做出安排"。郭嘉的意思，虽然未必就是主张杀了刘备，但明显是已视之为"敌"，要求绝不能轻纵，必要时候，就算暂时不杀，也须予以软禁甚至直接拘禁。

这就是关于郭嘉态度的第二种记载，从其表述来看，应该是发生在刘备入许都之后，那么第一种记载就是发生在之前。郭嘉态度前后不一，与他对刘备的了解更为深入有关，但更重要的恐怕还是刘备身份发生了变化。前者，刘备是主动投至曹操门下的人才，若仅凭猜忌就要他的命，的确会把天下贤才都吓跑，这对曹操招贤纳士的大计极为不利。后者，刘备已是曹操的部属，在这种情况下，自无必要再将对刘备的安排与招贤联系起来，只要找出一点理由，哪怕是莫须有的罪名，都能趁机除掉刘备，永绝后患。

关键是曹操的回应，根据相关记载，他并没有听从郭嘉的意见，给出的理由是，"奉天子以号令天下，方招怀英雄以明大信"。我现在正用天子的名义，号令天下，招纳英雄，这时候可不能因为对刘备动手而坏了名誉啊！

曹操的态度看似与先前完全一致，这并不是说他不知道情况已发生变化，毋庸再考虑外界的想法，归根结底，还是识才爱才之癖影响了他的决断。事实上，对于刘备非同常人的"英雄之姿"，曹操的感受可能比谋士们还要深，然唯因如此，他便更希望能把刘备收为己有，而不舍得干掉了。在他看来，刘备既然已失去了徐州，也就等于没了羽翼，以后只要不轻易授之以方镇，还是能够被自己控制住的。

曹操选择性地忽略了郭嘉、程昱等人的看法，即刘备"终不为人下"，这是一个天生的领袖，不会甘于成为任何人的附从，此为其一。其二，刘备就算要跟着别人干，也不会跟着曹操，因为二者的人生观和政治追求差得实在太远了。

曹操嗜杀成性，早在与袁术大打出手时，就动辄数万、数十万地杀人屠城，遭其屠戮者多为无辜百姓，东征陶谦不过是延续了这一杀人不眨眼的"作风"而已，甚至直到与吕布一战，他在攻陷彭城后也还进行了屠城。这是本身出自底层、素来奉行仁政、亲民爱民的刘备绝不会做，也无法认同的。

曹操多诈多疑，早年逃避董卓的追捕，故人吕伯奢盛情款待，曹操只是怀疑对方要谋害自己，就杀了吕氏一家。需要指出的是，在曹操一生中，这种疑人害己而把人置于死地的事情还有很多，并非一件两件。刘备自被吕布夺去徐州后，就成天被赶得到处跑，但从未因为自己处境艰难，就疑神疑鬼陷害他人。有人以白门楼命案为证，认为刘备的谲诈阴险程度不在曹操之下，事实是，刘备即便在白门楼上也并未玩弄什么阴谋，起码他说的是事实，至于怎么评判，最后究竟要不要杀掉吕布，那是由曹操定夺的。

再回到曹操对于人才的态度，的确，他爱才，为了求才甚至可以不择手段，但曹氏的爱才又是非常功利和充满猜忌的，即人才只被他作为手中的一种工具，其帐下的谋臣良将，但凡为其所疑或触犯了他的某种禁忌，便会人头落地，刘备非常尊重的孔融，日后就死于曹操之手，即便是跟随曹操多年的荀彧、杨修等，亦下场悲惨。与曹操相比，刘备堪称胸怀坦荡，失去徐州后，陈登、陈群、袁涣等都离开了他，然而刘备并不为意。有人攻击他的这些旧日幕僚，他还会为之澄清和辩护。旧日幕僚们也没有一个因为不再共事而与刘备反目成仇，最典型的是袁涣。后来刘备攻打益州，传闻刘备已死，曹操与群臣都拍手庆贺，袁涣其时在曹操所建魏国任郎中令，是被曹操当成自己人的，但他仍以曾被刘备举荐为吏，独自不表庆贺。

最后，就是对于汉室的态度。曹操救驾且迎汉献帝于许昌，似乎有功于汉朝，然而实际却把持朝政，挟天子以令诸侯，外界对此早有评述，有人毫不客气地抨击他"托名汉相，实为汉贼"。如果说刘备此前对于曹操，还仅止于耳闻其事，自迈进许都这一汉王朝新的政治中心后，他应该是看得清清楚楚了，曹操所为，与当年的董卓其实并无太大区别，称他奸臣是没问题的，而这也是始终以兴复汉室为己任的刘备所最不能容忍的。

刘备以兴复汉室为志，其追随者亦如是，他们在进入许都，耳闻目睹曹操对汉王室骄横跋扈的种种行为后，都非常不满和愤慨。后世广为流传的许田射鹿故事即发生在这一阶段。

许田射鹿

许田是许都附近的一座村庄，汉末的时候，那一带尚森林密布，水草丰茂，有许多野生动物出没。这一天，汉献帝带领朝中文武来到许田射猎，曹操、刘备也都跟随左右。看到林中跑出一只梅花鹿，献帝拈弓搭箭，连射三箭，但都没有射中，于是他就让曹操射。

曹操乃游侠出身，骑射功夫都不赖，他用献帝的皇弓金箭施射，只一箭就射中了梅花鹿。卫士跑上去抬运猎物，发现梅花鹿身上所中箭矢，乃皇帝的金箭，便以为是献帝射中的，顿时欢呼雀跃，山呼万岁。这时曹操不但不向献帝请罪，反而策马向前，遮住献帝，接受卫士们的欢呼。

曹操此举，毫无疑问是一种大逆不道的僭越行为，文武官员大惊失色，但包括献帝在内，众人均敢怒而不敢言，唯有追随刘备身后的关羽怒不可遏，当时就想拍马上前，杀掉曹操，只因被刘备暗中制止才作罢。

许田射鹿的故事后来被写进了《三国演义》，但它其实并非杜撰，因在多部史书中都有记述。不过有的是说关羽在围猎中就要杀曹操，有的则说关羽是在众人都散去后才向刘备提出诛操的建议，而结合关羽并不莽撞的性格以及现场情况，似乎又是后者才更符合实际。

不管关羽是在何种情境下要诛操，都遭到了刘备的阻止，刘备阻止的理由听来也很有意思："为国惜才！"

关羽不莽撞，刘备更谨慎。刘备心里很清楚，曹操虽然对自己恩礼有加，但其实并不信任，暗中一直在观察和监视自己。故而自入都以来，刘备时时处处小心翼翼，尽力隐蔽自己的真实想法。曹操在许田射鹿中的行为绝非偶然，他是在试探汉献帝及满朝文武的动静，这个时候若轻举妄动，正好入其彀中，故而刘备不仅要阻止关羽，并且为防隔墙有耳，还得说句既不让关羽产生误解，又可使曹操听后也不致光火的话——曹公围猎时可能对皇帝有所不敬，不过人家曹公毕竟是罕有的大才，国家正需要他，我们就不要计较这点小节了！

表面上闭门谢客，不问政治；暗地里韬光养晦，等待时机，是刘备在许都生活的日常写照。刘备从军前在家乡贩履织席，后来虽然有了一定的官爵地位，然而只要闲下来，也仍会亲自干些家务活。在许都期间，他就整日和家仆在后院种菜，一方面是他本身不觉得如此做有失身份，愿意去干这活；另一方面亦有掩人耳目，麻痹曹操及其党羽之意。

尽管刘备已经刻意低调,但他还是很快就引起了董承的注意和重视。董承时任车骑将军,位比三公,除此之外,还另有外戚的特殊身份——汉灵帝母亲董太后的侄子、汉献帝妃嫔董贵人的父亲(那时尚无丈人、国丈称谓,献帝称他为舅父)。

作为国之重臣,献帝着意培植外戚势力,董承与曹操渐成对立之势,并视曹操为国之叛贼。当然董承并无足够实力,如他的职位设定那样,靠一人之力无法除掉曹操,为此,他一直在多方寻找同盟者,刘备就这样进入了他的视线。

在《三国演义》中,汉献帝单独召见了刘备,献帝排家谱,发现刘备在辈分上是他的叔叔,故称其为"刘皇叔"。献帝又把掌握皇族名籍簿的官员唤出,令他查询和宣读刘备的世次(即世系相承的先后),最后认定刘备依代列次数,乃汉景帝十八代孙。

实际上,刘备并没有单独与献帝见过面,献帝排家谱以及令人宣读刘备世次的事,亦不见史传。刘备属曹操麾下,献帝作为一个被曹操实际控制的傀儡皇帝,从情理上判断,他敢公开笼络刘备,挖曹操的"墙角"吗?

从两汉帝王的世系传承来看,光武帝为汉景帝之子刘发的第五代孙,献帝又是光武帝的第七代孙,以此类推,献帝应为汉景帝的第十三代孙。由于属于远系支庶,刘备的具体世次其实已很难搞清楚,若是按照《三国演义》中"汉景帝十八代孙"的定位,刘备在辈分上还比献帝小很多,哪里能称皇叔,献帝喊他侄孙还差不多。

光武帝开创的东汉王朝,虽然与汉景帝的西汉王朝属于一脉,但毕竟算是两个朝代了。从光武帝到汉献帝,其间都已不知繁衍了多少后裔,刘备不过是前朝皇室的后裔,且其出道前的身份又已沦为市井平民,他能沾到当今皇室什么光呢?事实上,即便在刘备进入封疆大吏之列,封将拜侯之后，人们也很少提到他的家族来自皇室。

煮酒论英雄

刘备能让董承看得起，首先不是来自他的血统，而是他的能力和反曹的自觉意愿，这是肯定的。在此之后，刘备与献帝同宗，并都是西汉景帝之苗裔才起作用，进而增加了董承对他的信任及倚重。

在支持汉室、反对曹操这件事上，刘备和董承站到了一起，两人经常以非常隐蔽的方式进行密谋。董承告诉刘备，献帝写了一封诛除曹操的密诏，藏在衣带之中，秘密授予了他。董承希望刘备认真考虑响应"衣带诏"，刺杀曹操。

"衣带诏"只是董承的一面之词，刘备并未看到实物，最重要的是，以曹操疑心之重、防备之严，要进行谋刺又谈何容易？刘备若是有此把握，许田射鹿后，不早就接受关羽诛操的建议了？

刘备没有轻举妄动，亦未就谋刺曹操的计划向除董承外的任何人吐露只言片语，但他再怎么胸有城府，内心也不可能全无波澜，总是会有些打鼓。有一天，曹操突然用很自然的语气对刘备说："当今的天下英雄，只有使君（刘备）和我曹操了，本初（袁绍）之流，何足挂齿！"

刘备正在吃东西，听得此言，如闻晴天霹雳——曹操为什么说这句话？事先一点征兆都没有啊！他说如今只有我和他才配称英雄，连袁绍都不在话下，莫非是觉得我已经对他构成了威胁？还是他知道了什么不该知道的事？

一想到曹操多诈，刺操计划可能已经泄密，刘备顿时两手止不住地发抖，连匙子带筷子全都啪嗒一声掉在了桌上。恰好此时空中响起一阵惊雷，刘备急中生智，赶紧借机道："圣人说，'迅雷和暴风能使人色变'，确实是这样啊，一声惊雷，就能把人吓成这个样子！"

刘备的失态就这样被掩饰了过去，曹操没有察觉出他的心事。事实上，曹操如此推许刘备，甚至将他与自己并称英雄，又对袁绍表示蔑视，除了有意笼络刘备外，也极可能是其真实想法的自然流露，即曹操确实曾经把刘备与他自己、袁绍乃至关东群雄放在一起，认真进行过比较。

自董卓之乱后，关东便成了各方诸侯竞逐的主阵地，有资格参与竞逐者，至少也应拥有一州作为根据地。获得各州的途径，有的是通过天子授命，如陶谦任徐州牧，刘表任荆州牧，还有的是自己动手以武力夺取，如袁术据扬州，公孙瓒据幽州，吕布据徐州。袁绍、曹操、刘备也都是从州牧起步的，但其州牧之位既不是天子所授，亦非硬抢，而是被别人推领的：袁绍被原冀州牧韩馥推领，曹操被兖州实力派陈宫等人推领，刘备因陶谦遗命而被州人推领。

英雄须有出众的能力和表现，才能与普通人区别开来，在曹操看来，仅起步一项，他和袁绍、刘备就已甩开众人，具备了品评英雄的资格。

虽然同样都是被推领州牧，但袁、曹、刘出道时的资质和背景完全不同。袁绍祖上四世三公，门生故吏遍及天下，门第资望可谓少有人及；曹操的爷爷曹腾是宦官，宦官家族的出身曾让曹操抬不起头，但曹家终究是有权有势的大家族，尤其曹操的父亲曹嵩一度任三公九卿中的卿官，还当过三公中的太尉（虽然是花钱买到的）；只有刘备从底层起家，一穷二白，完全无凭无恃，他能赢得陶谦的临终托付以及徐州士民的推服，除了个人魅力，还是个人魅力。

再看三人被推领州牧的具体情况，袁绍领冀州，相当于是拿刀子架在韩馥脖子上逼着对方让贤；曹操领兖州，虽然一开始得到了陈宫等人的支持，但因处事不当擅杀当地名士边让，结果导致陈宫等人与之反目，并乘其东征徐州之机谋迎吕布据兖州，在曹操背后放了把大火；与袁、曹相比，刘备得到了徐州士民的真心拥戴，即便在他被吕布背叛、山穷水尽之际，依然不乏众多追随者。

这么一对比，袁绍就被从英雄的名单上删除了；至于曹操，他在他个人的世界里，永远是第一主角，即便自认在个人魅力的某些方面尚不及刘备，但亦不妨碍他自称英雄。曹操能对刘备刮目相看，一方面固然是其独到的眼光和宽广的胸襟；另一方面，也不能不说，在曹操头脑里，必有一个预想前提，即刘备已经或终将归于其麾下，如此，他才有可能将他所认为的那两个仅有的天下英雄席位，归之于他和刘备。

古人饮酒，时常食梅，概因青梅性酸，不仅可作下酒果品，还能消食解酒。每逢暮春时节，青梅长成，煮酒新熟，人们便经常把酒言欢，组织一些尝青梅、品煮酒的节令性宴饮活动，于是就有了"青梅煮酒"一词。曹操以英雄推许刘备、却把刘备吓到掉筷子的戏剧性片段，也在《三国演义》中被加上了"青梅煮酒"的情节，从而演绎成了脍炙人口的"煮酒论英雄"。

在"煮酒论英雄"中，曹操虽未当场窥破刘备心中的秘密，但他事后立刻就感到了懊悔。他倒不是懊悔于对刘备的评价，而是懊悔自己不该当着刘备的面，泄露了自己对袁绍的秘密看法。

披　葱

曹操在解决吕布后，便把与袁绍决战作为了头等目标，"本初之流，何足挂齿"，正是曹操对于未来大决战信心的显示，然而信心归信心，对于袁绍所拥有的实力，曹操并不敢掉以轻心。

迁都于许后，曹操被封大将军，袁绍被封太尉，大将军的职衔在太尉之上，袁绍为此很恼火，拒不接受太尉之职。曹操闻之，便主动把大将军的头衔让与袁绍，他这么做，不是怕了袁绍，而是要在大决战前麻痹和迷惑对方。

兵行诡道，曹操早晚都要干掉袁绍的想法以及故意示弱的秘密，是不可为外人道的。刘备尚未走出曹操的考察期，在曹操眼中，自然还属于"外人"，曹操所谓的失言，就是不应该当着刘备的面泄露他埋藏于心底的天机。

尽管刘备以惊雷相掩饰，曹操当时也相信了，但他仍怕刘备过后识破其用意。曹、刘分手后，刘备返回临时居住的宅院，曹操立即派了一名密探前往监视。

密探赶去刘宅附近，却发现刘备正指挥家仆在后院"披葱"。"披葱"也就是翻地起垄，即种庄稼之前把犁插入土中，让牲畜在前面拉犁，犁过之处，可划出一道道的沟，沟与沟之间为垄。起垄要走直线的，但家仆干活不认真，把直线弄成了曲线，刘备看得着急，忍不住拿起手中的棒子给了他两下。

这哪里是峨冠博带的士大夫，分明是个热衷于"地里刨食"的老庄主嘛！密探看得目瞪口呆，回去后如实向曹操进行了汇报。曹操一听大为释然：刘备自从来到许都后，就没见干过什么正经事，整天就知道和家仆一道种菜。以密探刚才所见，即便和他说了那番要紧的话，他居然也没往心里去，还在种他的菜，那还担心什么？

看来，在重掌徐州无望的情况下，刘备往昔之雄心已然消磨殆尽，可惜了，我还将他与我并称英雄呢！曹操有些惋惜，又有些庆幸——惋惜的是，一个胸无大志的刘备，就算收于麾下，其贡献和作用也可能大打折扣；庆幸的是，这样的刘备不管是不是在自己掌握之中，都不会对自己造成太大威胁了。

"大耳翁（指刘备）没有察觉我的用意！"留下这句话后，曹操便不再把"煮酒论英雄"放在心上了。

曹操已不介意,刘备却始终处于高度紧张的状态。彼时彼刻的刘备,尚未来得及认真去捉摸曹操话语中关于袁绍的线索,而他担心的,仍是他和董承之间的密谋会否暴露,"披葱"就是他明知密探正在监视,为了蒙蔽曹操而有意设计的一个成功表演。

与董承密谋刺操这件事,已经无法更改,一旦暴露或被人告密,后果不堪设想。摆在刘备面前的路,只有两条:其一,破釜沉舟,将刺操计划付诸实施;其二,寻求机会,逃出许都。

此时朝廷尚未完全被曹操掌控,无论曹操如何用尽手段,朝中同情和拥护汉献帝、对曹操行为反感者,也仍大有人在。长水校尉种辑、将军吴子兰、偏将军王服等皆属此类,他们也都参与到刺操计划中来,与董承、刘备一道进行策划。然而种辑之辈与董、刘加一起,其实力亦难以与曹操抗衡,反而人多嘴杂,更增加了行动的风险。刘备已经看出董承等人谋刺曹操的计划绝不会成功,他为之如坐针毡,时时担心祸从天降。

逃出许都,方为上策!有史书记载,其时曹操似乎也发现了某种于己不利的迹象,多次派遣亲信,对手下诸将的行动进行监视,凡发现聚集宾客饮宴的,便怀疑此人意欲造反,随后总要找个借口将那人给除掉。

刘备纵然选择闭门不出,带着家仆"披葱",种大头菜,却也未能从监视网中被排除,曹操照样派密探在门口鬼头鬼脑地窥视。待密探走后,刘备便对张飞、关羽说:"我难道真是个种菜的人吗?我是怕曹公(曹操)怀疑我!现在我都这样了,他还是对我有疑心,说明此地不能再待下去了。"当天夜里,刘备打开宅院的后门,和张飞等人一起轻骑逃出了许都,不过凡是曹操赏赐他的衣服用品,他都全部包好留了下来。

按照这一记载,刘备是借种菜隐身,而后偷偷逃走的,但此说低估了逃出许都的难度,很难令人信服,有人直指其"荒谬悖理"。相比之下,曹操因截击袁术的需要而主动放归刘备的记载，显得更符合当时的实情，也因此得到了史家的接受和认可。

重领徐州

袁术是个野心很大，却没什么本事的人，他贸贸然就在老巢寿春称帝，称帝后又穷奢极欲，弄得资财空尽，人心涣散。袁术在寿春的日子很不好过，穷途末路之下，就打算北上经过徐州，去河北投奔其兄袁绍。

袁绍、袁术本已兄弟阋墙，如今眼看着要相逢一笑，合二为一，这对于即将与袁绍进行决战的曹操而言，自然不是愿意看到的。刘备抓住这一最好不过的契机，利用曹操不欲二袁会合的心理，当即自告奋勇，请求率部拦击袁术北上。

那段时间，曹操已着着实实被刘备麻痹住了，就怕他天天忙于"披葱"，把武功和心志都一道给荒废了，见刘备主动请缨效力，便不假思索地答应下来，派他督大将朱灵、路招等，带兵到徐州邀击袁术。刘备等的就是曹操的这句话，曹操一点头，他便赶紧头也不回地离开许都，摆脱了曹操的控制。

曹操一时懵住，他的谋士们可不糊涂，程昱、郭嘉、董昭等人闻讯都跑了过来，焦急地说："不可派遣刘备率兵外出！"

程昱一直主张杀掉刘备，他先给了曹操一个台阶，说您日前不除掉刘备，自然是有着深一层的考虑，为我等所不及，可这次您不但把刘备放跑，还借兵给他，这样一来，他肯定会有二心啊！

郭嘉在刘备问题上曾一度持保留态度，但也认为曹操不应纵刘备而去，并断言："放跑刘备，必将出现变乱！"

"刘备勇而志大，又有关羽、张飞为其羽翼，他的心思究竟如何，还真不好说。"董昭虽没有明确说刘备会怎样，不过意思其实也是一样的。

曹操那是多聪明的人，给众人一提醒，立刻恍然大悟，意识到自己让刘备率兵外出，乃是犯了一个重大的决策错误，但刘备此时已经走远，追不上了。曹操后悔莫及，只好一边跟程昱等人说，自己已经答应了刘备，不便再临时变卦；一边自我安慰，刘备身边还有朱灵、路招等相随，即便有了异心，也未必能够说反就反。

却说刘备出了许都后，如同出笼之鸟一般，以最快的速度赶到了徐州。袁术见前路被堵，只得重新退回寿春，没过多久，这位诸侯争雄的失败者就落了个郁愤成疾、吐血而亡的下场。

按说刘备此行的使命到此也就结束了，应该打道回府才是，但他本来就是要借此挣脱牢笼、冲破藩篱，哪有再自投罗网的道理。至于朱灵、路招等人，其职权在刘备之下，是刘备指挥他们，而不是他们指挥刘备，而且出许都时，曹操也并未交代他们监督或限制刘备。结果不言而喻，刘备利用曹操所赋予的职权，把碍眼的这几位都打发回了许都，而他则继续留在徐州。

刘备本身也是一等一的武将，曹操所置徐州刺史车胄，还没反应过来是怎么回事，便死在了刘备刀下。接着，刘备便留关羽镇守下邳，兼代理下邳郡太守（也有说是代理徐州牧），自己则和张飞屯兵小沛，与下邳成掎角之势。

重领徐州，刘备宣布与曹操彻底决裂，不仅不再听从其号令，而且打出受命"为国除贼"的旗号。之前刘备投奔曹操以及与之合作，虽是出于不得已，但也给他带来了宝贵的政治资源。出许都后，刘备已经是策名于汉廷，得以"封爵受命"的中央大吏，拥有被朝廷正式承认的豫州牧、宜城亭侯、左将军等显赫官爵，在汉献帝被曹操挟持已成为公开秘密的情况下，即便没有那个很难被证实的"衣带诏"，也已足以为刘备受命"为国除贼"提供依据。

当然最重要的，还是刘备在徐州远比曹操更得人心。尽管曹操在夺取徐州后，为控制当地，费了不少心机，但他两征徐州，攻灭吕布，在此过程中，残杀了不计其数的无辜百姓，这不是他用点小心思就能抹杀的。实际上，除了受曹操恩惠，已为曹所用的陈登、臧霸、陈群、袁涣等部分上层人士不便公开站队表态，多数徐州士民仍对曹操抱有敌意，并愿意追随刘备。

在刘备扯起反曹大旗后，包括"泰山诸将"之一、时任东海太守的昌豨在内，徐州的许多郡县都纷纷背叛曹操，归附刘备。刘备的兵马很快发展到数万人，声势大振。

在徐州，刘备再次验证了自己的影响力，但他并没有陶醉其中，因为他知道，自己杀死车胄，占据徐州，早晚会引来曹操的征讨，而单靠自己的力量，他是根本打不过曹操、守不住徐州的。怎么办？必须寻找和联合能够共同对抗曹操的战略盟友。

袁刘同盟

此时北方的争雄大戏已进入后半段，刘备还在许都的时候，公孙瓒就被袁绍彻底消灭了。刘备自身尚且难保，自然也无力对这位旧日同窗兼旧友提供任何援助，只能眼睁睁地看着公孙瓒的首级被袁绍送来许都。

袁绍灭公孙瓒后，其父子兼有冀、青、幽、并四州，地广兵多，成为中原最为强大的一支军事力量，在实力上与之相对接近的，唯有曹操，但曹操似乎也很畏惧袁绍，大将军说让就让给他了。不过刘备通过他在许都的经历，却能看出，曹操已将袁绍作为最大的潜在敌人，并且志在必得，非干趴下不可——曹操在"煮酒论英雄"中论及袁绍时，态度已经表达得再清楚不过，刘备当时顾及自身安危，尚未完全捉摸过味来，等到脱离许都险境，自然能想得明白。

在战略上，敌人的敌人往往就是盟友。更何况，刘备与袁绍之间尚有旧情，即刘备初领徐州时，曾通过陈登向袁绍表示依附，而袁绍对于刘备领徐州亦表示了支持和认可。如今，双方再续前缘，刘备遂派幕僚孙乾"自结"于袁绍。

何谓"自结"？也就是主动要求合作或者结盟的意思。为了打动袁绍，作为刘备代表的孙乾，除阐述曹操对袁绍的威胁和表达双方合力抗击曹操的意愿外，自然也不会忘记提及曹操私底下对袁绍的蔑视，以及必欲除之而后快的意图。

袁绍对曹操虽已有敌意，但对于曹操也在图谋于他这一点却未必掌握得很充分，自此以后，他肯定要做好相应的战争准备，并力求先发制人。有人估计，本来应该拖后的袁曹之间的大战因此提前了若干年，曹军在准备还不充分的情况下就仓促上阵，更使得战争过程跌宕起伏，惊险万分，以致他们几次都差点败于袁军之手。

世上没有不透风的墙，此事很快就传到了曹操的耳朵里。想到千防万防，却还是因为图一时口舌之快而泄了密，又因泄密而给今后的行动带来了巨大风险，曹操真是把肠子都悔青了，郁闷之中，他忍不住把自己的舌头都咬出了血，"以失言戒后世"。

从刘备的主观愿望上来看，他最希望看到的是袁绍被曹操激怒，立刻率军南下，对曹操发起大举进攻。曹操的实力要弱于袁绍，为了抵御袁绍，势必要向北线战场抽调大批兵力，如此一来，他刘备不仅可以保住徐州，而且还能趁曹袁交战、许都和南线空虚之际，率军与董承等人里应外合，袭取许都，救出汉献帝。

这是一个南北出兵、合击许都的作战方案，袁绍在其中扮演的是正兵角色，负责与曹操正面交锋，而刘备则作为奇兵，负责偷袭许都。应该说，该方案若能付诸实施，成功的可能性还是很大的，但它显然并未被袁绍所接受。

袁绍少年时就与曹操相识，两人曾是玩伴和游侠时代的朋友，袁绍自恃家世显赫，从心底里看不起曹操。曹操对袁绍的轻蔑之情，经过刘备方面被透露给袁绍后，必然要惹恼他，然而动怒归动怒，真的要让袁绍立刻卷起袖子去打曹操，那又是另一码事了。

袁绍刚刚消灭公孙瓒，需要在新的大战之前进行休整和准备，这是实情，不过更重要的还是袁绍为人外宽内忌、心胸狭隘，且早怀异志，对于拯救献帝，兴复汉室根本不感兴趣。

当初董卓得势时，袁绍、袁术逃出洛阳，董卓把留在洛阳的袁氏一族灭了个干干净净。照理袁家兄弟应该义愤填膺，誓与董卓拼个你死我活才是，可是身处讨董联军中的二袁，却根本不愿与董卓一战，就等着别人先上，他们好捞现成的。如今袁绍打的还是同一算盘，在他看来，如果自己先出兵进攻曹操，出兵出力不说，还只能获得次功，刘备却能"空手套白狼"式地获得首功，进而在政治上获得也许比自己还更得势的地位，那多划不来啊！

把便宜让与他人，那不是袁绍的风格，因此刘备的方案只能被束之高阁。尽管如此，在意识到曹、袁终将一战的情况下，袁绍也不可能不重视刘备的作用，这样，袁、刘联合对付曹操的口头同盟协议至少还是建立起来了。

如刘备所料，自他重领徐州后，即被曹操视为心腹之患。曹操欲趁刘备立足未稳之机进行征讨，但基于袁刘同盟已让自己形成腹背受敌之势，他又不能倾力相向，为此只能先派部将刘岱、王忠袭击刘备。

刘岱、王忠的武力值一般，大致也就是车胄那样的水准，同时所带兵马也较为有限，这次袭击未能取胜。看着刘岱等人落败的身影，刘备在阵前放言："像你们这样的，就是来上一百个，也不能把我怎样！只有曹公亲自来战，胜负才难以预料。"

刘备这么说，有振奋己方士气的用意，其前提是料定曹操在袁绍的威慑下，不敢倾力东征徐州。同时也是一种激将法，即既然袁绍不肯先战，那就刺激曹操，让曹操先战。刘备预计，曹操不出许都便罢，只要一出许都，袁绍定会从北线发动大规模攻击，曹操闻讯后就得回救许都，如此一来，也能起到袭许都和保徐州的双重效果。

大事完了

难题被抛给了曹操。东汉建安五年（200）初，正像刘备在许都时曾担心的那样，董承等人密谋刺杀曹操的事情终于还是暴露了，曹操将董承及种辑、吴子兰、王服等全部诛杀，并夷三族。董承的女儿董贵人已身怀有孕，汉献帝数次为其求情，但曹操仍极为冷酷地杀害了她。

事实证明，刘备及时择机逃离许都，确实是一个无比正确的选择。作为董承案的重要参与者和唯一幸存者，董承案一发，曹、刘之间更成了你死我活之势。曹操认定刘备不可不除，因此决定趁袁绍迟疑未决之际，抽出空隙，亲自进攻刘备。

此时曹操和袁绍都已摸到对方的底牌，袁绍大军呈南压之势，曹操则设防于官渡一线，与袁绍形成对峙。曹操在做出东征刘备的决定时，自己也正在官渡处理紧急军务，诸将因此纷纷进言，说眼下能与曹公您争夺天下的是袁绍，不是刘备，如今袁绍大军压境，而您却向东讨伐刘备，如果袁绍从背后进行攻击，该怎么办？

曹操的回答是："刘备乃人中豪杰，如果现在不把他消灭掉，必成后患。"曹操的这一回答，以及他不顾来自袁绍的巨大压力，一定要撇开袁绍先击刘备的决定，印证了他在"煮酒论英雄"中的表态，即刘备只要活着，一定会成为他有力的竞争对手，而貌似强大的袁绍则不足为虑。

问题在于，就算曹操能让诸将相信刘备在未来的威胁要远大于袁绍，却仍未能从正面解决他们的疑虑：在大军向徐州进发后，袁绍倘若乘机从后袭击，曹军势必陷入首尾难顾，进又打不赢，退则失去根据地的窘境……

曹操自己已下定决心，可是一时之间也不知该如何说服众人，遂把视线移向郭嘉。郭嘉支持曹操的决定，他分析：袁绍性情迟钝而且多疑，即使来进攻，也不会很快。而刘备才刚刚在徐州再次崛起，人心尚未完全归附，以陈登为首的徐州派以及臧霸等多数泰山诸将，都仍站在曹操这边，曹军只要迅速行动起来，就一定能将刘备击溃。

"此为存亡之机，万万不能失去。"郭嘉凭借其独到见解，不仅赢得了曹操的赞许，也代替曹操做通了诸将的工作。

既然内部统一了认识，曹操便毫不迟疑，安排留下几位将领屯守官渡，亲率精兵急趋向东，昼夜兼程杀往徐州。原本按照郭嘉的推测，袁绍闻讯应该还是会出击的，只是行动慢一点而已，孰料消息传至袁绍一方后，袁绍就像没听见一样，毫无动静。

眼看曹军即将奔至徐州，袁绍却连屁股都没舍得挪一挪，他手下的谋士田丰着了急，忙对袁绍说，曹操与刘备交战，不会立即分出胜负，将军您如果这个时候率军袭击曹军后方，可望一举成功。

可是袁绍依旧摇头，理由是幼子生病了，现在没心情打仗。如此难得的战机，居然因为儿子生病这样的小事，就轻易放弃？田丰啼笑皆非，忍不住举杖击地，哀叹："可惜，大事完了！"

其实，关东群雄，要说会被儿女情长所困的，那也就是一个吕布，像袁绍这样的人，又哪里会真的在意区区幼子的病情呢，说到底，他之所以不肯挪窝，还是因为算盘打得太精太细。

根据消息源所示，曹操已亲率主力征讨刘备，但可想而知，曹操在出发时一定挂虑着北线和许都，只要袁绍这边一有动静，他就得抽身回来。袁绍就是要以自己不出兵的姿态，让曹操安心，以确保曹军主力被刘备完全牵制在徐州。袁绍估计，刘备再不济也能支撑一段日子，待到曹刘双方处于僵持胶着状态时，他再大举出兵，到那时，曹军在北线的兵力必定不足，曹操要调兵回援也来不及了，袁军就可以如泰山压顶一般，以最小的代价突破黄河防线，攻取许都。

袁绍的小算盘可把他的盟友给害惨了。袁刘同盟本是刘备赖以自保的撒手锏，他明知曹操正在官渡与袁绍对峙，便认为曹操不可能腾出手来东顾，退一步说，即便曹操受不了他的激将法，冒险东进，袁绍也会及时出兵，迫使曹操全军回援；或像上次那样，仅派手下战将带部分兵马来战，对于后者，刘备是有战而胜之的信心和把握的。

曹军杀入徐州境内后，直扑刘备和张飞所驻的小沛。小沛的侦察骑兵发现敌情后，急忙回来报告，刘备对此毫无心理准备，不由得大惊失色，但他还是将信将疑，于是又亲自率数十名骑兵登高瞭望，一看，曹军旌旗招展，声势浩大，便马上明白，来者确实是妥妥的曹军主力。

那一刻，刘备的心跌到了谷底，他知道自己必败无疑。

乱世求生

刘备的同门师兄弟公孙瓒，在发现自己不敌对手时，就是死守到底一个招，到最后实在守不住了，便只能自杀了事。刘备不然，他有着乱世求生者的本能，即宁愿弃城远走，也绝不困守一地。

曹操亲率主力来征，刘备似乎仍可与之一战，但这一必败之战已失去了意义和价值，反而在此过程中，刘备将失去脱险的最佳时机，因为他是一军主帅，一旦被曹军发现，擒贼先擒王，他将插翅难逃。

刘备没有逞匹夫之勇，与快速扑上来的曹军死战，亦未浪费时间回转军营，无谓地据守小沛，而是打马疾走，首先从曹军空隙中突了出去。

刘备的突围是一个信号，小沛守军不再组织无效抵抗，大家都视条件自行疏散和突围，张飞亦不例外。军人的动作快，又有作战能力，在敌人尚未合围的情况下，大部分都能突得出去，普通百姓和眷属就难了，刘备的妻儿家小因此成了曹军的俘虏。

这已是刘备第三次"弃妻子"，虽言"弃"，实在是当事人亦无法可想。以刘备当时的处境来看，他只有先保住自己，才能等待机会"救妻子"。吕布的经历就是个反证，他在被曹操围攻时，本可亲自率兵出城击破曹军，但他妻子却拖着不让他走，吕布动了妇人之仁，最后的结局就是坐以待毙，不仅自己被曹操擒杀，妻子也成为俘虏，且永无获救的可能了。

曹操攻破小沛后，接着便引兵包围了下邳城。下邳古城今已不存，清康熙年间，山东郯城发生大地震，波及下邳，致使全城被黄河淹没。汉末时的下邳城作为徐州州治，具有一定规模，其城池较为坚固，环城一周还有护城河，可谓易守难攻，先前吕布据守下邳，曹操兵围水困三个月都未能攻入，最后还是吕布自己投降才解决问题。然而自古守城，光靠城池给力也不行，攻守双方的力量对比更关键。吕布自己先不说，他所统带的并州军和丹杨军兵强将勇，都是特别能打的部队，相比之下，关羽再勇猛无敌，也就他一个，其部众尚无法与吕布兵团相提并论，这种情况下，下邳城迅速失守也就不足为奇了。

关羽兵败被擒，投降了曹操。曹操在收编投降或俘虏的备军部卒后，又乘胜击破昌豨，徐州至此重归曹氏所有，刘备以徐州作为根据地，"争盟淮隅"的战略构想终于只能沦为昙花一现。

曹操正月出征，当月即还军官渡。他在十几天的时间里，就采用各个击破的手法，彻底解除了来自刘备的威胁，避免了两面作战的危险，堪称是一场漂亮的闪电战，袁刘同盟就此瓦解。袁绍白白丧失了一次击破曹操的机会，然而事已至此，也唯有暗自叫苦了。

最惨的还是刘备，随着刚刚建立起来的军队和政权再次化为乌有，他再次面临无家可归、无处安身的绝境。

在经历一轮又一轮的大血拼后，北方群雄能够幸存下来的已寥寥无几，其中不畏曹操、敢于收留刘备的则只有一家，那就是袁绍。刘备原先便得到袁绍的认可，后双方又针对曹操结为盟友，现在这点情分尚在，另外，刘备与袁绍的长子袁谭还有师生之谊。

汉代功名，除了孝廉，还有茂才。时任青州刺史的袁谭便是刘备所举茂才，刘备与袁谭也由此有了师生的名分。刘备在为公孙瓒效力时，曾在青州与袁谭打过仗，所以举茂才应该是那之后的事，有人推测，很可能是刘备初领徐州时，为回报袁绍对他的支持，才顺势给了袁谭这么一个功名。

刘备急走青州，去见袁谭，希望投靠袁绍。袁绍父子对刘备都非常看重，袁谭先率步骑兵迎接刘备，在刘备跟随他来到自己曾任县令的平原县后，又立即派加急使者快马飞报袁绍。袁绍闻讯除派部将在路上迎候外，还亲自离开冀州州治邺城，去距邺城两百里的地方与刘备相见，可谓礼敬有加。

袁绍父子对刘备的态度并非偶然。刘备即便在事业高峰时，力量也不突出，但他那颇具人文情怀的处世原则以及对汉室的感情，却有别于其他关东诸侯，而这也使他在政治上获得了较为正统的地位。曹操、袁绍等人都可谓是"乱世奸雄",他们内心未必认同刘备,可是公开场合也不能不对刘备表示敬重,曹操在许都待刘备如上宾,袁绍亲自出邺城两百里相迎,皆属此类。

在民间,刘备的声名也越来越大,其英雄之名,通过许都这一政治中心被扩散开来,获得了全局性的影响。尽管其后刘备在战场上再次遭遇惨败,在徐州也最终没能站住脚,但他果断与曹操决裂,发誓要兴复汉室的壮举,却很能打动人心,也因此理所当然地获得了人们的理解与支持。刘备北奔袁绍之初,几乎就是个光杆司令,他在邺城住了一个多月,原先被打散的那些士兵,也包括落难于山野之间的张飞等人,在得知刘备的去向后,便又都自发地从各个方向赶来,重新回到他的身边。

旧部的散而复聚,使得刘备手里总算有了一支兵马,可供袁绍驱使,不算是白吃饭了。

高光时刻

曹操还军官渡后,袁绍才亲率大军,由邺城南下,对曹操发起进攻。袁绍进攻曹操的第一步棋,是派骁将颜良渡黄河进攻白马,以便为主力渡河建立前进基地。

白马在许都北面,倘若失守,将危及许都的安全,所以曹操对白马势所必救,但鉴于自己的兵力少于袁绍,他采纳谋士声东击西之计,并没有派兵直奔白马,而是引兵前往南岸的另一个重要津渡,装出要渡河抄袭袁绍后路的样子,袁绍忙分兵阻截。见对手上了当,曹操立即亲率骑兵,轻装急进,驰往白马。颜良在曹军距白马仅差十余里时才得到消息,不由得大吃一惊,但这个时候已来不及做其他准备,只得仓促应战。

杀往白马的曹军是轻骑兵,无重装备的,故而部队的机动能力很强,颜良即便已经反应过来，但仍被曹操抢到先手。曹操以张辽、关羽为先锋，率先发起了攻击。

两军尚未交锋，关羽远远地透过敌阵，一眼就发现了颜良的兵车以及兵车上的旌旗伞盖。与曹军皆为骑兵不同，颜良一方为纯步兵，而步骑兵各自不同的特点，又决定了主将的指挥方式和所处位置并不一样。骑兵以强行冲击为基本战术，冲锋速度较快，所以一般而言，骑将必须居前，以便随时对高速运动的骑兵军团进行号令，张辽、关羽都是如此。步兵的打法则是结成方阵，由主将通过旗鼓等信号对方阵进行指挥调度，基本上步将的旌旗伞盖在哪里，他人就会在哪里。

古代还有一种战术，名为"陷阵"，即用少数精锐将士首先冲击敌阵，其价值主要不在于杀伤多少敌人，而在于冲断敌军的队列和指挥序列，从精神上打击和震慑对方，为己方主力发起总攻创造条件。曹操以张辽、关羽为先锋率先冲锋，实施的就是"陷阵"战术。司马迁在《史记》中说，"陷阵却敌，斩将搴旗"，如果张辽、关羽能够直接擒杀身为袁军主将的颜良，夺其军旗，便可使袁军的指挥系统遭到直接破坏，其阵列也将因之崩溃。然而，要做到这一点，从当时情况来看，是几乎不可能的。

如前所述，步兵主将没有必要也不应该太过靠前，陷阵者要想接近颜良，就必须突破方阵，穿越其身前的所有阻碍。要知道，袁绍的主力步兵素有强悍之名，且拥有应对骑兵冲击的丰富经验，其方阵队列密集，组成方阵的步兵要求个个坚忍敢战。当初公孙瓒著名的"白马义从"纵横天下，但在与袁绍交手时，也无冲垮其步兵方阵的记录，最终，"白马义从"还遭到先登兵和弩兵的联手伏击，以溃败收场，公孙瓒的事业亦从此直线下坠。此为其一。

其二，颜良并非泛泛之辈，他是袁绍军中有名的大将，武力值也是相当高的，寻常人根本近不了他的身。他虽为步将，配有指挥用的兵车，但既为善战勇将，应该也骑着战马，若双方单挑，对方的骑将未必就能占到多大便宜。

唯其不易，这一天才会成为关羽的高光时刻，但见他跃马扬鞭，纵马向袁军猛冲过来，之后居然单人独骑就冲开了袁军的密集队列，闯入了敌阵，更令人叹为观止的是，万兵众中，愣是没有一个人能拦得住他——包括颜良！

关羽的民间形象是手持一柄"青龙偃月刀"，《三国演义》中更称他的这把长柄大刀"重八十一斤"。实际汉末并不存在这样的大刀，军中大量使用的是环首短柄刀，也称环刀。追溯"青龙偃月刀"的原型，应是北宋操练用的"掩月刀"，此刀确实形体长大，而且很重，轻一点的数十斤，重一点的可达上百斤，可想而知，实战中根本无法使用。

汉末骑兵，普通装备都是最适应冲锋作战的长矛，史书在记载关羽突入袁军敌阵这一场面时，描述其动作为"刺"，说明关羽所用武器也是长矛，而不是所谓的"青龙偃月刀"。关羽用长矛刺杀了颜良，继而用佩刀斩下其首级，之后才从容撤出敌阵，此时依然无人能阻。

颜良既亡，袁军骤失指挥核心，其步兵方阵立刻陷入混乱，随后就被曹操率主力击溃，白马之围遂解。

节　义

在白马之战前，虽然大家都知道关羽有万夫不当之勇，他本人也已随刘备在沙场驰骋多年，但并没有让人印象特别深刻的表现，也未立下过非常战功。白马斩颜良堪称关羽的开山之作，其超人的武艺、胆略和神勇，在此役中毕现无遗。后人对此津津乐道，评价某将如何神勇时，往往都会强调"关羽斩颜良，也不过如此"，"此人有关、张之名，可斩颜良"。

客观地说，关羽的神勇表现同他所在平台有着直接关系——倘若关羽仍跟着刘备，以备军实力之弱，他未必能够把自己的潜能充分发挥出来。

鉴于关羽立下大功，曹操特向献帝上书，表封关羽为汉寿亭侯。汉寿是地名，指湖南汉寿县，亭侯是爵位，这和刘备被封宜城亭侯是一样的。作为一名刚刚加入曹营不久的降将，这种待遇可以说是相当之高了，足以显示出曹操在用人方面的慷慨，以及对关羽个人的看重。

实际上，自刘关张随曹操攻击吕布起，曹操就已极为看好关羽，赞赏他的勇壮，并认定关羽是个难得的将才。关羽投降后，曹操如获至宝，将其带回许都后，立即给予厚待。一方面给名，拜之为偏将军，另一方面给利，赏赐了很多财物，民间传说是"上马金，下马银"，"三日一小宴，五日一大宴"。

曹操如此大手笔的投入，显然是知道关羽和刘备的关系非同一般，所以希望借此动摇关羽，让他一直为自己效力。但他察言观色，细细体味关羽的一举一动，却又发现关羽似乎并无久留曹营之意，于是就吩咐张辽说："你找个机会探探他的实情吧！"

张辽本是吕布的部将，吕布和并州军覆灭后，他就降了曹操。张辽在徐州时，与关羽私下的关系不错，据说就是在张辽的竭力劝说下，关羽才投降了曹操。张辽受命后，便趁私下与关羽闲聊谈心之机，拿曹操关照他的话去试探关羽。

弄明白张辽的意思后，关羽发出一声长叹，随之说出了一句铮铮之言："我明白曹公待我情义深厚，然而我受刘将军（刘备）厚恩，已发誓要与他同生死、共患难，我不能背弃誓言呀！"

从关羽的这句话里可以看出，他与刘备确实只是"恩若兄弟"，而不是所谓的结义兄弟，否则他对刘备的称呼就可能不是"刘将军"了。另一方面,"受刘将军厚恩"一语也表明,虽然关羽在降曹前就已有"别部司马"的头衔,但他与刘备之间仍只是豪强与部曲的关系,因此之故,关羽在此处所显示的对刘备的忠诚,与君臣之间的"忠义"还不是一码事,前者实际是汉末对于部曲的道德规范要求,即"节义"。

"节义"本是汉末极为流行的一种道德风尚。"节"字来自竹,后来引申出了"节操""气节"之义,节义是说一个人无论在何种情形或何种环境下,都能拒绝外来诱惑并坚守高尚的德行。党锢之祸中,以李膺等人为代表的正直士人,可谓是淋漓尽致地展现了慷慨激昂的节义之风,关羽成长于这个时代,同时代正直士人的事迹,也一定对他产生了极大影响。与此同时,关羽虽然出身下层,却也具有很高的文化修养。史载他喜读《春秋》,对《春秋》经义很有研究,颇有心得并身体力行。而所谓"春秋大义"褒善贬恶,其中所推崇的,正是人的志气和节操。

从关羽的言行和一生的作为来看,他都是节义精神的坚定信奉者和实践者。关羽相传还是中国古代最早画竹的画家,擅长画竹,被称为"画竹之祖",直到今天,仍有据传出自关羽之手的石刻竹画散见于各地,画中的竹子"凛凛刚正",被认为是关羽节义精神的一种反映。

正如关羽对张辽所言,在他选定刘备作为自己的主公后,便一直坚守节义,不离不弃。刘备自出道到彻底失去徐州,其间颠沛流离,辗转各地,始终没有一个属于自己的固定地盘,然而关羽仍然毫无怨言地追随着刘备,且表现得极为恭敬和忠诚——就算是被迫投降曹操,其出发点也是想要重新找到故主,对刘备的眷恋之情从未有过任何改变。

刘备逃出徐州后,关羽便失去了关于他的消息。如今的刘备对于关羽来说,可谓是存亡未卜,纵然还活着,可以想见,一定也是穷愁破败、流浪无所,而曹操却已成为北方仅次于袁绍的巨无霸,与实力孱弱不堪的刘备相比,实在是天壤之别。更何况,曹操对关羽又极为看重,给予他的恩赏，远比他之前追随刘备时要丰厚。对于此时的关羽而言，像张辽一样真心投靠曹操，死心塌地地为曹操效命，似乎才最明智，然而关羽偏偏却没有这么"明智"，他来了个反其道而行之。

关羽对刘备的忠诚以及对于忠义精神的恪守，远非常人所能及。在身居曹营期间，无论环境如何优越，曹操待他如何优渥，他都时刻牵挂着刘备，也从未动摇过一旦打听到刘备还活着的确凿消息，便继续追随其左右的信念，这就是后世所说的"身在曹营心在汉"。

关羽虽一心想要追寻故主刘备，但亦感动于曹操的知遇之恩，对曹操给予他的各种礼遇，并未假装无视，淡然处之。他对张辽表示，自己终归要离开这里，不过一定会做出点贡献来报答曹操才会走。

非走不可

关羽说得诚恳坦荡，但让张辽陷入了两难境地，毕竟他找关羽谈话，其实是受了曹操之命——如果把关羽要走的话报告给曹操，他担心曹操一怒之下杀了关羽，此属不义；但若是不报告，又不符合侍奉主公之道，此谓不忠。

张辽左思右想，纠结不已，最后他只得从"忠"和"义"的范畴里跳出来，重新换一个自认为公私分明的角度进行思考，即"曹公是我的君父"，理当绝对服从，"关羽虽是我的手足兄弟"，但两人的感情终究只是私情。

在想尽办法说服自己后，张辽叹了口气，终于还是将他和关羽谈话的内容如实向曹操进行了汇报。让他感到既有些意外又无比庆幸的是，曹操听后并未愠怒，反而颇为动容地说："侍奉主公能不忘其本，这是天下第一等的义士啊！"

站在曹操的立场之上，关羽对刘备的念念不忘，肯定会让他心里一个劲犯酸的，但关羽对于节义的坚守，以及在进退去留问题上光明磊落的风范和气魄，看起来确实打动了曹操，他也由此对关羽更加欣赏和器重。

在出乎意料地对关羽大加称赞后，曹操话锋一转，问张辽："你估计他会在什么时候走呢？"

张辽立刻明白，曹操其实还是舍不得关羽就此离开，于是忙安慰道："关羽受了您给予的厚恩，肯定要等到做出贡献后才会走的。"

理论上讲，有了关羽的承诺和张辽的推断后，只要不让关羽建功，他也就走不了了，但真到打起仗来，火烧眉毛的关头，谁还顾及这些呢？张辽后来被列为曹操麾下"五子良将"之首，说是曹操手下最出色的战将亦不为过，他在战斗能力上与关羽可谓不相伯仲。白马之战中，曹操把张辽、关羽摆在先锋官的位置，显见得首先考虑的是如何取胜，而不是关羽走不走的问题。

关羽武艺超群、胆略绝伦，最主要的是集聚了全部能量，奋不顾身地抓住机会建功以回报曹操，故而在白马一战中，其实上是做到了超水平发挥，连与他处于同等水平线上的张辽都成了陪衬。事后，曹操可谓是既欣慰又后怕——欣慰的是自己没有看错人，关羽果然是一员只要给了他机会就能在百万军中取上将首级的顶级悍将；后怕的是关羽有言在先，立功报恩后就要走，现在杀了颜良，可能就留不住他了。

怎么办？封！赏！厚厚地封！重重地赏！没准儿关羽就会因此而动心也说不定呢！向来讲求实际的曹操从不吝啬于对部属的封赏，除了第一时间立封关羽为汉寿亭侯，还给予关羽以大笔赏赐，起意无非是要借酬功之机，进一步笼络关羽，以安其心。

然而落花有意，流水无情，该走的还是要走，而且这次是非走不可，一刻也不肯再停留，因为关羽终于得到了刘备的消息。

原来自曹操解白马之围后,袁绍气急败坏,立命刘备和骁将文丑渡河追击。刘备和文丑都是骑将,他们按照袁绍的命令,带领五六千骑兵,先后渡过黄河,赶上了曹军。曹操眼看敌众我寡,便将在白马之战中缴获的辎重全都放在路上,对袁军进行引诱。袁军骑兵一看路上丢着这么多的辎重,分外眼红,争先恐后地扑上去抢劫,结果队伍大乱。曹操乘隙下令攻击,此时曹操身边的骑兵不满六百人,但他们以逸击劳,众志成城,不仅大破袁军,还一举击杀了文丑。

刘备初到袁绍军营,袁绍的心胸又远不如曹操,所以袁军骑兵的指挥权应该只会真正掌握在文丑手中,在这种情况下,即便刘备对袁军抢劫辎重的行为不以为然,也无法控制局面。可能也正因为刘备的警惕性要高于文丑等人,才使得他得以落荒而走,没有被曹军当场擒杀。

在《三国演义》中,文丑和颜良一样,都是死于关羽刀下,然而这不符合历史事实。当时冲锋陷阵的曹军骑将有好几位,除了关羽,张辽、徐晃等都是一等一的高手,史书在记载"斩丑"时,并没有具体说是他们中的哪一个杀了文丑,在张辽、徐晃、关羽等人的本传里,也未提及此事,据此可以推测,文丑就是死于乱军丛中,非是哪个具体的曹将所杀。

通过此战,关羽有了一个令他欣喜若狂的发现,那就是在阵前知道了刘备的下落。

刘备投靠了袁绍,名义上已属于袁绍的部下,此时的地位和关羽可以说是平起平坐了。如果关羽继续跟着曹操干,他的地位显然还将超越刘备,但关羽对这一看上去似乎更有前途的路径毫无兴趣,他仍然决意要辞别曹操,前去投奔刘备。

且不说对于高官厚禄以及各种封赏的放弃,仅说关羽这一行为本身,这就使他面临着人身安全方面的巨大风险。刘备现在是帮助袁绍与曹军厮杀的敌人,大敌当前,你去投奔他,这算不算通敌?曹操只需一句话,便能名正言顺地让关羽人头落地。

古往今来，关羽的人生选择，应该与大部分人都不相同，很多人也因此给出了各种解释。

有一种解释是关羽在"许田射鹿"时，曾向刘备建议杀掉曹操，他担心此事被曹操知道后遭到报复，故而三十六计走为上。

还有一种解释则与一位姓杜的妇女有关。这位杜氏是吕布部将秦宜禄的妻子，当初吕布被曹操围困于下邳，派秦宜禄向袁术求援，关羽获知后，向曹操报告了这一情报，并断定吕布快撑不住了，攻破下邳在即。秦宜禄出使袁术后，袁术把汉朝宗室之女嫁给了他，以当时的情况来看，他那被留在下邳城中的妻子杜氏，显然就面临着被遗弃的命运了。关羽见过杜氏，很中意她，于是在向曹操报告时，就以自己虽已有妻室、但还没有孩子、需再娶妻子以延续香火为由，请求城破后能将杜氏赐给他。曹操起初没当一回事，就点头答应了。等到下邳城即将被攻克之际，关羽又一再叮嘱曹操，让他千万不要忘了此事。如此情急，反而让曹操感到不对劲，怀疑这杜氏必然有着非同一般的姿色。

曹操留了个心眼，攻下下邳后，首先派了一名手下去探看，这一看不要紧，发现关羽在戎马倥偬之际所惦记的这位杜氏，果然是个倾国倾城的大美人。曹操一时把持不住，便不顾自己之前的承诺，而将杜氏据为己有。

类似情节在多部史书中都有记载，说明应该是真实的。有人把它与"许田射鹿"联系起来，认为曹操的出尔反尔，令关羽极为愤怒，又见射鹿时曹操在天子和百官面前嚣张跋扈，便更气不打一处来，所以才会向刘备提出诛曹的建议。换言之，关羽执意要离开曹营，是因为前有杜氏被曹操所抢之恨，后有害怕诛曹建议终会暴露之惧。

汉代的两性观念还未受到儒家礼教的过分限制和束缚，观念上较后世开放，多蓄妻妾及娶再嫁女子以传宗接代之风，尤以上层社会最为盛行。"娶妻娶德，纳妾纳色"，由此来看，关羽请娶杜氏的做法，和他在非常情况下被迫暂时降曹一样，并没有超越当时的道德规范，也就难以成为影响其声名的污点，倒是曹操因贪恋美色而违背承诺之举，更易被当时人所诟病。

关羽在曹操自食其言、抢去杜氏之初，可能是会心存芥蒂和不满，甚至将情绪累积在"许田射鹿"之中，然而后来曹操给予其非常礼遇，两人早已尽释前嫌，不然关羽不会当着张辽的面，道出"曹公待我情义深厚"这样的话，也不会铆足了劲要在战场上建功报答曹操。

至于说关羽因为"许田射鹿"时曾向刘备进言诛曹，害怕曹操对此报复，故而心怀疑惧不敢久居曹营，这种说法其实也很牵强。实际上，与关羽随刘备逃出许都、举起反曹大旗相比，一个诛曹的言论又算什么？可以说，自关羽兵败投降曹操后，这些有的没的，都应该早就成为过眼烟云了。别的不说，就说曹操在明知关羽无久留之意的情况下，也未猜忌关羽，更未有任何加害之心这一点，就可知道曹操不会对此段旧怨耿耿于怀。

佳　话

关羽打定主意，把曹操赏赐他的所有财物都封存起来，归还曹操，留下一封拜别书信，然后悄悄地离开曹营，前往袁绍军中寻找刘备。

关羽的这种做法，既很好地处理了与曹操的关系，同时也没有辜负故主刘备，因而受到后人的高度赞赏，认为他完美地体现了孟子所说的大丈夫人格：不被曹操的封官厚爵所诱惑，此谓"富贵不能淫"；不因刘备寄人篱下、处境落魄而动摇追随他的信念，此谓"贫贱不能移"；不为曹操的权势所屈服，此谓"威武不能屈"。

宋代学者、有"小东坡"之称的唐庚说，如果关羽只是"身在曹营心在汉"，那么战国时的那些节烈之士也能做到，而他最了不起的，就是能够在报答曹操之后，封还赏赐，拜书告辞而去，这种"进退去就，雍容可观"的德行和风范，甚至胜过了古人。

得知关羽离去，曹操的态度也颇耐人寻味，尽管他心里并不情愿，却也未出杀心，更没有设法阻挡。当身边将领都建议将关羽追回时，他也只是淡淡地说了一句："他是各为其主啊，就不必去追了。"那种想留住某人而终于留他不住，最后只能选择放他自由的无可奈何心态，尽在其中。

众所周知，曹操的人生哲学是"宁可我负天下人，休教天下人负我"，对于人才，向来都是尽量都要给自己用，如果自己用不了，那宁可毁了也不能让别人用的态度。他大度放走关羽的宽容之举，在其一生中都极为少见，唐庚因此赞赏曹操"犹有先王之遗风"，另一位三国史家裴松之则评价说，曹操对待关羽的言行，体现出了政治家的胸怀度量。

民间也有此认识。在今天的许昌附近，有一座灞陵桥，相传曹操曾在桥头为关羽送行，灞陵桥不远处，又有一座关帝庙，为全国五大关庙之一。灞陵桥的特点之一就是关曹并重，在这座庙里，不但祭祀关羽，也给予曹操相当的礼遇，而不是按照习惯将其置于遭贬抑的地位。

关羽的光明磊落，加上曹操的真诚大度，共同成就了一段难得的佳话。据传关羽羁留许都期间，曾作风竹诗画和雨竹诗画，合称风雨竹诗画，每幅画面都是一枝竹子，由竹叶错综组成一首五言诗，以示高洁之志。关羽在随曹操离开许都、兵发前线时，曾将这些诗画送给曹操，曹操爱不释手，特地予以珍藏，说明了他对关羽及其节义精神确实非常认可。

历史上关羽追寻刘备的真实事迹，虽然不像《三国演义》中"过五关斩六将，千里走单骑"那样曲折，但也注定充满了重重险阻。其时曹袁两军正在交战，关羽在到达河北的袁军驻扎地，找到并与刘备会合之前，不仅要随时提防和准备摆脱曹军派来的追兵，而且必须接受沿途关卡的各种盘问和刁难，甚至到了河北之后，也仍有危险相伴——别忘了，关羽才刚刚击杀袁绍爱将颜良，并在白马之战起到非常重要的作用，谁能担保袁绍就不会进行报复？

毫无疑问，关羽在其中所展现的忠诚坚毅，是少有人及的，所以即便是自己人，也可能会心生猜忌。《三国演义》中就说刘关张重逢后，张飞曾误会关羽，不肯接受他，为此还虚拟了关羽刀斩前来追赶的曹将蔡阳，进而消除张飞疑心的情节。在流传下来的关羽纪念文集里，亦有据传是关羽写给张飞，用以表明心迹的信件。

按照正常思维，关羽曾投降曹操，又给曹操建立大功，现在突然出现在眼前，作为主公的刘备，也应该暗中考察或重新测试一番，但刘备对关羽的信任却没有丝毫减少。显然，刘备对于关羽的态度，与关羽所坚守的节义忠诚是相辅相成的，也正是通过人生中这一次次艰难事变的考验，他们的感情愈见真挚，最终达到了历史上难以企及的高度。

南下豫州

曹操在初战取胜后，鉴于白马乃为孤城，在袁绍优势兵力的压迫下，终究难以坚守，乃退至官渡，集中兵力，筑垒坚守。袁绍尽管两次受挫，但倚仗兵多势众，仍旧大步向前推进，直至进临官渡，这样，关系袁曹成败的一场大战——官渡之战，即将拉开序幕。

两军相持，曹守袁攻，袁绍固然一时难以取胜，而曹操却更陷入窘境，在其控制区内，人们因困于役赋，频频起来反抗。豫州汝南郡有一支被曹操收编的黄巾军，其首领为刘辟。他们趁曹军主力被牵制于官渡之机，突然叛离曹操，并且很快就对许都构成了威胁。

袁曹双方对于刘辟都很重视，袁绍立即派刘备率兵援助刘辟。刘备奉命从青州潜入豫州，在与刘辟组成联军后，选取豫州的汝南郡和颍川郡之间的空隙，对曹军后方展开攻袭。

汝南郡本是袁绍的老家，袁氏门生故吏遍布境内，他们大多拥有武装，在二刘联军的影响和带动下，乘机起兵反操。汝南郡周围的郡、县也纷纷响应，一时间，自许都以南，吏民皆惶惶不安，曹操深以为忧，一度考虑要撤出官渡，退保许都，经谋士荀彧的谏阻，才决定继续在官渡与袁绍周旋到底。

袁曹相持于官渡，孰胜孰败，其实主要取决于谁能够坚持得更久，说得更明确一点，就是哪一方军粮供应不上，哪一方就得率先完蛋。曹操退守官渡后，军粮供应线较袁绍为短，然而由于二刘袭击等原因，曹军军粮短缺的情况却比袁军更为严重。

曹操欲分兵对付刘备，可是又怕分兵太多，给正面的袁绍造成可乘之机。他的从弟、大将曹仁则发现，刘备固然能战，但长期追随他的老兵数量不多，此次南下豫州，所率多是袁绍的士兵，刘备身为客将，指挥时难以做到得心应手。曹仁认为，只需从官渡前线抽出一部分主力正规部队，对刘备发动闪电进攻，就有望将其击破。

曹操同意了曹仁的意见，从官渡抽出自家拿手的骑兵，由曹仁率领，火速向豫州进发。曹仁平时就负责训练和统领"虎豹骑"，因此这批骑兵中很可能就包括"虎豹骑"，其速度极快，且来势汹汹，势大力沉，刘备所率袁军难以抵挡，二刘联军被迅速击溃。

见大势已去，刘备只得重又北走，回到袁绍那里。叛曹各郡县原本以为，曹操正在官渡与袁绍相持到危急关头，势不能拨兵南下，又倚仗着有刘备为他们撑腰，故而才举兵呼应，现在眼看着曹军说来就来，连刘备都不敌败下阵来，他们自然更无法招架。曹仁将各郡县全部予以收复，这才风风光光地收兵返回官渡一线。

这已是自白马之败后，刘备以袁绍部属身份遭遇的第二次重大挫折。袁军步兵曾击溃"白马义从"，然而在白马之战中却已经顶不住曹操的轻骑兵。同样地，在打败并收编公孙瓒的骑兵后，袁军骑兵也一度号称最强，可是如今当刘备、文丑率骑兵出击时，军纪也差到了可以任意争抢辎重的程度，最后竟被数量少得多的曹军给打了个稀里哗啦。

若说到问题，刘备是客将，指挥不了袁军，尚说得过去。颜良、文丑，一步一骑，号称是袁绍最喜欢的大将，结果也是惨不忍睹。根子究竟在哪里？就在袁绍自己身上！

袁绍此人，相当于一副漂亮的衣服架子，外表看上去宽宏大量，其实内心量小嫉贤、刚愎自用，且不善大谋，与曹操形成鲜明反差。袁绍拥有的高明谋士、智勇战将并不少于曹操，然而这些人都不能得到很好的任用，不是受到错误对待，就是被束之高阁。刘备投奔袁绍已有一年有余，对此看得越来越清楚，同时也越来越失望。

刘备这些年，走南闯北、东奔西逃，已经很自然地形成了一种对潜在危险的预知能力。在许都"衣带诏"事件中，他提前看出董承等人谋刺曹操的计划难以成功，便以阻截袁术为由，寻机逃出许都，之后才举起反曹大旗。身处袁绍军营之内，刘备也已经看出，在袁绍的统率下，袁军绝对不是曹军的对手，一定会被曹操击败，自己附于袁绍麾下，终难与之共成大事。

为今之计，必须设法脱离袁绍，争取在袁绍被消灭后，独立保存和发展对抗曹操的力量。刘备于是劝说袁绍"南联刘表"，对袁绍而言，"南联刘表"有利于牵制曹操的兵力，本是其原有之意，因此袁绍立刻点头同意，急准刘备南去。

赵云来归

东汉建安五年（200）秋，刘备再次潜入豫州汝南郡，这次除继续骚扰曹操后方，还要"南联刘表"，即南接荆州刘表，以便联合刘表，共同对付曹操。

因为已暗中打算离开袁绍，又难以统御袁绍的河北兵，所以刘备此行只带了关羽、张飞及其部曲，还有赵云及派赵云秘密招募的几百兵丁。

赵云也是刚刚来河北找到刘备。自当年在公孙瓒处一别，已经整整七年过去了。在这七年里，赵云没有忘记二人惜别时，自己立下的只要复出就必追随刘备的誓言。见赵云来归，刘备喜不自禁，拉着他彻夜长谈，毫无倦意，睡觉时也与之"同床眠卧"，毫不设防。

赵云在投于刘备麾下后，双方便理所当然地变成了部曲与豪强的关系，刘备以豪强之尊，降低身份去交好赵云，其背后是对他满满的赏识与厚爱。除此以外，若是注意到刘备与关羽、张飞的"寝则同床，恩若兄弟"，则刘备与赵云的"同床眠卧"，也必然具有同样的特殊意义，即刘备已经把赵云当作和关、张一样的嫡亲兄弟看待了。

正是在此期间，刘备密遣赵云为其招募兵丁，这些兵丁私下也被称为"刘左将军的部属"。刘备此时尚未公开脱离袁绍，所以这属于私下招兵买马，如果被袁绍发现真相，是要掉脑袋的。刘备能将如此重要事务交给赵云去办，显示出他对赵云的信任丝毫不亚于对关羽、张飞的信任，赵云也因此毫无障碍地融入了刘备团队。

即便加上赵云拉起来的自募兵，刘备的兵马数量也不多，直到潜入汝南后，与另一支黄巾军余部龚都等联合，刘备这才得以聚众数千人，但因核心主力都是刘备的部曲，故而战斗力反而比第一次到汝南时更强。

刘备初入汝南就曾给曹操后方造成很大威胁。曹操得知他又卷土重来，自然很不安心，遂派部将蔡阳前去进攻。

蔡阳并非名将，与曹仁、张辽等相比，要低很多档次，相应地，蔡阳所部也不及曹仁所统"虎豹骑"等精锐善战，这说明官渡大战已至关键阶段，曹操没有也无法再从前线抽调第一流的兵力。刘备在阵前对蔡阳等人放言："你们别看我人少，似乎气势不足，但就算你们带来百万之兵，也奈何不了我！不过如果曹孟德（曹操字孟德）亲自来战，我倒是只能逃走了。"

这是刘备在面对曹军时惯用的恫吓兼激将法，特别是后一句，倘若曹操受了刺激，真的率主力亲自南下豫州，袁绍那里可就轻松了。当然它同时反映的也是实情，即刘备虽然兵力不多，但只要曹操和曹军主力不出现，他便足以与蔡阳一战。

蔡阳等人自不可能被刘备一吓就卷铺盖走路，两军当下就杀在了一处。战场是最公平的，不打不知道，这一打就分出了高下——刘备奋起神威，杀了蔡阳！

刘备虽杀死蔡阳，击退了曹军，但就全局而言，已作用不大。曹操不久即在官渡与袁绍展开大决战，不出刘备所料，袁绍主力部队被击溃，袁绍、袁谭父子仅率八百骑兵渡过黄河，败逃回冀州。

试想一下，如果刘备不及早离开袁绍，现在他也很有可能成为曹操的俘虏，甚至连性命都保不住。可以说，正是对潜在危险的超常预见能力，刘备又一次挽救了自己及其事业。

曹操攻破袁绍后，立即亲率大军攻打汝南。如同在徐州时那样，刘备本来倒是想激曹操来打他，以诱使曹军分兵，从而便于袁绍方面大举猛攻，但这个时候形势变了，此时曹操已经根本不用顾及袁绍，他集中力量要打的，就是刘备一个，刘备真的只有逃走一途了。

好在刘备对此早有准备，"南联刘表"并不仅仅是他脱离袁绍的借口，一旦袁绍被曹操击破，他也随时准备投奔刘表，以免成为覆巢之卵。现在眼看形势不妙，刘备忙派幕僚糜竺、孙乾去荆州与刘表联系，提出依附的请求。

糜、孙出使的结果让大家都松了口气，刘表对刘备的归依表示欢迎，就这样，刘备及其部属又一次踏上了流亡之路。

第四章　隆中对

关东诸侯之中，刘备可能不是名气最响亮的，却一定是人缘最好、最被人认真对待的——刘表对刘备的来归很是重视，他几乎是照抄了之前曹操、袁绍给予刘备的超规格待遇，在刘备风尘仆仆抵达荆州后，即亲自到郊外迎接，并用上宾的礼节予以了接待。

刘表是鲁恭王刘余的后代，刘余与刘备先祖中山靖王刘胜一样，为汉景帝的庶出子，到了刘表这一代，也已成了与东汉王室相对疏远的所谓皇室疏宗。不过刘表要比刘备大近二十岁，且成名较早，少时即知名于世。党锢时期，人们将李膺等八位党人名士视为当世英豪，称为"八俊"，"八俊"之外，又有"八顾"，所谓"顾"，是说他们能以自身的德行引导别人，刘表乃"八顾"之一，足见其声望和社会地位之高。

董卓掌权时，任命刘表为荆州刺史。李傕攻陷长安后，又任命刘表为荆州牧（汉灵帝晚期实行"废史立牧"，州牧权力在刺史之上）。刘表能够连续得到这样的升迁机会，皇室疏宗的身份尚在其次，最主要的还是缘于名望。毕竟就算从光武帝刘秀即位开始算起，在近两百年时间里，都已不知繁衍出多少后裔了，如刘表、刘备这样的前朝皇室旁系后裔更是多到无法统计，若自己没有一点能耐，哪里能入得了当朝执政者的法眼？

回到刘表对刘备的态度，同为皇室后裔，固然会显得他们两人之间更加亲近一些，但刘表之所以愿意接纳刘备，主要出于自己既定的防御战略。

枭 雄

几年前，凉州籍将领张济因为缺粮，举兵进攻荆州，结果被刘表阻于城外，张济也中箭而亡，余部由侄儿张绣统带。刘表见凉州兵颇能打仗，便派人招诱张绣，并安排张绣屯驻于宛城，防御北方之敌。事实证明，刘表的这一策略是成功的，曹操屡次南征，均为张绣所阻。虽然张绣最终还是投降了曹操，但确保了那段时间荆州不被战火所殃及，同时也避免了刘表与曹操之间发生大规模直接冲突的可能性。

在曹操与袁绍争持期间，刘表既不助袁，也不援曹，结果又躲过了一波战火。不过刘表自己也很清楚，曹操在彻底击败袁绍及其残余力量之后，终究还是会把矛头指向南方，所以刘表一直希望能够再得到一个张绣那样的客将，以填补其降曹后的空白。

刘备来归，可谓恰逢其时。关东自董卓之乱后兼并战争不断，且一波接着一波，呈空前酷烈之势。刘备从涉足青州起，十年时间里，先随公孙瓒对抗袁绍，接着踏入徐州，随陶谦对抗曹操，继而站到曹操一边对抗吕布、袁术，最后又投奔袁绍，与曹操相抗。刘备在如此长的时间里，于如此复杂而对立的环境中闪展腾挪，不仅保得全身而退，而且在下一轮游走中，仍能受到各大诸侯之敬重，这在关东群雄里面实在是找不出第二人。在刘表看来，刘备必有他人所不及智力与武力，若安排其防御曹操，他会比先前的张绣做得更好。

张绣已经两次投降曹操，刘备也曾依附过曹操，这次会不会像张绣那样，又反过来成为曹操南下荆州的马前卒？这种可能性也不大。因为自刘备反曹后，双方不仅有了深仇大恨，而且刘备作为董承案的最后一个存活者，在政治上对曹操还有着致命威胁。不难想象，如果刘备再次落入曹操之手，曹操是不会再手下留情的，这点刘备心知肚明，所以他绝不会像张绣那样再次投降曹操。

刘表按照自己的战略考量，给刘备增补了兵员后，便让其驻屯于新野，以屏护荆州北境，防备和阻止曹操南下。

刘备驻军新野之初，曹操并没有南下，倒不是他已打算放过刘备或者不惦记荆州了，事实上，曹操在官渡之战后亲征汝南，就是想要一石二鸟，即在擒杀刘备的同时向刘表耀兵。曹操甚至还有趁新破袁绍的士气，直接南下击灭刘表的想法，但谋士荀彧觉得条件尚不成熟。他指出，袁绍的残余力量还在，若曹操在这个时候离开北方远征荆州，难保袁绍不乘虚而入，从背后进行袭击，届时曹操通过官渡之战取得的胜果可能全盘丧失，事业也有可能毁于一旦。

曹操听后深以为然，于是放弃了继续追击刘备以及进攻荆州的计划，转而集中力量在北方对袁绍父子进行扫荡。

曹操既未出现，刘备就没必要跟他拼命，日子表面上过得很是安逸，但刘备内心却颇为焦虑，时有如坐针毡之感。

刘表虽然接纳了刘备，但对他其实不太信任。当然，这也怪不得刘表，概因此时的刘备，除天下人皆知的英雄之名外，还被一些诸侯及其将领视为不可不防的"枭雄"。

枭与骁通用，本有勇健之义，但当初袁绍声讨曹操，在檄文中亦指责曹操"专为枭雄"，有人在注解中指出此处的"枭"为恶鸟，"雄"意为强悍，认为此"枭雄"，系"言曹操如恶鸟之强"。可见，"枭雄"在某种语境中也是严重的贬义词，用到刘备身上，不是说他像曹操那样霸道凶悍，而是指他不甘久居人下，不管暂时依附于谁，最后都会脱离出来，自己另起一摊。

刘备在来到荆州前的十年间，主要在青州和徐州一带活动，这段时间也可称为刘备的青徐时期。在青徐时期，刘备先后依附过公孙瓒、陶谦、吕布、曹操、袁绍，其中除了陶谦是自己病亡并留遗命让刘备继任徐州牧外，其他人都没能留住刘备，吕布、曹操则更是成了他的死敌。

站在刘备接纳者的角度，谁都免不了"惮其为人"，毕竟没有谁希望自己被人背叛。与此同时，刘表又如袁绍一样，是一个外宽内忌之人，史书上说他"虽外表儒雅，而心多疑忌"，在这种情况下，刘表对刘备格外提防，也就不难理解了。实际上，从高规格接待刘备开始，刘表就已经步步设防，他指定刘备驻屯于新野，即有此考虑——新野是个小地方，刘备屯兵于此，兵源补充没有保障，实力也就无法从根本上发展和壮大起来，而且新野距荆州州治襄阳比宛城等更近，若有风吹草动，较易进行掌控和弹压。

对于刘表的猜忌和防范，刘备心里自然很清楚，他也只能尽量谨慎行事，低调做人。可是很多时候，光你自己谨慎低调还不行，因为麻烦也会自己找上门来。

聚　焦

荆州虽靠近中原，但基本未受到战争的波及，社会相对安定，百姓生活比较富庶。就像被曹操征伐屠杀前的徐州那样，荆州俨然已成为一座乱世中的避风港。刘备屯住于新野时，中原尚处于动荡之中，荆州则仍是一派平安气象，也因此，到荆州避难的中原人甚多，仅关中地区就有上十万户，其中有不少都是颇有些能力和见识的中原士人。

此时，尽管东汉王朝的权威已丧失殆尽，然而社会上层里，忠诚于汉王朝、具有思汉情结的士人依旧占相当大的比重，即便是曹操的重要谋士荀彧，以及已附于曹操的陈登、陈群、袁涣等徐州名士，他们多数内心也是拥护汉室的，潜意识里都认为自己是汉朝的官员，而不是曹操手下的官员。

荀彧等人尽管深知皇权已为曹操所侵削和控制，对于曹操"挟天子以令诸侯"的行为都无法完全苟同，但既已在朝为官，客观上又必须为曹操效力，在身不由己的情况下，便只能把自己的思汉情绪隐藏起来。避难荆州的中原士人就不一样了，建功立业、复兴汉室，已成为他们公开的政治抱负和理想，只要有人出面号召和组织，他们就愿意为此而努力。

首先，刘表是皇族后裔，理论上讲，复兴汉室是他的宿命理想；其次，他又是地方上的实力派，事实上也具备复兴汉室的能力。东汉虽有十三州，但各州大小是极不相等的，小的如青州、兖州，只及现在山东省的一半，大的如扬州、荆州，则要包括现在的好几个省。面积大的州人口多，兵源就足，荆州辖有八郡，地方达数千里，荆州部队"带甲十余万"。在士人们看来，若刘表能好好整合荆州的力量和资源，将大有可为，削平群雄、复兴汉室亦指日可待。

可是刘表的表现却让大家都失望了。刘表本是温文尔雅、以讲经论道为能的儒学名士，被时势和机缘所推动，才成为掌握地方军权同时也需要带兵打仗的武人。这实际是当时的一个趋势，学术界称为"士人武人化"，刘表本人便是"士人武人化"的成功典范：对内，当初有机会出任州牧的皇室疏宗，最后能站稳脚跟而不被排斥的，唯有两人，刘表是其中之一；对外，刘表坐镇荆州十余年，其间虽屡遭侵袭，但在其亲自指挥和调度下，强敌始终无法越雷池一步。

刘表治州有方，在荆州当"土皇帝"这么多年，家无余资，堪称廉洁自律方面的表率，与此同时，他还赈济流民、接纳士人、大办学校、鼓励学术研究交流，无论是作为朝廷之臣，还是镇抚一方的封疆大吏，都是颇为称职的。然而刘表的志向和能力也就仅止于此，他以安土守民为己任，从来都没有越出"自保"的范围，对于参与争战、兴复汉室这样的目标既缺乏兴趣，亦不敢轻易尝试。这样一来，不仅侨居荆州的中原士人深感失落，一些同样具备进取之心却得不到重用的荆州本土豪杰，亦产生了英雄无用武之地的寂寞感。

刘备的到来，使众人的目光都聚焦到了一起。刘备是中山靖王之后，身上同样流淌着汉皇族的正统血脉，更重要的是，虽然迄今为止，刘备自己尚无尺寸之地，连用于栖身的新野都可能随时被收回，但他一直怀有复兴汉室的雄心和理想，这是刘表等人都不具备的。

除此以外，刘备的仁者形象也早已深入人心。自关东群雄并起，人才在不同的阵营中流动，可谓是"铁打的诸侯，流水的臣将"。相比之下，刘备麾下的臣将则较为稳定，关张赵暂且不提，幕僚里面，除陈群、袁涣等少数人因为时势等原因，不得不离开刘备，其他如孙乾、简雍、麋竺、麋芳、刘琰等，始终亦步亦趋，紧随于后。在此过程中，刘备多少次颠沛流离、落魄不偶，甚至被敌人赶得如同丧家之犬，狼狈不堪，但他的文臣武将们即便暂时被迫离散，过后也仍不忘故主，不管刘备当时的条件有多差，都愿意回归继续效力。武将如关羽，文臣则以麋竺、麋芳兄弟为典型。当年刘备转军海西，几无生路之际，正是麋氏兄弟倾尽资产，帮助刘备渡过了难关，后来曹操欲上书表荐麋竺领嬴郡太守，麋芳为彭城相，然而两人又都毅然决然地选择了弃官继续追随刘备。

刘备团队能拥有如此强大的凝聚力，主要在于刘备始终能够以儒家理念为信条，努力修炼德行，做到以德服人。清代学者赵翼将刘备与曹操的不同用人策略进行对比，指出"曹操以权术相驭，刘备以性情相契"，所谓性情相契，就是以德服人，即对朋友有信，对属下有义，落魄时意志坚定，显达后亦不改宽厚。

史称刘备"弘毅宽厚""宽仁有度"，如此，自然会形成众心向往，所以刘备才能在既无雄厚政治资本，又无丰厚经济后盾，甚至连块基本地盘都没有的情况下，取得广大追随者的信服与支持，乃至"得人死力"。

血缘是基础，理想是补充，品德是关键，刘备三者皆备，他的出现，令荆州的侨居士人和失意的本土豪杰重新燃起了政治热情，大家都把思汉、拥汉的情结投放到刘备身上，寄望于通过他的积极进取，兴复汉室。

人　才

与曹操、袁绍等人不同，刘备作为已沦为平民的没落皇族，自己的家族里无人才可言，起兵之后，经竭力争取，才慢慢集聚起一些人才，但团队结构仍极不平衡：武将方面，关羽、张飞、赵云均可以一敌万；文臣方面，却没有什么具备大才的谋士，如孙乾、简雍之辈，都不过是一些中等人才，少有奇谋远略。

缺乏顶尖谋士的辅佐，可谓刘备事业上的一个致命伤。想当初，他接受陶谦遗命，继任徐州牧，本来已以弯道超车的速度，与关东诸强平起平坐。其时即便是曹操，也因被吕布抄袭后方，兖州大失，而根本无暇他顾。按照明末学术大家王夫之的分析，如果刘备能及时抓住机遇，果断杀奔京师，诛灭李傕、郭汜，将汉献帝救出，那他就是妥妥的汉室第一功臣，不管是曹操还是袁绍，都再难以与其匹敌。可惜刘备自己计不及此，身边亦无才智超群的谋略之士提醒，无论孔融、郑玄、陈纪等名士，还是陈登、糜竺等地方实力派，抑或孙乾、简雍等幕僚，在这方面都没能给刘备帮上什么忙。那一年，汉献帝作为堂堂大汉皇帝，竟然沦落到东奔西走、无地可栖的地步。当时争夺汉献帝的权臣，从董卓余部李傕、郭汜，到白波军首领杨奉、韩暹，都是一些武力值虽然在线，但却没什么政治头脑的货色。

于是，机会便给到了曹操。曹操缓过神来后，便迅速出兵卫洛阳，迎献帝都许。在此之前，刘备还在忙于和袁术、吕布争衡，维持着一个地方诸侯的角色，甚至最后连这个角色都扮演不下去，终被挤出徐州，沦落成了一个四处流浪的政治乞丐。

与刘备犯同样错误的还有袁绍，但袁绍的情况又有些不一样，他的身边不止一位谋士劝其"挟天子而令诸侯"，迎献帝都邺，只是袁绍都没有听从。再回到曹操，他能想到和敢于打出救驾西京这张政治王牌，也不是自己一拍脑门的结果，而是听取了谋士荀彧等人的意见。

说到底，刘备在"争盟淮隅"惨遭失败，固然有各种客观因素，但主要原因还是无人为之进行高瞻远瞩式的规划。换句话说，就算是当时把徐州塞到他手里，这老兄也不知道究竟该怎样守住它。

"人才莫胜于三国"，赵翼如是感慨。毋庸讳言，那是一个变化多端、人才辈出、英雄辈出的大时代，但是人才虽多，居于金字塔顶端的奇谋之士终归是少数，各方对之亦争夺激烈。刘备无良辅相佐，不是他德薄才疏，或不够尊贤礼士，而是自身实力条件确实先天不足——汉末武将多出自寒门，高端谋士则多产于士族，尤其中原颍川等地，曹操的大谋士荀彧、郭嘉，以至于曾跟随过刘备一段时间的陈群，无一例外全是颍川人。刘备作为一个生活在基层社会、皇族疏属中的寒族人士，自然无法强力吸引这些大谋士，是故在他起步的最初阶段，虽然能令同样出自寒门的关、张、赵不离不弃，却留不住陈群，更难以得到荀彧、郭嘉类型的高端智囊。

显然，要依靠旧有的幕僚班底来与曹操等人角逐，以实现兴复汉室的目标，是很困难的。刘备自己屡起屡败，又屡败屡起，在反反复复的过程中，他对"经纶济世之才"的重要性认识更加深刻，也更加渴求，尝自言："举大事者，必以人为本。"

好在随着刘备对自身形象的不断塑造，也得益于社会上思汉思潮的涌动，士人阶层特别是其中出身于寒门的士人，终于打破了门第偏见，纷纷投奔刘备而来。其中，最具代表性的人物便是徐庶。

徐庶出生于名士之乡颍川，但他只是孤寒人家的子弟，而且年轻时的徐庶以习武为能，喜好击剑，任性侠义，是与刘备、关羽、张飞一样的豪侠。豪侠的特点是路见不平，拔刀相助，以命相搏，徐庶就是如此，有一次他替人报仇，事后用白粉涂面，披发而逃，不料还是被官府发现并抓住了。审讯者讯问徐庶的姓名表字，徐庶均闭口不言，官府问不出结果，便在车上立了一根柱子，将徐庶捆在上面，准备施以车裂之刑。

行刑时，官府特地在闹市区敲鼓，招揽人们围观。有人认得徐庶，却都不敢上前指认，千钧一发之际，徐庶的侠客朋友们一起劫法场，硬是将徐庶救了出来。

脱离虎口后，徐庶非常感动，同时也意识到，一个人单是好勇斗狠终究难成大事，于是便开始弃武从文，努力学习。据说他刚到学舍读书的时候，其他儒生听闻了他从前的那些事，都嫌弃他，不肯和他住在一起。徐庶不以为意，每天早早起床，刻苦攻读经书，平时也很注意将经义与生活日常结合起来，不断地进行观察和思考，日积月累，终于成了一个对儒家义理极为精通的名士。

中原爆发大规模战乱后，徐庶和其他士人一样，无法在中原安居，遂南行客居荆州。刘备驻屯新野期间，徐庶前去拜见，刘备对他很是器重，徐庶遂加入了刘备幕府。

徐庶能文能武，又是颍川名士，就素质和才能而言，要高出孙乾、简雍等人一大截，只有过去青徐时期的陈群、袁涣能稍稍与之相比，他可以说是刘备在荆州的第一个高规格谋士。

火烧博望

正所谓收之桑榆，失之东隅，刘备在难以扩充兵力和地盘的情况下，却得以延揽英才，以为臂助，这对他的未来发展而言，实在大有裨益。

然而归附刘备的人日益增多，这种情形不能不引起刘表的注意，他本就对刘备不完全信任，这下就更加坐不住了。刘表怀疑刘备是在暗中招徕豪杰，挖他的墙脚，于是派人对刘备的活动进行监视。

刘备自来到荆州，从军队驻屯地到军粮，无一不需要刘表提供，事实上已相当于刘表的一员部将。虽然刘备从未忘记要积蓄自己的力量，但人在屋檐下，不得不低头，明知刘表对自己心怀疑虑，为了避免被赶走，他当时在荆州肯定不敢大张旗鼓地进行发展，若有地下活动必然非常谨慎，因此刘表并没有搜集到有关刘备暗中扩大势力的证据。

尽管如此，刘表依旧放心不下。

东汉建安七年（202），袁绍病故，曹操乘势举兵邺城，攻打袁绍之子袁谭、袁熙、袁尚。刘表立刻紧张起来，他意识到曹操一旦清除袁家势力，很快就将掉头南下，为此，他向身处荆州北大门和抗曹第一线的刘备传令，要求其北袭曹军。

刘表的这一命令，具有一箭双雕的用意，既在牵制曹军，以自己的方式对袁家进行呼应的同时，又对刘备进行试探，看他是否真心为自己效力。

刘备奉命北进，一直抵达叶县附近，其驻营处已与曹操的军事区相接。曹操闻讯，忙派大将夏侯惇、于禁、李典等领兵前去阻击。两军在博望形成对峙局面，刘备请求刘表发兵增援，但刘表拒绝出兵相助。他的如意算盘是最好刘备与曹军同归于尽，这样既打击了曹军，又能为自己去掉一块心病。

刘备除被接纳之初，曾从刘表手里得到过兵员补充外，之后再未能够进行扩军，现在兵弱将少，实在难挡曹军。危急关头，军事经验丰富的刘备心生一计，一天早晨，他突然放火烧掉营寨，率部后撤。

夏侯惇早已发现刘备的颓势，听说他撤退了，便立刻率领各路大军从后追击。李典是曹军中比较有头脑的将领，他觉得刘备还没到完全败北的时候，此番撤退极可能有诈，考虑到道路狭窄、草木深密，他担心刘备会在路边设置伏兵，故而劝夏侯惇不要追击。

夏侯惇哪里肯听，既然李典力主勿追，他就令李典原地驻守，自己则同于禁率轻骑兵继续追赶。果不其然，刘备此次采用的是诱敌深入之计，在放火烧寨、佯装退兵之前，早已派兵埋伏在南面狭窄道旁的深草丛中。曹军进入埋伏圈后，伏兵四起，刘备自领的佯撤部队也回过头来，一起向曹军发动进攻。夏侯惇、于禁对此毫无防备，因为道路狭窄，部队无法展开，曹军拥有的优势反而变成劣势，在刘军的猛烈攻击下，伤亡惨重，无法脱困。

得知追击部队中伏被围，李典迅速带兵赶来救援，刘备见状，这才撤回新野，否则的话，夏侯惇、于禁恐怕连家都要回不去了。

博望一战的规模并不是很大，而且因李典及时救援，也未能扩大战果，给曹军造成进一步重创。但刘备依靠此战遏制了曹军趁势南下、攻入荆州的趋势。再者，从刘备与曹军既往的交战史来看，尽管也不乏胜绩，然而败于其手的多为蔡阳、车胄一类的小将，而此战中的夏侯惇、于禁皆为曹营中排得上座次的大将，所统之兵也是曹军的一线主力，在这种情况下刘备犹能取胜，实属难得，其日益老到的军事指挥能力以及勇谋结合的作战风格，亦在此战中体现无遗。

求田问舍

火烧博望一战,大大提高了刘备在荆州地界的声望,也使刘表对刘备的疑忌不减反增——虽然刘备打曹军很是卖力,但他的势力是不是有些过大?

刘表最初是让刘备离自己尽可能远一点,之后见士人豪杰都跑去新野,刘备也在新野招揽人才,便又忙不迭地把他调出新野,驱往战场。现在刘表觉得这也不是一个制约刘备的好办法,因为刘备仅在战场上与曹军交战一次,就已经借此大长了声势,并具备了从战争中壮大自己的可能。

刘备善战,守荆州北大门还需要他,若急于剪除,对荆州防务不利,如何做到既能予以留用,又不致"养虎成患"呢?老谋深算的刘表很快就有了新的主意。

刘备被调离军事前线,驻屯地点也由新野改为樊城。樊城与刘表坐镇的荆州州治襄阳仅一水相隔,从地域上看,刘备这次等于到了刘表的眼皮子底下,刘表借此对刘备表示"亲热"和信任,实际却是为了更好地掌握刘备及其动向。

驻扎的地方近了,接触的机会自然也就多了。有一天,刘备与许汜在刘表处共坐,三人坐着没事,就闲聊起来,聊着聊着,就开始评点起天下的英雄人物,并提到了在徐州很有名气的陈登。

许汜本是吕布帐下幕僚,吕布败亡后才来荆州投靠了刘表。他似乎很看不上陈登,以一种不以为然的语气说:"陈元龙(陈登字元龙)乃江湖人士,身上有骄矜之气。"

刘备在徐州时与陈登志趣相投,有颇多交往,陈登曾极力支持刘备接任徐州之主，即便如今陈登已是曹营中人，刘备也没有改变对陈登的看法。许汜的评价，令刘备颇为反感，但他并没有立即反驳许汜，而是转问刘表："您觉得许君所论对是不对？"

刘表回答："许君（许汜）好人一个，我想他不会随便说别人的坏话，所以我不能说许君讲得不对。可是要说许君讲得对，陈元龙（陈登）又是天下无人不知的名士呀！"

刘表的这一表态，相当于委婉地对许汜的评价表示了质疑，于是刘备直接问许汜："您认为陈元龙骄矜，有什么根据？"

据许汜说，他当年因躲避战乱而到徐州栖身，经过徐州州治下邳时，得知陈登正在下邳，便前去拜访。未料陈登毫无待客之道，去了之后很久都不搭理他，而且晚上睡觉时陈登自己爬上高高的大床，却让作为客人的他睡在下床。

听许汜说完，刘备立刻明白了。

许汜此人，原本也是一个名士，而且还是个大名士，素有"国士"之名。陈登得知他来到徐州，本是对其寄予展望，但他的话题许汜从头至尾都没离开过如何买田置房，言谈中未涉及任何陈登所关心的事——"求田问舍，无言可采"的典故即缘于此。

刘备非常了解陈登，"求田问舍"正是陈登最讨厌的。他直言不讳地对许汜说："看您当时都说了些什么，居然还要元龙（陈登）搭理您？那是元龙了，假如当时是在下我，肯定会睡到百尺高楼上去，而让您睡在地上，何止是上下床的距离呀！"

许汜听后作声不得，颇为尴尬，刘表则放声大笑。刘备又非常感慨地说："像元龙那样具备文韬武略又胆识超群的豪杰，只有古人才能与之相比，当今芸芸众生，恐怕很难有人望其项背了。"

刘备表面是在评论陈登，其实是在说给刘表听。没错，刘备之前依附公孙瓒、吕布、曹操、袁绍的时间都不长，最主要的原因不是他们待刘备不厚，而是刘备与这些人的理想追求和政治目标相差太大，他刘备绝不会像许汜那样，为了"求田问舍"而委曲求全。刘表有着前儒学名士的仁厚，且同为皇室后裔，对汉室的感情终究和别的诸侯不一样，这一点就把他与公孙、吕、曹、袁等区别开了。刘备是认可刘表的，归根结底，他不是吕布那样的朝秦暮楚之辈，更非有些人所谓的恶鸟，而且刘表本身具有刘备所缺乏的良好基础和实力，若他亦有兴复汉室之志，大家共同努力，为此目标而打拼，刘备为什么一定要在凄风苦雨中单干呢？退一万步说，就算刘表、刘备之间会争天下，要计较谁才是新的汉高祖或者光武帝，那也是成功兴复汉室以后的事，以刘备之胸襟与见识，又何至如此浅薄短视？

奈何刘表对兴复汉室毫不经意，其志望不过是"欲保江汉间，观天下变"，能守着荆襄这块地方就满足了，外面的事情他倒也不是不关心，只是坐观成败，以收渔人之利而已。刘备借三人聊天之机，批驳许汜，褒扬陈登，正有对刘表进行讽谏之意。

刘备的讽谏，刘表肯定能听得出来，但他除了大笑，并不表态，刘备的一番良苦用心，不过是收获了一个寂寞。

马跃檀溪

刘备在樊城，处于刘表的严密监视和看管之下，人马没有任何发展壮大的机会和可能，刘备本人也如同困于涸泽的蛟龙一般，整日无所事事，毫无作为。

东汉建安十二年（207），趁着刘表左盼右顾、坐观成败之际，曹操终于得以消灭袁谭，打败袁尚、袁熙，完全平定了河北。此时距离刘备南奔荆州已经过去了整整七年，真是光阴似箭！

在过去的七年里，除了在博望迎击夏侯惇、于禁的那一仗，刘备再未有过上马冲杀驰骋疆场的机会，如今随着曹操平定河北，再次逐鹿中原的机会和希望似乎也没有了。

这一年，刘备已经四十七岁了。他二十四岁起兵，南征北战二十余年，拼死拼活，依旧过着寄人篱下的生活……

刘表既不能纳谏，自己又无尺寸之地，人马零落，功业不建，在接下来的日子里，是不是还要继续这样，眼睁睁地看着自己碌碌无为，荒芜老去？刘备凄怆满怀，内心极为痛苦。有一次，刘表宴请刘备，席间刘备起身上厕所，突然有了一个令他惊悸的发现。

刘备过去长年骑马打仗，很少离开马鞍，大腿内侧肌肉颇为紧凑，然而如今骑马少了，大腿上竟长出了一层厚厚的脂肪！

那一瞬间，刘备如遭雷击，眼泪止不住地就落了下来。回到席上，虽然他已擦去了眼泪，但脸上泪痕犹在，刘表见状很奇怪，便问他怎么了。刘备如实道出缘由，坦言："日月仿佛不停奔驰的骏马，人眼看着就快要老了，可是还没能建树什么功业，因此我心里很悲伤。"

此谓"髀肉之叹"。如果说在"求田问舍"的讨论中，刘备还想对刘表进行讽谏，到了"髀肉之叹"时便只有深深的无奈与悲凉了。

刘表听后颇为动容，表面上，他以坐拥荆襄为自足，但其实内心未尝不对自己和荆州的未来感到担忧。刘备的悲叹激起了他的同情心，也令他产生了深深的共鸣：作为很早就出道的名士以及一方诸侯，我也曾英名远扬，也曾笑傲四方，如今却已年老力衰，我的年纪还在刘备之上，他是大腿上长脂肪，我恐怕是连马都骑不上去了吧！

同情归同情，共鸣归共鸣，回到现实中，刘表还是下不了进取的决心。与此同时，刘备不甘沉沦的真情流露，也不可避免地又引起了刘表的戒备，刘表的左右甚至图谋杀害刘备。

刘表出镇荆州，之所以能够站住脚，离不开荆州大族蒯氏、蔡氏的支持。随着刘表在荆州的崛起，这些世家大族的势力亦有所发展，其中蒯越被刘表当作重要谋臣，蔡瑁则是其心腹部将，前者掌管荆州行政财政，后者控制荆州军队。对于刘备这样随时可能取刘表而代之的枭雄，蒯氏、蔡氏等始终保持着警惕，并准备随时消灭之。据记载，在刘表宴请刘备的另一场饭局上，蒯越、蔡瑁已打算趁机杀害刘备，刘备察觉不对，于是假称上厕所，偷偷逃离了现场。

刘备赴宴是在襄阳，他自己驻屯的樊城在襄阳城北，中间有汉水相隔。刘备欲逃回樊城，则必经汉水，但当他骑着马跑到襄阳城西时，却不慎堕入了一个名为檀溪的小溪之中。

刘备的坐骑名为"的卢"，本是能够日行千里的名马，但同时又被人视为妨主的凶马。春秋时，相马大师伯乐在《相马经》中称"的卢"的长相很不吉利，与骑手相克，谁骑它谁倒霉——做奴仆的骑上，会客死他乡；做主公的骑上它，亦会招来杀身之祸。

"的卢"的额头上长着白色鬃毛，有人认为，很可能就是由于"的卢"的这种特殊外貌，导致其目标过于明显，才给骑手带来了不测。刘备身经百战，遭遇的凶险不可计数，他选择"的卢"作为坐骑，显然看中的是"的卢"那飞快的奔跑速度，而并不在乎其他。问题是，刘备也没想到在逃跑过程中"的卢"会意外堕溪，设若最终"的卢"溺不得出而追兵已至，他刘备的下场便只有被擒杀一途，如此，却又应了相马术中所谓妨主和凶马的说法。

刘备进退维谷，计无所出，急得大喊："的卢，今天遭了难，你可要努力啊！"马通人性，明白自己和主人都已到了最危险时刻，当即攒足气力，扬起四蹄，一跃三丈，跳到了对岸。

骑马跃过檀溪后，刘备奔至汉水岸边，岸边有小木筏，刘备立即携马乘着小木筏渡河，刚到河中间，蒯越、蔡瑁派来追赶的人就到了。眼看已经追赶不上，他们只好以刘表的名义向刘备道歉，意思大致是刘备不辞而别，一定是刘表这边招待不周，请其谅解，并且说："您为什么走得这么快呢？"

这就是有名的"马跃檀溪"。作为一匹被认定为妨主的凶马，"的卢"在故事中担当了关键角色，逃难时无故堕溪，危难之际又奇迹般地越溪的过程，确实很具传奇性。然而也正因过于传奇，不免引起质疑，有人认为刘备寄人篱下，主客势力对比悬殊，如果真有被追杀和逃跑的事，事后刘备又如何能够在荆州泰然处之，且直到刘表去世刘备都没有表达出对他的仇怨？

客观分析，刘表虽有意提防刘备，但并未达到要置之死地的程度，蒯越、蔡瑁此次击杀刘备的行动应该是背着刘表干的，非刘表本意，刘备对此心知肚明，要不然也就不敢在樊城继续住下去了。与此同时，蒯、蔡不仅是刘表的嫡系亲信，还是刘表执政荆州的主要支持力量，即便事后刘备向刘表告状，亦不可能指望刘表拿蒯、蔡怎样，这样一来，反而刘备在荆州的处境会更加不利。刘备乃深谙世故之人，既已脱险，除了加以提防，也就只能装得没事一样，以免把事情弄僵。

十字路口

《三国志》问世后，南朝史家裴松之为《三国志》作注解，特地引入了"马跃檀溪"的故事，同时引入的还有另外一则关于"的卢"的故事。

东晋名士庾亮的乘马中也有一匹"的卢"，有人以"的卢"妨主，劝他把马卖掉。庾亮说如果我把"的卢"卖掉，就会有新的主人拥有它，我怎么可以因为"的卢"可能对我不利，就把这种可能的不利转嫁给别人呢！

庾亮还提到了春秋时的孙叔敖。据说孙叔敖小时候曾在路上看见一条两头蛇，听说看见两头蛇的人必死，他怕后面的人再见到两头蛇，就把蛇打死埋掉了。孙叔敖疑心自己就要死了，回家后便哭着把这件事告诉了母亲，母亲安慰他说，你心肠好，一定会好心得好报，不用担心。

如孙母所言，孙叔敖没有死，长大后他官拜楚国令尹（宰相），并辅佐楚庄王成为春秋五霸之一。从此，孙叔敖杀两头蛇而反兴于楚的故事，遂成一段美谈，人们都认为孙叔敖心地纯良，积有阴德，兴楚乃是天报以福。庾亮对孙叔敖非常崇敬，表示要学习孙叔敖，做一个旷达高洁、渊雅有德量之士，孙叔敖杀两头蛇救人，他则决不能卖"的卢"害人。

裴松之把庾亮、孙叔敖的故事与"马跃檀溪"摆在一起，其实就是暗示刘备宽仁忠信，也因此和庾亮、孙叔敖一样积有阴德，而这份阴德又会给刘备带来天赐之福，最终成就大业。

彼时的刘备，却还根本看不到自己的未来在哪里。

曹操在平定河北之后，并没有即刻南下，而是紧接着出兵北伐塞外的乌桓。乌桓与袁氏集团是亲家兼同盟的关系，因为这层关系，袁尚、袁熙在兵败后投奔了乌桓。曹操北伐乌桓，是要趁乌桓无备、落魄的袁氏兄弟也尚未能够把残余势力收拢起来之机，将他们来个一锅炖。

消息传到荆州，刘备立即认识到这是一个千载难逢的机会——曹军主力远赴塞外，许都空虚，正可发兵进击。

进击许都，刘备自己力不能及，需刘表下最大的决心，动用其所能动用的最多兵力，如果再像火烧博望时那样，浅尝辄止、隔靴搔痒，则必然将与上天所赐战机失之交臂。然而令刘备倍感失望的是，当他向刘表提出进击建议时，刘表对此表现得全无兴趣不说，甚至连之前的表面功夫都不想做了。

刘备扼腕不已，却又无可奈何。

其实在曹操决定深入塞外、远征乌桓时，曹营内部也产生过争论。因为当年联合攻打吕布以及刘备居于许都的经历，曹操的许多将领都对刘备有一定的认识和了解，他们敏锐地意识到，以刘备的胆识，必然会劝说刘表乘虚袭击许都，进而威胁曹军后方，因此主张放弃这次远征行动。

曹操的谋士郭嘉则持相反意见，他认为刘表依旧不脱其名士的习气，只会坐而论道，空发议论，而不习惯于跳出自己的一亩三分地，身临前敌，攻城夺地。这次也不会例外。这是其一。

其二，就算刘备劝刘表发兵袭击许都，其计策也不会被采纳。因为刘表自知才干有限，怕驾驭不住刘备，所以在对刘备的使用问题上患得患失，总怕有朝一日让对方趁机做大，最后尾大不掉。对于刘备的建议，不管对错，刘表都会疑神疑鬼、琢磨来琢磨去，刘备不出主意还好，一出主意，刘表反而会往相反方向去猜疑，于是十之八九不会采纳。

曹操对郭嘉的话最为重视，至此下定决心，起兵北上。

在刘表好谋无决、坐而望之的情况下，曹操不再顾及后方遭袭之忧，北上后即大胜乌桓。袁尚、袁熙被迫再次亡命辽东，辽东太守公孙康出于自身利益的考虑，斩杀二人，将他们的首级送给了曹操。

曹操通过北征，不仅彻底消灭了袁氏势力，而且连带荡平了乌桓，并迫使辽东内附，北方尤其是幽、冀一带，不再存有反曹的重大力量。至此，任谁都能看出，曹操下一个要征伐的目标必然是刘表，南征之势已然是箭在弦上。

刘表后悔不迭，在听到曹操已得胜班师、从塞外撤回许都的消息后，他颇为懊恼地对刘备说："没有听您的话，坐失这样一个大好机会。"刘备还能再说什么呢，只得劝慰道："如今天下分裂，征战不断，成就大事的机会还有很多很多，重要的是今后若再有机会出现，绝不能再放过，那么错失这次机会也不遗憾。"

话虽如此，但刘备自己心里明白，机不可失，时不再来，曹操北征乌桓这样的机会已经一去不复返，类似的机会也不可能再有。接下来，自己实现政治理想的希望将变得越来越渺茫，并且随时可能步同时期诸侯如袁术、吕布、袁绍等人的后尘，被挤出竞逐天下的舞台。

今后究竟该怎么办，方向在哪里？站在人生的十字路口，刘备满心惆怅，困惑不已。

诸葛亮来了

迁居樊城后，刘备依旧不忘访贤求才。只是为避刘表疑忌，也为了不给蒯越、蔡瑁等荆州上层实权派以此攻击和陷害自己的口实，不得不由大范围公开招揽，转为有重点地与荆州名士豪杰进行接触。

在侨居荆州的名士中，颍川籍的司马徽是个大人物。他擅长鉴人识才，人称"水镜"，是说他在鉴识人才方面，如水如镜。他也收徒讲学，学生中不乏位至高官的名人。司马徽住在襄阳，刘备专程前往拜访，请其推荐贤才。司马徽认为访求贤才，应该宁缺毋滥："普通的儒生与俗士，怎么能认清时务呢？能认清时务的，只有俊杰之士！"他还明确指出，这样的"俊杰之士"，襄阳就有，即"伏龙与凤雏"。

"伏龙""凤雏"与"水镜"一样，都是别人送的称号，当刘备询问这两个人姓甚名谁时，司马徽告诉他："诸葛孔明（诸葛亮，字孔明）、庞士元（庞统，字士元）。"

诸葛亮来了！

诸葛亮是西汉诸葛丰的后代。诸葛丰曾任司隶校尉，汉代十三州，其中京师所在的州专属司隶校尉管辖，因此司隶校尉的职能虽与刺史略同，但在地位和重要性上比一般的地方刺史要高得多，曹操迎汉献帝都许时，献帝授予曹操的职务就是司隶校尉。不过从诸葛丰到诸葛亮生活的年代，其间相隔了两百多年，诸葛家族已无显赫的大人物。诸葛亮的父亲诸葛珪虽任泰山郡丞，但也仅仅是郡一级的中级官员。

诸葛家族毕竟是官宦之家，在诸葛亮出生时，家境方面还是比较优裕的，至少无寒苦之虞，也因此能够让诸葛亮得到不错的学问教养。不幸的是，在诸葛亮三岁时，母亲突然病逝了；八岁时，父亲也染上疾疫离开了人世，诸葛亮成了孤儿。

诸葛亮兄弟三人，还有两个姐姐，在父亲去世后，都由叔父诸葛玄代为照料。诸葛玄与当时扬州的统治者袁术交好，袁术任命他为扬州治下豫章郡的太守。此时曹操正东征徐州，搞得生灵涂炭，诸葛氏从先祖诸葛丰开始，就世居琅琊郡，琅琊郡隶属徐州，当然也难以幸免，诸葛玄于是决定赴任豫章郡，以避战乱。

诸葛玄在南下赴任所时，将诸葛亮姊弟（唯诸葛亮之兄诸葛瑾去了江东）也都带在身边，以尽抚养之责，但他上任不久，朝廷又另派朱皓为豫章太守。大家都是豫章太守，只不过一个是诸侯所授，一个来自中央任命，这种"双黄蛋"的怪象乃战乱时代常有之事，最后朱皓更胜一筹，从别处借兵，赶走了诸葛玄。

诸葛玄初为刘表属吏，丢官之后，他只得前去投奔旧主刘表。刘表秉性多疑，由于诸葛玄曾依附于袁术，而袁术与刘表又是对头，因此刘表只让诸葛玄当了一个普通幕僚，并没有委以重任。

除了与袁术的这层关系，在荆州缺乏家族根基，也是诸葛玄仕宦不得志的一个重要原因。荆州本地主要有两大豪门——蒯氏和蔡氏，这两大世族皆支持刘表，同时也受到刘表的特别扶持。蒯、蔡之外，荆州的大世族还有庞氏、黄氏、马氏、习氏，他们与蒯氏、蔡氏相互联姻，结成了错综复杂的关系网络，北方移民若进不了这个圈子，是很难得到刘表的注意和垂青的。

诸葛玄本身是一个热衷仕途的人，亦希望通过仕进改善自己及家族的境况。他能寻找到的最现实路径，便是与荆州本地世族联姻。汉末婚姻不重门第，经诸葛玄做主，诸葛亮的两个姐姐先后嫁进了襄阳的大世族，其中一个嫁给了蒯越的侄儿蒯祺，另一个嫁给了庞德公之子庞山民。这样，通过与蒯氏、庞氏的婚姻，诸葛玄也就成功地打进了荆州的上层世族社交圈。

通过积极运作，诸葛玄已经看到了曙光，然而天不假年，未等事情有最终结果，他便撒手人寰了。

诸葛玄死后，诸葛亮不得不带着弟弟诸葛均独立生活，这就是他后来自述的"躬耕于南阳"。

"躬耕"是说亲自耕种。诸葛玄虽逝世，但他生前肯定对诸葛亮兄弟的生活有所安排，不会让兄弟俩饿肚子。再者，诸葛亮的两位姐姐都已嫁入豪门，她们也会对弟弟的生活予以照顾。按理，就算是靠两个姐姐的供给，诸葛亮兄弟也不至于生活无着。

当时的荆州与中原一带相比，基本没有受到战乱波及，这使得它能够依旧保持东汉以来庄园式的社会形态，许多世家豪族都居住于庄园而不是城中。据推测，诸葛亮兄弟很可能被诸葛玄安置于某一庄园中，并托熟人予以照料，因此，诸葛亮所谓的躬耕陇亩，并不是真的只能依靠种田来养活自己，而主要是借此说明他没有在官场任职，以及生活在乡间而已。

在中国古代，父母去世后，子女需守孝三年，诸葛亮兄弟父母早逝，叔父诸葛玄对他们而言，就如同父母，他们自然也要为诸葛玄守孝。诸葛亮自谓"躬耕"十年，前三年应该就是为叔父守孝的三年，按照当时习惯，他们兄弟会在诸葛玄的坟墓旁盖起草庐，一面守孝，一面读书。诸葛亮兄弟是在忧患中成长起来的，深知生活之艰辛与不易，虽然有叔父的安排和姐姐们的照顾，但他们也绝不可能饭来张口、衣来伸手，空闲时，一定会在诸葛玄的墓边寻找可种植蔬菜、粮食的地方开荒种田，以免一切所需都得依赖别人，而等到三年守孝期满，诸葛亮兄弟也肯定已开垦出了一定规模的土地，如此，即便从字面意义上来说，诸葛亮的"躬耕"也是能够讲得通的。

史载诸葛亮天性灵巧，从军后曾改进可以连射的弓弩，又制造出著名的木牛流马，以运输粮食物资，这些都说明诸葛亮的动手能力极强，年轻时"躬耕"生活的实践恐怕对此亦裨益不小。

荆 州 学

"躬耕"读书期间，诸葛亮与同样来自中原的徐庶、崔州平、石韬、孟建结为好友。对于学问，徐庶诸人都力求精熟；诸葛亮则不然，他更注重于了解大意和理清思路，而不是掌握具体琐碎的知识。

事实上，诸葛亮的治学门径，已经偏离了传统经学，属于荆州学范畴。刘表治下的荆州文风鼎盛，乃全国学术文化的一大中心，由于远离中原学术权威，所以才在传统经学之外，诞生了这个被称为荆州学的新儒学学派。虽然都是围绕儒家经典做学问，但传统经学主要研究"三礼"，即《仪礼》《周礼》《礼记》，同时又用纬书来对经籍进行解释，用以阐发纲常礼教以及渲染天命论。相比之下，荆州学则以《左传》作为中心经籍，《左传》和关羽爱读的《春秋》皆为史书，描述的是春秋时期的战乱历史，只不过《春秋》的内容较为简略，为其作详尽注解阐释的，就是《春秋左氏传》也就是《左传》。

荆州学的诞生并非偶然。汉末随着王室的急剧衰落，各地方政权竞相走上空前酷烈的战争兼并之路，一个可比照于春秋战乱年代的历史时期由此出现。在这样的时代氛围下，游戏逐渐失去规则，道德不再设有底线，如曹操一类的枭雄，甚至可以把礼义廉耻抛于一旁，因为他们相信，智力和武力才是立足于世的硬道理。

投身荆州学的人们认识到，纲常礼教和天命论这一套已毫无用处，他们把《左传》作为中心经籍，就是试图埋葬过去，通过对春秋历史的研磨，在乱世中开辟出一条新的道路。

当时荆州学的领军人物，一共有两位：其一就是刘备所拜访的"水镜"司马徽，他所谓识时务的俊杰，主要指的就是研究荆州学、懂得如何平定乱世的士子。司马徽的朋友庞德公，是荆州学中的另一位名家宗师，他是襄阳本地人，比司马徽还要大十岁，被司马徽尊为兄长。

庞德公年纪大、威望高，包括司马徽在内的一批有才能的人，都聚结于其周围，庞德公品评人物也很中肯，司马徽的"水镜"之名就是由他第一个叫开来的。需要指出的是，庞德公不但是荆州大世族庞氏的当家人，还与诸葛亮是亲戚——庞德公的儿子庞山民是诸葛亮的姐夫！

诸葛亮叔父诸葛玄生前融入荆州当地社会关系网的努力，为诸葛亮的成长打下了基础。诸葛亮对庞德公十分敬重，每次探访都会行古代后生拜会圣贤的大礼，即恭恭敬敬地独拜于床下，庞德公亦不阻止。从这一细节上来看，如果仅仅是普通的亲戚关系，恐怕尚不至于到此地步，由此可推测庞德公和诸葛亮之间应该还有师生关系。通过庞家，诸葛亮又认识了司马徽，诸葛亮与司马徽的关系介于师友之间，他很可能也随司马徽学习过。

从庞德公、司马徽那里，诸葛亮学到了许多东西，荆州学对他的影响尤其深刻，他在求学过程中能够跳过对具体琐碎知识的掌握，着重于培养清醒的头脑和宽阔的眼光，以及对现实的观察与思考能力，即直接受益于此。

荆州学将治理乱世作为要务，一方面围绕《左传》进行研读，另一方面也通过名士间的交往以及大量自由阔达的辩论来对自己进行提升。诸葛亮所交好的徐庶诸人皆非普通儒生，徐庶就不必说了，崔州平、石韬、孟建三人，也皆为荆州青年士子中的佼佼者，诸葛亮在与这些饱学之士的交往中，增长了学问，开阔了视野，并逐步形成了自己对于时局的见解。

"躬耕"后期的诸葛亮，政治见解已经成熟，同时也具备了一定的人生阅历。沔南名士黄承彦是个高傲豪爽，开明通达的人，他很欣赏诸葛亮的才能，于是主动对诸葛亮说："听说你在选择妻室，我有个女儿，黄头发，黑皮肤，长得不好看，但是她的才干足以与你相配。"诸葛亮当即答应下来，于是黄承彦就用车把女儿送到了诸葛亮家里。

这就是"诸葛亮娶丑妻"的故事，当时的人们以此为笑谈，乡间有人调侃说："不要像孔明（诸葛亮字孔明）那样挑媳妇，正好娶了阿承家的丑闺女。"

抛开黄承彦女儿究竟美丑不说，诸葛亮的这门亲事是他乐于接受的。首先，黄女应该确实有才，夫妻二人有着共同语言。其次，黄承彦不但是名士，还是襄阳六大家族之一黄氏的当家人，同时黄承彦的夫人，也就是诸葛亮的岳母，出自荆州最大的世家蔡氏，她与刘表的后妻是亲姊妹，按照这个关系，诸葛亮当称刘表为姨父。这些直接或曲折的亲属关系，对于巩固诸葛亮在荆州上层社会中的地位，打开知名度，无疑非常重要。

择主而事之

诸葛亮结婚后,其勤奋好学和过人学识,也渐渐引起了庞德公、司马徽的重视和认可,"卧龙"就是庞德公给予诸葛亮的称号。

东汉以来,名士品评人物甚为重要,"躬耕"时期的诸葛亮还非常年轻,无名无望,既未著书立说,又未建立奇功伟业,他要使自己出人头地,更须得到庞德公类名士的品评。庞德公称诸葛亮为"卧龙",既是对诸葛亮学习成绩和才能的高度肯定,同时也是对他的期许,诸葛亮的声望和地位也因此飞速跃升,成为荆州在野士族集团的一个重要人物。

"躬耕"期间,诸葛亮声称"苟全性命于乱世,不求闻达于诸侯",但这只是谦辞,并非诸葛亮的真实想法。作为以参政入仕为传统的诸葛家族子弟,诸葛亮始终胸怀大志,"藏器在身",他绝不会学腐儒沽名钓誉,装出对"闻达"毫不感兴趣的样子。

诸葛亮在和几位好友一起游学时,每到早晚休息之际,常抱膝长啸,并对徐庶、石韬、孟建说:"你们三人若去做官,可以做到刺史、郡太守。"事实还真让他给猜中了,徐庶后来做到了右中郎将、御史中丞;石韬则任太守、守典农校尉;官做得最大的是孟建,后任凉州刺史、镇东将军。

当徐庶等三人反问诸葛亮可仕至何官时,诸葛亮却只是笑而不答。显然,刺史、郡守一类官职皆不在其眼中,那诸葛亮的志向是什么?史载他的崇拜对象是管仲和乐毅,诸葛亮经常拿自己与管仲、乐毅相提并论。

管仲是春秋名相,他辅佐齐桓公,尊王攘夷,一匡天下,使得齐国俨然成为中原地区周王室与诸侯国的保护神,连孔子都称赞说,如果没有管仲,大家恐怕都要披头散发去做夷人了。乐毅是战国名将,被燕昭王拜为上将军，乐毅率部以弱燕伐强齐，连下齐国七十余城，几乎亡齐。

管、乐二人，皆为古代文武两界的标杆式人物，尽管当时的诸葛亮在荆襄一带已有一定知名度，然而当许多人得知诸葛亮自比管、乐时，仍不以为然。只有徐庶、崔州平认为诸葛亮并没有吹牛，他将来确实有能力达到那样的高度。

徐、崔对诸葛亮确实了解甚深，诸葛亮日后的作为证明了一切。甚至因为诸葛亮在后世的光芒太过耀眼，人们还直接将他视为智慧的化身，称其"权智英略，有逾管晏"，也就是认为诸葛亮的智略已经超过了管仲和另一位春秋名相晏子。

还有人则为诸葛亮感到遗憾，认为凭其才干，不应只是辅政，而应成为一方英主。这话初听起来，似乎也不无道理。毕竟那是个英雄笑傲江湖的年代，各路诸侯纷纷起兵，就算刘备这样近乎一无所有的白手起家者，也已经凭借自己的努力，打出了一片属于自己的天地，强大如曹操者，更有吞并八荒、囊括宇内、扫平四海之志。诸葛亮有经天纬地之才，就个人的整体资质而言，不说全面超越曹操、袁绍、刘备等，但也绝不会落于其后，凭什么就只能为人臣，而不能为人君？

问题是，就算诸葛亮有角逐天下、自树大旗的雄心，他出道也太迟了。相比于曹操、袁绍、刘备等已成雄主的三国人物，诸葛亮要年轻二十多岁，也即晚出生二十多年，这使得他既没能赶上黄巾军和董卓乍现、天下召唤英雄出世的关键节点，也没来得及像曹操、袁绍、刘备等人那样，应时而出、揭竿而起，参加角逐天下的初始竞赛。生不逢时的结果，就是还未等诸葛亮出山展露他的才华，群雄争霸就已进入了下半场，后来者全都失去了作为主角的机会。

在现实中，对于胸怀济世之才的诸葛亮而言，要实现自己的政治理想，唯一途径也只能是像管仲、乐毅那样，在现有诸侯中择主而事之。

需要探讨的是诸葛亮的"择主"标准。诸葛亮在家乡惨遭荼毒后，被迫随叔父背井离乡，从北方到南方，从豫章到荆州，一路上颠沛流离，饱尝了社会黑暗和战乱带来的苦果，直至移居荆州，生活才得以稳定下来。这使得诸葛亮与当时相当一部分士人一样，对汉朝盛世时的制度及安定生活，有着深深的怀念之情，同时也希望未来的君主，能够像两汉所涌现出的明君那样，爱护士民、体恤百姓。

基于此，诸葛亮的"择主"标准主要应集中于两条：有没有兴复汉室之志；是不是仁德爱民之人。

择 主

身在荆州，刘表本应是诸葛亮"择主"的首选。刘表在其治理荆州期间，"仁德爱民"这一条是基本符合的：对内推崇儒学，宣传文化，招贤举能，安抚流亡；对外则安土守疆，远离中原战火。

然而刘表却是一个没有远谋、缺乏雄心壮志的人，又因胸无大志，除了素来被他倚重的蒯氏、蔡氏外，对于其他人，都有疑忌甚而阴险的一面，别说像刘备那样非同一般的人物了，即便是发现身边有稍突出者，也会惹得他不高兴。

司马徽以善能鉴人著称，但就是因为深知刘表的这个问题，他在公开场合评论别人时，对于对方的短处，往往缄口不言，为的就是怕刘表以此作为把柄，找被鉴之人的麻烦。

作为尽人皆知的"水镜"，很多时候闭嘴不表态也不行，司马徽就装糊涂，统一以"好"作为敷衍——这个人长得美，"好！"这个人长得丑，"好！"这个人不错，"好！"这个人很坏，"好！"

司马徽的妻子责备丈夫说："人家来慕名请教，问你某某怎样，你总应该给点具体一些的评价，一律都回答'好'，这怎么行？别人来问你，也不是想听你都说'好'的啊！"司马徽回答妻子："你刚才说的话，也很好。"妻子听了啼笑皆非。

"好好先生"的典故即由此而来。刘表把司马徽逼成"好好先生"，对于司马徽本人也并不欣赏。刘表在荆州，一味依靠世家大族，司马徽乃颍川名士，侨居荆州后，又成为荆州学的领军者之一，在荆州学界有盛望，然而就因为非襄阳六大家族成员，名士出身的刘表却看不上他。人们向刘表推荐司马徽，说此人乃是一位奇士，可惜未得赏识和重用，司马徽实在不好推却，才勉强会见了司马徽，会见后却不以为然地说，推荐人对他说了假话，司马徽不过是个"小书生"而已。

在司马徽被称为"水镜"的同时，诸葛亮也被称为"卧龙"，两人一老一少，但当时是齐名的。刘表既轻视司马徽，视之为"小书生"，他当然更不会把躬耕中的年轻士人诸葛亮放在眼里了，可想而知，就算有人在他面前推荐诸葛亮，亦属枉然。

刘表不屑于司马徽、诸葛亮，反过来，司马徽、诸葛亮其实也不愿为其所用。陈寿在《三国志》中为刘表作传，说他"有才而不能用，闻善而不能纳"，南北朝时的史家范晔更直斥刘表是个"木偶人"，司马徽、诸葛亮既熟知刘表的为人，又岂肯效命于这个"有才而不能用"的"木偶"？诸葛亮说他"不求闻达于诸侯"，如果此"诸侯"是有所指的话，那指的应该不是别人，就是刘表。

事实上，作为荆州在野士族集团的代表性人物，从司马徽到庞德公，再到诸葛亮的岳父黄承彦，无一例外，都采取了与刘表不合作的态度。庞德公的庞家、黄承彦的黄家，都是被刘表看重的，庞德公曾受到刘表几次盛邀，刘表甚至还亲自登门相请，但庞德公都以怕给子孙后代留下祸患为由，拒绝出山。黄承彦和刘表是连襟，然而同样与之保持距离，在史籍上找不到黄承彦在荆州的任何仕宦经历。

既无兴复汉室之志，又不能识才用才，促使荆州在野士族集团断然决定放弃与刘表的合作。就此而言，诸葛亮在"择主"范围内完全不考虑刘表，不仅是他的个人行为，在很大程度上，也代表着他所在的士族集团的整体意向。

从后来诸葛亮所展示的《隆中对》可知，他对世之英雄早已洞若观火，一目了然。在诸葛亮的名单中，刘表只能被归入"碌碌之辈"的行列，其他还有刘璋、张鲁等割据一方的诸侯，此等人物，在天下扰乱时或许尚能保境息民，偷一时之安，到天下将定时，却将无立足之地，更别指望靠他们中兴汉室了，故而根本不在诸葛亮的考虑范围之内。

在诸葛亮的眼中，真正具有雄才大略，有望吞并八荒、囊括宇内、扫平四海的人主，只有三个：那就是雄居北方的曹操、坐拥江东的孙权，以及寄居荆州的刘备。

弃　曹

此时放眼北望，整个北方都已成为曹操的势力范围，其权势如日中天，大有席卷海内之势。可以说，无论是从曹操所拥有的实力，还是就业已形成的政治格局来看，均无人能出其右，但是诸葛亮却并没有选择曹操。

中原地区人才济济，曹操在初起兵时就已拥有不少得力的谋士战将，统一北方后，更非昔日可比，其帐下可谓谋臣如云，猛将似雨。一个初出茅庐的士人，要想在曹操霸府中脱颖而出，并不是一件容易的事。诸葛亮的好友孟建觉得在荆州没有出路，加之思乡心切，欲回北方求取功名，诸葛亮知道后劝他忍耐，说："中原士大夫很多，你要施展才能，又何必一定要回故乡呢？"

孟建后来还是投了曹操，诸葛亮的另外两位好友，徐庶、石韬，因为不同原因，也都走了这条路。如果仅就官职而言，三人的官做得都不算小，都达到了诸葛亮所预测的刺史、郡守级别，官做得最大的孟建还更上一步，做到了将军。

然而有了功名，不等于就能才尽其用。曹操凭借对朝廷的全面控制，从壮大自身力量的需要出发，给投奔他的人安排几个官职是没多大问题的，但你要让他跳开那么多资深谋士，去特殊优待和重用几个无功无业的士人，确实难以想象。实际上，无论孟建还是徐庶、石韬，都没有在曹操那里干出令人印象深刻的业绩，以致很多年后，当诸葛亮伐魏，得知徐庶、石韬的境况时，仍为他们未能得到可供自己充分施展才能的舞台而鸣不平。

北方人才竞争压力大，后来者难以大展宏图，诸葛亮对此有着足够认识，但这并不是他弃曹的最主要原因。三国史家裴松之也认为，诸葛亮劝孟建不要急于回北方求仕的话，只是在设身处地地替友人设想，而不是说他自己——诸葛亮若肯到中原地区活动，以他所具备的非凡才识和能力，绝不会因为中原地区谋臣众多，就泯然于众人。因为智术谋略方面，曹魏后起谋臣之中，就连司马懿都难以与诸葛亮相抗衡，其他人就更不用说了！

在裴松之等人看来，诸葛亮不肯加入曹营，起因还是他有兴复汉室之志，而曹操则走董卓的道路，"怀无君之心"，意在倾覆和取代汉室，二者的政治理想完全背道而驰。

事实也是如此，诸葛亮从其思汉士人的正统立场出发，早已认定曹操是"汉贼"，并立誓要辅佐贤主兴复汉室，价值观如此抵触，自然不可能选择曹操。

此外，曹操早有暴戾恶名，当年他东征徐州，动辄屠城，徐州百姓死伤无数，给徐州人留下了极为恶劣的印象。诸葛亮的家乡琅琊郡也深受其苦，诸葛亮正是因为这个原因，才随叔父诸葛玄逃难离开了徐州，在那些苦难的日子里，诸葛亮和一起逃难的乡人们，或许不知道已经在心里诅咒了曹操多少遍，及至成年，他又如何会去为这样一个年少时犹如噩梦般存在的人效力呢？

除了曹操，江东孙权是诸葛亮认定的另一个雄略之主。诸葛亮的兄长诸葛瑾，在年纪上比两个弟弟都大，他很早就去了江东，在孙权的东吴政权里任职，且已享有盛名，有"吴得其虎"之称。如果诸葛亮前去投奔孙权，还会得到诸葛瑾的推荐和关照，不过诸葛亮却根本没做前往江东的打算。

后来诸葛亮出使东吴，孙权对他非常赞赏和器重，曾让其兄诸葛瑾劝说其留在东吴，深知弟弟志向的诸葛瑾婉言谢绝了。赤壁大战后，孙吴重臣张昭又将诸葛亮推荐给孙权，但仍为诸葛亮所拒绝，并半为推托半是实情地道出了其不肯留下的原因：孙权"能贤亮而不能尽亮"。

所谓"能贤亮"，就是诸葛亮相信孙权一定会重用自己，但孙权的政治抱负只是据江东自立，缺乏兴复汉室的胸怀和格局，他要是跟随了孙权，便只能与自己的政治理想告别，此即"不能尽亮"。

看好刘备

诸葛亮既不投曹，也不靠孙，他"择主"的最终选择是刘备。

刘备寄人篱下、势力单薄、举步维艰，即便不与诸侯实力榜上居于前列的曹操、孙权相比，在当时叫得上名的英雄之中，也是实力最弱的一个，所以乍一看，诸葛亮的选择不能不令人称奇，但若对照其"择主"的标准，则可以发现，刘备几乎可以说是完美地满足了这些要求。

刘备白手起家，可谓一无所有，做官以后也本可以做个清闲官，但他立志兴复汉室，为此不惜在二十多年时间里，颠沛流离于豫、徐、青、冀、荆诸州，其间多次寄人篱下，屡屡遭遇惨重失败甚至妻离子散的打击，然而跌倒了又重新爬起来，且初衷始终不改。如此坚韧不拔的进取精神，很难从同时代的其他人身上找到，无怪乎有人将刘备与春秋时的墨者相比拟，认为他颇有墨者"手足胼胝""摩顶放踵"的气象。

兴复汉室本就是诸葛亮的政治理想，不管未来跟着刘备，是否就一定能够实现这一宏图大志，但至少舍刘备之外，恐怕就再也找不到一个在兴复汉室方面如此执着的人主了。

在矢志兴复汉室的同时，刘备还以道德信义号召天下，并且能够抚爱百姓，这在征伐不断、百姓流离失所的东汉末年可谓独树一帜——同时期的诸侯，只要在争战中沉浮，不管大小强弱，很少有真正顾念百姓的。譬如曹操，一面以诗人身份悲吟"生民百遗一，念之断人肠"，一面却依旧面不改色地将屠城政策进行到底，亲手制造着"白骨露于野，千里无鸡鸣"的惨剧。公孙瓒和刘备同出一个师门，就学于大儒卢植，但公孙瓒却也"不恤百姓"，完全走向了他所受教育的反面。

"兴复汉室""仁德爱民"的名声同时造就了刘备，使得他大得民心，并且造成了一种独特现象，即不管他走到哪里，只要与民众接触的时间稍一长，就能得到当地民众的信任、支持和拥护。刘备驻屯新野不久，便已经士人豪杰盈门，后来他从荆州南撤，竟有十余万民众自愿追随，民众对他的衷心爱戴之情，于此可见一斑。

实际上，不光是诸葛亮选择了刘备，从荆州在野士族集团的整体倾向来看，他们选择的也是刘备。如果说新野时期的士人来投，完全是出于个人自发，到了樊城时期就不一样了，一个很明显的标志就是刘备对司马徽的拜访。司马徽一个"好好先生"，初次与刘备谋面，居然就一改平时的谨慎小心，道出识别人才的真知灼见，并主动向刘备推荐诸葛亮和庞统，足见他有多么看好刘备。

要知道，司马徽可是荆州在野士族集团的宗师级人物，虽然他和庞德公相仿，都是隐士一流人物，自己无意出仕，但能将被他们认为最好的青年才俊都推荐给刘备，本身就代表着整个荆州在野士族集团对刘备的鼎力支持。

一般认为，司马徽是诸葛亮的第一个推荐者，刘备向他询问"卧龙"是谁，给人感觉，似乎刘备此前并不认识诸葛亮。《三国志》以及诸葛亮本人的回顾，也都说诸葛亮和刘备见面，是"三顾茅庐"时才发生的事，然而裴松之在给《三国志》作注解时，却通过另外两本魏晋史书的相关记载，提出了"毛遂自荐"说。

根据此说，早在刘备驻屯新野时，诸葛亮就曾和徐庶一样，主动前去投奔刘备。诸葛亮身材高大、仪表堂堂，但因未有人引荐，刘备并不认识他，加之又年轻，所以只是像接待普通儒生一样接待了他。

当天来刘府做客的儒生还有不少，众人坐下来，说了一会儿话后就都离开了，只有诸葛亮留下未走，刘备也没有问他想说什么。

刘备年轻时"贩履织席"，以后仍一直保持着闲来摆弄点小手工的爱好习惯，尤其喜欢用羽毛编织饰物，此时正好有人给他送来了一条牦牛尾巴，刘备便拿来亲手编织饰物。诸葛亮见状，上前说了一番话，刘备这才知道诸葛亮非寻常之人。

毛遂自荐

诸葛亮说的是："明智的将军应当有更远大的志向，难道光知道编织饰物吗？"

刘备一惊，忙丢下手中饰物，辩解道："怎么能这么说呢！我不过是借此忘忧而已。"

诸葛亮抛开编织饰物的话题，进入主旨，他问刘备："将军认为刘镇南（指刘表，时任镇南将军、荆州牧）比得上曹操吗？"

"不如曹操。"

诸葛亮又问："将军您和曹操比呢？"

"也不如曹操。"

"现在你们都比不上曹操，而将军您的人马不过数千人，靠这点力量来对付大敌，该不会是错误的计划吧？"

诸葛亮所指，可谓是一针见血，说到了刘备的心坎上。刘表不是第一天收留和驾驭客将，刘备的前任是张绣，刘表拥有多年驾驭张绣的经验，而且他防范刘备，比防范张绣更严。刘备无论是驻屯新野还是樊城，刘表给他提供的实际控制区域都很狭小，人口有限，且多不愿应募从军，如此一来，刘备自然也就无法扩充自己的军队。

在战争中打败敌人，俘虏敌兵或在占领地盘上进行招募，通过以战养战的方式进行补充，本来也是一个办法，但就这也被刘表卡着脖子——整整七年里，刘备只在博望与曹军交兵一次，之后便再无上场机会，当然也就失去了在战争中壮大自己的可能。

问题问得极有水平，刘备不得不承认眼前的年轻儒生是个行家，只得如实答道："我也在为这事发愁呢！应该怎么办呢？"

诸葛亮不仅提出问题，也已想好了答案。

作为荆州学的青年中坚，诸葛亮非常注重对现实中的乱世进行观察和研究，他早就发现，在刘备的控制区内，其实只是登记在册的人口少，实际人口并不少。究其原因，是由于北方大量流民的涌入，荆州已变成了人口迁移区，常住人口远大于户籍人口，这些没有当地户籍的流民，在官方名册上是看不到的，但他们数量大，且以青壮年居多，完全可以用于解决兵源问题。

存在的障碍，是流民因不在册而逃避兵役，早已成为一件司空见惯的事，若贸然加以征调，很可能会引起不满，同时也会惊动刘表和蒯氏、蔡氏等人，进而对刘备的处境更加不利。诸葛亮给刘备献了一计，让他劝刘表出台政策，令荆州境内的流民以居住地作为户籍依据，统一自报户口进行登记，以后便与当地人一起纳税服役。这一政策可以增加政府的财政收入，对刘表是有利的，他不会不答应，同时入籍又提高了流民的社会地位，增强了他们的安全感和归属感，自然也不会起而反对。

刘备听从诸葛亮的建议，劝说刘表清查荆州管内户口，刘表果然满口答应，刘备遂借清查户口的机会，发动流民中的丁壮参加自己的军队，不到半年时间，兵员数量便增至数万，原先实力单薄的状况大为改观。

后世南朝有一个将侨置户口编入所在郡县的"土断法"，诸葛亮的流民入籍政策类似于此，能够提出超出时代一百多年的创见，已足见其格局之大和政治智慧之高，刘备因此了解到诸葛亮有着过人的英雄韬略，于是不再视之为普通儒生，而以接待上等客人的礼仪接待了他。

这就是诸葛亮的"毛遂自荐"。裴松之在引用"毛遂自荐"的史料对《三国志》进行补充时，根据诸葛亮在其晚年所著《出师表》中的自述："先帝（刘备）不嫌弃臣下（诸葛亮自指）卑微鄙陋，不惜屈尊降临，三次到草庐之中来看望臣下，向臣下咨询当世的大事。"明确自己更支持"三顾茅庐"说，也即不是诸葛亮主动求见，先找刘备，而是刘备亲自登门礼请，不过他也没有认为"毛遂自荐"的史料为伪，并对两种说法居然截然不同，表示很奇怪。

现代一些学者则主张两说可以并存，"毛遂自荐"在前，"三顾茅庐"在后。诸葛亮不是扮清高的腐儒，而是以天下为己任、时时刻刻都想着挽狂澜于既倒、救黎民于水火的国士，他也一直都在等待机会，以谋仕进，如果说他趁士人豪杰纷纷投奔刘备之机，像徐庶那样"毛遂自荐"，是完全可以理解的。反之，刘备虽是寄居荆州的客将，但他戎马半生、阅人无数，且早已有左将军、宜城亭侯之衔爵，还先后担任过豫州刺史、徐州牧、豫州牧等职。这样一个有着很深阅历和很高社会地位的士大夫，即便再求贤若渴，恐怕也不会仅仅因为别人的推荐，就匆匆忙忙地去拜见一个年轻位卑的陌生年轻人。

推想起来，诸葛亮被庞德公、司马徽许为"卧龙"应该是稍晚的事，他投奔刘备时，大约才刚刚师事庞德公、司马徽，在荆州士人中也不醒目，其名气甚至远不如避居荆州前就已成名士的徐庶，刘备当然不会知道诸葛亮，更不会予以关注。正是诸葛亮主动"毛遂自荐"，而且在刘备会见他的过程中，给刘备提供了壮大其队伍的办法，刘备才会对他另眼相看，并将其尊为上宾。

"三顾茅庐"的发生，是因为之后诸葛亮又离开了刘幕。

诸葛亮自视甚高，对于人主的要求也超出一般人，仅仅被待如上宾，在他看来是远远不够的，他在"躬耕"时以管仲、乐毅自比，就是希望人主能像对待管、乐那样，将他放到最重要的岗位上去，赋予重权要职——史载齐桓公视管仲为父，事无大小皆垂询之；燕昭王则视乐毅为知己，连太子说乐毅的坏话，被他听到后都要进行责打。

但是显然，诸葛亮要求没能得到充分满足，这让他感到出山的时机尚不成熟，难以充分发挥自己的才能，于是便暂时退了出来。

三顾茅庐

诸葛亮"毛遂自荐"时,刘备就已经知道他才能出众,未能破格拔擢以及予以挽留,自然还是因为诸葛亮年纪太轻、资历太浅等原因。相对于曹操等人,刘备帐下虽然人才不足,但终究还有一批忠心耿耿的武将谋臣誓死跟随,就是新遴选的谋士,也还有徐庶等人,若让初来乍到的诸葛亮一下子超越到这些部属前面,刘备不能不考虑他们的感受,也因此顾虑重重。

在诸葛亮走后,随着外在危机的越来越近以及自身焦虑感的不断加深,刘备又注定会一次次想到诸葛亮。他访问司马徽,既是请其荐才,同时也是为了向荆州士人请教当世之事,寻求脱困之道,而恰恰就在这个时候,司马徽推了诸葛亮,上天似乎正在用其独有的方式启示刘备:那个整整小他二十岁,却才华横溢、曾经帮助他解决过难题的年轻人,有可能再次带领他走出迷津!

这些年来,诸葛亮学问日进,尤其庞德公的品评、司马徽的力荐,已将他直接推入了荆州名士的行列,也就是说现在的诸葛亮,在荆州士人中起码拥有和徐庶一样的名望,甚至更为人所瞩目。如此一来,原先阻碍诸葛亮一步跨入高起点的诸因素,也就变得没有那么重要了。

刘备自此开始正式考虑延揽诸葛亮。或许是看出了刘备的心思,也或者是机缘凑巧,此时徐庶也在刘备面前竭力推荐自己的好友:"诸葛孔明(诸葛亮)有'卧龙'之名,将军愿见他吗?"此议正中刘备下怀,他立刻表示:"您代我请他出山吧。"

刘备想委托徐庶代表自己,礼聘诸葛亮出山,但徐庶素知诸葛亮出山的条件很高,如果延揽的规格太低,必不愿接受,因此对刘备说:"这个人，您得登门拜访他，不可以硬请他来。将军最好屈驾一行，亲自去一趟。"

徐庶自从跟随刘备后，极为刘备所器重，他如此推崇诸葛亮，更引起了刘备的重视。在已完全消除顾虑的情况下，刘备当即接受徐庶的建议，动身前去拜访诸葛亮。

诸葛亮"躬耕"于何处，历来说法不一。东晋史家习凿齿考证是在襄阳城西南郊的隆中，此外还有南阳说，认为躬耕地乃南阳宛城卧龙岗，依据是诸葛亮的自述"臣本布衣，躬耕于南阳"。习凿齿为晋人，距三国不远，同时他还是襄阳六大家族之一习氏的后人，他的考证应有一定的可信度。此外，诸葛亮的两个姐姐都嫁于襄阳，同时襄阳又是荆州的政治文化中心，诸葛亮有一部分的师友都住在襄阳，当时交通不便，信息不灵，就诸葛亮来说，住在襄阳，不管是获取信息，还是游学交流，都会比较方便一些。当然，南阳说也不必一概否定，毕竟出自诸葛亮之口，很有可能诸葛玄的坟墓在南阳宛城，诸葛亮最初三年确实在南阳守孝并耕读，后期才迁往了襄阳。

史载刘备一共去了三次隆中，第一次没有见到诸葛亮，第二次又落了空，到第三次才见到了诸葛亮，这就是著名的"三顾茅庐"。中国古代有"礼以三为成"的传统，刘备与诸葛亮的思想均以儒家思想为主，一言一行注意体现儒家规范，观其"三顾茅庐"应该是有意为之，即刘备通过"三往"申足尊贤之礼，向古来圣君郑重谦逊、礼贤下士的风范致敬；诸葛亮则在前两次特意避开，到第三次才礼成出见，以展现自己作为一个贤者应有的身份和体面。

乱世之际，"非独君择臣也，臣亦择君矣"，平心而论，诸葛亮虽然认可了刘备，但也并非一定要选择刘备不可。毕竟刘备势力有限，且其为君之道以及对待自己的态度，在进一步接触前，还难以准确把握。可以想见，作为庞德公、司马徽的弟子，一旦发现刘备亦不可辅佐，诸葛亮如庞德公、司马徽般隐而不仕，终老黄泉，也不是不可能。

不过显然，诸葛亮被刘备的三顾茅庐的诚意深深打动了。自古"千里马常有，而伯乐不常有"，不管哪朝哪代，才智之士可谓到处都是，然而能够识贤用贤的人主却累世难见，像刘备这样屈身下士、赤诚待人，则更为罕有。

相比《三国演义》，《三国志》对三顾茅庐的经过记载过简，但仍可看出当事双方的初次会面是极其成功的，两人很快便切入了正题，刘备屏退左右，与诸葛亮展开了一场开诚布公、意义深远的对话，后人称之为"隆中对话"，简称"隆中对"或"草庐对"。

跨有荆益

刘备三顾茅庐，不仅是要请诸葛亮出山，更是希望他能为自己找到一条新的出路。事实上，从出道起，刘备的发展道路就艰苦异常。青徐时期，一开始是袁术、吕布欺负他，打得他丢妻弃子、东奔西跑，几无立锥之地；接着，进入许都，目睹汉朝王室衰败，"奸臣"（指曹操）窃据朝政大权，正当他不顾自己"德薄力微"，欲"替天下伸张正义"时，又被曹操看作是最危险的敌人，必欲除之而后安。

在曹操追杀下，刘备不得不投靠袁绍并受其驱使，然而官渡一战，袁绍大军被曹操歼灭，逼得他又只能投奔刘表，怀着忐忑不安的心情，寄人篱下，借此谋兵。刘表虽有重用刘备之意，却心怀猜忌，既不理解也不配合他攻伐曹操和兴复汉室的努力。

刘备承认是因为自己"智谋短浅"，才招致这么多挫败和坎坷，不过他也同时表示自己并未因此而灰心丧气，只是真的不知道今后该怎么办，如何才能摆脱许久以来屡战屡败的恶性循环。

诸葛亮一方面感念于刘备三顾茅庐的谦逊和诚意外，另一方面也深知，当下时局，能最大限度接受其思想和意志，可以让他尽情抒发自己治国用兵胸怀的人主，非刘备莫属，故而在刘备问计后，立即和盘托出了自己尽平生所学所思、深思熟虑后得出的意见。在答语中，他首先举了一个事例，这个事例是刘备亲身经历过的，此即官渡大战，那是北方诸侯争霸中至关重要的一战。战前袁绍的实力要超过曹操，即使在曹营内部，也有很多人不相信曹军能够取胜，以致在战争中和袁绍暗通音信，但曹操最终还是战胜了袁绍。诸葛亮认为曹操此战获胜，乃是"天时"与"人谋"共同作用的结果，其意显然是要传递给刘备一个信息：虽然暂时处于弱势地位，但只要措置得当，也一样可以由弱者变成强者。

措置，什么样的措置？其时刘备尚无一块属于他的固定地盘，因此诸葛亮认为当务之急，必须先拥有一块稳定的根据地。

刘备在政治立场上与曹操严重对立，他相当于是被曹操赶到南方来的，而曹操也一直是刘备最大的假想敌，打回北方去乃至直取许都，自是刘备梦寐以求的事，然而诸葛亮考察天下大势，给刘备的忠告却是"诚不可与争锋"。

自官渡大战后，曹操已俨然成为诸侯中的巨无霸，军事上拥兵百万，政治上"挟天子以令诸侯"。刘备实非其对手，若与之死打硬拼，只会加速自身的败亡，诸葛亮因此从现实出发，主张虽不能与曹操妥协，但也绝不能一对一地与之争锋。

不能返北，往东也不行。江东的孙吴政权雄踞东南，掌舵者孙权自其父兄起，经两代三人的经营，早已在当地站稳了脚跟。在诸葛亮看来，孙权是除曹操之外，诸侯中最具实力者，国险而民附，并有贤能之士相辅佐，既无懈可击，又无机可乘，他因此劝告刘备，孙权的主意也打不得，决不能与之兵戎相见，而只能将其视作盟友，引以为援，共同对付曹操。

北不可与曹操争锋，南不可谋袭孙权，无论是同曹操争地盘，还是与孙权为敌，都没有出路，出路在哪里？诸葛亮认为，唯一的出路是夺取荆、益二州，即"跨有荆益"。

之所以选中荆、益这两个地方，是因为它们皆为进攻中原所必须控制的战略要地。首先是刘备寄居的荆州，此地四通八达、交通便捷，牵一发而动全身，是为兵家枢纽，与此同时，荆州在中原诸侯互相争伐之际，未被战火所殃及，使之有着相当的经济基础，北方移民和中原才俊之士的大批涌入，又为其提供了丰富的人力资源，若对外用兵，物力、财力、人力都能得到保障。荆州地理上的另一个优势，是北面有汉水、沔水（即今天的汉江），正如诸葛亮所指出的：荆州方面若守，可以水为堑，抗拒强敌；若攻，则可通过水路北进，出兵宛县、洛阳（宛洛），直指中原腹地。

不过荆州又是一个典型的"四战之地"：北有曹操之虎视；东面连接江东，江东的孙权对荆州早有觊觎垂涎之心；南面，活跃着一支名为五溪蛮的蛮夷，五溪蛮对汉人政权不服，降叛无常；西面直通刘璋的益州，因有崇山阻碍，即便双方不对付，也没有办法轻轻松松攻过去。

荆州看似平静，其实危机四伏，而现任荆州之主刘表既无用荆州之志，亦无用荆州之才，既缺乏建功立业的想法，也不懂得审时度势，一心只想"从容自保"，坐观天下之变，所谓"徒以时乱而偷安，势均而苟全"。诸葛亮断定刘表必难守住荆州，既如此，刘备就应接过重任，并将荆州作为其成就霸业、振兴汉室的最重要基础，"（荆州）简直是上天拿来赐给将军的，将军难道无意占领它吗？"

荆州之后是益州。益州四边地势险要，中有沃野千里的平原，百姓殷实富庶，官府财力充足，有如天府一般，可称衣食之源，同时其易守难攻、相对独立的自然地理形势，对刘备建立大本营而言，也再理想不过。再者，益州牧刘璋向被认为是暗弱之主、凡庸之辈，他对内昏庸无能，资源再好，也利用不起来；对外则表现软弱，面对北方强邻张鲁的威胁，毫无作为。就连刘璋下面的智士贤才，眼看他难以守住基业，都有另择明君之意，在诸葛亮看来，这是刘备夺取益州的最有利条件。

若能占据荆、益两州，不仅意味着刘备将拥有属于他自己的稳固根据地，从此便能依靠两州的险要地形自保，而不用再像以往那样到处流浪，而且两州还可作为今后谋取天下的基地——荆州是战略发兵地，益州是战略物资生产供应点。

诸葛亮建议刘备，以荆、益为立足点，充分发挥其帝室之胄、信义卓著、思贤若渴等优势，对外与孙权结盟修好，对内整顿政务，西和诸戎，南抚夷越，以此逐步积聚力量。

隆中路线

时隔整整二十年后，诸葛亮才在《出师表》中提到了"今天下三分"。"隆中对"虽然没有"三分"之类的字眼，然而却明确指出了天下三分的发展方向，即让刘备容忍北方的曹操和东方的孙权，努力实现"跨有荆益"，如此一勾勒，在汉末的政治地图上，三足鼎立的态势似已隐然成形。

此后的局势，也确实是在朝着三足鼎立的图景不断演进。诸葛亮当年才二十七岁，可以说相当年轻，却表现出了成熟的战略意识以及非同一般的战略预判能力，其对天下大势认识之深刻，对未来趋势预言之准确，均令人叹为观止。

南宋朱熹曾为弟子列举了一些"以数言定天下大计"、影响一代历史的政治家及其事迹，其中就有诸葛亮及他以"隆中对"为刘备谋划一事。实际上，在朱熹所列政治家言论中，"隆中对"也是最为后世所广泛称道的，而这也充分证明了诸葛亮的远见卓识以及"隆中对"的价值所在。

不过对于彼时的诸葛亮而言，无论是天下三分的趋势，还是后来形成事实的三足鼎立，都不是他的目标，他真正想要实现的，还是他与刘备的共同政治理想，即《出师表》中的"兴复汉室，还于旧都"。

汉末以来，一方面是天下大乱，汉室衰微；另一方面则是民心思汉，从上至下，人们都开始怀念汉朝盛世时的社会制度以及当时和平安定的生活，所谓"汉德虽衰，天命未改"。在这样思潮的影响下，即便是已形同木偶一般的汉献帝及朝廷，作为当时唯一合法政权的象征，仍为天下士民所认同，各方诸侯也不得不予以认可。曹操正是深知这一点，才会对汉室衰而不亡的皇权进行利用，以拥戴汉室为名，行聚集和扩张自身势力、逐鹿中原、征伐各方之实，其"挟天子以令诸侯"的最大收益就体现在消灭二袁上——袁术贸然称帝，是首位公然僭逆的诸侯，被曹操轻而易举击灭；袁氏本是诸侯之冠，乃曹操实力最强的对手，却也因其在称霸问题上名不正言不顺，使得许多优劣变成劣势，最终倒在曹操面前。

尽管曹操领先所有诸侯一步，将汉室化为了他的政治资本，但这也同时成了他的政治包袱，对手攻击他时，"托名汉相，实为汉贼"往往是最有力的一个罪状。诸葛亮认为，在这种情况下，只要以"兴复汉室"为号召，就一定可以在政治上占据优势地位。他当然也清楚刘备只是所谓的皇室疏宗，但毕竟是汉朝的宗室子弟，若以"兴复汉室"作为奋斗目标，既不言过其实，又有利于收拢人心、招揽人才。

诸葛亮建言刘备，利用其"帝室之胄"的正统地位，将"兴复汉室"由政治自觉提升到集团目标的高度，公开打出相应旗帜，并由此作为发展壮大自己的最佳策略。

既然最终目标是"兴复汉室"，鼎足三分自然也就只会是临时状态，或者说是在目标实现过程中扮演一个过客的角色。按照诸葛亮的规划，一俟条件成熟，就必须兴师北伐。有学者将诸葛亮在"隆中对"中确定的基本方略，称之为隆中路线。从内容上来看，隆中路线分为两步："跨有荆益"是第一步；第二步就是待"天下有变"，分别从荆州、益州两路出兵，以钳形攻势实施北伐。诸葛亮具体建议刘备，届时可派一员上将，从襄阳出南阳一路，以攻洛阳；而刘备自己则率益州大军出兵秦川，攻打关中。在诸葛亮看来，此乃民心所向，他告诉刘备，到了那一天，老百姓看到大军北伐，"兴复汉室"有望，一定会箪食壶浆前来迎接，如此，则"霸业可成，汉室可兴"。

诸葛亮的话，如同醍醐灌顶，令刘备几有大彻大悟之感。他一下子明白了，为什么自己在过去几十年中，就算是碰到好的机会，也难以抓住，最终不得不东奔西走、郁郁难安，原来就是因为没有遇到这么一个虽隐居隆中，却能洞悉天下大事的智者，没能亲耳聆听到一番如此切中肯綮、深刻透彻的见解。

"隆中对"不仅让刘备在漫长无为的寄居生活中看到了光亮，也令他对诸葛亮超乎常人的才华和胆识，有了进一步认识。接下来的事可谓水到渠成，在刘备的诚恳力邀下，诸葛亮慨然允诺，同意出山相辅。刘备则视诸葛亮为非同一般的谋士、知己及得力助手，对其敬若师长，极为信任。

刘备、诸葛亮的关系很快就变得亲密无间。刘备既然能够下决心三顾茅庐，在此前后，自然会对麾下的谋臣武将做工作，因此对于刘备破格延请和重用诸葛亮，其内部并未出现广泛的反对意见，尤其谋臣方面，一者拔尖谋士本来就甚少，二者又有徐庶推崇示范在先，因此接受起来并没有想象中那么困难。有些不高兴的反倒是武将层，当然也不是所有武将，而只是集中于关羽、张飞。

关羽、张飞从刘备还没正式起事开始，就紧随左右，此后共患难、同生死，至三顾茅庐时，他们和刘备一样，都已经是四十多岁、久经沙场且威名远扬的英雄，提起关、张二人，连曹操都要挑大拇指，并以不能收拢他们为己所用为憾。反观此时的诸葛亮，不到三十岁，在全国也没有影响力，关、张在对诸葛亮的能力、品德还没那么了解的情况下，看到自己敬若神明的兄长过于礼遇诸葛亮，难免会感到难以理解乃至不悦。

发现关、张对任用诸葛亮颇有怨言，刘备便出面对他们解释说："我有了孔明先生，就好像鱼有了水一样，希望你们不要再说三道四了。"关羽、张飞对刘备最为信服，虽然内心可能并未完全想通，但见刘备说出这种话，也就认同了刘备的选择，不再提出异议了。

事实证明，刘备确实是在关键时候做了最正确的选择，邀得诸葛亮出山，可以说是他在漫长无为的寄居生活中所得到的最大收获——一直以来，刘备都受累于缺乏一个持续性的发展战略，正是借助于诸葛亮和"隆中对"，刘备才开始真正规划自己的职业生涯，其军政发展走向为之大变，一度停滞的事业也由此出现重大转机。

第五章　大功出儒生

多年后，曹操被汉献帝册封为魏王，他开始考虑立嗣问题。若按照传统的嫡长子继承法，本应由曹操的长子曹丕继位，但曹丕的弟弟曹植也已显露出才华，兄弟俩各有党羽，曹操谋士中亲近曹植的人，便有意制造舆论，欲以曹植取代曹丕做太子。《三国志》中记载，曹操对此决断不下，有一次屏退左右，向谋士贾诩进行咨询，贾诩却以正在思考问题为由，不作正面回答。曹操问他在思考什么，贾诩说："我在想袁本初（袁绍）、刘景升（刘表）父子的事。"

这里贾诩举了两个事例，前者是指袁绍二子袁谭、袁尚兄弟相争，后者是指刘表二子刘琦、刘琮兄弟相争。

袁绍、刘表实系朝廷任命的地方要员，按理，他们去世了，其遗下官职应由朝廷另行委任，但自天下大乱后，诸侯所占之地早已经"私有化"，即谁凭借实力占据着某块地盘，那块地盘就算谁的，可以父子相传。

袁绍生前，迟迟不立长子袁谭，导致在他死后，袁谭、袁尚为争夺嗣位，自相残杀，终被曹操各个击破。刘表亦如是，他有两个儿子，长子刘琦和次子刘琮，最初，刘表认为刘琦与自己长得很像，很喜爱刘琦，可是后来因为刘琮娶了刘表继室蔡氏的侄女，蔡氏便常在刘表耳边猛吹枕边风，毁琦誉琮，刘表听信了老婆的话，也跟着喜琮恶琦，并有了废长立幼之意，从而人为地为家族埋下了危机。

贾诩其实属于曹丕的人，他在以此告诉曹操，选择嗣子，还是嫡长子最稳妥，否则难免弄得兄弟相残，乃至动摇整个家族的事业根基。曹操听后大笑，遂将曹丕正式立为太子。

贾诩能拿来举例，曹操能一听就懂，说明这两个事例必然已盛传于口耳之中，并被人们公认为是袁、刘两家的前车之鉴。实际上，刘表除了屡屡坐失战机外，在立嗣失策方面也的确与袁绍有得一拼，其长子刘琦骤然失宠失势，颇为失落彷徨，后又发现刘表所信重的两员大将，即蔡氏的弟弟蔡瑁以及刘表的外甥张允，都已成为刘琮党羽，便更加惊惧不安。此时的刘琦也顾不得继位不继位了，先考虑保住自己的性命最要紧，但他又不知道如何才能保命，于是便屡次向诸葛亮请教，然而诸葛亮却总是拒绝搪塞，不予以回应。

无奈之下，刘琦想了个办法，这天他邀请诸葛亮游览自家的后花园，两人一起登上高楼，正在饮宴的时候，刘琦突然让人撤去梯子，然后对诸葛亮说了一句话，这才得到了他所想要的"自安之术"。

刘琦派

高楼之上，刘琦说的是："现在上不着天，下不着地，话从你嘴里讲出来，只能传到我一个人的耳朵里，你还不可以把该说的话，告诉我吗？"

显然，刘琦已经明白诸葛亮为什么不肯替他谋划了，故而才用"上楼抽梯"的办法消除对方顾虑。果然，诸葛亮不再刻意回避，他晓谕刘琦："你没有看到，晋国的申生留在朝中就处境危险，重耳流浪在外就平安无事吗？"

申生、重耳皆春秋时晋献公的儿子，后来晋献公娶了骊姬，对其十分宠爱，骊姬欲立自己的亲生儿子为太子，便设法加害申生、重耳，申生被迫自缢而亡，重耳则出逃在外，直至返国为君，重振晋国。

刘琦自然也熟悉这段典故，他立刻领会了诸葛亮的意思，自此便暗中寻找外出的机会。恰好刘表手下的江夏太守黄祖为孙权所杀，刘琦便乘机向父亲提出代替黄祖，外放至江夏郡做太守的请求，刘表不喜刘琦在其身边，于是就痛快地答应下来，刘琦由此得以免祸。

刘琦在父母、兄弟、权臣的强势威逼下，无法在襄阳安身，只能寻找另外的帮助，这是很自然的，但以他的身份，为什么会屡次向诸葛亮咨询如此关涉身家性命的大事呢？

诸葛亮虽未仕宦于荆州，但截至被刘备三顾茅庐请出山，他在荆州上层社会已有相当的影响力。首先，诸葛亮与襄阳六大家族及刘表家族都有远近不同的亲戚关系。他除两个姐姐分别嫁与蒯氏、庞氏外，又为弟弟诸葛均礼聘林氏之女为妻，诸葛亮的亲友庞统之弟庞林，娶习氏之女为妻，马氏子弟马良、马谡也均写信称诸葛亮为"尊兄"。涉及刘表家族，因诸葛亮娶妻黄氏，并通过岳母与刘琦的母亲蔡氏攀亲，若是称呼起来，诸葛亮得叫蔡氏为姨母，刘表为姨父，刘琦、刘琮哥俩则是他的表兄弟，这样一来，诸葛亮与刘琦来往密切，常常一起游玩饮宴的举止，也就不显得突兀了。

其次，这时的荆州上层可分成两个集团，即以刘表为核心的在朝当权派集团，以及以庞德公与司马徽为核心的在野士族集团。刘琦力小势弱，争储失败后，在当权派集团中更是备受排斥和冷落，便只能从士族集团中寻找外援，用以加强自己的实力，而诸葛亮恰已成为士族集团的青年代表，他在刘琦心目中地位之重要，也就可想而知了。

刘琦问计诸葛亮，诸葛亮应该是早就为之想好"自安之术"了，之所以迟迟不肯开口，正是如同刘琦所推想的那样，碍于此事非同小可，且一旦被外界所知，诸葛亮与刘表夫妇乃至其岳父母的关系都会很尴尬，弄不好将里外不是人。不过只要条件许可，刘琦能为之保密在先，诸葛亮又必须将"自安之术"告诉刘琦，这是因为刘琦正是他推动"跨有荆益"的一个重要棋子。

"跨有荆益"是实现隆中路线这一蓝图的关键。诸葛亮认为，荆、益二州目前的控制者或昏庸不堪，或暗弱无能，被外部势力兼并的可能性较大。在他看来，刘备必须将注意力从逐鹿中原中退出，避实击虚，实现控制荆、益尤其是荆州的目标，以先求立身之地，否则就将与兴复汉室、一统天下的目标失之交臂。

然而如何控制荆州？抛开道义等其他因素，刘备作为客将，在荆州的发展受到严重限制，虽然已按诸葛亮之策成功扩军，但因刘表给他的地盘有限，其力量仍然不足，换句话说，只要刘表还在，荆州硬夺是夺不过来的。恰巧此时随着刘琦、刘琮兄弟发生严重对立，连刘表军中诸将都已分成两派，即刘琦派和刘琮派，两派相互争斗，势同水火。这对刘备一方而言，显然是一个难得的契机。有人分析，诸葛亮在"隆中对"中所作的关于荆州的策划，其具体内容应该就是要介入荆州的立储之争，在刘表的子嗣中寻找援军。

两派之中，刘备、诸葛亮投注了刘琦派，他们站在刘琦一边，试图通过刘琦，伺机控制或夺取荆州。然而明眼人都能看出，刘琮极有可能替代其兄刘琦，成为荆州的未来之主，刘琦自求外任，虽能保得平安，但就像袁绍长子袁谭被外任青州刺史一样，一旦离开，与弟弟争夺州牧的机会将愈加渺茫。以诸葛亮之智，对此应当是非常清楚的，只是作为刘琮派中坚力量的蔡瑁们，都跟刘备不对付，马跃檀溪事件中，若不是"的卢"马关键时候给力，刘备几乎就要把命送在他们手上了。

刘琦、刘琮兄弟，刘备和诸葛亮只能选择刘琦，毕竟刘琦还是长子，不到最后一刻，谁也不能保证他就不会被刘表立嗣，退而求其次，亦可借此在荆州当权派集团中占一席之地。

回过头来，就算与刘琦暗中相结，诸葛亮要想让刘备在曹操南下之前就实现"跨有荆益"的目标，也是不太可能做到的，所以在此之前，必须立足于防守，做好抗拒曹操南侵的准备。

盟　友

曹操军事实力强大，单凭刘备，根本无法抗衡，刘琦虽可作为一支奇兵，但他据有的仅是江夏一隅之地，兵力也很有限。在这种情况下，只有借助于其他力量，通过联盟对敌的方式才能对抗曹操。

在"隆中对"中，诸葛亮对于结盟对抗曹操，已经做了精心筹划。荆州作为长江中游枢纽，顺长江而下可抵三吴，逆长江而上可至巴蜀，拥有东西万里通畅的战略便利，诸葛亮由此出发，认为应以荆州的这一优越地缘条件为基础，将长江一线的三大州，即荆州、益州、扬州连成一片，以便形成一种联合对抗曹操的大势——值得注意的是，中国本以北方为中心，南方一直被忽视，直至汉末，长江流域在中国地理大势中的地位才开始上升，但在典型的南北对峙出现之前，若没有超人一等的眼光和见识，对整个长江一线的地利价值，是不会有如此深刻认识的，也想不到将其纳入总体战略构架。

在诸葛亮的构思中，要形成大势，"结好孙权"与"跨有荆益"缺一不可。

倘若刘备是一个独立的实力派诸侯，则荆州的刘表、益州的刘璋、扬州的孙权，都可以成为他的联盟对象，但刘备既依附于刘表，且有将荆州作为未来基础的计划，刘表也就不可能是成为盟友。刘璋也是如此，而且按照诸葛亮的认识，刘璋本身智谋都不足以保全益州，自然不会将他考虑为结盟对象。

欲合荆州、益州之力，须留待"跨有荆益"解决，剩下目前能做的，就是与孙权结盟。正如诸葛亮在"隆中对"中所分析的，江东经过孙氏三代人的经营，已具有一定的军事基础和实力，要对付北方强敌，孙权绝对不能缺席，与此同时，江东又与荆州毗邻，彼此之间要达成合作，是件非常便利的事。

虽然已经确定了联盟的最佳人选，但在实践中却并不容易操作。荆州仍在刘表治下，而刘表的荆州与江东之间可以说"已历三世"的世仇，当初，孙权的父亲孙坚奉袁术之命，攻打刘表，结果被刘表的部将黄祖所杀，从孙权之兄孙策在世时开始，他和孙权为报父之仇，曾数度进攻荆州。刘琦能够外放江夏，就是因为此前孙权亲自统兵西征，攻陷夏口并击杀了黄祖。

联盟是两方的事情，一方不情愿，就结不成联盟，更何况，现在是两方都不情愿，即孙权不情愿，刘表也不情愿。孙权方面，是要吞并荆州，而不是联合荆州；刘表方面，在丧师失地的情况下，亦缺乏联孙抗曹的热情和远略。

刘备虽在荆州日久，但始终得不到刘表的信任与重用，与孙权结盟的意见，自然也不可能指望被其采纳。诸葛亮深知这一点，所以在"隆中对"中，他是把"外结孙权"放在隆中路线的第一步，也就是"跨有荆益"之后的，即认为只有刘备具有了一定的实力基础，才能践行"外结孙权"的外交计划。

想要"结好孙权"，必须首先"跨有荆益"，但"跨有荆益"一时又无法实现，刘备、诸葛亮只能等待时机，继续蛰伏荆州积蓄力量，与孙权建立联盟的计划，也因而并没有能够立即实施。

研究三国的学者认为,"隆中对"所展示的,不仅仅是诸葛亮对局势的看法,更代表了当时具有战略眼光的有识之士的总体认识。荆州部分即是如此,可以说在关东各大政治军事集团中,但凡有眼光的战略家,没有一个人敢于忽视荆州。曹操的大谋士郭嘉在曹操征伐乌桓时病逝,他生前就曾向曹操提出要夺取天下,"当先定荆"的主张。曹操本身也是战略家,就算没有郭嘉的建议,他也久欲进取荆州,只因北方未平、无暇南征而已,待到初步扫平北方群雄,他也就自然而然地把目光投向南方,投向荆州。

自北征乌桓凯旋回邺后,曹操就迫不及待地在邺城开凿玄武池,以训练水军,做南征荆州的准备。与此同时,孙权也在觊觎荆州,并且同样想据而有之,其西征江夏一役,不仅击杀黄祖,而且在撤退前又"虏其男女数万口",令刘表受到很大压力。

眼看荆州北线、东线都已陷入紧张状态,刘表极为惶恐不安,不久即一病不起。据记载,刘表曾将刘备请到病榻前,对他说:"我的儿子都没有才能,而诸将又多丧败,我死之后,您就统领荆州吧。"

刘备听后,当即说:"您的公子都有贤德,您不必过于担心,现在只需安心养病。"

这就是所谓的刘表"托国"。

托 国

刘表怎么会突然想到把荆州让给刘备?

有人认为这是刘表耍的政治花招,为的是试探和稳住刘备。裴松之在《三国志》的相关注解中,也对刘表"托国"的说法表示质疑,认为刘氏夫妇一向钟爱刘琮,他们撇开嫡长子而立刘琮为嗣,是早已商定的计划,刘表没有理由在临终时将荆州交给刘备。

问题在于,此时对刘表形成严重威胁的,并非刘备,而是曹操或孙权;再者,刘备来荆州已经有七个年头了,刘表如果觉得他靠不住,应该早就想办法把他给踢出去了,又何至于允许他作为一支独立的军事力量,一直屯驻于腋下之地樊城呢?

事实是,虽然此前刘表对刘备有猜忌之心,也不加以重用,但刘备在荆襄多年,始终全力维护刘表政权,即便发生"马跃檀溪"一类不愉快的事件,也予以克制忍让,以竭力避免与刘表及其亲信发生正面冲突为限,这对维护二刘之间的关系起到了很重要的作用。考虑到这些因素,当刘表到了弥留之际,对于多年依附于他,与他相处融洽,且在抵御曹操方面出过大力、参与谋划的刘备,终于产生出好感和信任感,也就不难理解了。

相处日久,刘表深知刘备早已将复兴汉室,作为其一生所要坚持的事业。刘表毕竟也是汉室宗亲,他自己虽缺乏四方之志,无愿望亦无能力复兴汉室,但并不表明心中就没有汉室,同时基于对汉室的拥戴,他在政治倾向上与刘备之间还有一个契合点,即都视曹操为"汉贼",竭力抗曹,不愿向其妥协或投降。

其时在对待曹操的态度上,刘表的部属已俨然分化成两个阵营,即是以蒯越、蔡瑁为首的亲曹派,以及以刘备、刘琦为首的抗曹派。亲曹派既是刘表的主要依靠力量,又多为刘琮派,可是他们却对曹操态度暧昧,有人甚至劝刘表"举州以附曹公"。刘表势必对此感到失望,他也预感到自己一旦不在人世,亲曹派可能会裹挟着刘琮投降曹操,届时荆州八郡亦将随之落入曹操之手,这是他所不愿意看到的,因此,他才会想到以大局为重,"托国"于反曹决心极坚定的刘备。

占据荆州是"跨有荆益"中的首要目标,也是最关键的一步棋,消息传出，当即有人劝刘备听从刘表的话，顺水推舟地接过"托国"之命，但刘备的回答却是："这人（指刘表）待我十分厚道，如果我现在听从他的话，占据荆州，人们必定会认为我太过刻薄，我实在不忍心。"

刘备的"不忍"，被一些三国研究者认为只是托词，其实只是实力不够，不敢接任而已。

和当年陶谦"传位"于刘备的情形有所不同的是，刘表晚年已被后妻蔡氏、少子刘琮及其党羽蔡瑁等人部分控制。刘琦是个孝子，刘表病重期间，他从江夏赶到襄阳，想看望老父。蔡瑁、张允生怕刘琦见到刘表后，刘表对刘琦旧情复燃，重又立刘琦为嗣，他们以江夏为荆州东面屏障、刘琦轻离江夏、会令刘表动怒为由，将刘琦阻于户外，拒绝让他与刘表相见。刘琦无可奈何，只得流着眼泪返回江夏。

刘琦见老父一面尚不可得，足见刘琮派的势力之大，他们既能将刘琦赶出襄阳，可想而知，也必会激烈反对刘表在死后将荆州大权移交给刘备的决定，并在刘备接任后予以百般阻挠。

然而问题是，这时刘表还活着，而且依旧大权在握，乃荆州第一人，刘琮派的所谓部分控制，也只是利用他的老病加以蒙蔽，并不敢正面对抗。如果刘表从大局出发，坚持要让刘备接任荆州牧，刘琮派一时也翻不了天。至于刘备，作为一个曾经历过青徐时期的诸多磨难、拥有丰富的政斗经验的英雄，又在荆州生活多年，一旦接任，利用刘表移交的权力和影响力，再加上自己那套班子的力量，难道还对付不了一个刘琮派？

刘备向以"仁义"著称，"义"和"仁"一样，都是刘备政治品格极其重要的特质，在过往的岁月里，无论顺境逆境，他都始终以"义"处世，以"义"立身，亦以"义"创业，诸葛亮因而称赞刘备"信义著于四海"，刘备自己也表示"欲信大义于天下"。

对于诸葛亮隆中路线中的"跨有荆益"，刘备是完全赞同的，他"不忍"，是不愿在这个时候乘人之危，从刘表手中取得荆州，这种"不忍"往深里说，就是由其信念中的"义"决定的，而这种"义"又源自"情"，即刘表的深情厚意。

刘备自投奔刘表后，受到的是上宾待遇，也正是借助于刘表所给予的宽惠待遇和保护，刘备才能得到喘息，也才有机会和时间来重新进行战略谋划。在此期间，刘表猜忌刘备是事实，但也只是因怀疑而阴御，在公开场合他对刘备不仅没有任何过分之举，而且一直都很尊重，作为汉室同宗，两人在抗曹等议题上，更是有着很多共同语言。

可以说，如果刘备感受不到刘表对他的"厚道"，他根本就不可能在荆州一住就是七年，而七年时间的相处，也足以在主臣之间培养出感情，刘表能在临终之际托刘备以"国"，对之赋予前所未有的信任和重托，毫无疑问，就是双方已具深情厚意的一种显示。

宁归曹操，不归刘备

在刘备婉拒"托国"后，史书记载，刘表曾上书荐举刘备任荆州刺史，有人认为，这是刘表在"托孤"，为的是使刘备在其死后，能够辅佐荆州牧的继任者，也即刘琦、刘琮二子中的一个。

就刘表的本意来说，将整个荆州地区让与刘备，使刘备成为荆州之主，只可能是不得已的选择，他最希望的应该还是托孤于刘备，以期子孙能够永保江汉间。

托孤刘备，而非蔡瑁、蒯越等人，是为了牵制亲曹派，扶植抗曹派，用以保全荆州，这是刘表的第一层用意。第二层用意，则是安抚刘琦，避免刘琦愤然而起，与刘琮发生剧烈冲突。

刘表被后妻、蔡瑁、张允等人唆使，虽有废长立幼的想法和计划，但废长立幼终究与儒家教义相违背，名士出身的刘表对此必然会有所顾忌，况且袁绍二子袁谭、袁尚因内斗而导致两败俱伤，最后被曹操逐一消灭的事实，就发生在眼前，他也一定会引以为戒。如此种种，导致刘表直到病重之际，仍未下决心究竟立哪个儿子为嗣。另一方面，刘表知道刘琦对于失宠并不甘心，也生怕他会因继嗣无望而心生怨恨，转而攻击刘琮，以致重蹈袁谭、袁尚兄弟之覆辙。

对于刘备、诸葛亮与刘琦相对接近的事，刘表当有所耳闻，托孤刘备，实际上就是间接给刘琦糖吃，以稳定其情绪。此外，刘备与蔡瑁等人有隙，在荆州当权派集团中被边缘化，托孤有助于提升刘备在荆州的地位和影响力，若二子真的发生冲突，刘备也可以在中间起到斡旋作用。

"刘荆州（刘表）临亡托我以孤遗。"刘备事后的回顾，证实刘表托孤，确有其事。

托孤寄托着刘表借助刘备之力，成功抵御曹操，将荆州基业顺利交接到子孙手中的良好愿望，其大背景则是曹操大军随时随地都会南侵荆州。东汉建安十三年（208），炎热的夏季刚过，曹操果然亲率大军，自邺城南下，向荆州杀来。

荆州已经维持很长时间的平静，终于被打破了。曹军出发不久，刘表就病死了，也有人说他是被吓死的。不管怎么说，刘表之死只是一个巧合，但它却在关键时刻，使荆州成为敌方有隙可乘之地。

刘表死后，蔡瑁、张允等人立即拥立刘琮，让他承继刘表的实职，即镇南将军、荆州牧，只将刘表的爵位成武侯留给刘琦。刘琦对于被刘琮派阻挠，直到父亲临终之时，都未能见其最后一面，本已郁闷不已，得知刘琮派未经父亲遗命，即已自行拥刘琮继嗣，不由得勃然大怒，他将襄阳方面派人送来的成武侯印绶扔在地上，立即部署，准备乘去襄阳奔丧之机发难，跟刘琮派拼个鱼死网破。

刘琦尚未动身，刘琮那里就率先接到了曹军大兵压境的消息。刘备是刘表临终前指定的托孤重臣，但刘琮对刘备并不信任，刘备所驻樊城就在襄阳对岸，刘琮却并未及时将曹军南下的消息通知刘备，亦未召其来襄阳相商，只是关起门来，与蒯越等主要僚属进行了讨论。

刘琮刚刚才如愿以偿地接任荆州牧，他自然想守住父亲留下的这份基业，因此起初颇有抗拒曹兵、与曹操一战之意，然而蒯越等人皆持反对意见。

刘琮的僚属多来自争嗣时期的刘琮派，而刘琮派又多持亲曹立场，早在官渡大战时，蒯越等人就曾劝刘表归附曹操，只是刘表没有同意而已，这时他们更竭力怂恿刘琮投降曹操。

曹操挟天子以令诸侯，他以"奉辞伐罪"之名兵发荆州，打的是天子旗号。在蒯越等人看来，仅仅在这一点上，刘琮就已处于极度被动的地位——我们与"曹公"之间并非平等的敌国关系，我们是臣属，"曹公"奉天子之命前来讨伐，如果抗拒，便是以下逆上，有违臣子之道，于理不顺。

除了政治名分的顺逆，令蒯越等人最为惧怕，同时也是他们主张降曹的最大理由，是与荆州军事力量相比，曹军占有绝对优势。

从实际数据上看也确实如此。曹操此次出动的军队人数达到十五六万，且多为身经百战的劲卒；刘表的荆州部队虽然号称"带甲十余万"，其实总共也不到十万，要与曹军这样的强悍之师进行对抗，兵卒既没有针对性地做过训练，也缺乏相应的实战经验。

曹操在出兵前，曾向谋士荀彧征询战策，荀彧建议奇袭。曹操依计而行，以轻装前进和快速进攻的方式，率大军经叶县、宛城，直趋樊城、襄阳。曹军突然而神速出击，令蒯越等人极为震恐，他们原本就惧怕曹操，这下愈加认为，以荆楚一州之地，不到十万之卒，要想抗拒强大的曹军，犹如痴人说梦，绝无侥幸取胜的可能。

过去刘表曾用刘备去抵御曹操，临终又托孤刘备，这是众所周知的事，蒯越等人承认这一点，但他们也同时尖锐地指出，刘表在世时，曹操尚未大举南下，而以今日曹军之力量和气势，刘备与之交战，同样毫无胜算。"如果连刘备都挡不住曹操，即使投入荆州的全部力量，亦不足以自保。"

按照蒯越等人的说法，就算刘备超常发挥，侥幸挡住了曹军，也会对刘琮的宝座形成直接威胁。他们对刘琮说："将军您自己考虑一下，您比得上刘备吗？如果刘备挡得住曹操，您觉得他还肯居于将军之下吗？"

政治被动，军事不敌，刘备也指望不上，蒯越等人以此三点劝说刘琮屈服于曹操，并让他彻底断绝靠刘备保住江山的希望，其政治态度很明确："宁归曹操，不归刘备。"与其受制于刘备，不如早早迎降曹操。

刘琮被说服了，或者说被吓住了，他听从蒯越等人的建议，不做任何抵抗，即决定举州降曹。

大祸临头

此时刘备对于曹军南下还一无所知，更不用说知道刘琮要投降了，过了很久，他才察觉到情况有些不对，于是急忙派亲信去向刘琮进行核实。刘琮命属官宋忠来到樊城，在确认曹军已经南下的同时，告知刘备他已经决定降曹。

宋忠带来的消息，令刘备如闻晴天霹雳，这主要倒不是因为曹军南下的事实已被确证，而是他根本没想到刘琮事先居然连招呼都不给他打一声，就向曹操举起了白旗。

震惊之余，刘备也感到极其羞愧和愤怒：羞愧的是，刘表正是不想让荆州被曹操侵夺，临终之际才亲命他为辅佐大臣，托他辅助刘琮或刘琦守住荆州，可是现在眼看着荆州将被白白地送到曹操手中，他却什么都不能做；愤怒的是，刘琮果然是竖子不足与谋，其降曹的轻率之举，不仅断送了荆州这一大好基业，还使得以他为首的抗曹派顿失所依，成了孤立之旅。

"你们这些人怎么能这样办事，为什么不早点告诉我？如今大祸临头才讲，也实在太过分了！"刘备厉声质问道，他刷地抽出腰刀，指着宋忠说："如今即使砍下你的头来，也不足以解我的心头之恨，况且我身为堂堂大丈夫，也耻于在临别之际杀你们这些人！"

在将宋忠打发回去后，刘备立即召集部属共商对策。

刘琮的速降，可以说出乎所有人的意料，连与刘表家族沾亲带故的诸葛亮，亦对之感到意外。众人斟酌出路，襄樊二城唇齿相依，刘琮降曹，意味着樊城后路已被切断，有随时被曹军和刘琮荆州军夹击围歼的可能，孤城难以独守。往东，尚未与孙权建立联系；往西，刘璋那里也无保障；北面曹军大兵压境。想来想去，只有南走江陵一途。

有人劝刘备干脆进攻刘琮，或夺取荆州以为守，或劫持着刘琮以及荆州的官吏士大夫同下江陵。刘备拒绝这么做，他说："刘荆州（刘表）临死时将刘琮托付于我，请我代为照顾，我决不能违背信义、只图私利，不然的话，死后有什么脸去见刘荆州呢！"

抛开托孤之情，刘家在刘表新丧之后，只剩孤儿寡母，如果刘备这个时候去打人家，抢别人的地盘，就算得手，也会有乘人之危、胜之不武之嫌，按刘备的政治品质，是打死不愿为之的，事实上，他之前放掉宋忠，也已经表示不会对刘琮动武。

情况已经非常紧急，据报曹军已经到达宛城，而宛城距樊城不过二百五十里，按一日行军三十里的正常行军速度计算，曹军最多九天就能兵临樊城。刘备立即部署撤退，除令关羽率水军乘船数百艘沿汉水南下，奔赴夏口与刘琦会合外，其余主力部队由他自己和诸葛亮、张飞、赵云等率领，渡过汉水，从陆路往江陵退却。

当陆路人马途经襄阳时，诸葛亮突然提出，刘琮既已决定降曹，现在进攻刘琮，可谓名正言顺，他建议立即攻打襄阳，如此，"荆州可有"。

在幕僚之中，刘备对诸葛亮的意见最为重视，但他听后仍然表示："我不忍心这么办。"

有三国研究者指出，作为一个驰骋沙场和政坛多年的老将，在"不忍心"的表层下面，刘备对于此时能否占据荆州，其实还有着他自己的通盘考量和判断。

受到曹军神速奇袭和刘琮匆促宣布降曹等消息的困扰，襄阳城中必然早已人心不定，看起来似乎破城很容易，但其实不然。

通过诸葛亮的流民入籍政策，刘备统领的军队虽已扩至数万，然而扩充出来的几乎全是没打过仗的新兵，老兵不过数千，且系杂合而成，其中既有多年追随刘备的嫡系武装，也有刘备初入荆时刘表给他增补的兵卒。刘琮则继承了刘表的荆州部队，其兵员不管数量还是总体质量，都在刘备军之上。刘琮手下的谋臣战将以蒯越、蔡瑁等人为主，他们虽远不及诸葛亮、关羽、张飞、赵云，但既能够辅佐刘表在荆州站住脚，应该也非等闲之辈，尤其蒯越，连曹操都很赏识他，曾在给谋士荀彧的信中写道："不喜得荆州，喜得异度耳（蒯越字异度）。"说明蒯越本事是有的。最重要的还是襄阳乃荆襄大姓的中心，蒯越、蔡瑁等皆为本地大族，俗话说得好：强龙难压地头蛇，他们统领着优势兵力与刘备军作战，双方胜败与否，实难预料。

再者，刘备军的原刘表兵卒，在跟随刘备保护刘表政权时，可能还比较尽职卖力，但如果看到刘表尸骨未寒，刘备就进攻刘琮，他们是否会临阵倒戈？这些情况也都无法预料。

曹操十几万大军正浩浩荡荡向荆州开来，万一刘备战事不顺，无法迅速攻克襄阳，结果必将面临刘琮部和曹操军团的夹击，届时即便再想往江陵撤退，恐亦不可得；就算刘备能乘一时之虚，暂时取胜于刘琮，并攻下襄阳，然激战之后，势必也要损失相当一部分力量，而且短时期内，其内部也肯定会出现种种不稳定因素，在政治军事都来不及整顿的情况下，又要迎战巨无霸式的曹军，可以肯定必败无疑，荆州只是在他那里转一下手，就会重新归曹操所有。

刘琮是铁了心要降曹，曹操则是最好一箭双雕，在取荆州的同时，搂草打兔子，把与其水火不容、视同心腹之患的刘备也给一并拿下，即"据荆灭备"。一些研究者认为，在这种情况下，若是刘备听从诸葛亮之言，只会使自己陷入更加危难的境地，故而他才会断然放弃"攻琮取荆"。

非这样做不可

诸葛亮在年龄上与刘备相差二十岁，而且也才刚刚步入政坛，但仅仅一个"隆中对"，就已足见其政治才干之卓越，对于刘备都能看得清楚的形势，他又岂能看不清楚？人道是"诸葛一生唯谨慎"，站在向来谨慎持重的诸葛亮的角度，他既明知即便能够夺取襄阳也难以守住，"敌曹克琮据有荆州"完全没有胜算，为什么还要向刘备提出"攻琮取荆"的建议？有人甚至因此怀疑《三国志》记载有误，诸葛亮在此生死存亡之际，不会出这样的"馊主意"。

回过头来看，诸葛亮不仅是一位深谋远虑的战略家，同时也是不可多得的战术高手，为了实现隆中路线中夺取荆州的目标，他实际上前后一共为刘备设计了三条重要计策，也称"荆中三策"。

"联合刘琦"是"荆中三策"的第一策，在此策中，诸葛亮介入刘表的立储问题，引导刘琦出任江夏太守，虽然最终由于刘琦未能继嗣，致使通过刘琦实际控制荆州、抵御曹操的原定计划宣告破产，但刘琦部也自此成为刘备身边不可或缺的有生力量。

"夺取襄阳"也即"攻琮取荆"，是"联合刘琦"之后的第二策。事前，除了必须考虑夺取襄阳在实际操作中可能遇到的各种问题，诸葛亮也无法完全忽视他和刘琮母子的亲戚关系（刘琮是诸葛亮的表兄弟，刘琮之母蔡氏是诸葛亮的姨母），他要做出这个决定必然非常不易，这应该就是在众人商量对策时，诸葛亮迟迟未明确表态的主要原因，而等到他开口建议攻取襄阳，则说明他已通过深思熟虑，认识到机不可失，时不再来，非这样做不可了。

不管刘备君臣愿不愿意，刘琮都已成为荆州事实上的合法继承人。在诸葛亮看来，若能及时占领襄阳，便能通过直接控制刘琮，改变其投降策略，如此一来，曹操南下的阻力必会增大很多，曹军将被迫变"闪电战"为"持久战"，其进攻不会再具有雷霆万钧、摧枯拉朽之势，刘备可借机拥有更为充足的时间来争取外援，固守襄樊。

另一方面，被确定为转移地点的江陵，乃荆州后方的军需重镇，刘表在世时，曾在江陵贮存了不少军需物资。襄阳是江陵之屏障，襄阳在握，便能在直接迟滞曹军南下的同时，保证刘备军顺利接收江陵军需，以增加对抗曹军的筹码，进而扼守长江，与曹军持久作战。

"夺取襄阳"关乎刘备大业的成败。此时的荆州，实际处于被夹击的态势之中，即先有孙权从南边进攻江夏，发起争夺荆州的战役，后有曹操率师南下，加入对荆州的争夺战，且规模更巨，声势更大。荆州一旦易手，无论属曹还是属孙，刘备再要进行争夺，就变成了与曹或与孙争锋，以刘备的现在实力，他争得过谁？在这种形势下，夺取襄阳实在已经是迫在眉睫的事了，刘备对此不可能想不明白，只是他从自身的政治理念及军政经验出发，对于如何争夺荆州，还有着自己的主见。

正如"隆中对"所指出的，刘备今后需正式打出兴复汉室的旗帜，刘表父子乃刘备的汉室同宗，若明着跟他们抢地盘，还如何号召天下？事实上，刘备在当初接受"隆中对"的同时，即已决定不从同姓手中公开争夺地盘，因此他才婉拒了刘表的"托国"，并寄望于借助"托孤"之力，通过辅佐刘琦或刘琮的方式，来实现"跨有荆益"的目标。

然而事与愿违，刘琮降曹且降得委实太快，令刘备猝不及防，原先计划亦被打乱。这个时候，刘备就需要对自己的策略进行调整，他对诸葛亮等人"攻琮取荆"的建议不予采纳，不是说就此放弃荆州，而是欲在最大限度上争取人心。

概言之，无论诸葛亮还是刘备，都未舍弃取荆州这一目标，只是侧重点和方法有所不同，且各有利弊——诸葛亮重点考虑军事，"夺取襄阳"从军事上来讲，也确实是最有利的，但襄阳能不能如期攻下，以及其间会不会遭到刘琮和曹操的夹击，则有着极大变数，而且可能对刘备的政治声誉造成冲击，影响今后的长远发展；刘备主要着眼于争取人心归附，即在不跟刘表遗下母子翻脸的情况下，继续以托孤重臣的身份坚持抗曹，并利用这种影响力，把荆州军民都动员到反曹战船上来，届时，已经降曹的刘琮之于曹操，也不过就是个政治累赘而已，曹操纵使能够快速占领荆州，也注定难以立足。

面对似乎唾手可得的取荆机遇，刘备弃而不取，固然有着政治上的计划和想法，但毋庸讳言，刘表生前对他的情谊，特别是临终举"国"托孤之恩，也在其中占着很大比重，恩之所至、义之所及，所以刘备才会发出"不忍攻琮取荆"的感慨。

刘琮毕竟年轻，缺乏人生阅历和经验，他受臣僚们误导，一时怯懦，选择了降曹，殊不知降曹后，他那些臣僚可能都会因此得到荣华富贵，他这辈子却就此完结了，即使可以侥幸保命，也必定会活得憋屈至极。刘备出于刘表托孤的情义，不顾自己尚处在必须尽快逃亡的危急关头，在襄阳城下停下马来，向刘琮喊话，希望他能改变主意，实在不行亦可随其前往江陵暂避。

孰料刘琮以为刘备要对他不利，不但没有听从，还当场被吓得连站都站不住了。其他立于城头的刘琮亲信及荆州士民，则有许多人感动于刘备的真情，他们本身对于刘琮降曹就怀有异议，于是便都选择了出城追随刘备。

荆州基业终于还是毁在了刘琮之手，这都是九泉之下的刘表所不愿看到的。在最后时刻，刘备怀着愧疚、伤感、遗憾交集的心情，在刘表墓前匆匆进行了拜祭，然后才流着眼泪，重新踏上行程。

从之如云

北宋苏轼在其所著的《东坡志林》中，记述了一则有趣的生活琐事：街坊里一户人家有个特别调皮的"熊孩子"，家人为之很是头疼，便常给他钱，让他到书场中去听书，以免在家里生事。"熊孩子"每当听到三国故事中刘备打了败仗时，就皱着眉头，哭天抹泪；而一旦听到曹操打了败仗，就高兴得拍手称快，乃至手舞足蹈，又唱又跳。

从苏轼的记录中可知，三国故事流传极广，至少在宋代，评说三国就已成为民间喜闻乐见之事，它也同时说明，当时的下层民众对于刘备、曹操有着明确的情感倾向，通俗点说，就是都认同刘备是好人，曹操是坏人。

北宋距离三国时期，已将近八个世纪，苏轼就此评论道："看来君子和小人对后世的影响力，即便经历百代也不会断绝啊！"（"君子小人之泽，百世不斩"）

民间褒刘贬曹的风气，并非像近代一些为曹操"翻案"者所推论的那样，纯粹是受了所谓正统观点的"毒"，或者被《三国演义》等文艺作品影响的结果，事实上，正如苏轼所指出的，刘曹的形象在他们那个时代就已基本定形，后代只是延伸而已。

三国时期，不管曹操如何呼风唤雨，他在民间的形象都是相当不容乐观的。当时的底层小民与上层部分士人一样，基于对社会动乱状况的厌恶，以及对过去相对安定平稳生活的向往，于汉朝仍有着深刻的怀念之情。尽管曹操就在北方汉帝的身边，能以汉帝的名义发号施令，底层百姓也多不乐于成为其治下之民，反过来，由于几乎人人皆知当朝汉帝已为曹操所控制，曹操"托名汉相，实为汉贼"，他们无法直接表示对汉帝的忠诚，便只能支持和信任同样对汉室抱有感情的地方领导者。

就荆州地方而言，刘琮身为刘表的继承人，本来最有希望得到这一资源，但由于其连最起码的抵抗姿态都未做一下，就已宣布降曹，也因此失去了相应资格。

刘备转而代替刘琮，成为荆州百姓拥戴的对象。刘备在投奔刘表之前，其宽仁之名便早已远播四方，从投奔刘表开始，刘备经历了长达七年相对稳定的生活，这在他的戎马生涯中是从未有过的，无论是在新野还是在樊城，他都能近距离与士民进行较长时间接触，这使得社会下层民众对他的认识变得更加深入，双方的情感也与日俱增。

刘备放弃"攻琮取荆"，一方面是追念刘表的托孤之恩，不忍从其遗下的孤儿寡母手中抢夺地盘；另一方面也是为了争取民心，后者实际就是刘备不愿打破荆州百姓对他的已有认知，破坏彼此之间业已建立的情感和信任。

除了襄阳城的追随者，在刘备的南撤过程中，沿途不断有人流汇入，这些人跟随刘备南下都完全出于自愿，其驱动力就直接来源于对刘备信任和爱戴。

追随者中除了老百姓，还有士人，史称"荆楚群士从之如云"。在此之前，荆州在野士族集团虽整体倾向于刘备，但碍于刘表父子等原因，尚未公开大批投奔刘备，刘备所招揽的诸葛亮、徐庶等，仅是士族集团中的一部分。到了这个时候，士人们才纷纷追随刘备，其中甚至有人本是刘表、刘琮的亲信，已属于在朝当权派集团的一员，却也因不愿降曹和敬慕刘备，选择了转投刘备麾下。

三国时代社会组织多由一个个大家族所构成，人们不管是做官、从军还是避难，往往是要么不走，走就会把亲戚朋友乃至整个家族都带上，这使得南撤队伍如同滚雪球一样，越滚越大，当接近襄阳至江陵的必经之途——当阳时，人众竟然已达十余万之多，而且还有用于载运物资的辎重车几千辆。

开创事业，手下一定要有人。刘备当初近乎是以光杆之身来荆州的，在荆州也没有任何基础，刘表在世时，发展又严重受限，等到局势严重，再要发动这个地方的民众都站出来替自己战斗，谈何容易？然而刘备却做到了，这不能不说是一个奇迹。

致命弱点

刘备南撤后，除蒯越、蔡瑁等亲曹派外，刘琮身边也还有人对降曹心有不甘。刘琮的部将王威认为曹操既知道刘琮要投降，刘备又已逃走，必然会放松戒备，只率前锋部队轻装急进，他主动请缨，要求带几千名奇兵，埋伏在险要地区，对曹军予以突袭。王威自信这样做完全可以活捉曹操，一旦捉住曹操，则不仅能保住荆州，还可威震天下。

若干年后，曹操毫不客气地评价刘琮，"若豚犬耳"，像猪狗一样的货色，其蔑视之情溢于言表。这个被曹操看扁的刘琮，连与刘备同去江陵抗曹的胆量都没有，又哪里敢太岁头上动土，对曹操搞什么奇袭？王威之策被弃之一边。

不久，曹操到达新野。刘琮即正式宣布投降，并派人拿着朝廷以前颁发的符节以及降书，前往新野迎接曹操。

接到降书的曹操，颇有喜出望外之感。此次南征荆州，曹操采用的是荀彧战策，旨在达成奇袭效果，但是现在发现，这种效果居然首先不是体现在军事上，而是在政治上——愣是把"豚犬"给吓投降了！

对于攻打荆州，曹军是做了一番认真准备的，也预想荆州军会如何如何抵抗，但没料到荆州就这么简简单单、轻轻松松地落入囊中。众将因难以置信，都怀疑刘琮是诈降。谋士娄圭则以符节为据，进言：符节代表王命，自天下分崩离析后，各地诸侯虽内心看轻朝廷，却又都以符节自重，轻易不肯将符节献出。刘琮肯派人送来符节，证明是真心诚意投降。

曹操同意娄圭的看法，接受了刘琮的投降，至此，他不仅不用再顾忌刘琮的荆州军，还就地接收了荆州军为其所用。

刘琮虽降，刘备仍在，且已率部撤往江陵。这时的曹操，颇有一举而肃清荆州之心，而且他也知道江陵地处要冲，又有很多粮食和军用物资，如果江陵落到刘备手中，必会增强刘军的抵御力量，为此他命令部下丢掉辎重，轻装追击。

追至襄阳，一问，刘备早已南去。还要不要再行追击？襄阳至江陵有四百多里路，哪怕按一天三十里的正常行军速度，刘军最多半月也可到达江陵，骑兵甚至四五天就能赶到。曹军在已落下八九天的情况下，即便在襄阳不作任何停留，也很难追得上去，最大的可能是他们才走了一半路，刘军就已到达江陵。

再者，劳师远征素为兵家所忌，古书中就有"百里而趣利者蹶上将，五十里而趣利者军半"的记载，意思是全军向百里之外急行军，有可能损失掉领兵大将，就算向五十里之外急行军，也会有一半左右的士兵无法及时到达目的地。曹军以奇袭方式南下，一路都是急行军，他们从宛城出发，赶到襄樊时，已走了两百五十里路，若马不停蹄，再从襄阳急行军至江陵，就还得继续走四百多里路，这将大大超出急行军的安全范围。

曹操长于军事，对此自然熟稔于心，但他仍督部将曹纯和刚刚归降过来的刘表大将文聘，率精锐骑兵五千，继续急追刘备。

曹操敢于这么做，应该是了解到了刘备南撤的致命弱点：行动缓，处事迟，包袱重。

刘备南撤队伍中多为临时加入的平民，他们未经过行军等军事训练，又扶老携幼，有的还拖着辎重车，走路很慢，刘军也因此受到严重拖累，整个队伍犹如一个缓慢移动的大雪球，一天只能行军十几里，以致半个多月过去，他们才刚刚走到当阳。另一方面，虽然依靠中途吸收青壮年参军，以及收编不愿降曹的士兵，刘军在数量上得到了增加，但在他们到达江陵、用贮积军备进行武装之前，新兵多数都还没有配备铠甲，也来不及与老兵进行集中训练，真正投入实战，是经不住曹军狠狠一击的。

事实上，刘备身边早就有人指出了这一问题，劝刘备赶紧放弃士民和辎重，自己率轻骑先去江陵。刘备虽然也明白队伍走不快非常危险，但他却拒绝了劝说者的建议，并且说："要成大事，必须以人为本，如今百姓来归附于我，我怎么忍心抛弃他们呢？"

刘备在这里遵守的是儒家观点，即以礼治民者，绝不能弃民而求自保。虽然当时的诸侯、英雄多数都接受过儒家教育，但在进入竞逐的生死场后，却极少有人会像刘备这样权衡得失——且不说"宁可我负天下人"

的曹操，其他人在实际行动中也多以"百姓为刍狗"，一旦发现自己可能被百姓拖累，恐怕还未等有人提议，就会自行弃众而去。

大约从晚唐开始，祭祀刘备逐渐成为民间的一种风尚，其中有一块祭祀庙碑道出了普通民众的祭祀心理："（刘备）其仁之入民深矣。"的确，对百姓发自内心的这种"仁"，不仅在当时为刘备争取到了民心，也为他赢得了后世的尊敬。

襄阳六大家族之一习氏的后人、东晋史家习凿齿，评价刘备虽然颠沛流离，历尽艰险，但对于"忠信礼义"却更加坚持，也因此才能感动军民，使得军民哪怕明知会失败，也甘心与之一同失败。他颇为感慨地说："（刘备）最终能够成就大业，不是理所当然的吗？"

裴松之注解《三国志》，在引述"马跃檀溪"的故事时，也已经注入这样的深意：刘备所乘"的卢"虽是凶马，但他却能像杀两头蛇而兴于楚的孙叔敖那样，为自己迎来事业的转机，原因就是刘备有着"不弃百姓"的阴德，故而老天才会赐之以福报。

到底是谁劝刘备弃众而走的？史书隐去了他的名字，有学者推测不是诸葛亮就是徐庶，而最大的可能是诸葛亮。诸葛亮是儒者不假，但并不是一个庸碌无为地困守隆中、长年两耳不闻窗外事的腐儒，其研学治事，都重在经世致用，晚年诸葛亮曾为刘备之子刘禅手抄了一批书，其中有法家申不害所著《申子》、兵书《六韬》、汇聚春秋诸子的《管子》，这说明诸葛亮的思想资源不光有儒家，还注意吸收其他各家学派的精华。

儒术之外亦杂用王霸之术，是诸葛亮用谋的一个突出特点。以"隆中对"为例，这项谋划虽不乏道义说词，但其本身立论，却主要是以利害而不是以道义为出发点的；在分析天下形势时，基本撇开了忠奸善恶的价值评判，而着重于强调"豪杰并起""并争天下"；虽将终极目标确定为复兴汉室，但首先阐述的仍是如何成就霸业。

不管是不是出于诸葛亮的建议,"弃众而走"和"攻琮取荆"相似,都是与儒家道德相冲突的,故而史书才会讳言劝谏者之名,但就军事角度而言,此建议却极具价值——如果刘备能够听从,弃众而走,便可速保江陵,刘军也就可以最大限度避免被曹军追歼。

长坂坡

刘备舍弃了"攻琮取荆",也同样拒绝"弃众而走",这里面既包含着道德上的自觉,也有着争取民心、合众抗曹的考虑。

可惜的是,刘备的计划很快就落空了。

曹仁平时即负责训练和统领"虎豹骑",并兼曹操卫队,系曹军中最精锐的骑兵部队,曹操亲率的这五千追兵,相信就是虎豹骑兵。襄阳距当阳三百里,正常行军需要十天,但曹操采用了非常规的闪电行军方式,虎豹骑一天一夜就跑了三百余里。以这种令人咋舌的行军速度,刘军就算独自行军,在不加速急行军的情况下,都可能被曹军超越,更不用说他们的移动速度已被极大限制了。

在当阳的长坂,曹军最终追上了刘备及其南撤队伍。长坂是一块坡地,史载古时的长坂坡上栎树丛生,故而又名"栎林长坂"。"栎林长坂"上的战斗没有任何悬念,刘军完全不是虎豹骑的对手,短时间就被击败,军队一败,那个由百姓滚成的大雪球失去保障,更是一触即溃,呈现出向四处迸散的乱象。面对这一根本无法挽救的局面,刘备只能指挥人马分散突围,仓促间,他与自己的妻子儿女又再次失散。

早在青徐时期,刘备就已经有过三次丢妻弃子的经历,其中两次是被吕布所败,一次是被曹操所败,这是他第四次"弃妻子",也是最后一次。此次刘备的两个女儿皆被曹军俘虏,幸亏赵云一面抱着刘备的幼子刘禅，一面保护着刘禅的母亲甘夫人，杀出了重围，刘备的这两位至亲才没有被害或落入曹操手中。

另一位表现非凡，厥功至伟的战将是张飞。他率二十名骑兵担任后卫任务，在刘备等人通过一条小河后，他先将渡桥拆掉，然后站在桥的另一面等待曹军。曹军追兵一露面，张飞即手握长矛，圆睁双眼，朝着对方大吼一声："我就是张益德（张飞字益德），有谁敢来决一死战！"曹军无人敢于上前，刘备一行亦借此脱险。

这就是三国故事中脍炙人口的"赵云长坂坡救阿斗"以及"张飞喝断当阳桥"。赵云、张飞皆为罕有的勇猛威武之将，此为他们建立奇功的前提，但还应考虑到，二将在突围和守桥时，正规激战已经结束，曹军进入了打扫战场的阶段，骑兵已不集中，都是这里一小股，那里一小股，且均缺乏大将的统一指挥，故而赵云才有机会杀将出去。

战场上的张飞和赵云一样智勇兼备，虎豹骑兵皆为轻骑兵，张飞把桥梁一拆，有河水相阻，他们就没法凭借奔马的速度直接冲过去了，也就为刘备等人到达安全地点赢得了时间。当然，这也等于断了张飞自己的后路，然唯其如此，他所说的"决一死战"才没有唬人的成分，那是真要打死一个够本，打死两个赚一个的。追兵想来亦只可能是曹军中的一股，其中也没有与张飞同级别的将领坐镇，但当时军中却近乎人人皆知关羽、张飞乃"万人敌"，在己方已经大胜，而且也不知道刘备就在桥那边的情况下，自然谁都不愿意跟张飞拼命，以致白白死在桥头。

张飞在吓退曹军后，重选路径与刘备等会合。此时赵云还没有出现，有人向刘备报告说，赵云已经北去投降曹操。刘备深知赵云的为人和品德，听到这句中伤赵云的话，不由得勃然大怒，当即将手戟向那人扔过去，呵斥道："你胡说，子龙（赵云字子龙）绝不会丢下我逃跑！"不久，赵云果然抱着刘禅，保护着甘夫人回来了。

《三国演义》中记述到这里的时候，还有一个刘备从赵云手中接过刘禅，将其掷之于地，声言"为了这孩子，差点损失我一员大将"的话，民间因此有"刘备摔孩子——收买人心"的歇后语。实际这只是后人编的，史书中赵云救刘禅实有，刘备摔孩子则未有，但即便没有此类杜撰的情节，刘备对于赵云等麾下大将的信任和爱惜之情，也已不难想见。

　　长坂之败是刘备军事生涯中极为惨痛的失败之一，他所率的主力部队近乎全军覆灭，未能突围的散卒皆为曹操所收编，从樊城带出的辎重也全都做了曹军的战利品。诸葛亮、徐庶等文士幕僚，虽在刘备及武将们的护卫下都逃了出来，然而徐庶的母亲却被曹军俘获，徐庶是孝子，他顾念老母，遂只能向刘备辞行，前去投降曹操。在刘备当时的幕府中，军政才能出类拔萃的，诸葛亮以下就轮到徐庶了，刘备本不舍得让他走，但体谅其母子深情，还是忍痛割爱，令庶归北。

　　刘备自己也同样惨不忍睹，若不是张飞在关键时候拆断渡桥，并以奋不顾身的勇气吓退曹军，他很可能就是曹操的阶下之囚了。还有家小，俗话说"一二不过三"，但作为天下人公认的一代枭雄，刘备却一而再，再而三，直至四次妻离子散，不难想象，在那样一个群雄争霸，以力称雄的时代，它给当事者所带来的巨大耻辱和压力。

　　人生至此，若无坚韧不拔的意志，实无继续坚持下去的理由。有人统计，包括"四弃妻子"在内，刘备一生至少有十三次战败逃亡，而且每一次都是严重的挫折，若是换一个人，仅仅其中一次打击，就可能就此倒下，再也爬不起来，但刘备没有，面对巨大的困难和挫折，他的创业激情始终没有冷却，也从来没有放弃过复兴汉室的理想和追求，无怪乎陈寿在《三国志》中会对刘备发出"折而不挠"的感慨。

　　这样的刘备也早已被曹操所看清，刘备的家人前三次被俘，事后都被予以释放，然而曹操此次却未将刘备的两个女儿释回，亦没有以此作为要挟，因为他已经了解，不管加以什么样的条件，刘备都不会向他妥协和屈服，只有决出最后的胜负，两人之间的恩怨才有彻底了结的可能。

走投无路

曹操的急速追袭，打乱了刘备的所有部署，长坂惨败后，他不得不临时放弃退兵江陵、获取军实、据守要津的既定计划，自长坂斜趋东移，奔至汉津渡口。

汉津是位于当阳以东的一处汉水渡口，幸运的是，他们在那里与沿汉水东下、原定在江陵会师的关羽水军正好相遇。会合后的刘备军在渡过沔水时，又碰到了时任江夏太守的刘琦及所领一万多军队。当初诸葛亮设"荆州三策"中的第一策"联合刘琦"，表面上是为刘琦安排出路，实际却是在关键时候为刘备伏下了一支奇兵——刘琦既亲近刘备，又愿意联合抗曹，于是双方顺理成章地合成联军，退守夏口。

夏口隶属江夏郡，乃荆州东部军事重镇。黄祖死后，刘表任命刘琦继任江夏太守，令其扼守夏口。刘琦出镇夏口，虽是其为求自保而自荐所得，但他作为刘表的长子，被刘表派为此处镇将，本身就已是非同寻常之举，足见夏口在军事上之显要。

只是这时除在长坂被打散的一些步卒陆续归队外，刘备所能使用的完整编制部队，已仅剩关羽水军及刘琦的江夏军。关羽水军大多也是荆州士卒，因不愿听从刘琮之命降曹，才追随了刘备，数量不可能特别多，连同回归散卒，水陆兵应不会超过五千人，再加上江夏军，整个联军总共还不到两万人。

江夏军虽然在数量上稍多一点，且为生力军，但其兵员是刘琦在前任黄祖的精锐水军被孙权消灭后，重新补充进来的士卒，普遍训练不足，缺乏实战经验。此外，未能从江陵得到粮食和武器辎重的补充，亦令联军战力大减。一句话，此时刘军已是势穷力尽，要想独立抵御曹军，是根本不可能做到的。

曹操夺取江陵后，对降曹的原荆州将领、参与过长坂追击战的文聘予以厚待，使统本兵，并任命其为江夏太守。江夏郡此时尚控制在刘琦、刘备手中，但曹操的这一任命表明，他拿下江夏不过是迟早的事。曹军若进攻江夏，夏口一带自然会成为重点目标。夏口背山临江，形势险要，易守难攻，然而再坚固的堡垒，若无足够强大的兵力驻守，也会被敌方迅速攻破。之前孙权西征江夏，黄祖曾用战船封锁夏口，以矢石阻击吴军，可是也没能挡住吴军，最终夏口被攻陷，黄祖亦被击杀。刘备军兵微力弱，又刚刚在长坂遭遇惨败，士气低落，其实力和状态还远不如彼时的黄祖军，面对来势汹汹的曹军，实无坚守夏口的信心。

夏口如果守不住，就只能再逃，可是逃哪里去呢？可供选择的范围很小——一是现在的湖南，彼时的湖南还未充分开发，预计在那里也难以立足；二是现在的广西，境内交州下辖苍梧郡太守吴巨与刘备是旧友，刘备认为万不得已时也可去吴巨处落脚，但吴巨敢不敢顶着曹操兴师问罪的压力，予以收留，以及刘备在苍梧能暂避多久，谁心里都没数。

说起来，南下荆州之前，刘备也一直在战败逃亡，然而以往都还有大树可倚，只有这一次"飘摇江渚"，四顾茫茫，真正是被逼到了走投无路的绝境，令人几乎有一种末日将至的感觉。

众人反复磋商，但始终都拿不出行之有效的应对之策。眼看隆中路线行将化为泡影，自身又毫无出路可言，置身于如此困窘的境地，不单刘备着急，文臣武将亦感烦忧，就连关羽都忍不住重提昔日"许田射鹿"的一幕，恨恨地说，要是当年如己所言，不顾一切地杀了曹操，就不至于落到今天这样狼狈的地步了。

田横是秦末英雄，刘邦统一天下后，田横不肯向其称臣，率五百门客逃往海岛，但刘邦仍不肯放过他，派人前去招抚，否则就要予以诛灭。田横被迫赴洛，在途中横刀自刎，海岛上的五百门客闻讯，亦全部自杀，这就是历史上著名的"田横五百士"。刘备君臣初步决定，万一夏口不守，就远遁苍梧，设若吴巨不纳，或被曹军逼攻，便如诸葛亮所言，集体效法"田横五百士"，做到守义不辱、宁死不屈。

裴松之说刘备积有"阴德"，必能因此得到"福报"，就在情势万分危急之际，有人终于给刘备带来了"福报"，而这个人，就是孙权手下的大谋士：鲁肃。

吴 下 对

在"隆中对"中，诸葛亮设想组合荆州、益州、扬州之力，将整个长江一线的地利连缀成一种大势。其实当时同级别的南方谋略家，也都不约而同地持有这种想法，鲁肃即是如此，甚至早于"隆中对"七年，他就已经与孙权密议，为东吴集团制定了类似的战略目标，有学者称之为"吴下对"。

鲁肃通过"吴下对"，提出要"竟长江所及，据而有之"，即完全占领和据守长江流域，用以对抗北方强敌，这与"跨有荆益"的隆中路线极为相似，只不过由于各自所处的立场和视角不同，"吴下对"是以江东为根基，向西发展，伺机夺取荆、益。

占据刘表治下的荆州，系实施"吴下对"计划的第一步，孙权移营柴桑，亲自统兵进攻江夏，为的就是要夺取荆州。他在攻陷夏口、击杀黄祖后，便匆匆撤兵，并未占据夏口，令外界误以为他仅仅是为了报父亲孙坚被杀之仇，但实际并非如此。孙权之所以撤兵，据推测其实是出于其他因素，例如顾虑后方不稳，山越出现骚动，也或者是考虑到刘表势力仍较强大，夏口失守后，必会予以强烈反击，而吴军在夏口孤城难守，只有暂时撤兵，缩回拳头，才能更有力地打出去。总之，是孙权认为江东尚无足够力量兼顾两面，夺取荆州的时机还不成熟，故而只好留待他日再图，而不是他对"吴下对"不上心。

对孙权而言，刘表病死本是他取荆的一个重要时机和机遇，孰料风云激变，就在刘表这个敌手突然消失之际，另一个不速之客曹操却又杀气腾腾地直奔南方而来，并且其直接目标也是荆州。东吴和荆州在力量方面势均力敌，甚至还稍稍超过，但在强大的曹军面前，则又处于弱势，一旦曹操夺取荆州，与东吴成了邻居，自然便会对东吴构成严重威胁。

鲁肃审时度势，决定将取荆益作为远景，放到一边。他转而主张与刘备联盟，并借助刘备的力量抗击曹操，以缓解曹军南下的步伐，达到巩固孙吴政权的目的。这一设想的前提，是刘备能利用荆州混乱的局势，成功安抚住包括刘表部属在内的荆州上下人士，得到他们的归附，进而使自己具备抗曹的足够军事力量，反之，如果刘备不能得到荆州各势力的支持，鲁肃则建议孙权可以另做打算。

孙权接受了鲁肃的意见，随后便派他以吊唁刘表为名，出使荆州。

鲁肃首先到达与江东接壤的夏口，得知曹军已向荆州进军，赶紧昼夜兼行，奔往襄樊。及至风尘仆仆地抵达南郡地界（江陵即为南郡的郡治所），却闻听刘琮已经投降曹操，刘备仓促南逃，于是只好又抄捷径，改道当阳，最后总算在长坂见到了刘备。

见面后，鲁肃自当介绍自己的身份，转达孙权的意旨（即派鲁肃来荆州吊唁，当然这只是表面的意旨），以及向刚刚落败的刘备表示关心慰问。关于二人详谈的地点，史载不详，从当时的实际情况来看，不太可能是在长坂，而更可能是在前往夏口的路上和到了夏口以后，就鲁肃所应选择的时机而言，则会把重点和实质性话题放在夏口，特别是在刘备君臣栖栖惶惶、茫然无措之际。

了解到刘备有意南下苍梧，投奔吴巨，鲁肃直言吴巨不过是个成不了大事的泛泛之辈，苍梧又是偏远边郡，要不了多久，自身都可能被人家吞并，如何能靠得住？在鲁肃看来，他的主公孙权聪明仁惠、敬贤礼士，为江南一带的英雄豪杰所拥戴，且现已据有六郡，兵精粮多，为吴巨辈所远远不及。为此，他建议刘备派遣心腹之人前往江东，与孙权联系，建立双边联盟，以抗击曹军。

在鲁肃行前与孙权议定的预案中，获得荆州各势力的支持，具备一定的军事实力，乃是孙刘结盟的两大前提，然而刘琮的突然投降，却表明刘备始终未能得到刘琮派的认可和支持，这样一来，他的军力必受局限，偏偏刘备军还在长坂之战中遭遇惨败，受到了极其严重的损失。

显而易见，两大前提与孙权、鲁肃最初的期望值有了很大距离，在这种情况下，鲁肃依旧没有放弃缔盟，说明鲁肃自来到荆州后，已对形势的严峻性和联刘的必要性，有了更深刻的认识。

想想看，当他鲁肃到夏口时，曹军才刚刚进军，而等赶到南郡，荆州居然就已大半归了曹操，如果说这些都还只是耳闻，给鲁肃刺激最大的，恐怕就是目睹长坂之战了。几年后，鲁肃对此做了回顾："当初我和豫州（刘备）在长坂会见时，豫州的部队已到了连曹军一营人马都抵挡不住的程度，众人忧虑至极，无计可施，士气和战斗力都已丧失殆尽，大家都只想着远远地逃走，并没有什么别的企望。"

要知道，刘备本身就是久经沙场的宿将，又有关羽、张飞、赵云等协助训练和指挥，其嫡系人马绝非弱旅，不然也不可能取得火烧博望那样的战绩，但是长坂一战，居然能被打到这样狼狈不堪的程度，可见曹操此番南下，确实是精锐尽出，铆足了力气。与如此强大的曹军较量，孙权联手刘备，都不一定能胜，何况放弃与刘备的联合？

通过在长坂的观察，鲁肃对于刘备在荆州的巨大声望，也应该留下了很深印象。刘琮派虽已降曹，但相当一部分官员士大夫以及多数百姓，仍反对投降，并且他们都把抗曹的希望寄托在刘备身上，使得刘备已俨然成为荆州的一面旗帜。

鲁肃是一个具有远见卓识的政治家，他迅速认识到，刘备在荆州拥有一般人无法望其项背的人气和名望，也即"人和"，而东吴恰恰最缺乏的就是这一点。在刘表治理荆州期间，荆吴长年交兵，存在很深的历史积怨，尤其孙权那年进攻江夏，为报父仇，曾经屠城掳民，这一行径就像当年曹操屠戮徐州一样，给荆州士民留下了难以抹去的心理阴影。可以想见，若不和刘备联盟，东吴要想迅速获得荆州民众和当地反曹势力的支持，是非常困难的一件事。

当然，经历刘琮降曹和长坂之败，刘军实力也确实比预想中弱了太多，这是事实，但不是还有吴军吗？只要刘备将其"人和"优势充分发挥出来，曹操在荆州就难以站住脚，东吴战胜曹军也就相应多了一份胜算。

低　估

鲁肃的提议，令刘备颇有喜从天降、绝处逢生之感。

在隆中路线同时也是刘备经营天下的策略中，"结好孙权"、联合抗曹，其实一直都是重要组成部分，但它原先的设定前提是刘备一方要"跨有荆益"，至少也要先占据荆州。只有建立在这样的实力基础上，孙刘结盟才不会是一厢情愿，这是刘表未亡之前，孙刘联盟迟迟无法落地的原因所在。

曹军南下后，未等刘备控制荆州，刘琮就突然将其献于曹操，刘备当时自顾不暇，也腾不出手来与孙权进行联络，及至长坂兵败，刘备的主力部队被击溃，他就连这最后一点联吴的资本都大打折扣，自然更无法考虑"结好孙权"了。

三顾茅庐前，刘备曾有一个长期困惑他的人生难题，那就是一直以来，他不是不努力，也不是没有人气，但为何在青徐时期却总是失败，不得不到处流浪，到荆州后又一连蹉跎七年，事业发展没有任何指望？诸葛亮在"隆中对"中为他揭晓了答案：因为站不高，看不远，不能自成格局，而只能依附于一个个强者，做别人的附庸。

刘备心悦诚服地接受了诸葛亮的意见，并从中吸取了教训。回到缔盟一事上来，隆中路线的第一步骤是"跨有荆益"，即使他刘备一时做不到，以后也可以设法，但如若依附于孙权这样的强势人主，则"跨有荆益"和实现大业将自此无望。

正是有着这样的考虑，尽管刘备在长坂之败后处境艰困，近乎走投无路，但他也并没有生出依附于孙权或向对方求救的念头，为此哪怕只能去南方僻地苍梧落脚，亦在所不惜。

如今鲁肃代表东吴，主动提出孙刘结盟，并力抗曹，那就说明双方可以平等结盟，与刘备当初"结好孙权"的初衷完全契合，这正是他梦寐以求的，自然由不得兴奋莫名。

除孙刘结盟外，刘备还听从鲁肃的劝告，决定择日屯兵东吴境内的樊口，以便于双方联合抗曹。在二人谈话时，诸葛亮就在刘备身边，鲁肃知道诸葛亮乃刘备的心腹和首席幕僚，因此在与刘备谈话告一段落后，即主动与诸葛亮搭话："我是诸葛子瑜的朋友。"

诸葛亮的兄长诸葛瑾，字子瑜，也就是鲁肃口中的诸葛子瑜，此时正在孙权处担任幕僚。鲁肃的这句话一下子就拉近了他和诸葛亮之间的距离，两人自此亦成了好友。

却说曹操在长坂击溃刘备后，迅速南下，占领了江陵。虽然知道刘备已东去夏口，但曹操并未立刻乘胜追击，而是在江陵停留了不短的一段时间。

从宛城至江陵，曹军一路都是轻骑猛进，不但大部队和辎重没有跟上，大量新占地区也未能受降，所以曹操一到江陵，就急着收编了荆州七万水军，并将战船一千多艘收入囊中。与此同时，他又对新占地区进行安抚，封赏说服刘琮投降的蒯越、蔡瑁等人，另外还派人南下，对荆州范围内的长沙、零陵、桂阳、武陵四郡进行劝降招纳。

曹操在江陵做的这些事情重不重要？重要，但它们又都没有迅即东下，继续追击刘备来得迫切。

迄今为止，刘备都是一个没有固定地盘的政治流浪汉，他与曹操作战也是屡战屡败，其间即便偶有小胜，亦无关大局。然而曹操却一直都很看重刘备，有时甚至怀有几分畏惧，原因就在于刘备自起兵起，已在北方转战十余年，和曹操、二袁、吕布等都具有一样的资格，最后，二袁、吕布等都先后挂了，只有刘备仍然活跃于江湖，且越来越得士民之心。

时至今日，曹操应该不会后悔当年"煮酒论英雄"，对袁绍嗤之以鼻，唯将刘备与自己并列为英雄之举。事实证明，刘备确实当得起英雄之名，暂时混得不好，只是时运不济，或者说一山不容二虎，其中一个太过优秀，另外一个便要显得稍逊一筹。

曹操此次南征，彻底消灭刘备，或至少也要让他无隐匿之处、无喘息之机，本是他除占据荆州之外的另一个主要目的。攻占荆州后，曹操起用了一批避居此处的一些名士，他曾问其中一个叫裴潜的人，刘备的才略如何。裴潜答道，如果刘备仍在中原活动，必然还会跟曹操捣乱而使他不得安宁，就算刘备到了荆州这些地方，只要让他有机会据守险要，也足可以成为与曹操对峙的一方之主。

曹操不是不熟悉刘备，他这样问裴潜，主要是想了解刘备在荆州的影响力和潜力到底如何，说明即便在长坂战后，曹操也未敢轻视刘备。裴潜在答语中的潜台词也很明确，那就是绝不能让刘备在荆州站住脚。

裴潜的回答，毫无疑问更增强了曹操对于刘备东山再起的担心，以此推论，他占领江陵后最应该做的，就是趁孙刘联盟尚未形成之际，早日出兵，攻占夏口，解决刘备和刘琦。

然而曹操却并没有这么干。

说到底，还是荆州到手得太容易，也太突然了。自南征以来，曹军从邺城至江陵，行程数千里，其间除了当阳长坂一战，几乎可以说是兵不血刃地就占领了荆州的大部分区域，南征目标也已完成大半。

要知道，荆州号称"用武之国"，可绝不是什么软柿子，但居然就这么轻轻松松地被拿下了。

曹操占领荆州后，四方震恐，上游益州更是闻风而动，刘璋第一时间就遣使向曹操输诚致敬。曹操得意非凡，他置酒于汉水之滨，接受人们的颂扬，自己也酾酒临江，横槊赋诗，写下了"周公吐哺，天下归心"的名句。

酒酣耳热之中，天下似乎已旦夕可定，曹操的心态和既定计划在无形中被完全打乱了。在他看来，刘备非剪除不可，否则就会留下后患，但已不用急于一时，待他把荆州其他事务打理一番后，只需沿江而下，即可将其彻底击败。

再凶猛的老虎，也有打盹的时候，曹操滞留江陵的决定，无疑给刘备提供了难得的喘息之机。与此同时，孙刘可能建立联盟的消息，也在这段时间里传到了曹操营帐。

虽然孙刘双方必然会对即将缔盟的意向予以保密，但除了四处活动的曹方间谍外，荆州、江东都还有不少亲曹派或主降派，相关情报很难不被曹操知晓和掌握。只不过对于这些情报以及孙刘联合的可能性，曹操依旧抱着不以为意的态度。

与曹操始终重视刘备、视之为大敌不同，他对孙权要看轻很多。孙权原是年轻后辈，比诸葛亮还要小一岁，曹操、刘备等都是和孙权父亲孙坚同时出道的，从代际关系来说，他们算是两代人。再说资历，董承案爆发那一年，曹操进攻徐州，刘备落荒而逃，那时正值孙权兄长孙策遇刺身亡，孙权继任江东掌事，正式走上政坛。

所谓资格限人，古今同一，即便胸襟眼光非同常人的曹操亦不能免俗，他对于孙权同样如此。作为一个讲求谋略的军事家，曹操过去碰到两个或两个以上的对手，一般都会采用离间计，以利各个击破，但对于孙刘，他连这一故技都懒得使用。曹操这种气焰也感染到了他的部属，其实，早在得到孙刘可能联盟的情报之前，曹操和其幕僚就曾讨论过这种可能性，但当时只有谋士程昱认为孙权必然会与刘备联合，其余幕僚大多认为孙权必杀刘备以自保。

发现孙刘确实有意联盟，曹操的第一反应也不是设法拆散联盟，而是决定乘机讨伐孙权。

"会猎"

按照曹操原来的计划，此次南征主要针对的是荆州，附带着消灭刘备，并没有把孙权当作讨伐对象，即便在玄武池训练水军，也完全是为了应对荆州的水战。正是荆州的不战而降和当阳长坂如同秋风扫落叶般的摧击，使曹操的自信心迅速膨胀，产生了一举吞并江东的念头。

得知曹操欲出兵东吴，程昱和另一位大谋士贾诩皆劝其慎重行事。程昱担心曹操急于东进，将推动孙权帮助刘备，而孙刘若联起手来，敌我双方将变得势均力敌，曹军难有必胜的把握。曹操则以为，刘备已无力量和胆量抵御曹军，就算从别的地方取得一些援助，也无济于事，根本不用太多顾及。至于孙权，此次东下，靠着大兵压境的声势，再恫吓一下，对方就会俯首听命，将东吴乖乖交出。

在曹操的预计中，自己无论对刘备还是孙权，或者孙刘一道上，都可能不战而胜之，交战不利的结果，自然也就不会出现了。程昱的意见遭到了否决。

贾诩提出了另外一种见解，他在力主缓攻孙权的同时，建议曹操利用在北方击破袁绍、在南方据有荆州的声威和优势，先事休整、安抚士民，以达到不战而屈人之兵的效果。

裴松之注解《三国志》，认为贾诩之策不合时宜，理由是荆州士民只敬佩和信服刘备的非凡气概，因孙权西征江夏，对孙权的军事谋略也颇为畏惧，这种情况下要让曹操施行抚民政策，并期望借此降服荆州士民，恐怕短时间内是难以奏效的，而曹操的军政中心又在北方，不可能长在荆州监督政策的施行。

裴松之的担心不是没有道理。不过细细分析，曹操在荆州百姓中的声誉不佳，主要还是因为其在北方曾经大行杀戮，被曹军征服地域多受荼毒。此次南征曹军因超乎寻常的顺利，屠城之类事件相对较少，若后续政策又得法，民心变化相信也是很快的，毕竟老百姓自有其短视的一面，多数人其实只要饱食暖衣、安居乐业便足矣，谁会一本正经地来管你们争天夺地的事情呢？

换言之，若曹操采纳程昱、贾诩之策，不急于东进，先巩固对荆州的占领，恢复荆州的战后经济，同时抚纳已经表示输诚归顺的刘璋，以及被曹操视为隐患的关西诸将，后期不战而收江东乃至统一天下，都是完全有可能的。可是曹操没听这两位大谋士的建议，他在滞留江陵达三个月后,即从江陵出发,沿长江顺流而下,水陆并进,向江东进军。

临行前,曹操给孙权写了一封信,大意是我奉汉帝之命讨伐罪人,旌旗南指,刘琮束手,现在我率水军八十万众,想与将军你一起在东吴"会猎"。

被曹操作为猎物的还有刘备,其大致意图是先击歼刘备于夏口,然而顺江东下,直取东吴。

对此时的刘备而言,若再不派人出使江东,订立同盟,共拒曹操,便只有死路一条了。派谁去呢?可以肯定,这是一个极其艰难和危险的使命。孙权同意鲁肃出使江东,主旨是派他先前去观望荆州形势,之后再作计较,二人当时商定,若刘备能够安抚住刘表遗下部属,将其捏成一块,便与之结盟,共抗曹操。然而形势发展之快,大大突破了预想,随着曹军南下,荆州集团突然发生重大分裂,刘琮降曹,将荆州拱手献与曹操,接着刘备又在长坂兵败,军事力量损失严重。

换言之,与鲁肃出行前相比,对孙权而言,与刘备结盟的价值已大打折扣。在这种情况下,鲁肃仍代表东吴,主动向刘备表达联合抗曹的意愿,并力劝刘备结盟于江东,其实是已逾越了自身权限,孙刘结盟,也因此需要孙权重新给予确认。

问题在于,时至今日,孙权还会愿意与刘备结盟抗曹吗?

冒难而行

从孙策在世时开始,一直到孙权接掌东吴,为了取得政治上的合法地位,兄弟二人均表示服从曹操所挟制的许昌汉廷。与此同时,孙曹还是儿女亲家,官渡之战前夕,曹操想要与袁绍开战,怕孙策趁机偷袭自己,于是便把自己堂弟的女儿,嫁给了孙策、孙权的弟弟孙匡,又让自己的儿子曹彰，娶了孙策、孙权的堂兄孙贲的女儿。

这是一目了然的政治联姻，孙曹之间这种错综复杂的关系，加上曹军力量的空前强大，造成惧曹乃至亲曹派，在孙吴内部占有相当大的市场。一如刘表病死前的荆州上层，联刘抗曹只是鲁肃、周瑜等少数派的主张，孙权手下以重臣张昭为首的多数人都对此不以为然。在他们看来，曹操可是堂堂汉相，施策上可完全代表汉廷，孙吴若是联刘抗曹，那岂不是在当反对汉廷的逆臣？政治上先就处于了被动地位。况且，孙刘联合也并无先例，刘备实力一般，曹刘兵力完全不成正比，联刘不但难以成事，还可能将不测之祸引向江东。

刘琮投降曹操，对孙权君臣来说，也完全出乎预料。曹操先是不费吹灰之力地夺取荆州，继而又在长坂以摧枯拉朽之势击溃刘备，消息传至江东，孙权上下大为震惊，如果说在鲁肃出使荆州前，张昭派对于联刘还只是保持质疑态度的话，现在则是强烈反对——刘备原本看上去就不太行，又正值长坂新败，复遭重创，联合这样的丧气角色，不是引火烧身吗？

曹军顺流而下，直逼江东，孙权所驻的柴桑行营更加人心惶惶。张昭派主张不战而降，孙权的堂兄、豫章太守孙贲不仅策划降曹，甚至还准备将儿子送往曹营作为人质。

孙贲的女儿本是曹操之子曹彰的妻子，曹操顺势派使者授予孙贲以征虏将军的名号，此前孙权已被曹操表为讨虏将军，曹操将孙贲提升到与孙权并列的地位，显然是想离间二人的关系。如若孙贲真的就此降曹，必然导致孙吴阵营军心涣散，后果不堪设想。关键时刻，幸亏孙坚时代的老臣、吴郡太守朱治自告奋勇，前去豫章说服孙贲，才使得孙贲回心转意，放弃了附曹的想法。

一场风波虽告平息，然而事情已经弄得沸沸扬扬，面对内部的激烈争论和分歧，孙权也开始举棋不定，迟迟未就降战做出定论。如此种种，大大增加了孙刘联盟的变数，一方面令刘备遣使江东变得刻不容缓，另一方面又将使者置于了危险莫测的境地，即如果孙权顶不住压力，最后还是选择降曹，使者将被扣为人质，成为曹操的俘虏！

未等刘备与众人商议使者人选，诸葛亮已经站了出来，他向刘备表示，现在形势已经非常紧急，不能再为此浪费时间了，"我请命前去江东，向孙将军（孙权）求救"。

诸葛亮如今是刘备身边的第一智囊和战略规划者，考虑到此行任务艰巨，前途多凶，本不容许他有三长两短，而且诸葛亮年纪轻轻，追随刘备的时间并不长，能不能完成这样重大的外交使命，谁心里都没底。可是刘备在其现有幕僚中，又确实难以找出比诸葛亮更合适的人选，因此在诸葛亮主动请缨后，受形势所迫，还是同意了他的请求。

诸葛亮遂冒难而行，和鲁肃同往柴桑，而这边刘备也按照先前鲁肃的建议，率所部主力进驻樊口布防。

诸葛亮、鲁肃到达柴桑，与孙权见面后，即不失时机地对孙权展开规劝。与以兴复汉室为志的理想主义者刘备相比，孙权则是看重利害的现实主义者，俗语说"看人下菜碟"，跟孙权讲太多政治理想等大道理显然不会有太多效果，所以诸葛亮一开场即以战国纵横家的口吻，展开了论述。

"如今天下大乱，将军（孙权）在江东起兵，刘豫州（刘备）在汉南（汉水以南）收拢部众，与曹操共同争夺天下。"诸葛亮的这句开场白，既把刘备摆到了与孙权、曹操鼎足而立的位置，又直入主题，一下子把氛围烘托出来。

刘备进驻樊口，诸葛亮自然要请孙权注意和予以妥善安排，但他同时更强调指出，曹操此番提兵向东，首要目标就是他孙权，江东方面将首当其冲。

对于孙曹的既往关系，诸葛亮做了一个极为精辟的概括："外托服从之名而内怀犹豫之计。"孙曹是姻亲，孙氏兄弟名义上也对曹操所控制的汉室表示顺从，此为"外托服从之名"，但是另一方面，从孙策在世到孙权执政，他们都拒绝了曹操所提"遣子入质"的要求，此为"内怀犹豫之计"。

孙曹在政治上尚未公开决裂，意味着"外托服从之名而内怀犹豫之计"似乎仍可继续，孙权之所以犹豫不决，也就是因为还存有这种可能置身事外的侥幸心理。

诸葛亮看破了孙曹关系的实质，他认识到，促使孙权下定决心，彻底斩断与曹操之间的藕断丝连，乃是这次游说能否取得成功的关键。基于这一考虑，在对形势稍作精准描述后，诸葛亮即开门见山地向孙权投出了标枪："如果将军能以江东兵马，与占据中原的曹操相抗衡，那就应当及早与之断绝关系；如果不能，为什么不早点解除武装，向其称臣？"

荆州新附，江东的上游门户洞开，人家已经杀到了你的家门口！左右逢源的日子势难再维持下去，你现在只有两种选择，要么北面事之，要么及早已与之断绝，否则，大祸马上就要临头。

底　线

"外托服从之名而内怀犹豫之计"，既是属于孙权的秘密，同时也是他心中最为敏感的一根神经，如今不仅被词锋犀利的诸葛亮戳破，还被要求马上表态，孙权心里自然不会太舒服，于是他也反唇相讥："假如真像您说的那样，刘豫州（刘备）为什么不立即臣服于曹操？"

类似问题在刘备阵营内部早已有了确定答案，所以诸葛亮回答起来毫不费力：田横是当年秦末的一个壮士，连他都知道要坚守节义，不肯屈辱投降，更何况"刘豫州"乃堂堂"帝室之胄"，汉室后裔，加之英雄才略，举世无双，士人对他的仰慕之情，如同水之归海一般。这样的杰出人物，即便事业最终归于失败，那也是天意如此，怎么能居于曹操之下呢？

刘备是早已没落的大汉皇室后裔，连具体的世系传承都已很难搞得清楚，以往刘备及其阵营在公开场合对此并未多提，也没起到多大作用。诸葛亮则不同，从"隆中对"里强调"帝室之胄"开始，他已敏锐地看到并发掘出了刘备宗室身份蕴含的价值，并时时将其作为一种重要的政治资源加以运用。

孙权与曹操一样，也有称帝代汉之心，但又缺乏政治上的合法性优势。曹操为了补足后者，便把汉献帝掌握于手，借汉帝之口发号施令，以实现自己的政治目标；孙权则无这样的优势，故而在政治上比较被动，这也成了他难解的一个心结。换言之，诸葛亮列举刘备的那几个优势，英雄才略、得士人之心等等，孙权也有，唯有"帝室之胄"，他只能干瞪眼。

你刘备自居汉室后裔，所以不肯向曹操服软，我孙某人虽然跟皇室不沾边，但也绝不是个怂货！孙氏家族由军功起家，皆有一股血气之勇，而且孙权当年也才二十七岁，正是血气方刚的年龄，被诸葛亮这么一激，不由得勃然大怒，愤然表示："我岂能把全吴之地和十万精兵都拱手相送，受别人的控制。我主意已定！"

孙权说他拿定主意，除了要和曹操干到底外，就是联合刘备。概因孙权自己也明白，长江一线，能铁了心抗曹的同道，唯有刘备了——总不能指望益州的刘璋鼠辈突然改弦更张，摇身一变而为铁血猛男吧！

尽管如此，孙权也并非已全无疑虑，他向诸葛亮提出疑问：刘备新近刚刚战败，如何顶得住曹军这样强大的敌人？

孙权有此一问，不是不要联刘，而是担心刘备现有实力过于孱弱，结果或者导致抗曹失败，或者使得抗曹最后变成了东吴一家的活，由此也带来一个问题，即如何确定孙刘各自在联刘抗曹这一大框架中的地位。

孙权问题的核心，其实也正是诸葛亮关注的焦点。刘备新败之余，要夺回荆州，若不引江东之兵，以东吴作后援，那是梦想，可是若孙权不答应鼎足三分，不承认刘备可据于荆州，而只视其为附庸，则所谓联合抗曹，就成了为他人作嫁衣。

显然，建立一个平等的联盟，是此次谈判成功的前提，也是底线。事实上，诸葛亮在替刘备表明其决不降曹的态度和立场时，即已暗示孙权不能屈抑刘备，双方要联合，就必须是平等的联合，要共抗曹操，就必须首先承认刘备在荆州活动的资格。

作为谈判，关键还是得有砝码在手，但诸葛亮在出使东吴时，曹操已控制了除江夏郡和江南四郡外的荆州大部，荆州与益州都不可能成为他谈判的砝码。

没能占据一定的势力地盘，同时又要说服孙权相信刘备具有平等结盟的实力，那就只能强调刘备所拥有的武装力量和人力资源了。在孙权提出疑问后，诸葛亮列举了刘军现存兵力：长坂之败后陆续归来的士卒，加上关羽水军，有一万人；刘琦集结江夏郡的士卒，也不下一万人。

知道孙权非常在意刘备的实力，且因此对能否联手击败曹操尚存狐疑，所以诸葛亮在数字方面就必然要有所夸大，明明一万五千人都不到，他愣给报到了两万。

但就算是有两万人，其实也不算多，诸葛亮于是又提出了"精甲"的概念，即长坂散卒都是劫后余生、被身经战阵的坚毅勇士，关羽水军经关羽亲自训练，也是精兵。他指出，这部分精悍之卒，加上刘琦的江夏军，战斗力不容小觑，如果与东吴的军队联合作战，实力相当可观。

豁然开朗

对于抗曹，孙权的勇气虽已被激发出来，但多少还是有些不自信，这在话语中就能隐约听得出来。诸葛亮迅速捕捉到了，为使孙权不致事后畏缩动摇，借着强调自家实力的机会，他又对敌情做了一个详尽分析。

在长坂之战中，曹军轻骑一天一夜奔驰三百余里，几乎所有人听说后都感到恐怖，并将其作为曹军不可战胜的一个重要依据。诸葛亮却给出了一个完全不同的解读，在他看来，曹军远道而来，必定十分疲惫，这种高强度的行军速度和看似无比强悍的攻击能力，根本不可能持久，随着时间的延续会越来越弱。诸葛亮将其形容为"强弩之末，势不能穿鲁缟"——强劲弓弩所射出的利箭，可以射到很远的地方，但力尽时，却连鲁缟都射不穿（缟是一种白色薄绢，古时以鲁国所产的缟最薄最细）。

诸葛亮强调，曹军急功近利，过快推进，为兵家所忌，兵法上警示如此做法"必蹶上将军"，有全军覆灭的危险。诸葛亮以此向孙权阐明：别看曹操顺流东下，不可一世，但败势已露，他所统辖的曹军也早已沦为"强弩之末"，没有什么可怕的，长坂之战取胜的神话再不可能复制和重现了。

除了远来疲敝，曹操新下荆州后还存在其他诸多不利因素，如江南为水网地区，利于水战，而曹军士卒却以北方人为主，北方之人不习水战，乃是众所周知的一件事，又如曹操在荆州立足未稳，荆州军民只是迫于兵势，才不得不归附于他，并非心悦诚服。

根据这些分析，诸葛亮指出只要派东吴猛将统领数万大军，与刘备齐心协力，就一定可以打败曹军。曹操一败，必然退兵北还，荆、吴的势力就能强大起来，从而形成与曹魏鼎足而据的形势。

"成败之机,在于今日!"在这里,诸葛亮给予孙权的预期是,只要趁此时机,与刘备携起手来,共同将曹操赶回北方,就无须再为曹操的威逼利诱乃至出兵南下担忧,亦可避免大祸突降而至的不测风险,那些关于让孙权和其部下"遣子入质"的无理要求,从此以后,恐怕曹某连提都不敢提了。

诸葛亮的精彩论述和激励鼓动,令孙权豁然开朗,极为兴奋激动,他由此初步坚定了抗曹的信心和决心。同时也认识到,刘备仍是一支不可忽视的力量,没有刘备在荆州方面协助抗击,江东方面难以独立阻挡曹操东进。

诸葛亮在描绘战胜曹军之后的前景时,特意强调"荆、吴"与曹魏呈鼎足之势。在曹操退出荆州、刘表政权又已分崩离析的背景下,此处的"荆、吴"自然分别指的是荆州的刘备与吴地的孙权,孙权虽未对荆州的归属正式做出表态,但他对鼎足三分没有表示出任何异议,也就等于默认了刘备可立足荆州并代表荆州。

孙权本来也是打荆州主意的,让刘备插一脚进来,绝非其本意。然而刘备参与抗击曹军,并不是要投靠和依附江东,故而想以此建功,也不只是为了保命(否则他可以一直往南跑,哪怕远遁苍梧),以孙权之英睿明智,又岂能对此假装不知,装傻充愣。

对刘备而言,若不联合孙权,绝难在荆州自存,即便远遁江南,也很有可能仍被曹操所灭,但他绝不愿重蹈过去的覆辙,附庸顺从于孙权;对孙权而言,亦有联合刘备的需要,否则独木难支,最终同样难以避免被曹操吃掉的厄运,其代价就是要在荆州问题上有所取舍。

孙刘联合是"双赢",不联合就是"双输",大敌当前,孙权权衡利弊,最终还是从大局出发,果断地做出让步,同意鼎足三分,并在打败曹操后,允许刘备在荆州占有一席之地。

火线结盟

在结束与诸葛亮的单独面谈后，孙权立即召集会议，与部属们商讨联刘抗曹事宜。恰在此时，曹操那份恫吓意味十足、咄咄逼人的"会猎"书信送到了孙权面前，虽然信中只有寥寥数语，但当孙权将之遍示群臣时，臣僚们皆大惊失色，张昭派又重弹降曹论调，唯鲁肃仍力主抗曹，并且在与孙权单独交流时，也像诸葛亮一样用了激将法，为的就是让孙权明白，他除了抗曹之外，并无其他后路可走。

在进一步坚定孙权抗曹意志的同时，鲁肃又建议孙权将因事去鄱阳的周瑜召至柴桑，以决疑定计。

周瑜是除鲁肃外的抗曹派核心人物，并且还是诸葛亮论述中那种难得的"猛将"。他赶到柴桑后，不仅对鲁肃的主张予以支持，而且以一个军事统帅的眼光，从军事角度阐述了己方能够战胜曹军的理由。听完周瑜的阐述，孙权顾虑全消，并当场拔刀砍去奏案的一角，声言谁要是再敢说出迎降曹操的话，脑袋就会像案角一样落地。

东吴政权的抗曹决心自此坚定下来，孙刘也随之火线结盟，孙权令周瑜、程普、鲁肃等率水军三万，溯江而上，同刘备会合，以共同迎击曹军。

诸葛亮终于圆满完成了使吴的艰巨使命。这次外交任务的难度之大，情况之复杂，是显而易见的。即便在诸葛亮通过单独面谈，主动说服孙权之后，仍存在那么大的变数——从孙权接到曹操书信时一度犹疑惶恐的态度，以及在周瑜赶回柴桑前，鲁肃于东吴群臣中基本陷于孤立的情况来看，孙刘缔盟抗曹的议案随时都会被推翻。

当时柴桑的氛围想来应该极为紧张，当诸葛亮徘徊于会客室、坐等命运安排时，心理上无疑也在承受极大的煎熬，无怪乎他在时隔二十年后，回顾江东之行，犹有惊心动魄之叹："受任于败军之际，奉命于危难之间！"

距诸葛亮使吴九百多年后的南宋，同样也是在长江沿线，爆发了著名的采石之战，书生出身的文臣虞允文指挥宋军，大败试图渡江南侵的金军。战后，虞允文路过镇江，前去看望病中的镇江守将刘锜。刘锜本是与岳飞、韩世忠等并列的南宋名将，但因老病卧床，没能指挥战斗，加之他的侄子刘汜身为重要将领，又在战场上临阵脱逃，故而当着虞允文的面，他感到既高兴又惭愧，遂留下一句名言："朝廷养兵三十年，而大功出一儒生！"

"大功出儒生"，也恰是此次诸葛亮使吴的绝好写照。在诸葛亮"荆州三策"中，"联合孙权，出使孙吴"，被视为第三策也即最后一策，如果说第一策"联合刘琦"为刘备在最困难的时候预留了生力军，第三策的成功实施，则在最关键的时候挽救了孙刘两家的命运。对刘备而言，与绝处逢生同样重要的，是诸葛亮在极端困难的条件下，坚持按照隆中路线的原则进行谈判，陈说利害，最终订立的是一个平等的双边同盟，刘备也因此争得了战后立足荆州的地位。

自诸葛亮出山，这是他所取得的第一个辉煌的政治和外交胜利。在"隆中对"中，诸葛亮曾经分析指出，曹操在官渡能够以弱胜强，大败袁绍，除得"天时"之利，即抓住了"挟天子以令诸侯"的时代机遇外，更兼"人谋"之功，也就是谋划得当；孙权雄起于江东，外敌轻易不敢犯，则是因为其在享有"地利"，即倚仗江东地势险要的同时，还能"贤为之用"，把有才能的人都招揽使用起来。

显然，"人谋"和"贤为之用"是诸葛亮着力强调的两个成功要素，他在隆中路线中所勾勒的鼎足三分大方向，与其说是预见，不如说是规划，而要实现这一规划，就得依靠"人谋"。

在诸葛亮使吴的过程中，"人谋"和"贤为之用"都得到了充分发挥。首先是刘备"贤为之用"，完全采纳和接受诸葛亮的意见，即便日暮途穷，也坚决不做孙权或其他人的附庸，而只是派诸葛亮去和孙权联合，共抗曹操。其次便是诸葛亮运用"人谋"，通过他的超人智慧，巧妙利用曹操东进，孙权不甘屈膝的形势，一步步导引着历史走向其规划中的鼎足三分。

诸葛亮时年仅二十八岁，此前在荆州虽已有一定的人望，但尚无正式职务，包括东吴在内，外界对他都知之甚少，很多人仅仅视之为一个涉世未深的年轻人。直至此次孙刘联盟获得巨大成功，作为谋主和使者的诸葛亮才得以一举成名，为天下所知。在刘备阵营内部，诸葛亮也同样威望大增，以关羽、张飞为代表，那些长期追随刘备，资格老、功劳大的元老派部属，原本对刘备过于礼遇诸葛亮还有些不以为然，至此都不再心存芥蒂，并对诸葛亮产生出由衷的尊重和敬佩之情。

第六章　瓜熟蒂落

诸葛亮使吴时，刘备已按照鲁肃的建议，进驻于樊口。这是一个极具前瞻性和大局观的决定，在襄阳至江陵一线皆被曹军控制的情况下，夏口已成为抗曹的前沿据点，但夏口距江东尚有一定距离，刘备屯兵樊口，可保障夏口与江东之间的联络，防止曹操派兵自汝南方向南下，将夏口与江东的联系遮断。

在诸葛亮未还、又得不到缔盟成败的消息之前，驻兵樊口的刘备，相当焦虑。曹军大举东下，直迫夏口，每天的类似消息和情报，都撞击着他的心脏——长坂之战时被曹军高速追击的心理阴影仍在，让人不能不担心，眼睛一睁一闭，曹军就已杀奔帐外。

刘备率部进驻樊口本身，是为了使缔盟后的孙刘两家，在面对曹军进逼时能拥有一个更好的战略纵深，也使孙权能够有时间做好军事准备，可要是缔盟失败，那可就变成前有虎后有狼，被曹孙生生夹击了，届时即便想南奔苍梧，亦不可求。也或者缔盟虽然成功，但在孙权做好军事准备、与刘军组成联军之前，曹军就已兵临夏口或樊口，又当如何？如果刘军再像长坂那样崩溃，后果将不堪设想。

刘备每天派值日官在江上巡逻，守候眺望吴军的到来。这一天，值日官远远地看到一支大型船队驶来，在仔细辨识，确认是东吴水军后，连忙跑去报告刘备。刘备惊喜之余，还多少有些不放心，怕值日官看错了，将曹军误认作吴军，问道："你们怎么知道不是青州、徐州的军队（即曹军）呢？"值日官表示绝不会弄错："我们看船的样式便知道了。"

刘备如释重负，心里的一块石头终于落了地，这才赶紧派使者前去慰劳吴军。

樊口会

两军在樊口会合，主帅自当聚首。周瑜只是孙权手下大将，无论地位还是职阶，都在刘备之下，按理应该先来拜见刘备，共谋进取。孰料周瑜却当着慰军使者的面，摆出一副为难的神情，说希望刘备能屈尊来见自己，理由是他"有军务在身，不能丢下走开，又不能随随便便让别人代理"。

使者回来复命，刘备等人都是久历戎马，一听就知道周瑜的所谓理由没有一个站得住脚。对于周瑜这种以下傲上、出言不逊的强硬态度，刘备部将都很不满，关羽、张飞尤甚。

《三国志》的作者陈寿评价刘备"非唯竞利，且以避害"，就是说刘备虽然不肯屈从于人，但非常懂得生存智慧，在对方明显比自己占有优势时，往往不是硬碰硬地与之争斗，而是知道如何趋利避害，选择最有利于自己的路径。与部将们的态度不同，刘备深知如今大敌当前，不是计较细节的时候，只要孙刘成功缔盟，吴军可以及时赶到，就比什么都强，看到帐中气氛不对，便连忙对关羽、张飞说："我们如今和东吴已结成盟友，他（指周瑜）想让我去，如果不去，不合盟友的礼仪。"

为了展示诚意，刘备在仅乘一只小舟、不另带护卫船只的情况下，即孤身往见周瑜。二人见面，寒暄已毕，刘备对东吴联合抗曹的决定表示赞赏，并询问周瑜这次带来了多少部队，周瑜答道："三万人。"

东吴兵强势大，此前也未出现过大的折损，马上就要与曹操决战了，只派来三万人？刘备既感意外又有些失望，脱口而出："可惜太少了。"

诸葛亮在柴桑谈判时，为了给狐疑不决的孙权打气，以坚定其联合抗曹的决心，故而不仅夸大了刘军数量，也夸张了"精甲"的战斗力。事实上，周瑜带来的这三万人，才真正是从吴军中挑选出来的精锐部队，且相应配套的作战器械、战船、粮草都已齐备，并且这也只是先遣部队，孙权已向周瑜承诺，他还将陆续征发部队，作为周瑜军的后援。

周瑜本该就此向刘备解释和说明，以鼓舞盟友的信心，但他显然不屑于这么做，刘备得到的回答是："这已经足够了，豫州且看我击破曹军。"

樊口离东下的曹军尚远，交战前联军双方会商军情、研讨对策，是很自然的一件事，然而当刘备提出邀请鲁肃等前来共商时，这一提议居然又被周瑜给拒绝了，其理由就和要求刘备来见他一样，让一般人都很难接受——按照周瑜的说法，他和鲁肃等都接受了孙权的军令，不能擅离职守，也不能随意委托他人代理，所以他不能把鲁肃叫来。刘备要见鲁肃，就得像见他一样，自己前去"拜访"。

刘备虽然宰相肚里能撑船，但他再大度，面对周瑜如此盛气凌人、拒人于千里之外的态度，也不免感到难堪。唯一让他高兴的是，据周瑜透露，诸葛亮也已在赶回樊口的路上，不出三两天他们就能再见了。

在后世《三国演义》中，周瑜被描绘成一个嫉贤妒能、气量狭小的人，甚至还欲设计除掉诸葛亮、刘备，虽然史实并非如此，然而其性格中也确有恃才傲物的一面，他在"樊口会"中的表现，即显示出他对于惨败之后的刘备瞧不上眼，根本不将其作为封疆大吏看待。这也说明，周瑜、鲁肃虽同为孙吴阵营坚定的抗曹派，但在联刘思想上却存在很大差异——简单来说就是，鲁肃认为只要曹军还对东吴形成威胁，联刘就是必要的；而周瑜却并不认为抗曹必须联刘，即便双方已经达成同盟协议，也应由东吴占据完全主导地位。

刘备有鉴将识才之能，通过见面和交流，他对周瑜的大将气质很欣赏，至于周瑜对他个人的态度，也并不是特别在意，但周瑜作为孙刘联军中的吴军统帅，其一言一行，又不能不让刘备对其能力心生疑问。

依周瑜所言，吴军仅出三万，这样一来，刘军就算一个不漏全部派上去，联军也不到五万。曹操此次东下，号称出兵八十万，虽然谁都知道这里面有虚张声势的成分，但就连周瑜自己，也估计实有二十多万，刘备按其军事经验，所估算出的数字应与之相仿。

以不到五万之众，抵敌二十多万！别说联军在数量上处于明显劣势，就算敌我兵员接近，都未必能够占得上风，这周瑜究竟从哪里找来的底气，说联军可以必胜呢？

刘备多年与曹军打交道，尤其是刚刚亲历过长坂之际那惊心动魄的一幕之后，对于曹军之凶猛犀利，有着相当于肌肉记忆般的切身感受和体验，在得不到合理解释的情况下，他真的很难理解周瑜式的迷之自信。

"樊口会"后，孙刘两军合二为一，正式组成联军。刘备没有和周瑜在一起，组成联合指挥部，而是统带关羽、张飞等战将，率两千之众继吴军之后行进。

这周瑜态度如此倨傲，刘备与之保持距离，单独统率和指挥自家部队，这一点似乎不难预料。对于仅出两千人马且尾随于吴军，有人则认为是刘备在有意保存实力，预留后路。其实这种看法未必客观，正如史家所评论的，刘备具有雄才大略，此时又处于必然败亡的险恶境地，与吴军合力抗曹，是其唯一选择，根本没有理由再瞻前顾后而为自己留后路。

从刘军的实际情况来看，江夏军系新军，刘备的嫡系部队也就是关羽水军及长坂归队散卒，亦有很多是残兵，如果把他们全部拉到第一线，吃败仗的概率就会很高，那样一来，新败后的部队，在士气上将再度受到重挫，而周瑜和东吴也必然会更加予以轻视，最后不管胜败如何，刘方在联盟中都将毫无地位可言。

与其滥竽充数，不如选出真正的"精甲"，做到不投入战场则已，一投入进去，就只准胜，不准败。另外，与吴军可完全用于机动作战不同，刘军还担负着扼守长江各据点的任务，也确实需要相当数量的兵力留守。至于前进序列上，刘军甘居吴军之后，则主要是由双方实力所决定的，就周瑜心高气傲的脾性和舍我其谁的气势而言，他也绝不会先牺牲在他看来战力一般的刘备，而只会让刘备看看，他东吴大军是如何以区区三万人马，一举击败曹操的。

赤壁之战

周瑜说大话了吗？可以肯定的是，他至少没有只对刘备一人说这样的"大话"。在柴桑与孙权商议时，周瑜提出的抗曹目标，也不只是保住江东，御曹军于东吴之外，而是"破曹"乃至"擒曹"！

周瑜和诸葛亮在力主抗曹时，都指出了曹操在战略上的一些不利因素，其中具有共性的一点，是"北方之人不善水战"。所谓北方之人，指的是北军也即曹操的嫡系部队，他们长期在北方征伐，优点是骑战，缺点则是不习水战，南下后"舍鞍马，仗舟楫"，实为舍己之长，用己之短，把自身的军事优势化为了劣势。

南下前，曹操虽在玄武池练兵，但那只是短期培训，非一朝一夕所能见效，况且，江上的实地水战跟在陆地水池里训练，终究还是有很大区别，此为事实，曹操自己也很清楚，故而这次东下，他特地把刚刚收编的荆州水军带了过来。

曹操所收编的荆州水军系原刘表部主力，训练有素，水上作战能力很强，因为他们的存在，即便刘表、黄祖在时，江东犹不易得志于荆州，孙权攻江夏、杀黄祖时，纵使取胜，也经过了激烈鏖战，且亦不敢长久据有夏口。诸葛亮在为孙权分析形势时，曾强调指出，在荆州新附、民心未定的情况下，这部分水军尚心怀狐疑，注定不会像以前荆吴之战那样，"出死命而为之力战"。

不过话又说回来，若假以时日，待曹操在荆州恩信已著、民心已定，荆州水军的情况就会大不相同，到那时，甚至可能连北军都已渐渐适应了南方的环境，他们与荆州水军组合在一起，力量将今非昔比，要再想阻其前进，会变得非常不易。

正是因为有这样的考虑，周瑜才会将此次曹操急于向江东进兵，奉为稍纵即逝、过后不遇的破敌良机，也才会当着孙权的面，说出"将军擒曹，宜在今日"的话。换言之，周瑜声称一定能击破曹军，不是他对此结论真的已十拿九稳，而是站在战略角度上，没有其他选择。

想到今后纵然能够在一两场战斗中侥幸取胜，对于曹军也不会产生颠覆性的效果，周瑜下定决心，要抓住眼下的天赐良机，破釜沉舟，与曹军决一雌雄。在他的指挥和主导下，孙刘联军采取了在外人看来颇为吃惊的策略，即以攻为守，自樊口沿长江西上，与曹军相向而行。

尽管周瑜对孙刘联盟没有鲁肃那么看重，甚至有点可有可无的意思，但必须指出，联盟的存在，恰是其实施攻势战略的可靠保证——正是刘备控制了樊口至夏口一线的长江据点，使得吴军沿途皆有可靠兵站和掩护，这才可以顺顺当当地进入荆州东境并向前深入。

直到兵至夏口，周瑜仍未停兵，以资扼守，而是又继续逆水而上，其欲主动寻曹军决战的意图和态势一览无余。

从路线上来看，曹军东下，既可以顺江而下从正面直取夏口，也可以从夏水（汉水自沔阳以下古称夏水）至夏口，因而有人指出，如果曹操派遣一支劲旅，从夏水进入夏口，截断孙刘联军后路，对联军实行两面夹击，后果将极其严重。

截敌后路、断敌粮草，是曹操的惯用手段，他在官渡大败袁绍，即得益于此，然此一时彼一时，曹操得意忘形，自以为兵广势众，光是吓都能把对手给吓跑、吓降，已经懒得再动脑筋想奇招怪招了。更重要的是，夏口主要由刘备、刘琦的江夏军所据守，江夏军这样的部队，未必能拉到一线力战，但因熟悉本地的民情和地形，让其扼守夏口一带，却是最合适不过的。也就是说，就算曹操能够想到截断夏口这一招，他也很难得逞，弄得不好，所遣劲旅在攻又攻不上、退又退不得的情况下，反而可能被孙刘联军所包围歼灭。

就这样，孙刘联军一口气深入夏口上游达三四百里，当到达赤壁时，恰与顺流而下、浩浩荡荡的曹军不期而遇。双方立刻在江面上撞击出猛烈的旋涡，赤壁之战，这场继官渡之战后最大规模的战役开始了。

曹操东下，虽然夸大了兵力，但也并非虚声恫吓。周瑜估计北军"不过十五六万"，加上刘表降卒也即曹操所收编的荆州水军"七八万"，计二十三四万，这其实还是保守一点的说法。按战后东吴的官方文件披露，曹操南征荆州时，从北方带来了三十万众，占领荆州后，所得降兵亦有十万，总计是四十万。当然，就如同孙权、刘备发兵，都不可能倾巢而出一样，曹操取得荆州后，势必还要分兵驻防各地，但曹军能够开到第一线作战的兵力，推断也不应少于二十万。

曹军虽然在数量上占有优势，但与开阔的平原不同，江面所能提供的战场较为狭窄，特别是在两军狭路相逢的情况下，江中对接者是基本对等的，也就是说，不管你有多少人，那么一段江面上，就只能排那么多兵，如此，曹军的二十万人在对孙吴联军的三万两千人时，实际也就占不到什么便宜了。

北军原来多为陆兵，风浪一大，在船上连站都站不稳，很多人还晕船，加之又不熟悉江上的航行和作战，曹操便把荆州水军顶到前面，让他们开路打头阵，而在孙刘联军内部的行进序列中，刘军又居于吴军之后，因此这场江上战斗，实际就是吴军与荆州水军之间的对决。

吴荆两军，原本都以水战为能，胜负谁属，完全看战前准备和临场发挥。战前，曹军中已发生疾疫，有学者研究认为，当时南方流行血吸虫病，在曹军占领江陵期间，又正值最容易感染血吸虫病的秋节，北军以北方人为主，对血吸虫病普遍缺乏免疫力，在置身于潮湿的地理环境后，不注重卫生防护，还直接饮用生水，不知不觉就中招了，及至曹军沿江东下，疫病便发作出来，且呈蔓延之势。

由于曹操在荆州的军事铺展得太快，离其作为北方根据地的屯田区比较远，直接导致曹军的后方补给线拉得太长，后勤供应困难，时令已至冬季，连马草都成了问题。按照诸葛亮的分析，荆州民众内心不服曹操，自然也不可能指望他们自觉自愿地出粮出力，用于支援曹军，因此也有人分析，所谓爆发疾疫，其实是曹军在严寒中出现了严重的供应不济，很多兵卒因营养不良生了病，并非真的染疫。

不管是哪一种，可以肯定的一点是：在赤壁之战爆发前，曹军士气就已低落，荆州水军既已与北军组合在一起，若北军流行疾疫，他们自难幸免；而如果是补给困难，北军在获得给养方面肯定优于降兵，则荆州水军只会更困难并因此滋生不满情绪。

正如诸葛亮事先预料的，新降服的荆州将士军心不稳，容易动摇，到了临战要动真格的时候，没有多少人肯死心塌地为曹操卖命，更何况战前他们就已士气不振，于是曹军很快就不敌吴军，败下阵来。

这虽然只是赤壁之战的初战，而且曹军也仅为小败，但由于曹军中只有荆州水军堪称水战的内行，他们一败，直接挫伤了曹军整支人马在水上作战的自信心。曹操见状，只得引兵向长江北岸撤退，并屯军于北岸的乌林，孙刘联军则屯扎于南岸的陆口，双方形成了隔江对峙的局面。

火攻之计

依仗着自身强大的实力、威势，以及新下荆州的威慑效果，曹操在率部东下时最为期待的结局是令刘备望风而逃，江东步荆州后尘，不战而降。在他的臆想中，刘备放弃据点，逃之夭夭那是肯定的；孙权虽可能一时舍不得交出地盘，但至少也得像益州那样望风输诚，说几句软话，赔一番小心。

只可惜现实不是剧本，经过初战和其间的情报搜集，曹操蓦然发现，他的两个对手，一个没逃，另一个也根本没有服软的意思，两家不仅组成联军与自己对抗，而且还很"不合逻辑"地采取了攻势战略，来了个主动寻战，一见就打。

看来，以战决胜是避免不了了。荆州水军的落败让曹操颇为失望，但北军在江上又饱受风浪颠簸和晕船之苦，连站都站不稳，怎么办？

曹操下令用铁链将所有船舰都锁在一起，首尾相接，通过连环船队的方式，组成了众多的水寨。对曹操而言，这是一个迫不得已的选择——好处是可以让北军尽快适应江上生活，像在陆地上那样进行操练和攻战，同时亦可防止单独的船舰被敌方偷袭；不利之处则是大大削弱了船队水上作战的机动性。

此时曹军除水面部队外，陆地部队也陆续抵达乌林，但曹操仍无机可乘。原因是孙刘联军凭江而守，且处于内线作战，后方有孙权源源不断地提供兵员补充和粮运，继初战后，已经出现了兵卒越来越多，军粮越来越足、士气也越来越旺的态势。曹军则相反，虽然随着陆军的到来，兵员也在增加，但其军粮收集和运输始终都很困难，加之疾疫伤病等情况，所部精神状态已经一落千丈，正合了诸葛亮"强弩之末，势不能穿鲁缟"的预测。

陆续到来的陆军被安排驻扎在岸边，以与水寨互相策应。当年的乌林江岸不但狭长局促，而且皆为泥泞潮湿的沼泽地带，在此处扎营，对陆军来说是不啻一桩苦事，但由此也可以看出，曹操并不甘于就此罢兵，他有意暂作休整，待冬尽春来，补给和疾疫伤病情况得到改善，北军也已在江上操练一段时间后，再谋进取。

曹操的想法也许并不实际，按照明末大家王夫之的分析，曹军和孙刘联军只要再僵持数月，曹操就撑不下去了，甚至很有可能步官渡之战中袁绍的后尘。不过就当时的孙刘联军指挥层来说，他们恐怕不能同意王夫之的看法，东吴战将黄盖就对周瑜直言，孙刘联军虽然初战告捷，但终究敌众我寡，因此决不能和曹军打持久战。

两军隔江相望，曹操连锁战船的事，很快就被吴军发现了。针对曹军连环船队的弱点，为求出奇制胜，速战速决，黄盖向周瑜献出火攻之计，周瑜采纳了他的意见，委其为先锋，命他依计而行。

黄盖修书一封，派人送给曹操，谎称打算投降。曹操显然仍未摆脱轻取荆州后的自大心理，总以为大兵压境，足以慑敌，孙刘所部若有人要求归降，皆为情理中事。不过出于慎重起见，一向疑心很重的曹操，还是特别召见信使，对其详细审问了一番。周瑜、黄盖既将速胜希望寄托于此次诈降，所遣信使自非等闲之辈，这位既具胆识又有辩才的外交高手，在曹操的试探面前，不仅没有露出半点破绽，还将黄盖欲降之意表述得更为清楚明白，从而使得曹操对此更加深信不疑。

堡垒总是最容易从内部被攻破，若黄盖像信中所说，真心前来归降，那么，等不到春天，孙刘联军就将不攻自破。眼看困局之中突然出现了新的机会，曹操心花怒放、满眼放光，他与信使约定了归降时的信号，又让信使传达他的口谕，称随时欢迎黄盖来降，届时一定按诺封官授爵、赏赐财物，而且给予的封赏还会"空前绝后"。

应该说，以曹操之诡谲多端，纵使识不破黄盖的诈降之计，但肯定也不会完全信任黄盖，只是他丝毫未曾料及对方会采用火攻。火攻本是水军作战常用的一个战法，但一般须借助风力才能有效，吴军要从南岸对北岸实施火攻，就得有南面之风相助，而按照常识推断，隆冬季节多刮北风，少有南风。

风从何来？《三国演义》中为此设置了"诸葛亮借东风"的情节，这当然是不可能的。比较容易让人接受的一种说法是，冬至以后，赤壁这一带经过几天严寒，也常有稍暖之日，风向亦可能会变为东风、南风、东南风。周瑜、黄盖等人长年经营水军，对此有一定了解，故而才会设下火攻之计，也因为火攻须等待稍暖之日，所以他们并未与曹操约定归降的具体日期。

华 容 道

东汉建安十三年（208）12月7日，白天晴空风暖，傍晚起了南风，至午夜风急，黄盖即以事先准备好的十艘小船率先出发，余船以次俱进。

行至江中央，众船举帆，黄盖手举火把，让众人齐声大呼："投降了！投降了！"毫无戒备的曹军官兵闻听，都出营引颈观望，并且指着来船，互相转述黄盖来降的消息。他们不知道，"来降"的那十艘小船上，全都满载易燃的枯草干柴，灌着油脂，只是外面都用红色的帐幔盖好，看不出来而已。

　　行至距北岸二里许，黄盖一声令下，十艘插着旌旗的小船同时点火，并向曹军水寨冲去。这些小船形体狭长、重量较轻，专门用以冲击敌船，因其船背蒙有生牛皮，故名蒙冲。黄盖等人又预先在蒙冲尾部系了一种名为走舸的轻捷运兵船，放船引火后，他们即改乘走舸脱离，而无人驾驭的蒙冲则继续扬帆向前冲刺。

　　蒙冲本以速度快、机动性好见长，南风劲吹之下，更是船行如箭，很快就接近水寨，并将火烧到了曹军船舰之上。曹军事先对于吴军火攻未采取任何防范措施，自然也无法阻止，但见得风助火势、火借风威，整个连环船队顷刻间就淹没在了一片火海之中。

　　大火不仅点燃了曹军船舰，而且蔓延至曹军设在陆地上的营寨。一时间，从江面到江岸，飞扬的烟尘遮天蔽日，耀眼的火光将天际都照映得通红。这是曹军自南征以来，从来未遇到过、也未设想过的场面，无情的大火使部队陷入了极度混乱，人马被烧死和淹死的不计其数。

　　看到北岸火起，早已蓄势待发的孙刘联军主力船队，在周瑜等人的指挥下，趁势从南岸出发，擂鼓前进，横渡长江，向曹军杀来。战斗进行至此，曹操已知败局已定，不可久留，慌乱中急忙收拾残兵败将，引军向江陵撤退。

　　战后，曹操绝口不提"会猎于吴"，而选择将刘备作为其主要对手。《三国志》的作者陈寿身为晋人，晋承魏祚，奉魏为正统，同时陈寿又曾为蜀官，对刘备有感情，因此他在记述赤壁大战时也基本沿袭了曹魏方面的说法，即强调曹操东下的目的，在刘备而非孙权，刘备是赤壁之战的主角，东吴所起的作用只是助备破曹。

　　事实是，在赤壁水战中，吴军一直都是主角，刘备军才是配角，关羽水军可能参与了水战，但因其人船不多，所能发挥的空间必定也极为有限。当然，曹操的态度也并非不可理解，说到底，他还是不愿承认自己败于二十几岁的孙权和三十几岁的周瑜，选择将败因归于与他同辈，且就被他誉之为世之英雄的刘备，从曹操的角度来说，肯定要稍显体面一些。

刘备军真正发挥作用，其实是从追击战也即陆战阶段开始的。有资料显示，周瑜在谋划水战的同时，即已派兵在乌林一侧登陆，而刘备亦向乌林进发，至火攻得手，曹军败退，孙刘两家在陆路上也形成了共同追击之势，关羽后来回忆，刘备当时因忙于追歼曹军，就连睡觉都不脱铠甲。

曹军在被火攻后，仍保存了很大一部分船只，这些劫后余生的舰船，载运着军用物资，与陆军一起逃往上游。途中，曹军饱受饥寒交迫之苦，原有的疾疫因此爆发成为大疫，本来纵然荆州水军受到严重损失并败退，曹操北军的精锐步骑犹足以抵挡孙刘联军的追击和攻势，但大疫使得北军战斗力大减，再也无法应付任何一场激战。与此同时，由于船舶空间狭窄、人员聚集，极易加剧大疫的传播流行，继续乘船西逃也不可能了，曹操生怕船舰和船上的物资被孙刘联军缴获利用，进而增强对手的作战力量，于是干脆一把火将余船也都付之一炬。

在失去所有船只和抵抗能力的情况下，曹操已不可能再按照原有的进军路线，顺江岸返还，不得已，他只能抄近路，穿越云梦泽西缘的华容道。云梦泽又称云梦大泽，原为古代湖泊群，后演化为典型的湖沼地域，华容道上沼泽密布、泥泞不堪，曹军行军十分艰难，尤其骑兵更是如同陷入了泥潭之中。恰值寒风凛冽，迟迟无法越过华容道的骑兵可谓苦不堪言，这些包括"虎豹骑"在内的骑兵，乃是曹操最不舍得损失的部队，情极之下，他命令所有染病受伤之卒，背着草铺在路上，这才使得骑兵得以勉强通过，而那些可怜的伤病员却被人马践踏，陷在泥中，死尸枕藉。

天道好轮回，当初刘备在长坂坡所受之苦，如今都让曹军给尝了个遍。这一相当于"刘备版复仇记"的情节，在《三国演义》中得到了浓墨重彩的刻画，"诸葛亮智算华容，关云长义释曹操"即由此而来。实际上，由于曹操是临时才决定改走华容道，所以无论刘备、诸葛亮还是周瑜，都不会想到预先在华容道设伏，自然也不会发生诸葛亮派关羽去华容道布兵挡曹的事。

在《三国演义》中，曹操大笑，说依我来看，周瑜、诸葛亮还是智谋不够啊，居然没有在此险地设计埋伏。《三国演义》的此处内容虽属杜撰，却也有原型，那就是曹军在逃离华容道后，曹操脸上曾露出谜一般的得意表情，惹得诸将纷纷问其缘故，却听曹操说道："刘备，确实是个好对手，可惜他采取措施稍晚了一些，如果早一点放火，我们就全完了。"

曹操刚刚经历过火攻，火焰蔓延的速度有多快，他有切身体会。随后当刘备率部追至华容道，发现曹军已经不见时，方才想起放火，但也正如曹操所言，这把火放得太晚，已经够不着曹军了。

孙刘联军水陆并进，一直追至南郡。曹操虽在张辽、许褚的接应下脱离险境，但随其东下的兵卒已损失大半，降曹的荆州水军更是全军覆灭。

诸葛亮、周瑜在为孙权分析曹军弱点时，都不约而同地指出，曹操并未完全平定北方，特别是凉州关陇地区的韩遂、马超势力正盛，他们驻军关中，虎视许都，给曹操造成了后顾之忧。事实上，除了许都之外的威胁，在许都城内，心向汉室、反对曹操的朝官也仍有不少，他们随时可能像当年的董承那样，伺机而动，从背后造曹操的反。

种种迹象表明，此次曹操率兵南下，远征荆州，是极具风险的，因为许都空虚，南方战事顺畅便罢，一旦搁浅或遭遇重挫，那里就容易出状况。曹军在赤壁大败，损兵折将，相应消息很快便传至北方，后方不稳的问题也随之凸显出来，在这种情况下，若曹军继续胶着于长江沿岸，同孙刘联军持续作战，必然顾此失彼，两头无着落。曹操非常清楚形势的严峻性,他不敢再待在荆州,遂留下亲信大将曹仁守江陵,乐进守襄阳,自己则率赤壁战后的残部匆匆北还。

跳 板

赤壁之战,终以曹操的失败而告终。战后,曹操将败因归结为"偶遇瘟疫",在给孙权的书信中说:"赤壁之役,正好遇上疾病,所以孤(曹操自称)才烧船自退,结果却让周瑜获此虚名。"

曹操的话对后世有一定影响。裴松之注《三国志》,即提出"天实为之,岂人事哉"！在他看来,赤壁一战的失败,纯粹是运气不好,当时曹军疾疫流行,使之损失了精锐兵力,又恰逢天灾,刮起南风,扩大了火势。

然而多数史家的共识是,曹操烧毁战船之事发生他在被火攻之后,是在曹军已经大败的情况下才被迫实施的行为,其所谓"烧船自退"实为本末倒置,此种说法完全可看作是曹操的一种自我解嘲,究其实质,仍是不愿承认自己棋错一着,败在了孙权、周瑜等"小儿辈"之手。

就古代战争的条件而言,裴松之所说运气不好和天灾,对于军队战斗力的损耗,确实不容低估,这也往往是战争失利的重要原因,不过它们终究都属于偶然情况。回到赤壁之战,这些偶然情况的作用虽然都发生了,但综合分析,曹操之所以败北,并不是"天实为之"的必然结果,人为因素也即"人事"才是最主要的。

战前,诸葛亮、周瑜为论证曹军必败所举出的那些因素,也都客观存在,但其实也不是根本性的。正如有人所分析的,只要曹操避开在这个冬天开战,随着时间的推移,他在战略上的一些不利因素,都将逐步得到克服,他也有望在荆州站稳脚跟,从容经营。

诸葛亮在"隆中对"中说得没错,荆益得失,关系天下大势的基本走向，只要曹操在荆州站稳脚跟，则整个长江之腰，都无异于被他控扼住了：刘备别说"据有荆益"，连下一个安身之所在哪里，以及能让他待多久，都成了疑问；孙权虽拥江东六郡，但仅凭此六郡，既不足以抗衡曹操，亦不足以保据江东。

对曹操而言，彻底消灭刘备，一举荡平江东，原本都只是时间问题，需要的不过是一点点耐心，偏偏他连这一点点耐心都没有，他太急了，而失之于"急"，正是其致败之因。

从表面上看，曹操急于东下，是被轻取荆州的胜利冲昏了头脑，以致骄傲自负、利令智昏的结果，但其实背后还有着更深层次的原因。

春秋时代，齐桓公打着"尊王攘夷"的旗号，九合诸侯，一匡天下，至葵丘会盟，成为中原首位霸主，其声望权势一度达到顶点。然而也正是从葵丘会盟起，齐国霸业开始盛极而衰，参加葵丘会盟的国家全都叛盟而去，不愿再服从齐桓公，史书记载"叛者九国"（参加葵丘会盟的国家实际没有九个，"九国"只是极言数量之多，非实数）。

为什么会这样？就因为齐桓公得意忘形，居然在会盟时，向周天子的使者提出要封禅拜祭天地。按规矩，祭天只有周天子才具备资格，齐桓公只是诸侯，他说要祭天，就等于是宣布自己即将取代周天子。虽然在管仲的极力劝阻下，齐桓公最终并没有将这一行为付诸实施，但已因此在各国中失去了威望，周天子也不再信任于他。

平心而论，处于葵丘会盟时齐桓公那样的位置，没有几个人能把持得住，何况是早有不臣之心的曹操。长期以来，曹操"挟天子以令诸侯"，名为拥戴汉室，实际是把汉室当作了扫平群雄的政治工具，等到北方群雄被清理得差不多了，他便也像当年的齐桓公一样，生出了卸下汉室包袱，自己直接取而代之的心思。

东晋史家习凿齿就此将曹操与齐桓公作对比，指出日后天下三分的局面，正是曹操自己造成的，他还以惋惜的口吻，叹息曹操、齐桓公犯了同一个错误，只因一念之差，就将辛苦经营数十年的事业付诸东流。然而实际上，曹操、齐桓公还是有区别的，区别就在于：齐桓公尚能听从管仲的劝说，放弃祭天的想法；曹操却是一意孤行，且认为谁可能阻碍他篡汉，就先毫不留情地把谁杀掉——为刘备所敬重的大名士、朝中拥汉派的世族领袖孔融，就那样屈死在了曹操的屠刀之下。

除借故杀掉孔融外，曹操还罢三公，置丞相、御史大夫，并自领丞相，由此开辟出了篡汉自代的政治战场。南征荆州实际就是这一战场的一部分，和预期相比，此次南征一开始过于顺利，曹操因而出现战略误判，认为只要凭借轻取荆州的余威，就可以吓倒孙吴，一举吞并江东。

荆州已在掌握，益州望风投诚，扬州又不战而降，收拾了长江三大州，南方就算是平定了。北方既安，南方又平，还有谁敢质疑反对我曹某？篡汉自代这个梦寐以求的目标不就唾手可得了吗？曹操置贾诩、程昱的劝谏于不顾，固执地轻躁东进，实是受此欲望驱使的结果，他此后昏招迭出亦都与此有关。

回过头来看，赤壁之战发生的前一年，刘备三顾茅庐，请到诸葛亮，由诸葛亮为其设计隆中路线，由此才拥有了前所未有的战略眼光，然而规划再好，也需落到实处，赤壁大战前，对于刘备一方而言，无论是"结好孙权"，还是"跨有荆益"，看上去皆困难重重，无处着手。

恰恰是曹操的急于求成，替隆中路线搭了一个奔向光明的跳板。所谓一叶障目，不见泰山，被蒙住眼睛的曹操，一个劲地威吓和紧逼东吴，其结果却是直接迫使孙权下定了联刘抗曹的决心，刘备"结好孙权"的设想终于瓜熟蒂落，而作为双方结盟、共同抗曹的回报，刘备也同时得到孙权的承诺，即在打败曹操后，可在荆州立足，于是"跨有荆益"也就此找到了突破口。

新 方 案

有人这样评论赤壁大战，说曹操是在一个时机不成熟的错误时间，打了一场极其草率的战争，最后又在政治豪赌中输掉了筹码。此言可谓大差不差，正是以隆冬的赤壁之战为起点，长江一线的形势陡然发生逆转，曹军由主动转向被动，孙刘联军则由被动转向主动，在周瑜、程普和刘备等人的率领下，联军直抵江陵对面的长江南岸地，与曹仁形成了隔江对阵之势。

其时随着吴军后续兵力的到达，仅吴军就超过了首发的三万，然而在江陵战场上，孙刘联军却迟迟无法取得进展。原因是曹操虽在赤壁大败，但对于兵多地广的曹氏集团而言，这虽是一次重创，却并不危及大局。在赤壁被打残的，主要还是降曹的荆州水军以及随其东下的部分北军，留驻于江陵至襄樊的北军，则依旧保存着相当的实力，而陆战又向为曹军之强项，加上攻难守易，孙刘联军自然就会比较费劲。另外，由于收复之地急剧增多，联军尚需分兵予以把守，这也直接削弱了联军自赤壁大胜后所取得的优势。

眼看战事不顺，周瑜部将甘宁献避实击虚之计，并主动请缨，率部绕江陵而西，袭击夷陵。夷陵乃益州门户，刘璋自向曹操输诚归顺后，一直应曹操的要求，通过夷陵，向驻荆州的曹军输送粮草和兵员。把守夷陵的袭肃虽为刘璋部将，但他厌恨曹操，甘宁一到，便不战而降，甘宁遂得以兵不血刃地入据夷陵。

曹仁闻报，当即派出六千骑兵围攻夷陵。甘宁部仅七百人，合并袭肃降兵后，也不过千人，于是急忙派人向周瑜求救。

要救援甘宁，人去少了不济事，去多了，剩下兵力不足，联军大营就有被曹仁端掉的危机，加之甘宁原非江东嫡系，是从黄祖处转投过来的，因而周瑜手下诸将多持不予分兵、舍弃夷陵乃至甘宁的看法。战将之中，只有吕蒙站出来，力主救援甘宁，并推荐和担保凌统能守大营至少十日。

周瑜采纳吕蒙的意见，让凌统留守大营，自己与吕蒙率主力渡江，将曹仁派去夷陵的骑兵杀得大败，成功解除甘宁之围。在此期间，凌统亦不负所托，借曹仁不知虚实、未全力反攻之机，击败了来袭的敌兵，从而在周瑜率部返回之前，守住了大营。

在余下的时间里，夷陵被周瑜牢牢掌控，这意味着曹仁再也无法得到来自益州的军援，然而江陵作为旧日刘表的军需基地，城中储存的粮草和军资原本就很丰裕，曹仁又调度自如、能打敢拼，致使联军在攻城战中仍然很不顺利，连周瑜本人也在骑马作战时，被流矢射中，受了较重的伤。

战事再次陷入僵局，大家集思广益，参与攻城的刘备提出了一个新的作战方案：从刘军中抽一千人，由张飞率领，跟随周瑜继续进攻江陵；在张飞率部留下攻城后，相当于双方兵力的交换，周瑜也从吴军中抽两千人，补充关羽所部，由关羽统一指挥，从夏水进击，"绝北道"，用以阻滞从襄樊方面前来支援曹仁的曹军，并切断曹仁北上的退路；剩下的刘军，由刘备亲自率领，攻打武陵、长沙、桂阳、零陵等江南四郡（四郡虽然仍处于实质上的独立状态，但在政治上都已经跟刘琮一起归附曹操）。

自曹操退回北方后，周瑜等江东将领本来就可以班师了，毕竟他们击退曹操，保卫江东政权的任务已经完成，或者就算为了巩固赤壁胜果，防止曹军反击，也只需辅助刘备即可，但吴军不仅继续兵进江陵，而且依旧以己为主，足见孙吴并未放弃谋取荆州之心。即便拿孙刘缔盟来说话，也不是就解释不通——孙权虽已默认刘备可据荆州，然而大部分荆州地区都已落入曹操之手，如果吴军最后凭借实力，流血出汗将它们收复过来，掌握了其实际控制权，那为啥还要把这些地盘白白送给你刘备？

盟约没问题，但也要用事实说话，倘若刘备军事上无所作为，那么他即便仍能留在荆州，也只会像以前栖居新野、樊城那样，做一个事实上的客将。刘备自己对此非常清楚，另一方面，他与周瑜打交道日久，知道对方心里的那点小九九，因此他这个显然经过再三推敲的新方案，都尽可能从周瑜的角度出发考虑问题：将张飞拨给周瑜，直接就是帮助他进攻江陵；让关羽"绝北道"，是间接帮助周瑜早日攻克江陵；刘备亲自率部进攻江南四郡，看上去好像和江陵攻守战没有什么关系，但四郡既已宣布归附曹操，谁也不能担保它们不会乘周瑜与曹仁对峙之机，从背后进行袭击，从战术角度讲，这实际上也是在帮周瑜缓解压力。

这是一个看上去完全替周瑜着想的方案，后者没有理由不同意。至于江南四郡，在周瑜的计划中，虽然它们和北荆州一样，都是他要囊括的目标，但从先前分兵较近的夷陵，都得以十日为限、时时担心会被曹仁乘势反攻来看，吴军主力在江陵前线根本抽不出来，就更别说分兵荆南了。

从孙刘缔盟开始，周瑜就极为轻视刘备及其军队，认为刘备与东吴结盟，是有他不多，没他不少，甚至在联军组成后，他也一直将刘军视作可有可无的陪衬。在他想来，以刘备的那点孱弱实力，短期内肯定拿不下江南四郡，现在既然自己暂时无力分兵荆南，那就不如顺水推舟，让刘备先去与四郡缠斗，这样自己在江陵就没了后顾之忧，可以专心攻打江陵了。

南 荆 州

在征得周瑜同意后，刘备即率赵云等战将，指挥除张飞、关羽部以外的本军人马，挥师南荆州。

周瑜的如意算盘是，一俟拿下江陵，就立刻掉头杀向荆南，把夺四郡而不可得的刘备抛到一边，自己将四郡收入囊中。然而令他没有想到的是，江陵攻守战居然足足持续了一年多，最终依靠关羽打援和截敌后路，才迫使曹仁弃城而去，而在此期间，荆南那边却传来了令他瞠目结舌的捷报：刘备马到成功，全取四郡！

刘备在荆州民间拥有很高的人气，北荆州如此，南荆州亦然，这是其一。其二，则是早在曹操败归北去之后，刘备即做出明智之举，果断上表以刘琦为荆州牧。

刘琦随刘备参与了赤壁之战，在刘琮已投降曹操、被各方力量所鄙夷和摈弃的情况下，他代替刘琮，成为刘表的合法继承人，乃是理所当然之事。刘备拥刘琦上位，不仅可以使荆州士民知有所归，而且由于四郡太守也大多是刘表的老部下，此举对于收复江南四郡，也能起到先声夺人的作用。

刘备南下时，特地把已为荆州牧的刘琦带在身边，以他的名义收复四郡，这使四郡还没等动手，气势上就先输了，除了武陵太守金旋稍作抵抗，并被刘备击杀外，各郡基本上都是望风而降。

见刘备取四郡如此顺利，周瑜极为震惊，毕竟打仗靠的是真本事，"不战而屈人之兵"又是真本事里的真本事，乃战场上的最高境界，更何况刘备还该出手时就出手，一个金旋不服，就立马给他灭了。

出乎周瑜意料的，还有关羽和张飞。负责"绝北道"的关羽虽然统兵不多，但成功阻滞了各路支援曹仁的人马，并让曹仁感受了后路即将被断的巨大威胁，这才不得不放弃江陵，将战略据点收缩至襄阳、樊城一带。换句话说，如果不是刘备献计和关羽卖力，江陵攻守这场苦战将拖到什么时候都未可知，甚至很可能还没等周瑜把城内的曹仁给赶走，他自己就先打熬不住，得无功退兵了。至于张飞，临时在周瑜帐下听从调遣，距离这么近，其超出一般战将的刚猛善战，自然也不可能被周瑜忽略掉。

"刘备有骁勇雄杰之姿，关羽、张飞都是熊、虎一样的猛将"，江陵之战结束，周瑜对刘关张得出了与先前完全不同的印象。实际上，不光周瑜，江东的文臣武将也都有着相似的感受。之前，因为长坂之败以及刘备在北方屡败屡战的"黑历史"，众人或多或少都有点瞧不起刘备及其将士，赤壁大胜，更让他们觉得所谓孙刘合力抗曹，其实都是孙吴一家在扛活，刘备不过是打打酱油而已，没有想到关键时候还真有能耐，你做不到的，人家做到了。

在夺取江南四郡后，刘备自己驻军于武陵，为诸葛亮专设军师中郎将一职，安排他督察其余三郡，中心任务是征调当地的钱粮赋税，以供前线之用，同时又将赵云派去三郡中比较重要的桂阳，让其兼任太守。

有论者觉得刘备对诸葛亮的这一安排，是没有委其以重任的表现。实质不然，刘备以诸葛亮督察三郡，就是把他作为三郡之长，因为他自己领兵，需随时移动。凡是懂一点军事常识的人都知道，攻破一座城池往往不是最难的，最难的是攻破之后能否守得住，守得住才能真正变成自己的地盘。何况，此时刘备在荆州所实际控制的地盘，总共也就是这江南四郡，四郡迅速归降刘备，会不会又以同样快的速度叛离？这种例子当时可多的是，希望看刘备笑话的人一大把，刘备必须绝对避免类似情形真的发生，因此新占领区行政长官的人选也就显得非常关键了。

在《三国演义》中，诸葛亮被最常赋予的角色，是神鬼莫测、百战百胜的"军师"。现实之中，诸葛亮也并非不通晓和擅长于军事，然而相比较而言，他治理地方的才干，还要更优于其指挥作战的能力，即所谓"理民之干，优于将略"，在这方面，诸葛亮不说超过他自己所崇拜的管仲以及汉代的萧何等人，亦相差无几。刘备向以知人善任著称，他对诸葛亮非常了解，自然也知道要把诸葛亮摆在什么位置才最合适，安排诸葛亮统管新占领的三郡，发挥其突出的理政才能，用以稳定后方、足兵足粮、整理后勤，恰恰就是在对诸葛亮委以重任，而不是质疑者所认为的让他靠边站。

刘备善于用人所长，他对部属的任免通常都不是无缘无故的，有时甚至还很仔细，派赵云兼任桂阳太守，就可算是另一个成功范例。赵云虽是武将，然而却具备如同高级谋士一般的政治眼光和判断力——新郡情况复杂，赵云论武，有能力弹压事变，制止意外发生；论智，亦足以应付局面，稳定地方。

赵云在奉命担任桂阳太守后，前任太守赵范得知他单身，提出要把守寡的嫂嫂樊氏嫁给赵云。汉代两性观念开放坦荡，并不以单身男子娶再婚妇女为非，且樊氏又长得十分漂亮，但赵云却予以婉言谢绝，赵范再三请婚，赵云仍坚决推辞。

赵云给出的表面理由，是他和赵范都姓赵，五百年前是一家，赵范的哥哥就等于他的哥哥，赵范的嫂子就等于他的嫂子，所以无论如何不能乱了人伦。真实的原因则非如此，是赵云认为赵范此人乃是为形势所迫才投降的，其用心不可揣测，若与之有了过深的瓜葛，恐怕会受制于人，坏了大事。赵范果然有所图谋，见献嫂不成，弄巧成拙，后来便逃走了，赵云未中其美人计，证明确实头脑清醒，有先见之明。

在刘备以及诸葛亮、赵云等人的掌控和经营下，他们很快就在荆南站稳了脚跟。见此情景，荆南的原刘表旧部，多有归附于刘备帐下者，其中最著名的就是黄忠。黄忠此前隶属于长沙太守韩玄，曹操在占领荆州之初，已临时任命他为裨将军，只是仍在原地驻守而已。黄忠也是一个顶尖级的战将，刘备将其收于麾下，可谓是如虎添翼。

如果这些现象仅仅止于荆州境内，江东君臣还可以将其解释为，刘备是沾了刘琦的光，是他以刘琦为荆州牧产生的效果，但让他们大跌眼镜的是，闻知刘备在荆南站住了脚，江淮地区居然也有人急急忙忙地南下要投奔刘备。

这个人名叫雷绪，原驻庐江，那里原属曹操的势力范围，曹操赤壁兵败后，包括雷绪在内的几个当地将领乘机起兵叛曹，但很快就被曹操派出的张辽、夏侯渊等人予以镇压。几个人里面，只有雷绪逃了出来，并带着数万部众归于刘备。雷绪虽非三国名将，但他已在江淮地区纵横十余载而不倒，可见也是有几把刷子的，他带着数万部众南投刘备，可谓是大长了刘备的声威和实力。

江淮是东吴竭力争夺的地缘利益区，此事一出，孙权、周瑜及其部属们全都愣住了。孙权原先对刘备的态度，是介于鲁肃和周瑜之间——一方面敬重佩服刘备，认为他屡败屡战，敢跟曹操叫板，是个不可小觑的人物；另一方面又担心刘备力量过于薄弱，双方缔盟后在抗曹方面难以起到太大作用。刘备轻取南荆州和雷绪事件，让孙权改变了对刘备的看法，认识到刘备不仅有联合抗曹的见识和担当，同时也确实具备联合抗曹的能力和实力。

孙权打定主意，要抵抗曹操，还是得先联合刘备。在他的主持下，孙刘共抗曹操的战略于赤壁大战后得到了延续，并成为东吴履行双方当初结盟时，默认只要战败曹操，便以刘备为荆州之主这一约定的前提。

双　赢

从被刘备表荐为荆州牧开始，名义上的荆州之主是刘琦。受刘备、诸葛亮等人的影响，以及为了与刘琮分庭抗礼，刘琦一直是抗曹派，得知刘琮先其继位时，也会爆发，但从本质上来说，刘琦始终是一个性情软弱、才能平庸的人,并不具备独立处理各项军政事务的能力,后者全都倚重于刘备,即便成为荆州牧后亦是如此,这其实也是刘备全力支持他接管荆州的一个重要原因。

刘琦身体虚弱,随刘备取南荆州时,便已经病入膏肓,此后没多久就病死了。刘琦一死,刘表再无后人可继其位,而在荆州上层,无论声望还是能力、实力,又均无人能出刘备之右,继任荆州牧成为众望所归——当然如果蒯越、蔡瑁那帮"地头蛇"还在,或许仍会形成一股不小的反刘势力,但他们都已被曹操连同刘琮一起给打包带走了。

几乎所有荆州士民都一致认为,刘备应该接任荆州牧,此谓天赐良机,在已没有任何顾虑或谦让必要的情况下,经众人推举,刘备坦然自领荆州牧,接过了刘表留下的这份政治遗产。

对于刘备自为荆州牧,孙权第一时间便在同盟内予以承认,不过吴军也并没有因此撤出他们在荆州的控制区。事实上,在江陵刚刚为吴军所攻下时,孙权即已任命周瑜兼任南郡太守,程普兼任江夏太守,此举不仅仅是为了褒奖周瑜、程普,也是为了向刘备宣称南郡、江夏当归己有。

刘备有"隆中对",孙权亦有"吴下对",对孙权而言,兑现双方结盟时的承诺,承认刘备是荆州之主,与将南郡、江夏据为己有,二者之间并不矛盾——南郡、江夏原先或已被曹军占领,或即将不保,最后主要都是靠吴军打下来的。

孙权的理解其实也并没有错。毕竟那是个靠实力说话的时代,随着实力的消长,各地诸侯所实控的地盘大小,自然也会不断变化。在孙权看来,与赤壁前的荆州相比,现在的荆州就只能包括刘备所实控的南荆州。刘备兵进南荆州期间,孙权正在亲自领兵围攻合肥,与曹操争夺江淮,因而他的这一逻辑也可以如此表述:因为早已明确荆州归刘备所有,所以赤壁战后，当周瑜率军在南郡作战时，才会把江南诸郡让给刘备去收拾，他孙权也没有派一兵一卒去争夺这些地方，而是跑去转攻合肥了。

刘备早在取南荆州之前，就已经知道东吴方面的心思，也做好了这方面的准备。虽然就其内心来说，对于孙权取荆州之地为己有的做法，刘备注定无法认同，然而他在事实上又不得不予以承认，否则的话，他与孙权之间的同盟关系虽不至于立刻决裂，但也会变得相当难处，同时孙权亦不会因为他不承认，就轻易将兵退出。

应该说，这时的刘备、孙权，都能清醒地意识到求同存异，共抗曹操的重要性，明白正是他们联起手来，才形成了能够与曹操相抗衡的力量，并使得双方都避免了被曹操吃掉的厄运。

赤壁之战后的结果以及相应形成的格局，也说明刘孙确实都通过结盟实现了"双赢"：赤壁之战前，刘备在曹操的追击下，几乎无路可走；赤壁之战后，他占领了南荆州，成为荆州牧，不仅拥有了发展的地盘，也增强了政治和军事力量，这标志着"隆中对"中"跨有荆益"目标前半段的完成，同时也为后半段占有益州打下了基础；赤壁之战前，孙权本欲按照"吴下对"，实现其占据荆州的战略计划，虽因曹操的南下而被迫中断，但通过赤壁之战，他打退了曹操对江东的进攻，江东政权因此变为更为稳固，战后，他又占领了荆州的一部分地盘，纵然与当初全据荆州的计划有落差，然而相比战前，其势力终究还是在荆州得到了发展。

刘孙都是赢家，唯一的输家就是曹操。自曹仁从江陵撤退，与襄阳、樊城等地的曹军会合后，除汉水外，长江流域从此无复北兵踪迹，即便曹操要想再度南下，图谋进取，也已经很困难了，南北分立之势因此变得不可扭转，至此，曹操并吞天下并借此篡汉自代的计划完全破产。

与南北分立相对应的，是曹操、刘备、孙权三雄分立局面的基本形成。除三雄外，当时稍大一点的诸侯，虽然尚有益州的刘璋、汉中的张鲁、凉州的韩遂、马超等，但他们都既没有争夺天下的雄心，亦缺乏夺取天下的实力，在政治舞台上所能分配到的角色，便只能是配角了。

在天下三分的大背景下，曹、孙、刘三家实际瓜分了荆州，并在荆州地区形成了"小三足鼎立"，这也是日后三国鼎立的一个缩影：曹操得其北，借襄阳、南阳以屏护中原许、洛之地；孙权占其中，欲以荆州翼蔽江东；刘备有其南，并打算把荆州作为下一步进取益州的基地，以及未来北伐中原的策源地之一。

公 安

在荆州范围内，曹操夺取了南阳郡、章陵郡以及南郡北部（含襄阳、樊城），孙权获得了江夏郡、南郡的南部（含吴军在江陵之战中占领的夷陵），刘备则拥有四郡，即长沙、零陵、桂阳、武陵。也就是说，在荆州牧原本下督的八郡中，曹操有两个半，孙权有一个半，刘备有四个，是最多的。

虽然刘备看似得到了半个荆州，但其所辖的江南四郡当时尚未充分开发，大部分地区都居住着武陵蛮等少数民族，经济文化落后，也因此，江南四郡与其他江汉四郡相比，一直都处于从属地位。当年刘表初到荆州时，江南四郡很不安分，熟悉荆州当地情况的蒯越，向刘表建议："南据江陵，北守襄阳，荆州八郡可传檄而定。"刘表听从其言，将原本设于武陵郡临沅县的州治所迁至襄阳，此后江南四郡果然很快就被平定。

曹操南下荆州，也是在占据江汉地区的基础上，仅仅通过招诱就令江南四郡换了旗号，刘备同样如此，靠政治攻势和小规模作战，即达到目的。这都表明了江南四郡的政治想象空间和发展余地都很有限，加上距离长江较远，北伐西攻亦不方便，荆州的军政中枢自然不能设于此处。

襄阳在曹军之手。自江陵之战后，因曹军战线收缩且距离长江相对较远，无论孙刘合力还是任何一方面单独出兵，短期内要想夺城或逼迫曹军弃守，其把握都不太大，再说江南四郡与襄阳之间还隔着吴军，刘备根本无法直接出兵收复襄阳。

按照蒯越方案，如果州治选不了襄阳，江陵乃是最佳选择，但江陵为南郡治所，周瑜在被孙权任命为南郡太守后，即亲自坐镇于江陵，断不可能拱手相让。为此，刘备只能退而求其次，寻求在江南四郡北部、江陵对面的长江南岸地区建立州治。

南岸地即孙刘联军进攻江陵时的扎营地，属南郡范围，刘备想要南岸地，仍然必须征得周瑜的同意。不过南岸地区毕竟不是江陵、襄阳那样的重地，本身区域也不大，况且刘备及其大将关羽、张飞都参与了江陵之战，尤其关羽还为吴军夺取江陵城立下了大功，从孙刘的合作关系出发，若是一点回报都没有，也实在说不过去。再者，自赤壁之战以来，孙刘两军合作抗曹，早已在荆州形成了"你中有我，我中有你"的复合型分布格局，南郡虽是吴军的主控区，但也驻扎着刘备的部分军队。从周瑜的角度考虑，把南岸地区拿出来给刘备作为州治，不仅可看作是顺水推舟，送给刘备的一个人情，也有利于双方共同对抗曹军，进而减轻曹操方面对江陵吴军的军事压力，因此他很快地就答应了刘备的请求。

答应是答应了，但周瑜答应拿出来的南岸地区，并不是"给"，而是"借"。好在刘备是个不看重虚名的人，正如当年"煮酒论英雄"，曹操将刘备赞为可与之并驾齐驱的英雄，他首先感到的不是得意而是惊慌一样，就刘备此时所必须面对的处境而言，为自己的半个荆州选一个合适的州治，并且可以实际据有，乃是大事，在此前提下，不管是"给"还是"借"，他都能接受。

将南岸地区"借"到手后，刘备即将军营移驻此处，并重新建筑城池，新城需要人口和整套行政班子，于是他又将离新城最近，隶属武陵郡的孱陵县城迁移过来，与新城合二为一。

南岸地区新城是刘备亲自营建的第一个州治，站在新城的位置上，他注定会感慨万千：自己漂泊半生，早年在北方被群雄们赶来赶去，难立安身落脚之地，逃来荆州后，也只是安逸了一段时间，结果曹操率大军南下，又复遭追杀，若不是与东吴联手抗曹，纵然能活下来，现在也真不知道在哪个旮旯里继续亡命天涯呢！

往事不堪回首，连明末大家王夫之都形容刘备是"飘零屡挫，托足无地之日"。南岸地虽小，却寄托着他在苦尽甘来之后，对于未来的所有梦想和希望。

在朝廷正式授予刘备的头衔中，以左将军规格最高，刘备的属下当时也都尊称刘备为"左公"，刘备感慨之余，遂以结束漂泊，"左公平安"之意（一说取"左安安营扎寨"意），将南岸地新城取名为"公安"。

"公安"这个名字也确实取得很吉利，自刘备立足于公安，他便从此告别了过去被撵得东奔西窜的日子，开始走出低谷，攀登属于自己的高峰。

联盟再分工

自刘备自为荆州牧，立营公安，原已归属曹操北军的不少刘表旧部闻风而动，纷纷叛曹南下，前来投奔刘备，刘备的实力因此不断得到增强，但这又使他同时面临一个如何予以安置的问题：江南四郡条件较差，不足以安置军民；相对于物产富庶的北岸江陵地区，"借"来的南岸地较为穷僻，而且区域也很狭小，容纳不了多少人口。

除了人口安置问题，还有个未来发展问题。公安在史书上另有一个地理标签，即油口。油口也称油江口，当时江、河乃长江、黄河的专属名称，其他水域的名字里凡是带有江、河的，都是两大河流的分支，油江为长江的支流，而油口则是油水自武陵郡出发，注入长江的出口。刘备立营公安，也就等于拥有了从江南四郡伸向长江的出口，其意义和价值非同小可。虽然如此，长江一线位于南郡、江夏范围内的其他战略要点，如江陵、夷陵等，皆为东吴所占，油口孤掌难鸣，东吴方面通过对各战略要点的掌控，有效地遏制了长江水道，隔断了荆州方面与中原、益州的联系，从而在事实上将刘备阻于江南，刘备要想谋求下一步的发展，无论是向北还是向西，都要受到各种遮蔽和限制。

如何改变这种态势？就看如何跟孙权打交道了！

刘备在上表以左将军自领荆州牧、治公安的同时，另荐孙权行车骑将军（即代理车骑将军）兼徐州牧。三国时代，所谓表荐早已流于形式，无非是按照操作流程，写个奏章公示一下，自己证明一下合法性而已，汉献帝不会真的收到这些奏表，或就算偶尔看到，也轮不到他进行取舍。不过表荐者还得具备资格，一般都是职位高者表荐职位低者，刘备是由朝廷正式任命的豫州牧，他有资格表荐孙权为徐州牧，反过来，孙权此前仅为领会稽太守，便不具备表荐刘备领州牧的资格。

刘备所荐行车骑将军的位次，不仅高于孙权原有的讨虏将军，而且还在刘备的左将军之上，另外早年关东群雄讨伐董卓时，盟主也多领车骑将军，比如当时作为讨董盟主的袁绍就曾领车骑将军。刘备作此表荐，一是根据赤壁大战的形势变化，将孙刘联盟的性质重新进行定位，即由之前联合自保的抗曹联盟，上升为更具进取性的讨曹灭贼联盟；二是表示自己愿推孙权为盟主，而他本人则甘居其次。

孙权实际控制的是扬州大部，刘备虽担任过徐州牧，但徐州早已不属他所有，而完全在曹操之手。这使得刘备将孙权表荐为徐州牧之举，亦俨如画饼，似乎毫无实际意义，然而刘备却借此提出了孙刘联盟在进入新阶段后内部的再分工——既然已是讨曹灭贼联盟，孙刘联盟自当一致向北进取，其中孙权应在东面徐州方向担负起更多责任，刘备则在荆州方面担负起更多责任。

我对徐州没有任何想法，只要你能从曹操手中夺来徐州，那徐州就是你的。在此期间，你可以把精力都投到那方面去了，至于荆州这边，别担心，我会全力以赴。

这是刘备在提出联盟再分工后的潜台词，也是他推孙权为盟主，并表荐孙权担任徐州牧的真正用意所在，此举如同从周瑜手中"借"南岸地一样，是刘备重实际更甚于虚名特点的又一次体现。

此时不但刘备看重孙刘的联盟关系，其实孙权亦如此。赤壁大战后，曹操针对赤壁大战中北军不习水战的弱点，积极训练水军，稍后又把数十万大军调往合肥，做好了从合肥进攻东吴的准备。孙权由此承受着越来越大的压力，也清晰地认识到，即便在后赤壁时代，严重的危险依然来自北方的曹操，在这种情况下，他绝不能和刘备这个盟友把关系搞坏，以致两面受敌。

刘备的表荐对于孙权而言，只有好处，没有坏处，像表荐徐州牧所寓意的谋取徐州，孙权此后就曾多次与吕蒙等部下对此进行商讨，可见刘备表他领徐州牧还是挺打动他的，并直接影响到了孙权对于江东未来发展方向的考虑。

来而不往非礼也，这一年，恰巧刘备的妻子甘夫人病逝于南郡，孙权听闻，遂将自己同父异母的妹妹许配给刘备，并定下了"孙刘联姻"的婚约。次年，到了履行婚约的时候，刘备便决定亲赴江东，迎娶孙夫人，并以此为契机，就地盘问题与孙权进行谈判。

都是吃政治饭的，孙权肯嫁妹，却未必肯在政治条件上让步，特别是涉及孙吴所占领的荆州地盘，更是如此，万一孙权或者他手下的周瑜等人因此突然翻脸，把刘备扣起来甚至予以加害，可怎么办？诸葛亮曾出使东吴，对孙吴内部的复杂情况有一定了解，正是由于担心刘备的安危，惧其有性命之忧，所以他带头劝阻刘备赴此一行。

刘备素来对诸葛亮言听计从，也并不是不知道此行的风险，但他权衡再三，认为这正是趁热打铁、说服孙权让步的绝好机会，机不可失，同时亲赴江东，也可以让孙权感受到荆州方面的友好诚意，起到巩固联盟的作用，故而不能不去。

借 荆 州

东吴的治所原在吴（今苏州），此时已迁至京口（今镇江）的铁瓮城。铁瓮城是唐代以后的叫法，当时称"京"或"京城"，以其西面有京岘山而得名。《三国演义》中有刘备"甘露寺招亲"的精彩剧情，但刘备赴吴时甘露寺其实尚未建寺，史家因此认为，刘备与孙权见面以及完婚，都是在铁瓮城孙权府第内进行的。

孙夫人时年仅二十岁左右，还是未出阁的黄花大闺女，刘备则已经四十九岁，又刚刚丧偶，更重要的是，他很清楚这是一桩足以提升荆吴关系、固结友好的政治联姻。换句话说，刘备与孙夫人能否恩爱，早已不仅仅是他们两人甚至是刘孙两大家族的问题，而是还关系到荆州的前途和命运，绝对马虎不得，加上又是在东吴地面上完婚，刘备就算没有真的达到欢天喜地的程度，起码这种表情也得做出来。

在《三国演义》中，作者将孙夫人塑造成一个巾帼不让须眉、有着飒爽英姿的女中豪杰，这一形象与历史原型倒是基本符合的。史载，孙夫人文武双全，不仅才思敏捷，而且性格豪放，不愧是孙家之女，颇有其兄长们的风范。刘备虽然要比她大二十多岁，但作为一个饱经历练，英雄之名早已传于四方的成熟男人，对于孙夫人这样一个性格的女子来说，应该也具有很大的吸引力。

孙权嫁妹，一方面是出于巩固孙刘联盟、拉拢刘备继续对抗曹操的需要；另一方面则是刘备力量的逐渐强大，已经让他感受到威胁，而其间刘备展露的雄心才干与能力，更令他颇为忌讳，故而才想到用这种方式来结好和软化刘备。

完婚后的刘备成了孙权的妹夫，这就算是一家人了，而且新婚宴尔的刘备夫妇表现得琴瑟和谐，没有任何不妥，如此情景，自然会让孙权感到满意，也因此对刘备放心了不少。

孙权、刘备都是胸怀大志的当世英雄，又有着联手抗曹的共同愿望和利益，惺惺相惜是很正常的一件事，而联姻的温情背景则更拉近了他们之间的距离。迄今镇江市内仍有很多遗迹和传说，如石羊巷，相传是孙权与刘备把酒言欢，酒酣耳热后曾各自骑在一座石羊之上。又有溜马涧，相传是孙权与刘备争胜，二人沿此涧跃马扬鞭，山上山下几度纵横，故而得名。凡此种种，都从不同侧面表明了其时孙刘关系的融洽程度，《三国志》为此用了"绸缪恩纪"四字进行概括。

眼看时机已至，刘备果断开启了此行最为重要的谈判环节。如前所述，刘备通过表荐孙权，提出了双方在不同方向上的责任分工，即孙权主要在东面与曹操竞雄，而西面的抗曹任务，则由他刘备主要承担。沿着这一思路出发，刘备当着孙权的面，以盟友加妹夫的双重身份，大念"苦经"，称周瑜"所给地少"，让自己很难担起相应责任，尤其无法把南郡作为抗曹桥头堡的作用充分发挥出来。

调整荆州地盘的议题就这样被引了出来。从史料上分析，江南四郡虽主要为刘备征战所得，但也并非全部占领，其中一些地区亦驻扎着吴军并被其所控制,周瑜取江陵后,孙权论功行赏,以下隽、汉昌、刘阳、州陵四县作为周瑜的奉邑(即封地),这四县便均在长沙郡北部。刘备大着胆子,请求孙权将半个南郡以及吴军在江南四郡中的多数占领区,都一并"借"给他,以便他能更好地"都督荆州",抗击曹操。

这就是刘备"借荆州",或称"借荆州数郡"。此次"借地"主要是"借南郡","借南郡"又主要是"借"公安对面的江陵,江陵至少从南北朝开始,便也被称为荆州城,属于一城二名,于是民间俗语中便有了"借荆州"的说法。"借荆州数郡"则是因为"借地"中除南郡外,还包括了江南四郡的部分地域。值得注意的是,数郡里面没有提到江夏。后者是扬州与荆州衔接的要点,江东方面欲保证其上游屏障和出入口,就必定要加强对这片区域的控制,刘备应该是明知纵然自己开口"借"江夏,孙权也不会答应,反而会认为自己狮子大开口,要价过高,故而干脆选择了绝口不提,以留有余地。

刘备"借荆州",对于荆吴双方来说,都是极为敏感的话题。没等东吴方面就此正式展开磋商,已经闻知消息的周瑜即秘密上书孙权,提出了一个事后令荆州方面为之不寒而栗的建议。

建 议

与赤壁之初对刘备的轻视不同,这时的周瑜早已对刘备以及麾下的关羽、张飞刮目相看,然唯其如此,也就变得格外忌惮起来,于是轻视又变成了敌视,刘备成了他的心腹大患。

以刘关张的能力和志向,一定不会甘于久屈人下,"借地"其实就是"割地",刘备抱怨的少和大范围"借"的背后的真正企图,就是要扩张地盘,与孙吴分庭抗礼,这是周瑜的认识。对周瑜而言,此前"借"南岸之地给刘备，那就是底线，要把其余地盘，尤其是他率部费尽周折才攻取的江陵等地，也全都拿出来给刘备，那真是比杀了他还难受。他因此竭力主张拒绝刘备的请求，并特别提醒孙权，"滥割土地"给刘备，将使这些东吴的战略要地，反过来成为刘关张成就事业的资本。

周瑜向来都持有一个观点，即凭借东吴的力量可以独自对抗曹操，他对于孙刘联盟的意识，相比鲁肃要淡得多，也并不看好联盟的前景。周瑜认为，刘备现在推孙权为首，自居其下，只是其实力还没达到那一步，等到他凭借东吴所给之地，得志之后，东吴就将失去对他的控制力，荆吴相邻，未来难保刘备不对江东构成严重威胁。

从江东单独成就帝业的雄心和立场出发，周瑜建议孙权抓住刘备只身入京之机，就地将其扣留和加以软禁。软禁期间，可以为他大兴土木建造豪宅，并且配上许多美女和各种赏玩之物，目的是使刘备沉溺于声色之中而玩物丧志。

谁都知道，关羽、张飞自刘备创业起就追随于他，三人俨成一体，刘备被软禁后，关、张二将要是闹将起来，该怎么办？周瑜的方案是，在羁縻刘备，并将其作为人质，借以挟制关、张的同时，把二人分开，派他们各驻一地，并由像他周瑜这样的大将对之进行操控，迫使关、张为东吴征战——在江陵战役中，关羽曾助周瑜截敌后路，张飞则随同周瑜作战，目睹关张之勇武威猛后，周瑜对他们颇为欣赏，以致认为只要用这种方式将关张收容过来，供己方驱使，则江东大事可定。

与周瑜观点接近的还有大将吕范，他向孙权进言："刘备是走投无路才来投奔我们的，然而蛟龙得云雨，终非池中物，还是应乘机将他困于江东才是。"

东吴将领们的想法不难理解。那些要"借"出去的地盘，都是他们从曹军手里夺过来的，吴军在赤壁之战中虽然损失不大，但却与曹仁在南郡进行了历时一年有余的苦战，其间连周瑜都受了重伤，其战况之惨烈以及兵力损耗之大，不难想见，现在要把南郡等地轻易地交给刘备，确实有些让人难以接受。

跳出东吴的视角，在群雄割据时代，地盘也一向都被看作是最重要、最宝贵的东西，诸侯们在有人来投时，为了延揽人才，博取敬贤礼士之名，或许可以待之以礼，甚至可以给予极为优厚的待遇，安排非常富裕舒适的生活环境，尽可能满足所能想到的所有生活条件，但唯独就是不会割让自己的战略要地。周瑜、吕范等人都是冲破割据时代风云的人物，回望过去的年代，他们也从来没有看到哪个人主在尚未山穷水尽的情况下，愿意将自己占有的战略要地让给别人，即使是自己的盟友。

在东吴内部，并非只有以周瑜、吕范为代表的一种声音。作为孙刘联盟的首倡者，鲁肃就站在周瑜、吕范意见的对立面，他指出，即便在后赤壁时代，曹操也依旧在北方对江东构成严重威胁，所以对抗曹操仍是压倒一切的大事，且南郡等地虽为吴军所占领，但当地士民还未能从内心里接受东吴，愿意效力于江东集团的荆州士人也很少，与其如此，不如让刘备出面，由他来安抚荆州士民和对抗曹操。

随着三足鼎立的逐渐实现，群雄割据时代事实上已告终结，此时处理问题，就必须有不一样的胸怀、见识、眼光和自信，将战略要地授予盟友的事，如果还没有先例，那就不妨创造一个。鲁肃的看法是，"借地"可推动刘备与曹操正面交锋，对东吴来说绝不是一件坏事，与此同时，孙刘联盟的体制也会因此继续得到维持和巩固，"曹操多一个敌人，而我们多一个盟友，此为上策"。

两种完全不同的观点都摆了出来。孙权思之再三，权衡利弊，最终发现还是鲁肃的主张更加稳妥可取。

势之所迫

　　刘备在刘表旧部和荆州士民中，具有很大的影响力和号召力，这一点，即便鲁肃不强调，孙权也早就从刘备轻取南荆州和雷绪事件中看出来了。在荆州的吴军占领区内，孙权所最缺乏的，恰恰就是类似的民意支持，如果他听从周瑜的建议，贸然软禁刘备，势必会遭到荆州方面的强烈抵制和反击，到了那个时候，南郡等地恐怕就不是你肯不肯"借"，而是人家会不会"夺"了。

　　由于联合抗曹的关系，南郡也驻扎着部分刘备的荆州军，加上南面的江南四郡和公安，一旦荆吴翻脸，各处荆军即可在关羽、张飞等人的率领下，对南郡的吴军形成包围之势。周瑜在建议中对此不是没有预案，但他认为借机留下刘备后，就可以操控关张，却未免显得过于一厢情愿。没错，江陵之战期间，张飞曾在周瑜帐下听命，关羽也给周瑜当过下手，为其截敌后路，但那都是出于刘备的安排，并非真心愿听从周瑜的调度。关张对刘备皆忠心不二，爵禄不能移其志，只要看当初曹操那么厚待关羽，关羽仍要逃归刘备，就可知一二。现在倘若东吴真把他们这位敬若兄长的主公给软禁起来，哥俩非得急了眼不可，不但不会听从周瑜的指挥，还会跟他玩儿命，都等不到二人被拆分开！

　　须知，荆州方面即便暂时群龙无首，但其集团内牢不可破的忠义文化，仍旧会把众人拧成一股绳，绝不至于成为一盘散沙，反而那种同仇敌忾、急于救出刘备的劲头，会使他们更加生龙活虎、斗志如虹。双方实力上，荆军在赤壁大战、收复江南四郡等役中，不但没有受到什么损失，反而还有较大增强。相比之下，周瑜所统吴军在江陵之战中却受损不小，且那场战役旷日持久，致使部队长期得不到充分休整，倘若周瑜届时控制不住局势，致使双方真的火并起来，吃亏的恐怕还是他这一边。无怪乎北宋学者唐庚发表评论，认为孙权"出借"荆州，实乃势之所迫，"他倒是想不给，但做得到吗"？

荆吴对立所造成的最严重后果，还是联合抗曹的力量将为之大大削弱。赤壁大战后，曹操凭借其所据有的襄樊之地，随时可以水陆并进，重返荆州，也就是说，驻屯于襄樊的曹军西路部队，与集结于合肥的曹军东路部队一样，均对东吴构成很大威胁。在这种情况下，孙权尽管兵力上还远远少于曹操，但仍不得不分兵设防，并寄望于刘备荆州军的相助，倘若孙刘联盟解体，单凭江东的力量，是无法长期同曹操抗衡的。无论孙权还是刘备，对此心里都是明镜似的，所以孙权才会不惜以嫁妹来对刘备加以笼络；而刘备也才会颇具针对性地推出联盟分工战略，并提出在周瑜等人看来极为过分的"借荆州"要求。

假刘备以牵制曹操，是鲁肃主张"借荆州"的主要论据，其实这也是刘备敢于冒险只身赴京的一个重要因素。他行前曾推断，目前北方的曹操势力才是孙权需要防备的主要敌人，荆州势力的壮大，恰恰可以暂时缓解孙吴的压力，故而孙权决不至于做吃掉荆州的想法，当然也就不会加害于己。

应该说，这一推断颇合孙权之意。赤壁大战后，周瑜之所以要全力以赴争夺南郡特别是江陵，目的之一就是要确保西线安全。经过为期一年的苦战，吴军虽然得以赶走曹仁，占领包括江陵在内的南郡江北之地，却也因此隔断了曹操与刘备的直接联系，致使荆州形成了不利于孙吴的南、中、北格局（即刘备据荆南，孙权据荆中，曹操据荆北）。

处于南、中、北格局之下，刘备的荆州军在联盟中退至第二线，在荆的吴军则被夹在曹刘之间，不但要担负警戒曹军之责，还要随时准备与对方硬碰硬，相当于是把面对曹操的主要压力全都担在了自己肩上，几乎就成了荆军的挡箭牌。其结果，轻者分东吴有限之兵；重者西线不保，曹军再次顺江东下，使赤壁大战的胜果付之流水。

既然如此，为何不纳鲁肃所言，把南郡等地痛快地"借"给刘备？表面看起来只是"借"地盘，但由于南郡为荆州之核心，刘备与曹操将就此在荆州形成南北对垒，荆州原有的南、中、北格局亦将转为南北格局，东吴可以把很大一部分吴军从荆州撤回，用以加强其淮南防务，集中东御曹操，这对东吴而言，无疑更为有利。

据史家分析，除了这些可以摆上桌面的理由，孙权不接受周瑜、吕范的意见，或许还有怕因软禁刘备而蒙受嫉贤妒能恶名，甚至用以遏制周瑜等深层次需要。

遏制周瑜

周瑜是孙权之兄孙策的少时好友，也是孙策留给孙权的托孤重臣。在一般人眼中，他应该是孙权最为信赖的大将，表面看来也确实如此，但一个耐人寻味的事实是，赤壁战前，周瑜被任命为吴军的抗曹主帅，并非出于孙权的最初意愿，而是在鲁肃的竭力推荐下才得以出任的。

周瑜受命后，曾请求孙权能给他调拨五万人马，当时他估计沿江东下的曹军有二十多万，拨五万人马御敌着实不多，孙权总共拥兵十万左右，即便考虑东线要预留必要的兵力用于机动和防御，也完全是拨得出的，但他却一次性只给了周瑜三万。就是这作为前部的三万人马，也不是身为主帅的周瑜一个人说了算，得由他与副都督程普分掌——程普是孙权父亲孙坚时代的老将，一贯倚老卖老，周瑜和大部分同僚都相处得不错，但唯独与程普关系不好。孙权明知二人不睦，但依旧让他们共事，以致到了赤壁大战时，周瑜只能与程普各领万余兵马，与刘备军一同前进，为此差点把事情搞砸。

周瑜志向高远，是个有很大抱负的人。清代学者王懋竑指出，在东吴群臣中，只有周瑜的雄才大略与孙权相似，二者都有吞并中原之志，而不甘于自守。对于孙权而言，这就很要命了，他在周瑜的使用和授权上，实际处处都可以看出忌惮之意，任命程普为副都督，也难以仅仅用程普德高望重，对周瑜可起到辅佐作用之类的说辞来进行解释，倒是牵制和防范的痕迹相当之重。

周瑜在赤壁建立首功，使东吴转危为安，其后又占领江夏、南郡，为东吴构筑了西部的安全屏障。孙权在欣喜之余，也必然更伤脑筋，因为战后周瑜在东吴将士心目中的声望越来越高，大有盖过他孙权本人之势，连昔日与之不睦的程普都对之敬服有加。

周瑜攻取江陵后，孙权分别任命周瑜、程普为南郡、江夏太守，但周、程关系已不同以往，孙权所期望的分权制衡，自然也不容易达到预期效果。到了这个时候，孙权就不能不害怕周瑜在荆州乘势坐大，并以所掌握的南郡之地，作为与其分庭抗礼的资本。

周瑜滞留刘备，拆分关羽、赵飞而为己方所用之策，从用心来说，完全是为孙权和东吴大业着想，然而孙权既对周瑜的猜忌之心加重，听在他耳朵里，就会别有一番滋味在心头：他这么做是否别有用心？是不是想乘机架空我，扩张他的个人势力？

自古对于功高震主和欲架空人主者，人主的对策无外乎赏或杀——赏就是以封赏的手段，明升暗降，收回兵权，但周瑜已经到了一般封赏都难酬其劳的程度；杀吧，周瑜有大功于东吴，采用如此简单粗暴的制裁方法，必然会使孙权大失人心，之后不需要曹操再进攻，东吴自己就垮了，以孙权之明智，是断然不会这么做的。

传统的一套用不上，只能现找，以刘备来遏制周瑜，很可能就是孙权现找的。鉴于江东已无制衡周瑜的足够力量，借助刘备，也确实不失为一个最佳选择，毕竟刘备是东吴的盟友，又是他孙权的妹夫，把周瑜在荆州的管辖地盘，统统"借"给刘备，既四两拨千斤，极为巧妙地拿掉了周瑜在东吴以外的地盘乃至权力，同时在联刘抗曹的旗帜行事，也能让周瑜与东吴诸将无话可说。

最大受益者

见孙权已同意了自己的请求，归心似箭的刘备遂辞行出京。本来刘备夫妇都已经乘船离岸，结果孙权又乘着"飞云"大船，亲率张昭、鲁肃等群臣十余人追来送行，并在"飞云"上为刘备举办了盛大的饯别宴会。

"飞云"是孙权的三大楼船之一，这种船虽然实战价值一般，但形体高大，蔚为壮观，当日场面之热闹隆重，不难想见。席间，孙权凝望刘备良久，说道："孤（孙权自称）与公（指刘备）要共同扫清奸贼，迎帝定都，等到国家安定的那一天，孤愿与公乘舟游沧海。"刘备立即答道："这也是备（刘备自称）的愿望。"对于京口相处的这段时间，孙刘似乎都意犹未尽，对话中，二人惺惺相惜之感依旧沛然可见，故而有人将之称为是京口版的"煮酒论英雄"。

表面亲热的背后，博弈仍在继续。过了一会儿，张昭、鲁肃等人先走出舱外，剩下孙权与刘备单独话别，说着说着，刘备忽然提到了周瑜，叹口气说："公瑾（周瑜字公瑾）文韬武略，乃万中无一的英才，不过我看他度量如此之大，恐怕不会愿意一直在别人手下做臣子。"

刘备并不清楚周瑜上书的事，他只是从周瑜以往的态度来分析，对方不会这么容易就把南郡等地交出来，他与孙权的口头协议也将因此打折扣。作为政治场上的老江湖，孙权对周瑜的防范之心，自然也逃不出刘备的视线，刘备很希望孙权就此罢免或弃用周瑜，但这话又不能明着说出来，于是便灵机一动，借用临别赠言这样一个特殊的方式和情境，"对着自家人讲真心话"，暗指周瑜不安于位，实质则是对孙权和周瑜进行离间。

由于周瑜在赤壁以少胜多，大败曹军，使得曹操对周瑜也颇为忌惮——他此前给孙权写信，一面以赤壁之役正好碰上疾病，所以只得烧船自退，来为自己遮脸，一面又以周瑜凭此役白白得到虚名，对周瑜进行诋毁。相比于曹操还有些含蓄的挑拨，刘备说得更直接，对孙权的触动无疑也更大。史籍没有记载孙权的答语，当然他也不可能跟刘备说这些，但避而不答，本身就说明刘备的言辞，已经在他心中生起了涟漪。

刘备忌惮周瑜，也同样防范孙权。孙权上身长、下身短，古相术中认为长着这种相貌的人，将来必能成就大业，且绝不会甘于屈居人下，俗话说"一山不容二虎"，抛开北方的曹操，孙权最终能容得下同在南方的刘备吗？彼此争夺不过是时间问题，刘备怕就怕他这个内兄这时就耐不住性子，提前朝他动手。可以说，当孙权乘着大船前来追赶时，就足以把刘备给吓得心惊肉跳，直到在"飞云"上"煮酒论英雄"，他都不可能真正安心，不过是强装笑脸，故作镇定而已。

离开京口后，刘备颇有感触同时又心有余悸地对左右说："看来我以后再也不能去见他（孙权）了。"他不敢停留，如同脱笼之鸟一般日夜兼程，终于得以平安返回公安。

刘备"借荆州"得到了分析家的极高评价，认为这是代表其一生中最高水平的一次政治外交活动——定计"借荆州"，好似战场用奇兵，走棋出奇着，是在困境中打出了一手好牌，而深入虎穴，亲赴京口，求借荆州，更是其将智勇兼备的外交才能，展现得淋漓尽致，最终才得以死中求活，偿其所愿。

事实上，周瑜谏言孙权，要求拘押刘备，并挟持关张为东吴驱驰疆场的内幕，刘备自己是过了很久才知道的。尽管他对此并不是毫无心理准备，但仍旧感到非常吃惊和后怕，并由此得出了两点体会：其一，"天下智谋之士，所见略同"，诸葛亮劝我不要亲赴京口，是预料周瑜等人可能会设陷阱，诸葛亮确有先见之明，万一我被扣留，后果不堪设想，这次乃形势所迫，不得不行此险途，以后万不可轻易尝试；其二，周瑜太厉害，也太危险了，这次赴京，差点就栽在了此人之手！

前有诸葛亮使吴，后有刘备赴京，二者都冒了很大风险，非大智大勇者不能为，但同时也都换来了丰硕和令人满意的结果——前者初步建立了孙刘联盟，后者则在使刘备成为后赤壁时代最大受益者的同时，进一步巩固了孙刘联盟，并对曹操造成了巨大威胁。

据说，当孙权将南郡等地"借"给刘备的消息传至北方时，曹操本来正在写信，听闻后竟然惊愕到把笔都掉在了地上。

从曹操的心理上分析，"借荆州"确实是他最不愿意和最怕看到的。此前孙刘虽早已结盟，但尚存在不确定性，而且三方在荆州的南、中、北格局，又使得孙刘联盟的作用受到很大限制，孙权不得不分出相当多的兵力，在荆州担任防务。对曹操而言，后者让他有机可乘，便于对孙刘各个击破，事实上，在当时及稍后，他已将二三十万大军调往合肥前线，准备随时进攻东吴，但"借荆州"预示着吴军将最大限度地集结于东线，而接过长江中游防务的刘备，不光是防御，也随时可以乘曹军分兵东线之机，在西线展开进袭，如此一来，曹操也就无法按计划展开攻势了。

令曹操感到焦灼的还不仅局限于此，以他所具备的战略眼光，必然能清晰地看到，随着"借地"这个因素进入孙刘联盟，孙刘在各取所需，二者都变得更难对付的同时，双方的联盟关系也将发生质的变化——群雄争来争去争的无非是土地，既然土地都能出借，孙刘之间还有什么战略合作不能达成？又岂能指望联盟在短期内自行解体？

想当年在许都，刘备寄于曹操篱下之时，两人"煮酒论英雄"，刘备也曾被曹操无意中的一句话吓到掉筷子，孰料风水轮流转，如今的曹操也开始惧怕刘备了——此人屡战屡败，却从未倒下，观其以荆州首领之尊，甘冒风险，亲赴京口，并且成功地把荆州"借"到手中，站在他那个层次上，有几人能够做到？

即便是孙权，这个他曾经眼中的小字辈，曹操也不得不重新加以审视——从联刘抗曹，到拍板"借荆州"，此人所表现出的眼光、气魄和决断能力，皆非常人所能做及，甚至可以说在老一代关东诸侯中，也少有能与之相提并论。

这一年，曹操已经五十五岁，想到在今后有限的岁月里，自己将长久地与孙刘这两个超强对手缠斗，就算竭尽心力、疲于奔命，也未必能够再夺荆州，一统天下，甚至还可能连北方都守不住，那一刻，他的内心注定是崩溃的，其闻讯后反应强烈，乃至惊诧失常，笔落于地也就一点都不显得奇怪了。

新 方 案

然而，孙刘联盟内部的"借荆州"也并非自此就一帆风顺。在孙权同意将南郡等地"借"给刘备后，周瑜面前便只剩下了两条路可走：其一，是继续留在荆州，以南郡太守的身份，听从刘备的调遣和驱使，就和江陵之战时，张飞受刘备之命，到他帐下听用一样；其二，是离开荆州前线，将军事行政大权归还孙权。

从周瑜的角度来说，前者是难以接受的，后者又不甘心，为此他思前想后，谋划出了一个新的方案，并亲赴京口，当面对孙权进行游说。

周瑜在其方案中认为，曹操新败，担忧内部会发生变故，短时间内无暇和东吴作战，这就为吴军西取益州提供了一个空当，而眼下益州的刘璋尚为经常受到汉中张鲁的抢掠进攻而犯愁，东吴也正可从中渔翁得利。周瑜请缨与孙权的堂兄、奋威将军孙瑜一同出征，他们将首先攻取益州蜀地，接着再兼并汉中，之后留下孙瑜依托秦岭山区的险要山区进行防守，并负责与凉州的马超结成抗曹同盟。周瑜自己则率主力部队返回荆州，与孙权一起攻夺襄樊，用以取得北蔽江陵和进兵中原的门户。

这就是周瑜的所谓"规定巴蜀，次取襄阳"。从战略上来讲，该方案相当于是对鲁肃"吴下对"的延伸和具体化，与诸葛亮的"跨有荆襄"，将益、荆、扬三州连缀成完整的抗曹大势，亦颇有相似之处，只不过诸葛亮是试图通过孙刘联盟来形成抗曹大势，而周瑜却是想抛开刘备，由江东方面单独掌控抗曹大势。

没错，如果说以前的周瑜，只是看淡和不看好孙刘联盟；在他的新规划中，则是根本就不当刘备是战略盟友了，一个非常明显的事实是：其方案中甚至都提到了要与马超结盟，而对于老盟友刘备该在其中充当什么角色，发挥什么作用，则只字未提。

周瑜这个人，倒真像是刘备的前世冤家，他的方案实际是要对荆州地盘的调整问题进行搁置，甚至不了了之，因为江东既然下一步就要西取巴蜀，北取襄阳，那么保持对夷陵、江陵的持久控制，也就是必需的了。不仅如此，由于刘备未被纳入方案，其未来的战略发展空间也势必受到挤压，最终仍只能局促于荆南一隅。

将周瑜的西进北征方案与诸葛亮的隆中路线再做个对比：诸葛亮是"三分天下"，周瑜是"二分天下"；诸葛亮是"联孙反曹"，周瑜是"制刘反曹"。对此，刘备方面会是什么反应，闭着眼睛都能想象得到，周瑜敢把这一方案拿出来，不外乎是认为刘备势力还相对较弱，需倚仗孙权才能壮大羽翼,不至于为此事与东吴反目争斗,且刘备的兵众尚被隔在江南,即便想阻拦吴师入川,也有心无力。

为了让孙权接受自己的新方案,周瑜事先着实经过一番推敲,除了对出击益州表现得很有把握、信心十足,他还主动提议与孙权的堂兄孙瑜,而不是老搭档程普携手西进,这也显然是揣摩了孙权心思的结果。其实此时周瑜、程普的关系已经改善,程普因敬服周瑜,开始亲敬他,然唯其如此,周瑜反而不能携其同行。孙瑜是孙权的近亲,只有和他一同伐蜀,成功后再把孙瑜留在益州,才有助于消除孙权可能产生的疑虑。

孙权早就受到鲁肃"吴下对"的影响,周瑜的进取方案若能付诸实施,其江东霸业将大大向前迈进一步,更何况,周瑜还主动在其中设计了邀孙瑜同行等让他放心的环节,因此很快就同意了他的建议。

在方案获批的情况下,周瑜没有在京口多做停留,便立即动身返回江陵,以便为伐蜀做准备,不料途中突染重病,引起旧伤复发,还未等到达江陵,就猝亡于巴丘,时年仅三十六岁。

周瑜的病亡毫无征兆,非常蹊跷突然,他的伤应该是江陵之战时蒙曹仁所赐,但当时既未致命,从其在江陵理事以及能亲赴京口的情况来看,也早已恢复健康,何至于暴亡?人们不禁要问,其中会不会有什么不为外界所知的隐情?有专家在研究后推测,周瑜之死,很可能与西进北征方案的难以落实有关。

周瑜之死

周瑜应该是早有占领益州的腹案,除了鲁肃的"吴下对"外,甘宁来自益州,他也曾提出未来攻略巴蜀的建议,鲁肃、甘宁都是周瑜举荐给孙权的,他们的观点对周瑜自然会产生影响。不过鲁、甘说的取益州都只是远景，真正拿出伐蜀的具体计划并准备付诸实施的，江东将领中，周瑜是第一人，而他早不拿出来，晚不拿出来，偏偏在"借荆州"的敏感时刻拿出来，当然不是巧合，可以说该计划在某种程度上实际就是被"借荆州"给倒逼出来的。

特殊的出炉背景，决定了西进北征方案远远谈不上成熟，其本身存在着很多难以解决的问题和漏洞。比如周瑜关于曹操无暇和东吴作战的分析，就不符合实际，江东要分兵图益州，其军力必然要向该战线集结，在此期间，若是曹操对东吴和南郡发动攻势甚至较大规模攻势，该怎么办？

又如，刘璋部下兵将的战斗力，确实要逊于周瑜所统辖的吴师，但攻难守易，相比于吴军，蜀军作为防守方和地头蛇，无疑更具地利人和的优势，且吴军还要以下流之势溯攻上流，更是事倍功半。固然，吴军拥有夷陵这一入蜀门户，甘宁和原夷陵守将、从刘璋处转投东吴的袭肃等人，对巴蜀情况都较为熟悉，这些也都有助于取蜀，但也无法从根本上弥补吴军所存在的短板。

退一步来说，就算周瑜能如愿攻取益州，也很难守住。山区地形与结盟马超，是周瑜在方案中所称固守益州的两大凭借，然而问题是山地战向非吴军所长，至于结盟马超，你怎么就能保证江东在攻占整个益州前，马超不被曹操先行击败呢？

对刘备的排斥和挤压，更是潜藏着相当大的危险。刘备在"借荆州"时态度谦卑低调，并不仅仅是因为相对弱势，还因为他有求于人，但是一旦他发现不仅"借荆州"落空，而且自己的发展前途也被遮蔽，怎么还可能做到安之若素、心平气和？荆州军被阻隔在江南不假，然而却正好处于吴军侧背，螳螂捕蝉，黄雀在后，吴军伐蜀期间，荆军别的不用做，只需切断其粮道，就够吴军受的了。先前鲁肃、甘宁建议远图益州，其基本立场也都是在占领荆州后，再图益州，东吴现在仅仅只是控制着荆州中部，依托于长江狭长一线，在北有曹军威慑、南有荆军窥视的情况下，其处境之脆弱，不言而喻。

周瑜深谙兵法，当然看得到这些问题，也清楚地知道伐蜀时机其实并不成熟，只是因急于阻止荆州地盘的调整，才匆匆出台方案并说服孙权予以接受。等到尘埃落定，真的受命出征，周瑜就不能不思考如何该解决各种难题了，但事实上，他一时又根本解决不了，于是便只能陷入进退维谷之中：硬着头皮上吧，此次越荆伐蜀乃孤军远征，触兵家之大忌，赢面实在很小，不仅益州、汉中无法到手或难以保持，弄不好，还会危及整个江东政权；知难而退吧，主公孙权那里没法交代不说，也会惹得同僚讥笑，自赤壁大战以来所建立的英名皆当付诸东流。

一个平民老百姓光愁也会愁死，何况周瑜这样心高气傲，有着远大抱负的人，有志难酬、进退失据，对他的打击很可能是致命的。《三国演义》中有"三气周瑜"的桥段，将周瑜之死说成是被诸葛亮气死的，这一说法并无确切的史料可以佐证，仅仅属于艺术创造，但从当时情况来看，周瑜之死很可能就源自"借荆州"事件，正是后者让他得了心病，最终导致无药可治，一病不起。

病危前，周瑜向孙权荐鲁肃自代。在东吴将领中，程普比鲁肃的资格更老，虽然周瑜和程普曾有过不愉快的相处经历，但那早已是过去时，而且以周瑜对待同僚的胸怀以及对孙权的忠心，也绝不至于在举荐这种大事上怀有私心。更重要的是，鲁肃倡导和一手促成了"联刘抗曹"，同时也是"借荆州"的坚定支持者，在这方面，他和周瑜一贯意见相左，周瑜明知此情，为何仍会弃他人而选择鲁肃为自己的继任者？

除了如其给孙权的临终信中所说，鲁肃的才智方略足堪其任外，恐怕还是缘于周瑜自身对其策略的反思。

投 资

周瑜、鲁肃本是气味相投的挚友,从根本上说,他们的政治见解其实是一致的,即都主张孙权应首先鼎足江东,然后伺机占领和控制长江以南,进而成就霸业。只不过赤壁之战后的周瑜成了激进派,一心想通过单独行动,强行扩大江东的势力范围;而鲁肃却是稳健派,主张高瞻远瞩,有步骤地推进计划。

周瑜在现实中碰了壁,临终前他未再提及让其他江东将领继续伐蜀之事,说明他已经知道这条路行不通了,而举荐鲁肃接替自己,则无异于表明他不反对在其去世之后,江东方面继续对刘备采取务实政策,并寄望于鲁肃进行主持。

与此同时,周瑜也并没有消除对刘备的敌意和戒心。在他心目中,刘备始终是孙权争夺天下的潜在威胁,必须严加防范,即便为时势所迫,不得不联合刘备,也应该是阶段性而非长期性的,为此他不惜在临终信中对孙权发出警告:"刘备寄寓,有似养虎!"——让刘备寄居在荆州,就好像是在家里养了只老虎一样!

孙权虽曾对周瑜不放心,但等到周瑜一死,那种属于君主专制时代人主几乎共有的猜忌心理,也就被痛失大将的悲恸和惋惜所替代了。周瑜的临终遗言,受到孙权的格外重视,根据周瑜的推荐,孙权任命鲁肃为奋武校尉,代领周瑜之军,使之跃升为江东在荆州上游的统帅。

周瑜猝亡,继任主帅鲁肃擅长外交和策划,但在统率大军作战方面,缺乏周瑜那样能够独当一面的韬略和胆魄,可谓守成有余,进取则不足,老将程普和其他将领亦难以担当入蜀作战的指挥任务,原本就不太现实的西进北征方案,也因此只能宣告夭折。一度推迟甚至可能被取消的"借荆州",看起来似乎又可以重启了,然而孙权在以鲁肃接替周瑜的同时,还有一项任命,那就是以程普兼任南郡太守。这一安排显示出,周瑜遗言中所流露出的对刘备的疑虑和担心,还是从心理上对孙权造成了影响,以致他在"借荆州"问题上产生动摇,已经有了不将南郡等地让给刘备的意图和迹象。

将"借荆州"继续推动起来的,仍然是鲁肃,正是他再次对孙权进行了说服。此时北方军事形势也发生了新的变化,曹操在巩固自己后方的基础上,计划从寿春、合肥、濡须一线的水路南下,直逼江东。孙权不得不将力量集中至东线,以应对曹操主力的进犯,由此又势必使西线兵力受到明显削弱,吴军要想在荆州江北按计划完成防御重任,压力很大。这一紧张形势的出现,也大大增强了鲁肃游说的说服力,因为将南郡等地正式"借"予刘备,就意味着将长江中游的防务也移交给了这位盟友,东吴在东西兵力调配上将变得游刃有余。

据说鲁肃和周瑜相交之前,周瑜听闻鲁家很有钱,有一天便率部下来见鲁肃,想请他资助一些粮食。鲁家当时共有两座米仓,得知周瑜的来意,鲁肃毫不犹豫地便把其中一座送给了周瑜。从这件事中可以看出,鲁肃确实生性就特别慷慨,但与后世《三国演义》中所刻画的形象不同,鲁肃并非一味被别人牵着鼻子走的窝囊老好人,他的慷慨也绝不是只知付出,不要回报,实际是一种极具前瞻性的长期投资。

就在鲁肃送粮给周瑜并与之结交不久,北方陷入战乱,鲁肃举家迁往江南,正是在周瑜的推荐下,他才得以拜见孙权并得到重用,通过一仓米所换来的回报,岂止百倍?"借荆州"也一样,在鲁肃看来,曹操的实力依然强大,江东在荆州的权力基础则比较脆弱,且相当于被曹、刘夹在中间,如果孙权能靠"借地"脱离此困境,让刘备单独面对曹操的压力,这笔买卖怎么算都不亏。再者,"借荆州"是"借",刘备在南郡等地只拥有暂时支配权，而非所有权，等到将来形势变化，曹操势力变弱，对东吴的威胁减小，所"借"之地，东吴仍是有权利要回来的。

这是一个大胆而周密的政治策略。孙权最终被鲁肃说服，决定采纳他的建议，将南郡等地正式"借"予刘备，同时也就将长江中游的防务全部移交了出去。吴军在荆州的部署由此进行了一次大调整，原兼任南郡太守的程普复还江夏，原驻江陵的鲁肃亦率部下移至长沙郡的陆口。

陆口是陆水河下长江之口，赤壁大战时孙刘联军曾在此驻兵立寨，其对岸就是火烧曹军的乌林。陆水河的岸边有一座小山嘴，样子看起来像簸箕，人称"簸箕山"。吴荆以簸箕山下的河中碣石为界，东岸为吴，西岸为荆，簸箕山也因此被改名为界石山。

双方划界后，孙权从江夏郡和长沙郡中分出部分地域，新立汉昌郡，以鲁肃为汉昌太守，又从扬州豫章郡中分出部分地域，设立鄱阳郡。以汉昌郡为首，汉昌、江夏、鄱阳三郡相当于攥住了荆州的脚脖子，这表明孙权、鲁肃在以"借地"名义，对刘备做出大幅让步的同时，仍对对方保持着一定的警惕性，并随时准备在必要时候予以制约。

第七章　众里寻他千百度

在如愿取得南郡等地、并与东吴以石为界后，刘备也调整了军事部署。他将两员心腹勇将关羽、张飞，全部派驻于南郡，其中关羽被委为襄阳太守，刘备命他自率一军，屯驻江北。

襄阳和徐州一样，都尚在曹操的控制之下，刘备以关羽为襄阳太守，与他表荐孙权为徐州牧相仿，更多的是一种象征意义，为的是向东吴表明向北进取的决心和姿态，同时也是对自己所提联盟分工战略的落实。

在南郡所有最具战略价值的要点中，江陵之外，就轮到了夷陵、夷道。夷陵靠近三峡峡口，扼守着荆州与益州之间穿越三峡的通道。夷道在夷陵西面，因地处长江和清江（古称夷水）的交汇处，交通便利，区域内拥有"夷道"，即通往西南蛮夷聚居区的必经要道而得名。刘备将夷陵、夷道等县从南郡分出，另立新郡（郡治设于夷道），并亲自定名为宜都郡，由张飞任宜都太守。

通过这一系列措施，刘备既向孙权展示了东吴在"借荆州"后所能得到的回报，也在实际上加强了对南郡的控制，尤其从江陵开始，再到自江陵西上入蜀的长江水域以及周边军事要地，都有重兵管控，包括孙权在内，旁人皆无隙可乘。

困　境

尽管刘备通过"借荆州"扩大了地盘，使军民安置和发展问题都有所缓解，但他的实控区依旧不大，且除江南四郡外，南郡等地在经历战争破坏之后，经济凋敝、民生艰难，也早已不复刘表在世时的富庶景象。

更为严峻的形势是，吴军从南郡撤走后，也相应留下了力量真空，防曹抗曹的压力全都落到了荆军肩上。过去包括赤壁大战、江陵之战，其实主要靠的还是吴军，荆军自己有没有能力单挑曹军，谁都不敢打这个包票。在派关羽游击于荆州、襄阳之间的情况下，刘备仍迟迟不敢将州治所由公安迁往北岸的江陵，或许也是其内心不够自信的一个表征。

若是江陵一线出了状况，不但好不容易"借"到的南郡将得而复失，整个荆州亦将危殆。另一方面，能够成功地"借"得江陵等地，很大程度上都依赖于孙刘联盟的巩固，但孙权有"吴下对"，刘备有"隆中对"，在双方的战略目标中，荆州都是必选项，因此从长远来看，两家在荆州问题上的严重冲突难以避免，联盟必不可久恃。刘备自然明白这一点，他最担心的，恐怕还是在自己的力量足以壮大到与曹操、孙权比肩之前，或江陵被曹军击破，或孙刘联盟先行破裂，导致孙权来索还地盘。

当初刘备亲赴京口、迎娶孙夫人时，两口子应该有过甜蜜期，但这终究是一桩笼罩着政治阴影的婚姻，特别是孙夫人在随刘备来到公安后，孙家相对于刘家的强势地位，使得孙夫人身上骄横的一面逐渐显露出来，久而久之，自然会严重影响夫妻感情。

因彼此猜疑，无法和睦相处，刘备只得在公安城外另筑一城，供孙夫人单独居住，称"孙夫人城"，平时刘备去"孙夫人城"见她，孙夫人身边总有侍女上百人，双手持刀，侍立于两侧，使得刘备每次进入室内，心都禁不住要怦怦乱跳,史书中记为"衷心常凛凛"。"凛凛"是感到寒气逼人、内心恐惧的意思。有人说这是因为刘备怕遭到暗算,确实,夫妻相见,刘备也不可能像孙夫人一样带着大把卫兵入室,万一孙夫人自己或受其兄之命,心怀不轨,将刺客藏于侍女中,事情也确实很麻烦。

不过话又说回来,刘备半生戎马,是从刀光剑影和死人堆里冲杀出来的一代英豪,行刺的事以前也没少见,他自己对此必已有所防范,纵然会感到忐忑不安,但似乎也不至于"凛凛"。说到底,孙刘联姻是孙刘联盟固好的一个重要组成部分,或者说是晴雨表。对于孙权的这个亲妹妹,刘备是根本得罪不起的,所以哪怕他们的夫妻关系早已亮起红灯,他也不得不专筑一城,将孙夫人像活菩萨一样供在那里,并且还得隔三岔五,如同拜谒自己的上司一般,主动去"孙夫人城"与其见面。

刘备青少年时期就是个豪侠,加之转战四方,武功非一般人可比,而且帐内若有大的动静,外面的卫兵也定会蜂拥而入。孙夫人虽称女中豪杰,但她和她那些侍女一样,动真格的场合应该经历得很少,甚至没有,刀枪这东西可不长眼,若是双方打起来,刘备未必有事,却很可能会伤及孙夫人的侍女乃至她本人。这种事情一旦发生,其性质就有超出夫妻不协的可能。夫妻不协毕竟还是关起门来的事,孙权就算耳闻,也不能拿它来做什么文章,可如果发生伤亡,一旦传至东吴,轻者引发吴荆双方的交涉,重者将直接造成联盟破裂,孙权以此为借口,一怒之下举兵相向,逼着刘备将"借"的地盘全部吐出来,也未可知,刘备内心之"凛凛",其实也正缘于此处。

孙夫人出嫁刘备时,曾随身从东吴带来一批兵吏,她不仅在闺阁内给刘备摆阵势,还经常带着这些兵吏横行不法。刘备在夫妻生活中固然可以百般忍让,但对此则不能听之任之,因为这关乎他在荆州士民中的声誉。考虑到赵云有勇有谋,且个性方正严谨,能维持风纪,刘备便特地任用他主管内务，以对孙夫人及兵吏的不法行为进行限制。赵云是刘备帐下除关羽、张飞外最有名的大将，又身兼桂阳太守之职，刘备居然不得不把他叫来帮自己兼理内务，可想而知，相关问题处理起来有多么棘手。

与孙夫人的婚姻，对刘备而言，简直成了一根扎在他肉里的刺，既不能掰，也不能挑。这是在内部，在外部，荆州已成四战之地，其北边有曹操，东边有孙权，西边有刘璋，刘备要在这三方势力的夹缝中求生存，其所要承受的压力和所要面对的困难，甚至比"借荆州"之前还要多、还要大。诸葛亮后来回忆这段时期刘备的心路："北边畏惧曹操的强大，东边害怕孙权的威胁，近处担心孙夫人生变于肘腋之下，在家中搞出内乱……进不能，退不得。"

要摆脱困境，只能继续推进隆中路线，朝"跨有荆益"的方向再往前迈上一步，那就是对三方势力中最弱的一环——刘璋下手，把享有"天府之土"盛名的益州据为己有，否则的话，对于刘备而言，后赤壁时代的三足鼎立就是虚的，既缺乏安全保障，荆州的独立局面也难以长久维持和支撑下去。

刘备已经在积极考虑和做准备，设宜都郡和任命张飞为宜都太守，说白了，都是奔着益州去的，但西向取益州，又岂是易事。按照诸葛亮的说法，"益州要塞，沃野千里"，实为易守难攻、自保有余的险地，益州牧刘璋虽然无用，但他的要塞和兵将却也不是吃干饭的，不是谁都能打得下来。

就在这时，孙权突然向荆州派来使者，并通过使者向刘备传达了他的提议：是否愿意一起伐蜀，同取益州？

借　道

西取益州，不仅是"隆中对"的目标，也是"吴下对"中的重要一环，所以孙权才会迅速接受周瑜的西进北征方案。孰料周瑜猝亡于道中，致使其方案尚停留于纸面之上，便告夭折。与此同时，曹操却派大将钟繇、夏侯渊等人进入关中，意欲讨伐张鲁，攻取汉中，这极大增强了孙权的危机意识，在通过"借荆州"减轻压力、节省兵力后，他便又产生了夺取益州的念头。

对于孙权而言，取蜀最现实的途径就是沿江西上，但这么做势必要通过刘备防区，而如果吴军选择强行通过，不仅会破坏荆吴联盟，而且事实上也没有成功的把握——周瑜在世时，南郡为吴军所占，那时尚有被刘备从侧背袭击之虞，更不用说如今那一带的水陆要道皆为荆军所控制了。

在孙权的计划中，取蜀是东吴单方面的独立军事行动，之所以要遣使荆州，与刘备商议共同行动，其实就是借个道，一旦成功夺取益州，按照吴荆的实力对比以及"谁占地谁拥有"的不成文规则，益州当然只会属东吴所有，届时最多拿点边边角角出来，就能堵住刘备的嘴。

当初刘备赴京，周瑜等激进派欲对之加以扣押加害，并侵吞其资产的图谋，如今早已为荆州方面所知，孙权因接受周瑜西进北征方案，而导致"借荆州"差点胎死腹中一事，亦不再是秘密。这些无疑都会伤害到刘备和荆州方面的感情，有人称之为"嫌隙初构"，虽然荆吴联盟尚处于最好时期，但内部已经出现嫌隙，双方多少有了点貌合神离的味道。在这种情况下，要想打动刘备，说服他借道，单靠荆吴联盟和亲戚关系，显然就不太够了，为此孙权换了个视角，不是从东吴而是从荆州的立场来分析形势。

汉中是从北方夺取益州的必经之途，汉中诸侯张鲁早年靠传播"五斗米道"发迹，孙权蔑称其为"米贼"，按照孙权的说法，"米贼"已甘做曹操的耳目，必会助其吞并益州，曹军借道汉中进攻益州，自然不成问题。

面对曹军的大兵压境，缺乏勇武刚健之气的刘璋，看来注定是守不住地盘了，益州相信会很快被曹操所得，如此一来，荆州的处境将会非常危险。

在刻意渲染一番气氛后，孙权做出一副纯替他人着想的架势，称自己愿意出兵，替刘备解除荆州所面临的这一重大隐患：我先攻占刘璋的地盘，再进兵讨伐张鲁，功成之后，我们两家的地盘从此就可以首尾相连，吴楚（即吴荆）之地由此连成一片，那时纵然有十个曹操，也不用担心了。

说到兴头上，孙权还画蛇添足般地说，他希望和荆州政权真正成为一家，"诸葛孔明（诸葛亮）的母亲、兄长都在东吴，可以让他们和诸葛孔明住在一起了"！

接待东吴来使后，刘备和众人商议此事。大家都认为，可以答应孙权的提议，既然荆州方面很难单独夺取益州，为何不顺势借力东吴，一起扩大地盘？甚至还有人提出，在组成荆吴联军、成功夺取益州后，基于孙吴不能越过荆州而据巴蜀的现实，只要驱逐吴兵，益州便能全归己方。

时任主簿的殷观，却对此提出了反对意见。他指出，荆州与益州接壤，荆吴要合攻益州，荆军就势必要先行进兵，替东吴打头阵，而吴军则紧随其后，坐享其成。荆军之所以难以独取益州，就是因为益州不好打，前驱的荆军即便打赢了，自身损失也大，还得和东吴分地盘；如果打输了，荆州后方就有被东吴乘虚而入乃至全盘端掉的危险，部队即便及早撤退，也难保不被吴军截杀。

殷观的结论是，孙权有关吴荆共同取蜀的提议，打的都是他个人的如意算盘，实际上不利于荆州。当然，也不能因此就与孙权撕破脸，导致双方发生正面冲突，殷观建议刘备：一方面，可以表面赞成孙权共取益州的提议；另一方面，则以荆州数郡皆为新定，荆军立足不稳、尚需就地维持秩序、不可轻举妄动为由，将出兵一事推掉，让孙权自己去打。

荆军不出吴军出，就在事实上变成了荆军可以逸待劳，截吴军的后路了。殷观推测，以孙权的精明算计，他见刘备不动，自己一定会对夺取益州的计划犹豫退缩，而刘备正好可以在私下里积极谋取益州，如此可进可退，既不致得罪孙权，也能瞒过孙吴，独自夺取益州。

殷观的见解，正合刘备心意，于是便依计给孙权回信，不出所料，孙权见刘备不动，自己也放弃了进兵益州的计划。事后，刘备对殷观大加赞赏，并将其提拔为别驾从事。

然而仅仅过去几个月，孙权又动起了取蜀的念头，他向荆州派来信使，催促刘备：内部安顿好了吧？什么时候可以一起出兵？

什么时候出兵？就没打算和你一起出兵！这话不能明讲，刘备只好转换角色，反过来做起了孙权的工作。

行云流水

孙权把取蜀说得那么时不我待，一个重要的理由是"米贼"张鲁已沦为曹操耳目，曹军可假汉中抢先夺取益州。刘备认为此言差矣，张鲁是个虚伪不可靠的老滑头，他表面顺从曹操，但未必真的忠于曹操。简单一句话，汉中并不是如孙权所言，已成为曹家的后花园，曹军可以想来就来，所以担心曹操先取益州，尚无此必要。

孙权极言益州易取，刘备把孙权其实也心知肚明的事实揭示了出来：刘璋虽然软弱，然而益州地形险要、百姓富足，是有能力保守地盘的。现在如果我们要进兵益州、汉中，就必须转运军需于万里之外，还要保证能打胜仗攻取二地，这种作战计划，恐怕连战国著名兵家吴起都没法拟定，或就算计划能够勉强拟出来，你即便让兵圣孙武复生，他也没法完成好。

在强调进兵的条件尚不具备、伐蜀胜负难料的同时，刘备还不忘提醒孙权，必须防止曹操趁机袭于后。

曹操在赤壁大败，导致其声望大跌，虽仍有心篡汉，但迫于时势，仍不得不继续打着汉帝的名号，有些人就此以为曹操已经力量不足，再无远图之志。刘备指出这种看法非常肤浅，实际上现在的曹操已经三分天下有其二，他还打算"饮马于沧海，观兵于吴会"，再到南方特别是江东来碰碰运气呢，如何肯守着眼下的摊子坐着等老？

曹操才是南方各州的共同大敌，面对曹操的威胁，南方诸侯之间都应成为盟友，盟友之间无缘无故地自相攻伐，无异于授敌以柄。刘备就此劝谏孙权，指出攻伐西蜀将使曹操有机可乘，从长远来看，绝非善计。

在经历"三顾茅庐"、赤壁大战、亲赴京口等一系列大事件后，刘备如同脱胎换骨一般，在政治智慧和眼光上都已今非昔比，对于局势变化的分析，令人有了如指掌、入木三分之感，以致同为第一流政治家的孙权见信之后，居然也无从反驳。

道理似乎都在刘备一边，但直觉还是让孙权坐不住，总是觉得如果自己不早点把益州打下来，这块大肥肉就会落入他人之口。见实在说不过刘备，他咬了咬牙：我不能放弃夺取益州，既然你不打，那我打！

周瑜生前曾请缨与孙瑜一同出征，现在周瑜不在了，孙权就派孙瑜率领水军一万多人，屯驻于夏口，告诉刘备他准备独自进兵益州。刘备也急了，他致信孙权，以自己与刘璋同为汉朝宗室为由，代刘璋请罪，让孙权放刘璋一马，不要攻打益州，又说如果孙权不答应，他就只好辞掉荆州牧的官职，隐居山林了。

对孙权而言，给刘备面子当然没有得到大块地盘来得实惠，何况谁也不会相信刘备会真的归隐山林。然而刘备不光嘴上求情，行动上也毫不迟疑，他迅速调整军事部署，命关羽陈兵江陵，张飞屯驻秭归（在宜都郡境内），诸葛亮北移南郡，就近辅佐关羽，刘备自己则在孱陵（也即公安）亲自坐镇，从而构成了数百里防线。刘备甚至还让人给原本正蓄势待发的孙瑜捎话，说："你要打算攻取蜀郡，那我宁可披发入山，也绝不在天下人面前失去信义！"这话乍一听，似乎与给孙权的信中"辞官隐居"是同一回事，但他既已将梯次防守的大规模阵势都摆了出来，明显就是不惜一切代价，哪怕决一死战，同归于尽，也要坚决阻止吴军入川的意思了。

刘备的这一番操作如同行云流水一般，可谓是有理有据、有退有进、有实有虚，令孙吴君臣无如之何，到了这个时候，就算孙权想不给刘备面子都不行了，他只好放弃进兵益州的计划，命令孙瑜从夏口撤兵。

刘　璋

孙权的直觉是对的。事实上，刘备在对待同样一件事物方面的直觉，比他还更为强烈、更为迫切 —— 孙权取蜀，更像是锦上添花；刘备取蜀，却好似雪中送炭！

守着一个业已残破的荆州，刘备几乎天天都在为可能破产或濒临破产而犯愁，那句"隐居山林，披发入山"的狠话，倒更像是他坚决拒绝，然而又时时被其纠缠的一个梦魇。

刘备欲取益州，却也一样不得其门而入，就在他百思无计的时候，益州的大门却突然自动朝他敞开了。

事情还要从几年前的曹操南下说起：那一年，曹操发动荆州之战，几乎兵不血刃，就一鼓而下荆州。消息传出后，益州牧刘璋接连三次派遣使者向曹操输诚致敬，他如此取悦曹操，据分析，除了被曹操兵威所撼、试图自保外，其实还另有原因。

刘璋的父亲刘焉，正是汉灵帝末年著名的"废史立牧"的首倡者，可以说，如果没有刘焉，刘表就不会到荆州，之后的许多故事也都将是另外一种面目和结局。刘焉主张"废史立牧"的表面理由，是四方多乱，非有资望深重的人不能震慑，各州虽然已有刺史，但刘焉建议，朝廷派出的这些资望深重者，不能再做权力有限的刺史，而应在刺史之上任州牧，除了以示隆重，最重要的还是要让他们掌握一州军政大权，以利于稳定地方。

当时汉灵帝正为黄巾军兴起而头疼，于是就听了刘焉的话，派了几个"资望深重者"到地方上去做州牧。刘焉、刘表皆在其中，二人同出一脉，都是汉鲁恭王刘余的后裔，当然作为皇室疏宗，这个名分对于仕途而言，用处其实不大，真正管用的还是个人本事——刘焉年轻时就在州郡里做官，以后一路迁升，先后做过县令、刺史、太守，至汉灵帝末年，已官拜太常，位居九卿。

刘焉提出"废史立牧"的真正目的，其实却是为了自存之计，而非为汉室而谋，他是看到朝政衰败，王室屡遭变故，预感到天下大乱不可避免，才想借此机会到比较偏远的地方当州牧，以避世难。

一开始，刘焉打算越远越好，打算去的地方是交趾（即今越南北部，称交州刺史部，后世称为交州），但没被批准。后来有个益州籍官员精于图谶，私底下对刘焉说，京城将要发生大乱，而益州那边有"天子气"。这么一说，勾起了刘焉自立为王的野心，于是又改求为益州牧。

刘焉进至益州，并逐步站稳脚跟后，称帝之意渐盛，居然按照天子规格制造了车具千余辆。荆州与益州相邻，荆州牧刘表只求自存自保，没有刘焉那么大的野心，另外，刘焉咄咄逼人的气焰也让他感受到了威胁，因此上表朝廷弹劾，称刘焉如今的做法，就像孔子的弟子子夏在西河教书时，被人当作孔子本人一样，暗指刘焉目无君上，有僭越之迹。

汉都那时尚在长安，名义上的天子汉献帝不是被董卓所挟，就是被李傕、郭汜等人所控，自身尚且难保，哪有能力公开处罚拥有实权的地方官。正好刘焉的幼子刘璋在长安任职，汉献帝便派刘璋赴益州晓谕刘焉，无非是责问、警告加规劝，刘焉不以为意，并索性把刘璋留在了自己身边。还有一种说法，是刘焉假称有病，要召回刘璋，刘璋也向朝廷上书，要求回家省亲，探视父亲，这才得以回到益州。

刘璋回蜀，实际上是让他躲过了一次杀身之祸。刘焉共有四个儿子，在刘璋回蜀前，除三子刘瑁随刘焉在蜀外，大儿子刘范、二儿子刘诞也都在中央为官。刘焉暗中联合马腾，计划袭击长安，诛灭李傕、郭汜，以谋夺大业，但这次行动失败了，马腾逃回凉州，刘范、刘诞相继被杀，刘璋如果还在长安，自然也难逃一死。

政变受挫，刘焉所愿未遂，还折进去两个儿子，加上又突然碰上火灾，自己的城府连同打造好的那些车具，皆被焚毁，极度气急之下，导致背疮复发，一命呜呼。

刘焉死后，刘璋被州中大吏赵韪等人共推为益州牧。刘璋继位时，刘瑁尚在，刘璋能挤掉自己的哥哥，成为唯一继承人，并非缘于刘焉的遗嘱，而是出于赵韪等众吏的自主选择。

宽严皆误

在当初的"废史立牧"浪潮中，先后共有四位皇室宗亲出镇州牧，其中一个在边塞一线，即出镇幽州牧的刘虞，三个在长江一线，分别为出镇荆州牧的刘表，以及出镇扬州牧的刘繇，出镇益州牧的刘焉。他们都是客籍出镇地方，在当地本无根基，这在动乱年代，就有一个立不立得住的问题。刘表、刘繇出镇的时间稍晚，已到了关东群雄并起时期，朝廷诏令如同虚设。不过刘表初至荆州时，得到了地方豪门大族蒯氏等人的支持，后者替他出谋划策，平定地方，刘表由此在荆州站住了脚，而刘繇的运气就没这么好了，他被袁术、孙策挤出了扬州。

刘虞、刘焉出镇的时间要早一些，中央命令最初还能管点用，条件和境遇相对要好很多，但即便如此，刘虞最终仍死于公孙瓒之手。

刘焉好就好在，在他事业的草创时期，不仅没有碰到如公孙瓒、袁术、孙策那样的对手，还有贵人相助——益州当地本有黄巾军活动，到刘焉赴任时，这些黄巾军已为豪族贾龙等人镇压。

与刘表对荆州豪族知恩图报，事后即赋大权于蒯氏、蔡氏等人不同，有割据称雄甚至问鼎中原念头的刘焉，上任后却是反其道而行之，为了给自己立威，对于为其莅任扫清了障碍、铺平了道路的益州豪族，不但不予以褒奖和扶持，还借故诛杀了豪族十余人。

益州豪族当然也不是好欺负的，面对刘焉的冷酷无情和忘恩负义，贾龙等人忍无可忍，率先举起反旗。刘焉既敢下狠手，自然也早有准备，他的撒手锏就是：东州兵。

汉末政局紊乱，烽火连天，诸侯混战，中原各地都出现了大批流离失所的灾民，也即流民。刘焉领益州牧时，除亲戚故旧外，还有数万户流民随其入蜀，这些流民主要来自南阳和长安所辖的三辅地区，刘焉采取收编扩军的方式，从中招募青壮年，组建了一支嫡系武装。因南阳和三辅从相对地理位置上来讲，都处于益州东部，故这支军队便被称为"东州兵"。

益州黄巾军被贾龙等人镇压后，刘焉招降了其余部，据推测，这些人马中亦含有相当比例的凉州流民。刘焉将招降的黄巾军也并入了东州兵，由南阳、三辅、凉州流民共同构成的东州兵，处于无家可归的境地，在战斗意识和归属感上都具备一定优势，因此具备很强的战斗力，被认为可与三国时代著名的步兵军团，如丹杨兵相媲美。

刘焉手握东州兵这一利器，将造反的贾龙等人砍翻在地。在这场颇为惨烈的火并结束后，东州兵中的上层人士和大族即所谓"东州士"因为平乱成功，得到了刘焉的大力扶植，实力不断壮大，呈现出明显的强客欺主之势，益州豪族面临着有限的生存资源被外来客争抢的危险，双方关系日趋紧张。

刘焉一死，益州豪族从性格温厚的刘璋身上看到了希望。在推刘璋继任父职的众吏中，以赵韪在巴蜀最得人心。赵韪本是刘焉旧部，与刘焉一同入蜀，但他是益州人，而且一入益州，即与当地豪族往来密切。作为刘焉遗下的元老，赵韪实际却站在益州豪族一边，他之所以做主拥护刘璋上位，就是知道刘璋温顺懦弱，认为容易被其左右，可说服对方打压东州士。

孰料事与愿违，刘璋正因为性格偏软，不仅威严不足，而且缺乏谋略、优柔寡断，上台后根本就不能，也不敢压制东州士。东州士及其东州兵中的一部分人，倚仗着自己立下过大功，专横跋扈，侵掠欺辱当地百姓，刘璋对此却是睁一只眼，闭一只眼，采取了宽容甚至纵容的态度。

刘璋的不作为，使得政令残缺，百姓颇多怨言，同时也引起了益州豪族的强烈不满，就连被刘璋视为亲信、委以要职的赵韪见状，也趁机联合益州豪族，共同进击刘璋。刘璋被迫退守成都，蜀中大震，这时东州士看到如果赵韪得势，自己在巴蜀的身家性命都要受损，于是便同心协力辅助刘璋，率领东州兵殊死与叛军拼杀，最终叛军大败，赵韪本人被斩首，刘璋政权这才得以转危为安。

赵韪等人的起兵反叛，让刘璋感受到了益州豪族的力量和愤怒，转而决定"扶弱以抗强"，即扶植益州豪族，借以压制东州士，因此开始注意启用和提拔豪族士人，如张松、黄权等。

在对待益州豪族的态度和政策上，刘焉在世时的"严"，被刘璋的

"宽"代替，但刘璋所谓的"宽"，不过是最初对于东州士过于宽容甚至纵容的简单复制。在再次激起民怨后，刘璋手足无措，居然想用赐官等方式收买人心。他这种做法，在引起东州士不快的同时，也没能获得益州豪族的好感，可谓是两头不讨好。

之所以出现"宽严皆误"，本质上不是"宽"或者"严"有误，而是尺度没有掌握好，说到底，还是刘焉、刘璋父子都缺乏一个优秀政治领袖所应具备的能力和才干——刘焉因久历宦场，尚能控制得住局势，刘璋在这方面比他父亲还相差许多，正如诸葛亮在隆中所言，"刘璋暗弱"，由此造成巴蜀政坛一直陷于混乱局面，并加剧了自刘焉时代就开始的统治危机。

在关东争霸时期，益州与荆州一样置身事外，未受到战争的侵扰和破坏，故而得以物殷民富，然而却又同时存在着积弱有年、社会不稳的问题。刘璋显然也意识到了情况的严重性，曹操南征荆州，他三次派人结好于曹操，既是因为害怕对方噬己，同时也有借虎威以慑兽，即借助于曹操及其所挟制的中央朝廷，以增强自己在益州的权威和号召力之意。

张　松

直至江陵之战，刘璋尚向曹操表示屈服，并派遣军队听从曹操调遣，否则原属益州的夷陵也就不会为东吴所取，又以"借荆州"的方式落入刘备之手了。

后来刘璋不再同曹操来往，被认为与一个人有着直接关联，此人就是刘璋在扶植益州豪族的过程中所提拔的官员，时任别驾的张松。

刘璋向曹操三遣使者，在第一次派使表示输诚后，曹操即加封刘璋为振武将军，刘璋之兄刘瑁为平寇将军。刘璋在得到曹操嘉奖的情况下，为表示感谢，遂命张松的哥哥、别驾从事张肃为使，给曹操送去了三百蜀中精兵和一批物资，曹操给予的回馈，是拜张肃为广汉太守。张肃回蜀，刘璋又派张松出使，在继续致敬的同时，进一步打探曹操的动静。张松是三次使节中职务和级别最高的，然而却并未能得到如前者那样的礼遇，曹操只拜张松为越嶲苏示令，便将他打发了回去。

张松本已是益州别驾，被拜为县令，等于是降级使用，对当事者而言，与其说是授职，倒不如说是侮辱。按照《三国演义》中的说法，张松面相丑陋，且又出言不逊，导致曹操对他非常讨厌，才给予如此对待。史载，张松确实"身材矮小，行为放荡"，但个子矮小，与长得丑并不能画等号，事实上，曹操本人也不属于高大类型，以他所处位置，亦不可能简单地以貌取人。从张松这方面来看，他作为深得刘璋信任的大吏，在如此重要的外交场合，又怎么可能没轻没重，出言不逊地惹怒曹操呢？

至于个人行为是否检点，众所周知，曹操对此向来不怎么在乎。他曾经最喜欢的大谋士郭嘉，因为失检，不知道被人告过多少状，曹操从来都不以为意。曹操甚至还曾几次颁布求才令，强调他只注重一个人的才能，而不在意其德行如何。

张松的才能如何？史书的记述是"通达事理，精明果断"，曹操的主簿杨修早就耳闻张松博闻强记、聪明过人，在张松出使期间，便在酒桌上把曹操所著兵书拿出来，本意是炫耀一下他家主公有多么了得，同时也想测试一下，看看张松是否真如传闻中那样有才干。未料张松只将兵书看了一遍，即能将书中内容背诵如流。杨修吃惊之余，对张松极为欣赏，遂在曹操面前极力推荐张松，并建议曹操征聘其为僚属，然而他的这一建议却未被曹操采纳。

很显然，曹操不待见张松，绝不是因为张松既丑且狂，也不是因为他缺乏才能，而是别有缘故。

实际上，刘璋首次遣使致敬时，正值曹操刚下荆州，胜负尚是未知数，此时遣使可谓是非常及时，曹操因此加封刘璋兄弟，理所当然。至张肃出使，曹操仍需利用刘璋归顺的宣传效果和影响力，顺手把汉廷的官帽拿出来做人情，也顺理成章，而当他接见张松时，从时间上判断，应该是占领江陵之后、会战赤壁之前。

刘璋结好曹操，不外乎是对内，欲借外力巩固自己的地位；对外，试图取悦曹操，以求自保。然而曹操有曹操的打算，他要统一天下，益州乃是必取的目标。在曹操占领江陵之后，向西，曹军可以进规三峡；向东，可以席卷江东。也就是既可先取益州，也可先取东吴。由于这时孙刘联军已在组建，劲敌当前，曹操便选择了集中全力首先击溃孙刘，之后再回师入蜀，进取刘璋——只要达成前一个目标，刘璋在肝胆俱裂的情况下，便极可能仿效刘琮，束手归附，曹军就可以兵不血刃，轻松拿下益州；即便刘璋负隅顽抗，以曹军大胜孙刘联军的势头，也很容易将其消灭。

既有这个算计，曹操对刘璋遣使也就显得有些麻木了。换句话说，就算刘璋派来比张松更高级别的使节，甚至他亲自来见曹操，所能得到的待遇也不见得就能好到哪去。具体到张松个人，从事后来看，倒是应该属于曹操在用人方面的重大失误，其原因则可归咎为曹操久胜之后有了骄矜之心，自以为帐下谋臣良将无数，没必要从一个行将被其征服的地域要人，总之，他已经不再像从前那样求贤若渴了。

一拍即合

张松愤怒极了。他愤怒，不仅仅是因为曹操的慢待和接近侮辱性的授职，还因为自己的希望落空了，曹操居然看不上他，没有予以录用。

其实张松在益州已属大吏。别驾是州牧的佐官，州牧出巡时，要安排两辆车，一辆州牧自乘，另一辆给别驾乘坐，别驾职名即来源于此。当年麋竺担任徐州别驾，陶谦欲"传位"于刘备，临终前也要把麋竺召来，并由麋竺负责向刘备宣布，可见别驾的地位已经不低。

张松不是嫌刘璋给他的官小，而是感到刘璋懦弱无能，不能人尽其才，在他治下，自己难有出路。种种迹象也表明，张松其时已无继续辅助刘璋的心意和兴趣，他一心想的是如何另觅明君，以保障自己的利益和前途。

曹操本是张松中意的目标，他此番出使，自负才辩，以为曹操能够看得上自己，却不料落花有意，流水无情，曹操已经不把刘璋放在眼里，对他张松更不屑给个脸色。张松大失所望，又羞又恼，自此便"由爱生恨"，视曹操为敌。

不久，曹操老马失蹄，在赤壁遭遇重挫，不得不退回江陵，接着又率残部仓皇北撤，与此同时，刘备在很短的时间内便略定江南四郡，控制住了南荆州。前者令张松大为快意，后者则让他眼前一亮，认识到刘备正在迅速崛起，此时急需贤才，自己主动投靠，说不定能得其重用。

正所谓"众里寻他千百度，蓦然回首，那人却在灯火阑珊处"，张松背着刘璋，偷偷前去拜访了刘备。刘备终其一生，对士人都极其尊重，更何况张松还是有意投靠自己的益州要员，于是当即殷勤接待，重礼结交。张松刚刚在曹操那里吃了瘪，刘备给予他的高规格礼遇，让他几有冰火两重天之感，一时既欣慰又感动，同时也庆幸自己做出了一个正确的选择。

张松激动，刘备也兴奋，张松主动前来投靠，这样的好机会，正是他巴不得的，简直就像突然于无意中捡到珍宝一样，二人可谓是一拍即合。出于对取蜀的热望以及一个常年征战者的兴趣和敏感，刘备专门就蜀中地形和蜀军的人马数量、武器装备、仓库，乃至各个要害部位的位置、距离，一一询问了张松。张松也都一五一十、毫无保留地做出回答，为了让刘备了解得更清楚一些，他还凭借记忆，为刘备手绘了一幅益州地图，把各处山河城池都标注得极为准确详尽，这就是《三国演义》中"张松献图"故事的出处。

倘若张松愿意，他现在就可以投在刘备麾下，但眼看刘备志在益州，而且他自己也希望在帮助刘备取蜀的过程中建功，张松便还是辞别刘备，返回益州向刘璋复命。

再次见到刘璋后，张松自然不会透露他与刘备见面的事，而是首先鼓舌如簧，编排起了曹操的坏话，并劝刘璋与曹操断绝关系。

张松出使曹操，代表的是刘璋，张松受冷遇，也就等于刘璋被曹操打了脸。当然，站在刘璋的角度，无论是张松针对曹操所发表的这些已近乎诋毁的言论，还是被曹操打脸，都不足以使他立即改变对曹操的态度。

真正触动刘璋的，还是形势的变化。江陵之战后，曹操在兵威受挫、江陵不守的情况下，已不可能派偏师溯江而上，席卷巴蜀。这让刘璋心里的一块石头落了地，同时他亦难以再借曹操这张"虎皮"来解决自己内部的危机，甚至还可能因此遭到内部舆论的指摘，认为就是交好曹操、援助曹军，才导致失去了夷陵。

权衡利弊之后，刘璋决定接受张松的建议，与曹操不再来往。

和曹操绝交，虽暂无近忧，却仍有远虑。张松给刘璋的另一个建议，是走与刘备联合的道路，他对刘璋说："刘备与您是肺腑之交，可以与之结盟。"

肺腑之交是指无话不谈、推心置腹的朋友，但此前刘璋和刘备甚至连面都没见过，张松的意思其实是说二刘皆汉室宗亲，就像刘表和刘备一样，祖上是一家，天然就会很亲近。

张松的建议正合刘璋心意。当初刘焉图谋不轨，刘表上书予以弹劾，荆州和益州的关系因此一直都很紧张，赵韪起兵反叛、进攻刘璋时，就曾联络荆州。如今荆州的主人换成了刘备，刘璋虽与刘备没有交往，但也说明他们之间没有过节，在刘璋看来，借刘备这个同宗之力，对内压制反对势力，对外防御曹操，确实是个不错的办法。

刘璋问张松，谁可以前往荆州，充当联系刘备的使者。张松推荐了军议校尉法正，刘璋遂派法正为使，然而法正却予以推辞，不愿赴荆一行。

机　缘

法正来自长安三辅地区的扶风郡，他祖父是名士，父亲曾在中央政府担任属官，后来三辅闹饥荒，法正沦为流民，只得来到益州依附于刘璋，也就是说，法正属于地道的东州士。在蜀地，法正很不得志，过了很长时间，才当到县令，后来应召被选为军议校尉。军议校尉是刘璋特设的一个职位，名义上掌参议军事，实际没有多大话语权，刘璋也不把他当回事，对其不予重用。

刘璋缺乏足够的政治头脑和手腕，又不能识人用人，致使益州内部君臣离心离德。这对于外界而言，也早已不是秘密，诸葛亮在"隆中对"中即坦言，"（蜀中）智能之士思得明君"，张松与法正，皆精明而有干略，分别属于益州豪族和东州士中的"智能之士"、顶尖人才，只是一直也都缺乏一个能够赏识和重用他们的"明君"。

法正与张松一样，都不治行节，张松已属接近刘璋的大吏，一般人就算对他看不惯，公开场合也不敢说三道四，法正的职衔要小得多，且有名无实，因此常被当地州县的侨居民攻击，骂他行为不轨。法正既悒悒不得志，又为其他东州士所难容和不屑，内心感到异常苦闷和压抑。他和张松志趣相投、政见一致，因此结成了志同道合的密友，彼此私聊时，都认为刘璋庸庸碌碌，注定成不了什么事业，两人为此长吁短叹，懊丧不已。

法正与张松不同，张松因为已私自与刘备见过面，心里有了底，所以使曹归来，就已确定要投靠刘备。法正对刘备的为人还不了解，俗话说眼见为实，耳听为虚，即便事先张松可能已与他私下里有过沟通，他也未必相信，而荆益二州又素来敌对，在法正看来，要实现这一破冰之旅并不容易，就算成功，也可能会引起刘璋的怀疑和猜忌，故而他才会坚决推辞赴荆的使命。

法正是在实在推辞不掉的情况下，硬着头皮上路的，出乎他意料的是，此行异常顺利。不但如此，他还发现，刘备给予他的盛情款待，并不仅仅是因为他是代表刘璋的使节，此行带来了刘璋愿与刘备邀约交好的"大礼"，还因为刘备很看重他本人，认为他是个具有很高价值的贤才。显然，后者正是法正长期以来求之不得的期盼，这让他颇有千里马终于遇到伯乐的那种喜极欲泣之感。

法正使荆期间，刘备也向他询问了蜀中情况，此时法正已有了和张松一样的想法，又希望借此向刘备展示自己的才能，因此知无不言，言无不尽。刘备则通过与法正的谈话，对上次张松所介绍的内容进行了验证和补充，自此以后，刘备虽然尚未入蜀，但已对蜀中虚实了解得一清二楚。

法正回到益州后，态度迅速改变，背地里与张松密谈，开始一个劲地称道刘备有雄才大略，确实是个难得一见、值得追随的明君，并表明自己心甘情愿和张松一起拥戴、帮助刘备夺占益州。

在向刘璋复命时，法正自然也是极力夸赞刘备，论述结好刘备的种种好处。刘璋听后很是高兴，于是便派遣法正和另一位东州士孟达再次出使荆州，给刘备送去数千名士兵，用以抵御曹操。这标志着，荆益已完全走出刘表时期的阴影，备、璋虽未像孙刘那样正式结盟，但双方关系已俨如盟友。

张松、法正谋划的是要将益州献给刘备，奉刘备为巴蜀之主，到了这一步，与目标还有相当距离，但苦于未有机缘，暂时亦只能止步于此。

给他们带来机缘的不是别人，恰是刘备、刘璋共同的大敌——曹操。

曹操上次南下时，之所以不进入巴蜀，乃是为赤壁兵败、江陵失守的客观形势所限，事实上，进规巴蜀、夺取益州的念头仍时刻萦绕于心。他派钟繇、夏侯渊等人进兵汉中，征讨张鲁，虽然没有明说接下来就要攻取益州，但其"得陇望蜀"，搂草打兔子的意图，已经是昭然若揭，而如果汉中落入曹操之手，益州唇亡齿寒，也必然难以自保，是故相应消息一传到蜀中，便令刘璋大惊失色，坐卧不宁。

张松为刘璋近臣，立刻捕捉到了刘璋那惶惶不安的神色，他凑上前去，试探道："曹公（曹操）兵强马壮，无敌于天下，汉中肯定守不住。如果他攻下汉中后，利用张鲁的库存物资来进攻益州，谁能抵抗得住他呢？"

张松所言，正是刘璋所惧，被挑破心思后，他只得据实相告："我正为此忧愁，可是又想不出对策。"

对策？找个人来帮帮你如何？张松意识到机会终于来了，眼前豁然开朗，一个迎刘备入蜀的方案在头脑中迅速成形。

刘璋的决定

汉中张鲁是"张天师"张陵的孙子。张陵开创了"五斗米道"，五斗米道最大的特点，是像黄巾军的太平道一样，用符水咒法替人治病，病若治好，就收报酬五斗米，由此得名五斗米道。

五斗米道也好，太平道也罢，当年都称"鬼道"，意谓招神驱鬼、蛊惑人心的巫术。在中原地区，鬼道往往遭到禁止，特别是黄巾起义爆发后，更是如此。巴蜀乃边远之地，原本就盛行巫术，当政者对于鬼道也很宽容，加上张鲁的母亲年轻时长得很漂亮，通过"美色外交"的优势，甚至能经常出入于刘焉家的庭堂传道，因此给五斗米道提供了相当大的生存空间，势力也日渐壮大。

尽管如此，张鲁充其量亦不过是一个道教教派的教主，他能在汉中建立政权，完成是出于刘焉的扶持。当初刘焉为了能够自立为王，便想出一招，派遣张鲁到当时尚为益州所辖的汉中郡任职。张鲁到汉中后，先联合汉中的五斗米道创始人张修，攻杀了汉中太守，继而又杀死张修，夺其部众，从而控制了整个汉中。

在刘焉的授意下，张鲁不仅封锁了通往北方的道路，而且还杀害了朝廷派来的使者。刘焉随后便向朝廷报告，说交通要道已被"米贼"切断，且难以再打通，言外之意，今后他就没法再与朝廷顺利联系了。事实是，益州自此确实成了刘家父子的独立王国，连官渡之战时，曹操欲拉拢刘璋，派使者前往益州，使者也不得其门而入。

刘焉利用张鲁和五斗米道，本意是培植自己的势力，并借此摆脱中央朝廷的控制，但放出的鸟儿想要收回，就不是那么容易的事了。张鲁一俟羽翼丰满、站稳脚跟后，即脱离刘焉，在汉中自行建立了政教合一的独立政权。不过刘焉出于要用汉中隔断朝廷等因素，还是对张鲁政权予以了默认，而张鲁慑于其母和弟弟在益州为质，也不敢轻易跟刘家翻脸。

刘焉在世时，张鲁对曾经的老主子还是尊重的，但等到刘焉一死，刘璋即位，张鲁就不太把这个资历浅、能力弱的少主放在眼里了。刘璋缺乏其父的城府和谋略，一怒之下杀了张鲁的母亲和弟弟，刘、张两家自此也就结下了深仇。

这是刘璋在政治上犯的一个大错，平白地为自己树立了对立面。其间刘璋也曾派兵讨伐汉中，但张鲁在人质被杀、不用投鼠忌器的情况下，放手一搏，致使蜀军大败，而刘璋在认识到张鲁实力之后，亦不敢再轻举妄动。

倘若汉中仍为益州辖地，或至少双方为友而不是为仇，汉中就是益州一面坚实的北部屏障，如今却完全失去了控制，更为严重的是，汉中一旦被曹军占领，其资源还将被曹军所利用，进而增强其进攻益州的能力。张松给刘璋的建议是，应该抢在曹操之前先拿下汉中，但益州自身实力有限，所以必须寻求外援，而这个外援不是别人，就是刘璋刚刚交好的刘备。

"刘豫州（刘备）和您同宗，他和曹操之间是不共戴天的大仇人，且又善于用兵，如果让刘豫州讨伐张鲁，一定能击破张鲁。张鲁一破，则益州势力将大为增强，曹公（曹操）即使要来进攻益州，面对一个强盛的益州，也将无能为力。"

益州内部上下离心，张松、法正等都只是打的肚皮官司，但有些将领如庞羲、李异等，或曾辅佐刘璋上位，或曾参加平定赵韪叛军的战争，他们自恃有功，把对刘璋不满、欲另觅新主的情绪都直接挂在了脸上。为了促成刘备入蜀，张松不惜把刘璋忌讳的这段隐情也揭示出来，并为其分析利害："庞羲、李异等人骄功自重、横行不法，整天都想着如何对外投靠新主子。这种情况下，如果您得不到刘备的帮助，那么，当敌人在外面进攻的时候，里面还有人叛变，此为取败之道！"

张松的话道出了刘璋在益州的真实处境，也抓住了刘璋最敏感的一根神经，他觉得张松说得很对，遂决意仍派法正为使，前去荆州迎接刘备入蜀。

刘璋的决定立即在朝中掀起轩然大波。在益州政坛，说益州豪族和东州士都对刘璋不满，其实是一个整体概念，具体到个人而不是阶层，还是有很大区别，毕竟，张松、法正暗中与刘备牵上了线，出路问题已经解决，其他人则不然。另外，也不排除有一部分人早已视刘璋与益州为一体，不允许其他外来者替代刘璋。

正是这些官员，对刘璋的决定提出了质疑和反对。黄权是巴蜀本地人，论出身也可以归类于益州豪族，然而其政见却与同为益州豪族的张松相左，他指出："左将军"（指刘备）是以骁勇闻名于世的军政首领，现在请其入蜀，若刘璋把他当作部曲看待，以他的身份和地位，一定不甘于被如此对待；若是以宾客相待，素来一国不容二主，宾客安如泰山，主人将会危如累卵，而如果主人发现不对，要出面逐客，双方就势会要冲突起来，且将呈一发不可收之状，最后危及的仍然是刘璋政权。

刘璋不但听不进去，还把黄权调出成都，到地方上做了县长（汉时规定万户以上的县，最高行政长官称为县令，万户以下称为县长）。

刘璋的心思和苦衷

黄权认为邀请刘备入蜀不妥，主要还是觉得由此引发的主客关系，比较难处理。与黄权相比，另一个名叫刘巴的反对者，在劝谏刘璋时，出语就直接和尖锐多了："刘备，是有图谋的豪杰之士，他不来益州便罢，一来必为祸害，千万不可接纳！"

刘巴是南荆州的名士，刘表在世时多次推举他为茂才，召其为吏，刘巴都没有答应。赤壁大战后，刘备向南荆州发动进攻，荆楚人士追随者如云，刘巴则反其道而行之，北上投奔曹操，这说明他不是真的不想出仕，只是其心仪的"明主"既非刘表也非刘备，而是曹操。

曹操此时已在南方失势，但仍对拉拢南荆州抱有一线希望，于是便又派刘巴去招纳那一带的人士。等刘巴赶到南荆州，刘备已占有三郡，刘备、诸葛亮闻刘巴之名，有意邀他加入己方阵营，诸葛亮甚至亲自修书相请，然而刘巴一心要跟着曹操，避刘备如寇仇，为此不惜绕道交州（即交趾）、益州，以便取道前往京师。

刘巴的父亲刘祥与刘焉有交情，有个未经证实的说法是，刘焉当年是由刘祥举为孝廉的，故而当刘巴到达成都时，便得到了刘璋的盛情款待，刘巴也由此暂时客居益州，成了刘璋的座上宾。

刘璋很尊重刘巴，但也没有听从他的良言相劝。

要说反对派确实都是在为刘璋着想，但他们却并不真正了解刘璋的心思和苦衷。一个很明显的事实是，这么多人都剖析了刘备入蜀的弊端和利害关系，却没有一个人能告诉刘璋，面对曹操厉兵秣马，准备讨伐张鲁，进而夺取益州的现实，他该怎么办。刘巴是避而不言，黄权倒是献策了，但他给刘璋指明的出路，居然是什么都不干，就在家里躺平（"闭境自守，坐等天下太平"）！也难怪刘璋气到要把他调去外地做县长了。

刘备这个人怎么样，刘巴说了根本不算，因为其中必然掺杂着私人的好恶情感，刘巴原本就是个以投奔曹操为目标的人，你能指望他说刘备的好话吗？其实以当时民间的口碑来看，刘备排不上第一，也能排第二，其"兴复汉室""仁德爱民"的追求和坚持，几乎天下人人皆知。自然，刘备也被一部分人视为不可不防的"枭雄"，不过这也要具体问题具体分析：曹操、吕布，前者刘备与在政治理念上完全对立，后者本来就是鸠占鹊巢，先负于刘备，刘备叛离这二位，并与之成为死敌，属于情有可原，很难说他在政治品格上有什么问题；公孙瓒、袁绍，二人在政治理念上与刘备虽然说不上对立，但也并不一致，刘备依附他们，从一开始就是暂时的，以后脱离，也基本称得上是好聚好散。

为刘璋所看重的，是刘备追随陶谦、刘表的那段经历。刘备当初只是一员客将，陶谦、刘表与刘备也非亲非故，但两人到临终前，却不约而同地一个"传位"刘备，一个"托孤"刘备。此前刘备在徐州受陶谦托付，在荆州为刘表看门，陶、刘若不是经过长时间的亲自考察，确定刘备人品经得住考验，又岂会做出这一非常之举？

刘璋邀请刘备入蜀，本意就是采张松之策，效仿陶谦、刘表，让刘备为益州看门——将汉中送给刘备，就像是刘表令刘备驻军于新野或樊城，甚至于比刘表那时更划算，因为新野、樊城尚属刘表的地盘，汉中则早已独立出去，张鲁根本就不听从益州方面的任何命令。至于"传位""托孤"，那都是以后的事，而且当年也都是陶谦、刘表自愿的，刘备本人并没有提出任何要求，尤其刘备在荆州驻屯达七八年之久，其间始终未有什么危害刘表的举动，这些都使得刘璋相信，让刘备入蜀，自己是不会吃亏的。

最重要的是，曹操的威胁已迫在眉睫，只有邀刘备入川，才能解决问题，不然还能有什么更好的办法？要知道，曹操南下荆州时，靠孙刘合力，才在赤壁打败曹操，迫使其北撤。刘璋政权的力量，还远远弱于东吴孙权，要光靠自己，单独与号称实力第一雄厚的曹操对抗，其后果和结局可想而知。

乱世之中，联弱抗强乃是正道，孙刘可以联盟共抗曹操，二刘自然也可以。何况，除了刘备，刘璋也真不知道还可以联合谁？张鲁是死对头，同时也不确定张鲁会不会归降曹操；孙权已公开将益州列为口中之餐，若不是刘备以同宗的身份极力劝阻，孙权就要单独或与刘备组成取蜀联军，进兵巴蜀了；只有刘备，经法正两次出使荆州，双方已经交好并结成了非正式的盟友关系，且众所周知，刘备与曹操水火不容，他是绝不会投降曹操的。

按张松所言,把刘备请进来,帮着我一起把守北门,就可以不怕曹操了。刘璋下定决心,不再理睬反对派的任何谏阻,从事王累情急之下,甚至以死相谏,把自己倒吊在成都城门上,然而直到王累真的自杀,依旧未能让刘璋收回成命。

凤 雏

在刘备入蜀问题上,以张松、法正为首的赞成派终于战胜了反对派。

刘璋当然不会知道,张松、法正实际是在帮助刘备取川,后者也被称为"益中对"。"益中对"是一个双重布局,第一重布局是为刘璋解决抵抗曹操和震慑内部的问题,第二重布局是拥刘备为益州之主。第一重布局为虚,第二重布局才是实,但如果没有第一重布局作为掩护,则不能让刘璋解除戒备,同意邀刘备入蜀,亦无法以讨张鲁抗曹操的名义,转移视线,堵悠悠之口。

"益中对"进入第二重布局。在得到刘璋明确指令的情况下,法正率四千人,带着礼物前往荆州,正式请刘备入蜀击破张鲁,抵御曹操。到达荆州后,法正在公开场合传达刘璋对他的邀请,私下里却悄悄地向刘备透露了他们的全盘计划,表示他愿与张松作为内应,助刘备趁机夺取益州。

在法正看来,刘璋懦弱无能,以刘备的才略,加上又有张松这样能够影响益州军政决策的枢纽人物,从内部进行策应,里应外合,必然能够成功攻取益州。他还强调指出,益州殷实富庶,兼有天府之国的天然险阻,可谓进攻退守,应付裕如,如果刘备能抓住这一千载难逢的机会,将益州据为己有,今后要想成就一番大业,简直易如反掌。

就算没有法正的这番激励，刘备其实也完全能够认识到刘璋招其入川的意义和价值，用史家的话来说，此时的刘备是"得其所哉"，然而出人意料的是，对于入川，他却显得迟疑不决。

旁边一位谋士见状可坐不住了，此人就是庞统，也就是在荆州与"卧龙"诸葛亮齐名的那位"凤雏"。

庞统是土生土长的襄阳人，他是庞德公的侄子，和诸葛亮也算是远亲。庞统从小朴实，沉默寡言，容易给人做事不机敏的印象，故而长大后也难以得到大家的重视，一直都无法出名。

那个年代要出人头地，就必须有名家给予品评，否则孝廉、茂才一个也轮不上。庞德公很赏识庞统，他本人淡泊名利、无意出仕，却不愿眼看着侄子被埋没，另一方面，庞德公虽然自己就以善于品鉴人伦著称，然而鉴于和庞统的亲属关系，如果只是由他来单方面对庞统进行评点，公信力上就可能大打折扣，为此，他决定安排庞统去见"水镜"司马徽。

庞统拜望司马徽时，才十八岁，当时司马徽正在树上采桑，看到庞统岁数这么小，估计心里也有些不以为然，只是碍于老友庞德公的介绍，不便推辞，故而才让庞统坐在树下，与之展开了对话。

这一谈不要紧，庞统的过人才智立刻惊倒了司马徽，两人从白天谈到晚上，司马徽仍意犹未尽，事后他称许庞统为南方州郡士子中的首屈一指者，并且感叹道："庞德公是真的会识人啊！庞统确实才能出众。"此事传开后，庞统终于得以摆脱了原先默默无闻的状态，逐渐为人所知，庞德公趁热打铁，给庞统冠名"凤雏"，一下子就提高了他在荆州士子中的地位。

当初刘备拜访司马徽，司马徽除了推荐诸葛亮外，也推荐了庞统，并且将二人并列，视之为荆州士子中最具潜力的两位青年才俊。令人不解的是，刘备给予诸葛亮、庞统的待遇迥乎不同，前者有充满传奇与理想光环的"三顾茅庐",后者却被刘备给忽略了,似乎根本看不到司马徽的荐举在他那儿发挥了作用。

纵观刘备一生,屡仆屡起,始终遭到强敌威逼,也时刻都面临着如何以弱胜强的问题,处于这种境遇之下,没有人比他更能体会人才的重要性,可以说,在呈鼎立之势的三大雄主中,能始终如一地做到思贤若渴,珍惜每一个举才机会的人,唯有刘备——曹操为了能够逼宫篡汉,可以一面高喊"举才",一面大肆"杀才",也会因得意忘形而不把张松等南方人才放在眼里;孙权在江东政权稳定之前,极端爱才惜才,但政权稳定之后,也会变脸,甚至动起杀机。

刘备在举才方面是不肯让自己留有遗憾的,更何况庞统已被视为与诸葛亮一个级别的"凤雏",自不可能视而不见。按照《三国演义》中提供的解释,是因为庞统相貌丑陋,才导致了他不被刘备待见。细说起来,那年头倒确实很重视男子的颜值,周瑜、诸葛亮等人英俊挺拔,史书中对此都不吝加以描绘,然而却并未记录庞统长相如何,由此推断,庞统可能真的长得不怎么样,或至少是平平无奇,不出众。问题是,司马徽推荐庞统时,刘备尚未与庞统见过面,焉知其美丑?再者,连曹操弃用张松,都不是因为嫌弃对方的相貌,刘备又岂能犯这样的低级错误?

刘备访司马徽时,诸葛亮尚是一个未出山的书生,即便按照"毛遂自荐"说,也只是短暂出入过刘备幕府,且无任何公开头衔。庞统则不同,他当时已经征为南郡功曹,功曹为郡僚佐之首,地位非常重要。研究者认为,刘备未将庞统纳入其阵营,或许就与此有关。

细细推敲,这种分析是有道理的,刘备在荆州,其实一直受到刘表的猜忌,更可怕的是,刘表手下的蒯越、蔡瑁等屡屡加以陷害,以致还发生了"马跃檀溪"那样惊心动魄的恶性事件。处于这种环境之下,刘备不得不格外低调,屯驻新野时,他尚大范围公开招揽名士豪杰,至迁至樊城,便已转为拜访司马徽、"三顾茅庐"这样的重点寻访了。

刘备为刘表把守大门，自己也算刘表的手下，只要把招贤纳士控制在一定范围之内，就连蒯越、蔡瑁等人也不能说啥，但如果是挖刘表的墙角，把他手下的重要官员弄去，那就另当别论了。这样看来，刘备对于招纳庞统，非不愿为，而实在是不能为。

我恐怕要比您稍强一些

功曹的一大职能是考核官员，庞统出任功曹，考核尺度偏向宽松，他给予被考核者的赞词，往往都超过其人的实才。有人问庞统为什么要这么做，他的答复是，现在天下大乱，坏人太多，好人太少，急需多选人才，譬如他选拔十个官员，就算弄错了五个，还有五个是好的，这五个人同样可以为社会做贡献。

有人认为庞统可能话有所指，彼时的刘表因缺乏进取心，在选用人才方面趋于保守，避乱荆州的士人很少能得到其任用，庞统此言是在为他们鸣不平，间接表示出对刘表施政的不满，有未遇明主之慨。

由于任职期间勤于扶植培养人才，庞统的名气越来越大，甚至越出荆州，传到了隔壁的东吴。曹操南下荆州，荆州士人发生严重分化，其中很多人追随刘备，另外也有相当一部分归顺了曹操，但庞统既未投刘亦未投曹。赤壁大战后，周瑜领南郡太守，以庞统弱冠知名，在荆州拥有较高声望，遂征辟庞统为自己的功曹。

周瑜虽非诸侯，但其才华和气度，要远超刘表，有的书上用"垂拱"，也就是充分放权来形容他对庞统的任用。此记载可能有夸大的成分，然而对于周瑜给孙权上疏，要求扣留刘备这样的最高层绝密行动，庞统却知之甚详，这说明他确实曾超出一般僚属，参与了周瑜的一些重要谋划。

周瑜病故，庞统亲自送丧至江东，此时他在江东的名气已经很大，东吴上上下下都知道他的名字。因为公认庞统有评论鉴定天下才士的资格和能力，大家都争相前来拜访庞统，庞统亦不辞让，他见到名士陆绩、顾邵后，便对他们下评语说："陆君是一匹能够用来代步、有千里马功力的驽马，顾君是一头能够载运货物、负重致远的笨牛。"有人问道："驽马总比笨牛强，如果真像您所品评的，陆君应该胜过顾君吧？"庞统说，话可不能这么讲，牛马各有所长，一匹再精良的马，它也就只能载一个人，并把那个人送至目的地；而一头再笨拙的牛，虽然一天只能走三十里，但它所能驮运的货物，可远远不止一个人的分量。

除了陆绩、顾邵外，庞统还品评了另外一位江东名士全琮，说全琮爱施舍、名声好，有点像汝南樊子昭，虽然"才智不足，不过倒也是一时的优秀人才了"。樊子昭原来只是汝南的一名小商贩，后来得到了许劭的注意和赏识。许劭是著名人物评论家，曾品评曹操并使其扬名，在他的荐拔下，樊子昭六十岁时从商人中脱颖而出，得以入仕为官。

顾邵对庞统很有好感，他特地跑到庞统寓所，要求和他合住，两人一起好好聊聊。一次谈话中，顾邵拿自己和庞统比，问庞统到底谁更强些。庞统直言不讳："移风易俗、顺应潮流，这点我比不上您，然而，要论治国安邦的根本性策略，以及掌握事物因果变化的关键与要害，我恐怕要比您稍强一些。"庞统的话令顾邵心悦诚服，两人自此更加亲近。

庞统追随周瑜，和他追随孙权其实可看作一回事，但孙权尚无直接对庞统予以重用的迹象，而此时的庞统又颇有睥睨天下、傲视同侪的心气，若非达于上卿，一般官职显然也不被他放在眼里。加之，"借荆州"即将落地，庞统似乎也很有理由相信，凭借自己的能力和声望，刘备必会重用于己。很可能是出于这些原因，庞统在送丧结束后，未在江东任职，而是选择了返回荆州。

临行前，陆绩、顾劭、全琮等一众名士好友，全都赶来送行。陆绩、顾劭与庞统相约，等到天下太平、国家安定，再邀他一起评议海内才士。在场众人皆精神振奋，受到大家一致推崇的庞统，更是意气风发、舍我其谁。

庞统回到荆州时，程普尚兼任南郡太守，史书未明确记载庞统是否仍为南郡功曹，但不管有没有保留他的位置，程普只是一个过渡，不久南郡就正式转归刘备控制，所有职位当然也要重新由刘备来负责安排了。

早在刘备"三顾茅庐"之前，司马徽即在推荐诸葛亮的同时，向刘备推荐了庞统，至庞统给周瑜送丧，甚至都已名满江东，刘备更不可能对他不了解。然而出乎意料的是，刘备居然连原有的南郡功曹都没留给庞统，只给他加了一个从事也就是普通僚属的身份，便把他打发到耒阳做代理县令去了。

庞统在江东时评点"才智不足"的全琮，说他有可能像樊子昭那样，从小商贩中得以向上超拔，他根本没想到言犹在耳，自己却走了相反的下降曲线，从州郡属官掉下来，屈就一个小小的县令，而且还是代理。

研究者认为，刘备如此任用庞统，并非一时失察，而是有所考量，其最大的顾虑，就出在庞统与周瑜的关系上。

转　机

自建立孙刘联盟起，周瑜对刘备先是轻视，继而又颇为敌视，无形中便成了刘备在政治上的劲敌。刘备素来给人以忠厚仁义的印象，但他在诣京"借荆州"时，居然在孙权为其举行的饯行会上，都不忘含沙射影地对周瑜进行诋毁，于是从此以后，天下人也都知道了刘备对周瑜的忌惮和猜防。

这还是刘备不知内情时发生的事。后来他才知道，在自己出访东吴期间，周瑜曾上疏要求将他扣留，若不是孙权无信心独挡曹操，没有听从周瑜的意见，他的余生恐怕就只能在幽禁中度过了，甚至还将有性命之虞。

这个周瑜，不仅是麻烦制造者，还是生命威胁者！

确实，周瑜就像是刘备的前世冤家，上疏未成，又制订西进北征方案，变着法阻止刘备"借荆州"的实现，并极力挤压他的战略发展空间。

直到周瑜暴亡，刘备才得以喘息，但周瑜带给他的心理阴影，却并不那么容易抹去，并延伸到了周瑜的"亲信"身上。

庞统与周瑜共事的时间并不长，然而却获得了周瑜的器重，更有甚者，庞统参与了周瑜上疏事件的谋划，甚至还很可能是这起迫害刘备行动的鼓动者，以刘备对周瑜动向的掌握，他对此应该是掌握的，自然也不可能不心存芥蒂。周瑜死后，庞统又亲自送丧回东吴，仍俨然以故主视之，凡此种种，都引起了刘备的警惕，导致他对庞统不能完全予以信任，委以县令，为的就是以观其变、以察其志。

被"贬"去耒阳的庞统，显然并没想到这么多，一时之间，失落、失望、委屈的情绪都会翻涌上来，除此之外，正如庞统与顾劭交流时所言，他所感兴趣和擅长的是处理军政大事，县令要管理的却是具体事务，他对此可谓既不热衷，亦不精通。

由于内心或多或少潜藏不满，且处置县务亦非其所长，庞统在上任后，态度一度非常消极，经常不处理公务，以致政绩乏善可陈。刘备把庞统安排到县令位置上，旨在对他进行全方位考察，庞统的表现当然是通不过的，这也让刘备对他更加放心不下。其时刘备正努力加强荆州的地方治理，县令、县长如果政绩不佳，不管是谁，一律免官，轮到庞统，自然也不能搞特殊化，于是庞统便很没面子地被免了职。

庞统被免职时，距他前往东吴不远，想想为陆绩、顾劭、全琮等人品头论足、测算前程时，庞统是完全把他自己置于众人之上的，然而讽刺的是，等到他被免职，落到与樊子昭被荐拔前相仿的境地，成为一个白丁的时候，那些他曾送出的"驽马""笨牛""才智不足"等相关词汇，倒都可以拿来给他自己做总结了。

庞统灰头土脸、狼狈不堪，幸运的是，这时有人为他说话了。首先站出来的是鲁肃。庞统与江东士人保持着良好交往，庞统的遭遇立即引起了他们的关注和议论，为庞统鸣不平的声音应该不小，最后连鲁肃都坐不住了。鲁肃向以胸襟阔达著称，站在他的角度，如果庞统这样的出色人才能为其主公孙权所用，那是最好的；次者也应该为刘备所用，毕竟现在东吴方面需要刘备对曹操进行牵制，庞统为刘备效力，也就等于为孙刘联盟抗击曹操效力；最糟糕的就是庞统从此一蹶不振甚至愤而投曹。

鲁肃给刘备写了一封亲笔信，在信中很恳切地说："庞士元（庞统字士元）的才干并不适于管理一个方圆百里的小县，您只有把他放在治中、别驾的任上，才能充分发挥他的才干！"

治中、别驾均为辅助州牧处理一州政务的州府属官。鲁肃说得很明确，庞统虽不是处置县务的材料，但他却有能力干成大事，关键还是应把他放在何等位置上。

作为孙刘联盟的积极倡导者和坚定执行者，鲁肃是刘备及荆州方面公认的友好人士，在刘备其实也已后悔弃用庞统的情况下，他的这封信函已足以打消刘备心中的顾虑，并为后者提供了一个资以转圜的台阶。

庞统任县令的耒阳，隶属于荆南四郡之一的桂阳郡，这个郡的太守是赵云，再往上去，包括桂阳在内的三郡，均统辖于任军师中郎将的诸葛亮。这时诸葛亮也出面为庞统说话，究竟他是如何为庞统说话的，史书中未有记载，很可能也是向刘备指出这样对待庞统不合适，劝说他应对庞统予以重用。

诸葛亮也了解庞统的才能，有人质疑诸葛亮为什么不早点劝刘备，而非要等到鲁肃站出来，他才说话。事实上，正是因为诸葛亮碍于和庞统有着亲戚关系，他反而不方便过早出面，只有等到鲁肃在前面进行了铺垫，他再为庞统说话，效果才会更好。

庞统的命运就此出现转机，刘备召见庞统，并与之深谈。庞统也抓住机会施展其长，在交谈中纵论天下大势，竭力展示自己所具备的战略雄才。刘备擅长识人用人，这么一谈，马上就让他意识到自己犯了一个错误——若不是鲁肃和诸葛亮劝说，差点就错失了一个栋梁之材和有力的辅佐者！

就在这次谈话中，刘备向庞统确证周瑜上疏事件到底是不是真的，并对庞统说："跟着哪个人主就替哪个人主服务，你不用避讳，可以照直说。"在庞统回答确有其事后，刘备发出了那番心有余悸的感慨。

对于周瑜上疏事件，刘备其实早已心中有数，他要再次向庞统确认，自有其用意：其一，以"各为其主"之辞，为庞统替周瑜效命的那段经历画上句号，如此既让庞统放心，也为接下来对庞统的重用作铺垫，以免有人旧事重提，对庞统进行质疑；其二，在庞统面前，毫不掩饰自己内心深藏的恐惧和秘密，就等于已将庞统视为了自己人和心腹。

果然，召见结束后，刘备即按照鲁肃、诸葛亮的建议，任命庞统为荆州治中从事。州从事是州牧下属的佐官，治中从事又负责管理这些从事，其职务之显要可想而知。

庞统如鱼得水，在新职位上操刀可谓是游刃有余，也因此越发得到刘备的欣赏和认可。他逐渐成为当时刘备幕府中除诸葛亮之外，与刘备关系最为亲密，也最受信任的大谋士，不久就晋升为军师中郎将，在职位上已与诸葛亮平起平坐。

权 借

诸葛亮把"跨有荆益"作为隆中路线的第一步,庞统对此可谓是"英雄所见略同",也正是因为对这些战略目标的准确把握,他才能得到刘备的器重。

君臣一直都想着要夺取益州,只是苦无良机,现在张松、法正设法促成刘璋邀刘备入蜀,这让庞统大喜过望——如此便可以不费一刀一枪地进入益州腹地,这是多么讨巧、多么合算的一件事!

不料同样惦记着益州的刘备,却又犹豫起来。庞统大为着急,他提醒刘备,"荆州荒凉残破,人才已尽",并且颇为悲观地指出,如果刘备的规模仅限于此,将无资格与曹操和孙权相抗衡,"鼎足之计,难以得志"。

刘备集团已经到了事关前途命运的关键时候,要想避免遭受被曹、孙南北夹击的灭顶之灾,唯有夺取益州这一条路可走。庞统指出:"如今益州地富民强,有百万之家,兵马要招募就一定能募齐,珠宝财货等物资也完全能做到自给自足,而无需依赖于境外。"他向刘备进言:"如果真得到益州作为资本,可成大业!"

其实,对于眼下所面临的严峻形势和夺取益州的必要性,刘备又岂能不知,甚至可以说,他当初冒着极大风险,亲赴京口"借荆州",就是为了利用联盟关系谋取益州。概因荆州作为四战之地,并不适合于立足,在刘备自身尚实力不济的情况下,他也没必要主动站出来,直接与北面的曹操对峙。那么,荆州的最大价值是什么?是刘备要进取益州,不管是从北方通过汉中,还是从南方通过长江三峡,都必须首先控制荆州,换言之,"借荆州"的核心意义在于取益州。

对于眼前几乎是老天爷奉送的取蜀良机,刘备不可能不心动,他迟迟不行动，也不是不愿意入益州，而是难以消除此行的一些顾虑，最主要的就是入益州后，是否应攻刘璋而取其地。

事情明摆着，刘璋邀你入川，是希望你能助他攻张鲁，进而解除曹操对他的威胁，结果你倒好，居然顺藤摸瓜，趁机把人家揍一顿，夺了他的地盘，占了他的老窝。这叫什么？这叫巧取豪夺！

再者，攻刘璋而取其地，此前就有人提过，这个人便是孙权，只不过孙权说的是"共取其地"，将益州打下来由他和刘备分掉。当时刘备为了不让孙权染指益州，来了个断然拒绝，后来孙权欲单方面发兵强行去夺取益州，刘备又立即派兵阻止，还把自己与刘璋同盟、同宗拿出来作为借口，最后终于把孙权给挡了回去。

前脚信誓旦旦决不会打益州的主意，言犹在耳，一转眼却要利用受人之邀的机会，独自袭夺益州，若是拿不出一个敷衍得过去的正当理由，不是自打嘴巴，失信于天下吗？

即便是庞统，对通过这种方式夺取益州，也有名不正言不顺之感，所以特地用了"权借"一词，称夺益是"借用一下以成就大业"，他这么一说，实际也就等于承认了己方的做法确实摆不上台面。

"权借"并不足以打消刘备的顾虑。自出道以来，刘备向以仁义诚信著称，与曹操、孙权相比，他在这方面所受到的称赞是最多的，不但部下称赞、朋友称赞、士民称赞，甚至敌方对此也都衷心承认。

仁义诚信，已经成为刘备一个独具的政治优势，正是因为有这样的优势，起自微贱、没有什么家族背景的刘备，才能借乱世而崛起，并在那场无比激烈和残酷的关东争霸战中，成为唯一一个逃脱曹操的追杀、还能别开局面、与其成鼎足之势的英雄。刘备对此是清楚甚至自得的，他对庞统说："方今天下，公认与我势同水火者，只有一个曹操。曹操严酷，我则宽厚；曹操凶暴，我则仁慈；曹操诡诈，我则忠信。因为总与曹操采取相反的行为,我做事才可望有成。"

如此重要的政治本钱,当然不能随意丢掉,所以当初刘备能够接受"隆中对"中的"跨有荆益",却拒绝从刘表这样的同姓宗亲兼上司手中硬性抢夺地盘,即便刘表"托国",亦予以婉拒,以后更放弃了攻打刘琮、夺取襄阳的机会。刘璋也是妥妥的同姓宗亲,且真情实意地提出入蜀帮忙的请求,向其"权借"益州,自然只能属于背信弃义,如此,刘备原本儒者仁义的形象将会不攻自破。

当然作为仁者,也可以"有道伐无道,无德让有德",然而刘璋是"无道之主"吗?刘璋个性宽厚柔和,从无残暴戾虐之举,治下平静和缓、百姓安泰,在那个战祸不断的年代,这样的当政者,就已经算是不错了。按照魏晋史家张璠的评价,刘璋是和西周时的徐偃王、春秋时的宋襄公一个类型的人,徐偃王、宋襄公都是后世所称的仁义之君,如此说来,刘璋不但不是"无道之主",而且也够得上"仁主"的标准了。

同样是"仁主",刘璋与刘备的差距主要在于能力而非品德。诸葛亮在"隆中对"中说"刘璋暗弱",也不是说他昏庸无道或残暴不仁,而是说他处理政治不行,缺乏守住益州的能力。也确实,刘璋禀赋柔弱,又仅具中人之才,刘备那样文武兼备、雄浑大气的资质和魄力,与他完全无缘,更不用说一统天下、横扫六合的雄心壮志了。一句话,刘璋只是被动地被推上了现在这个位置,身处乱世之中,他其实并不适合维系益州这样一方几乎人人觊觎的膏腴之地。

刘备自居仁者,却利用另一个"仁主"刘璋的轻信,"巧取豪夺"他的全部财产,请问宽厚在哪里?仁慈在哪里?你一边正气凛然地阻止孙权取益州,一边却又自己诈取益州,你对刘璋、对孙权,乃至对天下,忠信又在哪里?这不是和你的对立面,那个"严酷、凶暴、诡诈"的曹操一样了吗?

"如果因为贪图小利而失信于天下，此事为我所不取！"刘备告诉庞统，他不会背信弃义，通过任何欺诈手段夺取益州，因为这违背了自己行事做人的一贯原则。

权　变

看起来，在眼前利益与维护仁德信义之间，刘备已经决定选择后者，但庞统察言观色，却从表面的义正辞严中，看出了其主公与之完全相反的真实态度。

在史书上，徐偃王、宋襄公一方面被评价为好行仁义的"仁主"；另一方面又都是欲行仁义而力有不逮，并给自己事业带来毁灭性影响的典型。徐偃王是面对周穆王的讨伐，不愿看到百姓受伤害，选择了不作抵抗，弃国而走，这就是"徐偃王失国"。宋襄公的故事更有名，宋楚两国交战，宋军实力本来就远不如楚军，结果宋襄公还以自己的军队乃"仁义之师"为由，执意不肯在楚军渡河以及摆好阵形前进行袭击，最终宋军大败，宋襄公本人也被射中大腿，落得了一个伤重而亡、被人耻笑的下场。

政治优势也同时意味着政治包袱，有时甚至优势有多大，包袱就有多重，由此造成的损失也就有多大。在这方面，刘备已经有了深刻教训：荆州战役时，他逃往江陵时，荆州士民纷纷归附，十多万百姓自动随行，然而代价之一却是因放弃抢占荆州而被曹操抢了先手；在逃往江陵的路上，由于不肯抛弃民众而逃，直接导致曹军追至长坂坡，所部被打得一败涂地，差点从此一蹶不振。

名声固然重要，民心和诚信亦不能轻失，然而如果被这些无形的绳索过分束缚，就难保不步徐偃王、宋襄公之后尘——从现实情况看，诸侯混战已进入尾声，命运留给刘备谋国立业，甚至是生存下去的最后一个机会，就只剩下夺取益州了。

刘备事实上已别无选择，他犹豫彷徨，不是判断不准其间的利害关系，是需要有人给支个招儿，让他从道德和情感的困境中摆脱出来。

在完全弄清症结所在后，庞统立刻找到和给出了"解药"："现在天下大乱，是讲究权变的时代，凡事都应因时应势而变通，决不能死守一种道理，否则难成大业！"

从"权借"到"权变"，虽仅一字之差，但来头却大不相同。"权借"乃中性词汇，指的是"暂时借用一下"，"权变"则是儒家思想中非常重要的一个部分，是说要从正确目的出发，根据具体的时势和条件，来决定所要采取的政策策略，而不能拘泥不化，死守所谓的"仁义之道"。换言之，只要目的正确而崇高，能取得好的结果，至于手段狠一点、辣一点，是没有关系的。

儒家经典《春秋公羊传》中，用"权者反于经，然后有善者"加以概括。拿宋襄公与楚国作战的那件事来说，两军交兵，自有其道，双方都应遵守或明或暗的一套规矩，此为"经"，但宋襄公要打败楚国，是为了效仿齐桓公，以霸主身份扶持衰微的周王室，以及替各国主持公道，以这样一个正义的目的作为前提，他就应对"经"进行变通和突破，即该偷袭时就偷袭，该用诡计时就用诡计，如此才有望取得好的结果（"有善者"）。

按照儒家的这种说法，如果当年宋襄公能做一个懂得变通的"权"者，就可以拿结果来证实其手段的合理性，即便一时"反于经"，也能被解释为更高层次上的守经。

宋襄公因为不会权变，欲做春秋霸主而不得，这是他与那些成功霸主的区别。庞统从权变理论出发，指出从古至今，弱小、昏暗的人主都要面临被兼并、攻取的命运，概莫能外。历史上的春秋五霸在成为霸主的过程中，就没有一个不兼并弱小国家的，周围国家只要国君愚鲁无能，他们就必定要出兵攻打。乍一看，这个过程显然不合仁义之道，但五霸一俟成为霸主后，便推行善政，尊王攘夷，用仁义之道来回报天下，于是五霸之行为，便又得到了古往今来人们的一致认可。

春秋五霸成功后，回馈了周王室和各诸侯国特别是那些弱小之国，此举似乎就能把他们进攻和兼并弱小之国的"黑历史"给抹去了。庞统照方子抓药，告诉刘备，时值弱肉强食的纷争时代，跟春秋时的局面有得一拼，所以你千万不能学宋襄公之"仁"，而要以春秋五霸的"权变"为榜样，邻国弱小，就兼并它，政权无能，就攻灭它，以此壮大自己的力量，等达到目的后，再给予一定的补偿，就不会有负于仁德和信义了。

这就是庞统所称的"逆取顺守"。他给刘备的建议是，乘刘璋邀请入蜀为契机，毫不犹豫地夺取益州，至于破坏仁德信义和自身形象的受损问题，可以在事定之后，通过赐予刘璋丰厚爵禄或送给面积广大的封地，来加以弥补。

庞统大讲特讲的权变学说，就其基本倾向而言，显然更接近于春秋战国时期的王霸之术，说得难听一点，不啻套了一个儒家的帽子，却在干法家、纵横家的事。当然，不光庞统如此，诸葛亮亦有类似言行，或者也可以说，在那样一个乱世，它是凡讲求实际的谋略之士的共同选择。

刘备学的是儒家，政治操作中践行的也是儒家，他岂能辨别不出"庞统式权变"和儒家真正的权变理论之间的距离，尤其夺人之地，再报之以义之类，摆明就是庞统为了让他在心理上能够接受自己的"不仁"，硬塞进来的，你就是说这是在强词夺理也不过分。然而刘备此时需要的恰恰就是这套东西，因此庞统的话，令他如受高人点拨，不由得大为高兴，心中的纠结和忧虑，也都如同阳光下的冰雪一般，一一消融掉了。

接下来庞统的一句话，则又让刘备产生了时不我待之感："今天咱们不去夺取（益州），（益州）终究也会落入别人手中！"

没错，即便现在我不取益州，益州日后也定为曹操或孙权所取，曹、孙的力量本来就比我强，倘若他们再有了益州，我在他们面前哪还有还手之力？

刘备完全接受了庞统的开导和劝说，也同时下定了借入蜀之行夺取益州的决心。

第八章 夺　蜀

　　东汉建安十六年（211），刘备以诸葛亮、关羽总领荆州，张飞继续留守宜都，赵云兼任留营司马，自率庞统、黄忠、魏延，将号称数万的步卒，溯江西上，进入益州地界。

　　诸葛亮、关羽、张飞、赵云作为重量级的谋臣和大将，均未陪同刘备入蜀，显然有着稳固荆州防御、减少刘璋防范心理、随事件进展以待后命等多重考虑。留守诸人之中，诸葛亮又实际据有领衔的地位和角色。有人质疑，"跨有荆益"乃诸葛亮隆中路线的主要战略，刘备也就是凭借诸葛亮主导下的孙刘联盟，才取得了荆州，实现了该战略的第一步，他接下来进取益州，为何不首选诸葛亮作为战略主帅，而却以庞统为辅，将诸葛亮留在荆州？刘备是不是和过去孙权对待周瑜一样，亦有分权制衡方面的考虑，即通过重用庞统，防止诸葛亮过于集权？

　　事情其实说简单也简单。虽然在"跨有荆益"的战略中，"荆"和"益"占有同等重要位置，从理论上讲，取蜀地与守荆州不能偏废其中任何一项，但就实际而言，因为荆州乃刘备目下唯一的立足之地，且曹操、孙权都在暗中窥伺，所以刘备只能以偏师入蜀，将重兵仍留在荆州镇守。此时的诸葛亮已实际成为刘备阵营的第二号人物，由他坐镇荆州，能够号召三军，关羽、张飞、赵云等人也都不会不服，庞统则无此威望和能力。

再者，诸葛亮在南荆州的成功实践以及所取得的政绩，也证明整个后方确实需要他这样一个杰出政治家来进行治理，这样前方才可保无忧。

作为刘备现有幕府中仅次于诸葛亮的核心谋臣，庞统则以地方治理为短，战事攻略为长，正如先前鲁肃所说，庞统或许不是一个处理地方政务的好人选，但却有能力干成大事。刘备将庞统放在身边作为随军谋士，而由诸葛亮主持整个后方，这正是当时他能想到的一个最佳搭配。

涪城会

得知刘备率部入蜀，刘璋大喜，立即传令沿途各郡县敞开大门，并为其提供一切必需品。这使刘备入蜀如同归家一般，沿途不仅没有遇到任何阻拦，而且受到地方官员们的热情接待，后者仅馈赠的各类物资就以亿计，在这种情况下，就算后勤没有及时把军粮送上来，入蜀部队也不用为衣食无着而犯愁了。

在此期间，凡反对刘备入蜀的益州官员和有识之士，均对此忧心忡忡，当刘备驱兵数百公里，到达巴郡时，巴郡太守严颜禁不住捶胸长叹，说："这就是所谓的'独坐穷山，放虎自卫'！"

独自坐在没有出路的深山之中，却还要选择放出老虎来保卫自己，那老虎不会反噬你吗？你无路可逃，不是自取灭亡吗？遗憾的是，由于类似的劝谏和忠告早已被刘璋否决，严颜的一声叹息，也就只能化为无奈呻吟了。

刘备离开巴郡后，继续沿巴水溯流而上，在驱兵数百公里后，深入益州腹地，到达涪城。

涪城距离成都仅三百六十里，刘璋闻报，亲自到涪城与刘备相会，为之接风洗尘。涪城即今四川绵阳，绵阳城东有一座富乐山，据记载，富乐山就是二刘涪城会的地点之一。当时富乐山称为东山，刘备、刘璋见面后，相谈甚欢，刘璋在涪城城内为刘备举行了盛大的欢宴，接着两人又携手登上东山之顶，开怀畅饮。刘备见山下良田沃野一望无际，呈现出一派富庶丰饶的景象，不禁夸赞道："富哉，今日之乐乎！"后人为纪念刘备这一即兴之叹，遂将东山更名为富乐山，一直沿袭至今。

"乐"只是涪城会的表面基调，在其背后，已经有两个人按捺不住，动了杀机。

这两个人，就是身在成都的张松以及随刘璋来到涪城的法正。从"益中对"的酝酿和实施来看，他们才是涪城会真正的幕后策划者。眼看二刘已会于涪城，张松认为这正是一举而夺取益州的良机，便连忙派人联系法正，并通过法正秘密建议刘备趁宴会之机袭擒刘璋，进而一举夺得益州。

刘备没有采纳张松、法正的意见。有人认为，这是因为刘备注重大义名分或不忍心对刘璋动手，应该说，这种因素不能完全排除。南宋名臣洪迈曾拿刘璋开门邀请刘备入蜀这件事，与韩馥举冀州以迎袁绍作类比。韩馥原为冀州牧，他手中明明拥有强兵大州，却在袁绍的威逼利诱下，主动将冀州让给了袁绍。韩馥是那种名士型的诸侯，与刘璋一样性情怯懦，这是二人的共同点，不同之处是韩馥毕竟还是主动让州，而刘璋则无丝毫让州之意，不过是邀刘备到家里来帮个忙而已。在洪迈眼中，刘备乃德高之人，是袁绍不能比的，换句话说，袁绍能做出来的事，刘备就不能做，也正因为如此，洪迈觉得刘备取蜀是其一生的污点，并感叹："谁能想到像玄德（刘备）这样的忠厚长者，也会忍心做这样的事呢？"

事实上，彼时的刘备一直都在"忍心"和"不忍心"之间反复挣扎。"忍心"是因为庞统已经对他进行了说服，帮助他在心理上初步过了关；而"不忍心"则是发生在他与刘璋真正见面之后——面对刘璋的盛情，像他这样的人，心中固有的仁德信义观念还是难免会跳出来，并使之再次陷入仁德与诈取的纠结之中。

除此之外，当然还有对实际可操作性的考虑。张松、法正建议刘备设"鸿门宴"，反映了他们希望刘备能尽快取得益州的迫切心情，但此计却未见得稳妥。当年那场著名的鸿门宴，是设在项羽军营之中的，项羽为主，被视为袭擒对象的刘邦为客，且在力量对比上，项羽军有四十万，刘邦军只有十万，项羽如果铁了心要将刘邦拿下，就算不设宴袭擒，也能达到目的。涪城版的鸿门宴则不同，这是在益州地盘上，刘璋是主，刘备是客，同时刘璋还带来了步骑兵三万余人，而刘备的兵力则要少得多。这是因为刘备辖下的荆军规模原本就有限，在入蜀的同时，还担负着防御曹操乃至提防孙权的重任，加上不便过分张扬，以免节外生枝，引起刘璋疑惧等因素，故而随刘备入蜀的荆军步卒虽号称数万，实际却连万人都还不到。

从当时的形势来看，刘璋请刘备入蜀，实是不得已而为之，他一方面不顾部属劝谏，执意要将刘备视作救命稻草，乃至亲赴涪城与之聚会，但另一方面，对刘备也并非傻乎乎地毫无提防。除了随身带来重兵外，刘璋队伍所乘车辆全都悬挂帐帷，一路上与日光互映，耀眼生辉。刘璋把仪仗布置得如此浩浩荡荡，夺人眼球，未必全是讲排场、好面子，也不仅仅是为了给予刘备以高规格礼遇，其中恐怕也隐含着展示自身实力，甚至对刘备进行震慑，使之不敢轻举妄动的意味。刘备历经沉浮，政治经验丰富，拿眼睛稍稍一打量，马上就瞧出了端倪，为此他还专门做了一个测试。

就在二刘初会那天，刘璋在涪城城内为刘备举行欢迎宴会。刘璋的从事张裕侍坐于刘璋身边，张裕胡须浓密，刘备就笑着戏弄他说："我老家涿县姓毛的人非常多，东西南北都是毛姓，涿县县令就说'这不是好多毛儿绕着涿县住吗？'"

"涿"是"啄"的同音异形字，啄者，嘴也，也就是说，嘴边长了很多的毛，这话其实就是在暗示张裕是个虬髯大胡子。张裕立即反应过来，他对刘备拿他的相貌做笑料很是不悦，于是当场以牙还牙、反唇相讥："过去有个人在上党郡的潞县做县长，后来又升任涿县县令。在他离职回家时，别人给他写信就不知道怎么称呼为好，是管他叫潞君呢，还是叫涿君呢？叫潞君吧，做过涿县县令的履历被忽略了；叫涿君吧，做过潞县县长的履历又被忽略了，干脆，就署名'潞涿君'吧！"

"潞"音同"露"，"啄"是嘴，"潞涿君"就是露出了嘴巴的人，意即没有胡须。在小说绣像以及传世文献中的有关图像资料中，刘备都有着五绺长须，但《三国志》中却明确记载"先主（指刘备）无须"，张裕显然是在挖苦刘备，嘲弄他没有胡须。

刘备并非轻佻之人，又怀揣着夺取益州的不可告人的目的，在初会刘璋的重要外交场合，自然更知道应该如何拿捏分寸，实无必要开任何既不得体，也不适合其身份的玩笑。那么，刘备调侃张裕的用意何在？很可能就是一种试探，即通过适当冒犯的方式来观察对方阵营的反应。

以刘备的身份和地位，即便他真的嘲弄了张裕，本来张裕也不能拿他怎样，何况刘备之言实在也算不上有多么充满恶意。倒是张裕反应过于激烈，毕竟古代以多须为美，刘备相貌端正，但"无须"终究是个缺憾，张裕当众点破，别说是刘备，就是对一般男子而言，也属于严重伤害自尊心的大事。

刘备是见惯大场面的人，对于张裕的反嘲，他以一阵大笑便遮掩了过去。刘备固然肚量很大，然而人的肚量再大，也有底线，张裕已经突破了刘备的底线，后来的事实也证明，刘备一直对此心存芥蒂、耿耿于怀。

不过彼时彼刻，刘备关注的重点恐怕还不在张裕本人身上。试想一下，张裕只是刘璋的一个普通下属，他为什么敢如此出言不逊？更耐人寻味的是，刘璋居然也未因此对张裕有所责罚哪怕斥责，这里面难道还不能看出点问题来吗？或许，刘璋就巴不得有一个这样的张裕跳出来，对着刘备说出他想说、却又不太方便说出的话：我以上宾之礼敬你待你，但你也要给我乖乖地安分一点才好，否则，我一样能让你不好过！

从另一件事也能看出刘璋的小心思，那就是他在会上主动推举刘备代理大司马，兼任司隶校尉。大司马、司隶校尉均为朝中要职，但朝廷既被曹操完全掌控，就决定了这种推举并无实质意义。刘璋这么做，一则向刘备示好，二则也无异于在向对方暗示：你复兴汉室的主张，我很支持，你今后也应该把汉廷中央作为你发力的方向，益州就不用惦记了。

刘备在"借荆州"前，为转移孙权对于荆州的注意力，就曾表荐孙权代理车骑将军，兼任徐州牧，刘璋在这里不过是照抄了一遍作业，虽然出发点有所区别，但其隐含意图却可谓如出一辙。

欲速则不达

刘璋的防范之意已昭然若揭，又占据主场之利，随身军力也很强盛，在这种情况下，要借宴会之机予以袭擒，实无胜算，弄得不好，还会打草惊蛇，反过来令自己在涪城陷入困境。正是基于这些细致的观察和谋算，同时也不可避免地掺有不忍之心，使刘备否决了张松、法正之策，他对法正说："这是大事，不可匆忙草率。"

张松、法正急于图利，也急于求成，在这方面，庞统和二人差别不大，他也建议刘备就地扣压刘璋，认为用这种方式夺取益州，就可以不必消耗荆州军力，最大限度地保存自身力量。

如果可以不费一兵一卒即坐定一州，刘备能不乐意吗？问题是仅仅技术难度就太大，成功并无把握。退一步说，就算能够侥幸得手，将刘璋拿下，但只要益州士民不肯接受新的主君，刘备一方在益州恐怕还是难以立足，甚至能否控制住涪城局势，都还是个未知数，届时刘备就算不被赶出益州，面对混乱不堪的局面，也将一筹莫展。

从刘备既往的奋斗史来看，他手中不是没有过地盘，就连徐州都曾在其掌握之中，可往往都是来得快，去得更快。这使刘备深明欲速则不达的道理，他告诉庞统："我们才刚刚进入别人的地盘，老百姓尚未从中得到一点好处，又没有积累起威信，所以你说的办法还不可以采用。"

在稳定众人情绪的同时，刘备一步步按照自己认定的方略行事。刘璋推举他，他也投桃报李，推刘璋代理镇西大将军，兼任益州牧。

镇西大将军云云不过是虚衔，重要的是后面涉及的实职，但刘璋本来就已是益州牧，且早已获得朝廷王命认可，具备完全合法性，哪里还用得着刘备多此一举？

看似多余，其实非常必要。刘璋接受张松之计，与刘备结盟交好乃至邀其入蜀，除需借刘备之力抵抗曹操外，另一个目的就是用以压制内部反对势力，刘备对此了然于心，他的荐举有两层用意：第一层是回应刘璋的关切，表白自己对益州毫无觊觎之心；第二层则是为刘璋造势，表示自己完全支持和尊重他在益州的地位。

刘备的表态果然令刘璋心花怒放，大失戒心，涪城会也因此更加其乐融融。除了二刘外，他们属下的将士随着交往增多也逐渐熟络起来，双方你来我往，日日设酒摆宴、觥筹交错，愣是把这场欢乐的聚会延续了一百多天。

欢饮之后，当然还得干正经事。讨张鲁抗曹操，是刘璋邀刘备入蜀的最主要目的，见刘璋欲将此事付诸实施，客居益州，曾竭力阻止刘备入蜀的刘巴再次提出反对意见，劝谏刘璋道："要是让刘备去征讨张鲁，如同放虎归山。"见刘璋仍然不肯听从，刘巴料定其必败无疑，便从此闭门称病，不再过问政事。

刘璋知道入蜀的荆军数量并不是很多，便给刘备增兵，并令屯守要冲白水关的驻军杨怀、高沛部，听从刘备号令，至此，加上刘璋临时增拨和调归节制的部队，刘备合军已达三万余人。除此之外，他还给刘备送来了米二十万斛、马一千匹、车一千辆以及一批丝绵绸缎。

见刘备兵员已足，车辆、甲胄、器械以及钱粮也都供应到位，刘璋自觉一切安排妥当，便辞别刘备，自还成都，以便坐待佳音。刘备则率部向北进发，做出北征张鲁的姿态，但他往北走了不长的一段路程，到达葭萌后便停了下来。

向刘璋苦谏的刘巴，不愿看到刘备征讨张鲁，认为这会增长刘备的势力，导致尾大不掉，控制不住，但他不知道的是，刘备对北征张鲁根本没有兴趣，其入蜀是醉翁之意不在酒，非为汉中，而为益州也。

一到葭萌，刘备即落实其取益州当以得人心为先的策略，广施恩德，下大功夫树立自己的仁德形象，以争取益州士民的支持。这是很费时间的细活，从相关记载中，研究者推知刘备竟因此在葭萌逗留了达十个月之久。

庞统三策

刘备能在葭萌长时间逗留，客观上也得益于形势的变化。曹操派钟繇、夏侯渊等人讨伐张鲁，出击部队必须首先经过关中马超、韩遂等人的领地，马、韩等人疑心曹操是在行假道灭虢之计，表面讨张鲁，实际却是要趁势吞并他们，于是便突然发难，组织联军起兵反曹。

在马、韩等人组团对抗的情况下，曹操只得暂时取消进兵汉中的计划。随后他亲率大军西征，仅用两到三个月时间，便击败马超、韩遂联军，尽歼关中诸将十部，一举平定了关中。就在曹操准备一举荡平马超、韩遂等人残部的时候，正好碰上了两件对他而言更急迫的事，即回京逼宫和攻打孙权。为此，曹操将夏侯渊留下驻守长安，自己则率大军主力回撤许昌。

从马、韩等人起兵反曹，到曹操举行西征，再到他从关中撤兵东归，差不多就过去了大半年。在这段时间里，曹军攻占汉中，进而威胁益州的警报似乎已经解除，既然军情不像原先那么紧急，刘璋也就不太好意思催促刘备征讨张鲁了，刘备便顺势一直"赖"在了葭萌。

刘璋是个体面人，有些话不好说，他的部下却看不下去了，尤其被安排受刘备节制的白水关驻将杨怀、高沛，对于刘备滞兵葭萌，未即讨鲁的行为更是深感不满和疑虑，他们多次向刘璋上书，认为既然刘备迟迟不行动，而曹操又不像是要立即攻打汉中的样子，那倒不如把刘备依旧送回荆州。

杨怀、高沛的上书，使刘备的处境立时变得进退维谷、骑虎难下。刘备急忙召集随军幕僚商议，在这次秘密会议上，庞统指出，现在已经到了必须做出抉择的时刻，如果继续在葭萌按兵不动，就算杨怀、高沛不上书，也难保刘璋不产生同样的不满和疑虑，其后果或者是被刘璋遣回，或者是自行退回荆州，他为此向刘备献出上、中、下三策，以供其决断。

从现在起，暗中挑选精兵，昼夜不停地兼程赶路，直接偷袭成都。这是庞统所献上策。庞统认为，刘璋既不懂军事，又缺乏心理准备，大军突然到达，出其不意，击其无备，可望一举攻取成都，从而一劳永逸地控制益州。

庞统劝说刘备用其上策，然而仅仅从军事角度上讲，这就是一次风险很大、成功率并不高的冒险。

首先，长途奔袭成都的行动能否一举取得成功，关键其实并不在于刘璋是否事前有备，而在于荆州军在行军途中能否不露痕迹，从而达成奇袭效果。事实上，自葭萌至成都，中间要经过涪城、绵竹、雒城等多处重要据点，各处据点也皆有重兵驻守，大军既要快速通过，又要高度保密，将益州兵全部瞒住，这一点是很难做到的。

退一万步说，就算荆军能够不泄露行踪，神不知鬼不觉地推进至成都城下，之后就能以其轻装远行之师，一举攻克成都吗？要知道，成都乃是州治，城墙之固与防御设施之完备，非一般小城可比，而荆军只要在城下稍一受挫，周围援救成都的益州各部就将蜂拥而至，届时前有坚城相阻，后有强兵相攻，荆军的处境将极其危险。

刘备具有丰富的实战经验，对于上策的不妥之处，自然能一一瞧得分明，回过头来，奇袭之法在当年的关东战场上并不鲜见，刘备和他的对手们都曾频频采用，若是觉得靠谱可行，他或许早就采用了，又何至于在葭萌滞留达十个月之久？

再看下策。庞统所说的下策是退兵，但不是退回荆州，也不是从此放弃取蜀，而是退据白帝城。

刘备入蜀前，已得张松、法正"献图"，其后他率数万步卒入蜀，多数时候又都是沿陆路行军，这使得刘备君臣对益州的山川地形尤其是他们所经过的地域，逐渐达到了如指掌的程度。白帝城系三峡西口的重镇，此处不但是荆军由荆入蜀的门户，还控扼着三峡，占领白帝城，就等于将艰险难行的三峡地段全部掌握在了自己手里。

无论庞统还是刘备，对于白帝城在地理位置上的特殊性和重要性，都是非常清楚的。庞统之意，是以退为进，在退至攻守俱便的白帝城后，将其与己方荆州宜都郡境连成一体，在避免腹背受敌的同时，将白帝城作为将来出兵入蜀的前哨阵地，等待机会随时进取。

如果单纯求稳，下策无疑是最稳妥的，庞统能想到，入蜀以来步步求稳的刘备肯定也能想到。问题在于，此次受邀入蜀，乃是刘备夺取益州的一个千载难逢的良机，退回白帝城，就意味着放弃了这个机会，而这种机会应该以后不会再有了。之后若是刘备还想"跨有荆益"，就得寄望于遥遥无期的慢慢攻打，这是人力物力匮乏的荆州很难承受的，也不符合刘备事业发展的需要。

上策、下策之外，是中策。此次危机的触发，来自杨怀、高沛的上书，二人各领强兵，据守白水关口，除监视荆军外，也从背后对荆军构成了严重威胁。庞统所定中策，是让刘备派人去通知杨怀、高沛，假称荆州有紧急情况，需回军救援，从而诱使杨、高来营告别，趁此机会将他们拿下，在兼并其部后，再进军成都。

中策和上策都是要南下进攻成都，区别是中策不再执着于成功率其实很低的秘密奔袭，因为诱擒杨、高二将，本身就可能引起成都方面的警觉，使之作抵抗的准备。庞统的想法是，除掉杨怀、高沛以及兼并其军，可以在解除背后白水关威胁的同时，壮大荆军声势，加强自身力量，为此哪怕是打草惊蛇，被迫将袭击变成强攻，也能增加最终攻克成都的胜算。

庞统三策，不是一次性拿一个方案出来，而是同时设计了三个方案，自己又将其区分为上策、中策、下策，这说明庞统在酝酿方案时就有明显的倾向性，简单说来，就是冒险程度递减，稳妥程度递升。中策相对于下策是进取的，但其风险又要明显小于上策，可以说是对上下策的兼顾和平衡。

经过综合考量，刘备决定采用中策，而促使刘备最终做出这一抉择的，除了庞统，还另有一人，此人就是刚刚加入刘备幕府的彭羕。

彭　羕

彭羕是益州本土士人，为人放肆骄傲，不太看得起别人。他跟法正一样风评不佳，也跟法正一样不得志，最初只是益州州府一个很不起眼的书佐，后来刘璋又听信众人的诬告，对他施以髡钳之刑（剃去头发，用铁圈束颈），使其沦为了刑徒。

彭羕任书佐时，因为经常可以接触到各地要员，使得他见多识广，对当时站于前台的主君们早就有所了解。令彭羕无辜获刑受罪的主君刘璋，在彭羕看来，"十分昏庸无能"，其他几位，曹操"残暴而凶狠"，孙权"不义而无道"，只有刘备"怀霸王器识"。彭羕希望自己有朝一日能够跟着刘备打天下，"借清风上青云"，在被刘璋一手推入人生低谷后，他更是不甘不服，一心想要投奔刘备，借以改变自己的命运。刘备入蜀后，彭羕立即寻机赶到葭萌，但他没有急于求见刘备，而是首先造访了随军第一幕僚、深受刘备器重的庞统。

庞统与彭羕并非故交，而且当时还有其他宾客在座，然而彭羕却不管这些，他径直走进去，大模大样地往庞统的床上一躺，对庞统说："等客人都走了，我再跟你畅谈！"等其他宾客走后，庞统到床前坐下，准备和彭羕交谈，可是彭羕却又让庞统先给他拿吃的，说他得吃了以后才聊。

若是换成别人，十有八九就会将彭羕轰走，但好在庞统是有名的"人才鉴定师"，对于彭羕这类狂狷之人，他见得多了，不但不以为意，还认为彭羕既能如此，则必非凡夫，当下便留住了彭羕。之后两人日夜长谈，庞统发现彭羕果然有两下子，就向法正打听彭羕的情况，法正原本就了解彭羕，于是两人便一起在刘备面前鼎力推荐彭羕。

彭羕首先自荐于庞统的做法，收到了效果，刘备未见彭羕之面，就已对他留下了较深的印象。接着召见彭羕，二人抵掌而谈，见彭羕对于王霸之谋、治世要务皆能信手拈来、侃侃而谈，更让刘备感到彭羕确实是个人才，此后便多次尝试将军政实务交给彭羕承办，而彭羕每次也都能办得令刘备满意，故而愈加受到刘备的赏识和重用。

彭羕与张松、法正相仿，对故主刘璋既无眷恋之情，又急于帮刘备得到益州，这使得他在何去何从问题上，与庞统英雄所见略同。按照彭羕日后所言，他向刘备提出了袭取成都的计策，结果正中刘备下怀，刘备当即就同意了。由此可以推知，彭羕策和庞统策是基本相同的，也可能，与庞统关系亲密的彭羕，事先就已与庞统协商一致，庞统策本身就是二人共同筹谋的结果。

按照庞统、彭羕的方案设定，刘备一面立即制造假象，表示自己不愿再在巴蜀之地待下去；一面让部队打点行装，做出真的要紧急撤回荆州的样子。

巧的是，这时发生了一件事。曹操在东归后，虽然已经快速镇压了河间的农民起义，但他恐怕自己用兵汉中，孙权会趁势骚扰东南，为使对方以后不敢轻启兵衅，以便自己可以专意经营西部地区。他决定用军事威力震慑孙权一下，于是又动员号称四十万的步骑大军，从合肥出发，对孙权的濡须坞据点发起大规模进攻。

曹军来势汹汹，令东线的东吴军队承受了很大压力。按照孙刘联盟东西策应，相互支援的协定，孙权请刘备赶快从西线主动出击。此事正好为刘备制造急返荆州的假象提供了条件，他给刘璋写信，说曹操进攻东吴，东吴形势危急，孙权差人来向我求救，我和他本是唇齿相依的盟友，不能见死不救。

刘备还提到荆州方面正与曹将乐进对峙的关羽，并有意说关羽兵力薄弱，也需要自己回兵救援，否则，关羽亦不免于败。关羽一旦败北，不仅荆州危殆，就连益州也要受到曹军骚扰。刘璋请刘备入蜀，是要他打张鲁，但照刘备的说法，如果曹操趁势突破荆州，并进入益州地界，就将成为远比张鲁可怕得多的敌人，毕竟张鲁盘踞一方，只求自保，曹操却是可以一张嘴，就将益州吞掉的大鳄。

刘备的意思很明白，他此番东行回军荆州，不单是为了救援东吴和保住荆州，更是为了使益州无恙。基于后者，他请刘璋在其撤军前，再给他增拨一万兵力和一批军需物资。

刘备在葭萌滞兵长达十月之久，却未与张鲁打上一仗，此事在益州已引起了普遍议论，正如庞统在密议中所指出的，就算没有杨怀、高沛等人的频频提醒和警告，刘璋也绝不会无动于衷。实际上，刘璋也确实已经产生了怀疑，只是不便将遮羞布揭开而已，及至收到刘备的信函告知，他更加感到狐疑和不满：你老人家在我的地盘上好吃好喝这么久，一直不尽攻打张鲁的义务不说，现在居然抬脚就要走，而且还开口索要如此多的士卒、军资，这叫什么事啊！

迎佛容易送佛难，刘璋悔不当初，但他又不愿意因此得罪刘备，同时也还存有继续依靠刘备替他抵御曹操的侥幸心理，思前想后，遂决定部分满足刘备的要求，即只答应拨给四千援兵，其余物资也都减半发给。

合适的借口

刘备虽然已经通过庞统的说服，用所谓的"权变"和"逆取顺守"，初步消除了他对于诈取益州的心理障碍，但仁德信义观念仍对他形成一定的束缚，他也始终觉得通过偷袭来夺取益州，不够光明磊落，涪城会上无法重演"鸿门宴"，放手袭擒刘璋，即有此因素。

庞统、彭羕策能够最终被刘备采纳，其中的一个很大驱动力，就是他从此策中发现了可以让他更加觉得心安的方式，那就是：不光要诱捕杨怀、高沛二将，还要借此向刘璋公开宣战，不光要公开宣战，还要显示出，双方翻脸，曲在刘璋！

公开宣战，即不是诈取，从此就可以名正言顺、堂堂正正地夺取益州；曲在刘璋，就更不用受仁德观念的制约了，你既然事情做得不对，我给予你相应惩罚，自然也说得过去。

因为有这样的心态和考虑，在明知刘璋不会同意，或不会完全同意的情况下，刘备仍向刘璋提出了看似过分的要求，其动机不外乎是要为其公开宣战以及把责任推在刘璋身上，找到一个合适的借口。

刘璋不明就里，他的反应可谓正中刘备下怀，于是刘备以此为由，对手下将士说：我们替益州征讨强敌，士卒劳苦，有家不能回，由益州方面钱粮补给，不是理所当然的事吗？益州府库钱粮充盈，可是刘璋却爱惜财物，不肯拿出来犒赏有功将士，他这么吝啬，怎么能奢望别人替他舍命苦战呢？

刘备的这番渲染和煽动，果然激怒了随其入蜀的荆军官兵，相当于做了一次成功的战争动员。然而让刘备始料不及的是，由于他在回军荆州一事上表演得过于逼真，却也同时误导了益州内部那个最大也最重要的内应：张松。

与法正以联系刘备的名义，滞留于刘备军中不同，张松一直在刘璋身边，他显然并不知道内幕，以为刘备真的要退回荆州，便急急忙忙地给刘备和法正写信，说现在眼看大事即将有成，怎么能半途而废，放弃益州呢？

千不该万不该，信件落到了张松的哥哥张肃手中。张肃气质威严、外貌雄健，当初在张松之前出使曹操，并被拜为广汉太守，作为特使，应该颜值也很给他加了点分，不过与相貌并不出众的张松相比，张肃其实却是个才能并不突出，而且还胆小怕事的人。发现弟弟的秘密后，因为生怕自己受到牵连，张肃便向刘璋告发了此事。

张松事件不仅暴露了张松自己，也泄露了刘备谋夺益州的天机。本就已经疑窦丛生的刘璋至此恍然大悟，他立即收斩张松，同时传令葭萌至成都沿途各关隘，不再通报刘备，并闭关以拒之。

消息传至刘备耳中，令刘备大为震惊和愤慨。他不仅是震惊于机事不密，夺取益州的意图和计划终于被刘璋所掌握，更是震惊于刘璋这么一个看似暗弱可欺之人，没想到处决张松却很果敢，同时闭关相拒也表明他并不惮于使用武力。刘备的愤怒，一方面是真相败露后的恼羞成怒，另一方面则是受张松之死的刺激所致。

刘备再次给刘璋修书一封，这次的内容极为简练，就是一句带有叹息语气的话："你矫杀了我的内应！"

所谓矫杀，意为假托君命以杀人。刘备的意思是，张松是我的内应不假，但他乃堂堂朝廷命官，要杀也得请示朝廷再杀，你刘璋不能不经请示，就假托朝廷之命杀了他。

事实上，刘璋作为益州土皇帝，处斩手下任何一名官员，都没必要给朝廷打招呼。让刘备在意和生气的，也根本不是"矫杀"，而是刘璋居然敢直接将张松这个"内应"的人头摘下来，然后直接甩在他刘备的脸上。

在某种程度上，刘备激怒于张松之死，也可以说是他自己有意引导的结果。自入蜀以来，面对着刘璋，刘备一直都未能真正将自己从道德压力中摆脱出来，而要缓解这种压力，最好的办法莫过于从刘璋身上找到作为敌对者的可恨之处。刘璋不肯如数益兵资粮这件事，虽已被刘备作为双方翻脸的借口，但这个借口实在是非常牵强——你口口声声"士卒劳苦"，可却并没有真的替益州征讨过任何一个强敌，那你纵然再劳再苦，于人家刘璋何干？说刘璋积财吝赏，然而他之前就已经送了那么多钱粮给你，总不能闭着眼睛一抹了之吧？就算你指称的那些都是事实、都能成立，可也没到能把给你惹急了眼，捋起袖子就要打人的程度！

概言之，最初的借口只能拿来制造舆论，并在内部激励荆军的士气，对刘备自己而言，还是没法让他对刘璋痛恨起来。现在好了，刘璋杀了张松。张松虽是蜀官，然而他却是刘备入蜀的最初策划者，其才能也深得刘备之赏识。换句话说，刘备已经将其视为自己的重臣，他向刘璋公开宣战，完全可视为在替自己的重臣复仇，是要让"做错事"的刘璋为此付出代价，如此一想，当事人就没多少心理障碍了。

涪城欢宴

在张松被刘璋收斩、刘备亦致书挑明内幕之后，二刘之间的戏当然是没法再演下去了，双方关系正式破裂，连两军对立的局势都已明朗化。不过正如庞统在密议中所指出的，刘璋缺乏军事方面的经验和韬略，之前既没有制订对刘备动手的预案，等到出了事，要进行部署时又不够周密。一个最明显的漏洞是，白水关位于葭萌关北面，因被荆军相隔，守将杨怀、高沛对于张松之死以及此后发生的事，全不知晓，他们也没接到刘璋的任何通知，这与张松被杀前的处境非常相似。其实如果刘璋多长点心眼，他在张松事发后，要做的不是第一时间收斩张松，而是将其秘密逮捕，同时派人火速通知杨怀、高沛，把真相和自己的打算告诉他们，以便做好防备。

刘备的临时决断，送了张松的命，但刘璋留下的漏洞又给刘备提供了翻盘的机会。刘备火速行动，按照庞统、彭羕策，设宴邀请杨怀。庞统在设中策时即指出，只要刘备宣布将回军荆州，荆军也做得像那么回事，杨怀、高沛在仍奉命受刘备调度的情况下，既敬畏于刘备之名，又庆幸他终于离开，但凡相召，就必会放下戒心，轻装骑马来见。果不其然，杨怀高高兴兴地前来葭萌赴宴了，而根本没想到这才是传说中真正的鸿门宴。

酒酣耳热之际，刘备看到杨怀随身带着一把匕首，怕他拿匕首抵抗甚至反击，从而伤到自己，就对杨怀说："将军的匕首很不错啊，我也有一把，能否借你的这把一看？"杨怀不知就里，老老实实地依言把匕首解下来，递给了刘备。刘备接过匕首后，脸色顿时变了，他当场斥责杨怀居心不良，企图通过上书刘璋，来挑拨他和刘璋的关系："你这小子，怎么胆敢离间我们兄弟？"杨怀明白上了当，大骂刘备，刘备则不由分说，命人将其推出斩首。

"鸿门宴"上还有刘璋次子刘祎。刘祎此前也没收到任何相关消息或刘璋的通知，与杨怀一样被蒙在鼓里，好在刘备并没有为难他，只是将其暂时拘押了事。

出于谨慎起见，刘备没有同时解决杨怀、高沛，而是采用分而制之的办法，逐个相召。斩杀杨怀、逮捕刘祎，都是在极其秘密的情况下进行的，高沛对之毫不知情，于是也步了杨怀的后尘。

自古擒贼先擒王，白水关两员主将人头落地，接下来的事便好办了。刘备给几名战将分工，留霍峻守卫葭萌城，派黄忠、卓膺等从葭萌南面出发，先行奔袭成都，自己亲自领兵，直扑白水关。

白水关驻军对于事变自然也是茫无所知，刘备轻轻松松便得以入关。之后，除杨怀、高沛之外的其余守关诸将以及驻军士兵的家属，全部被刘备扣为人质，刘备以此有效地控制并收编了驻军，随即返回头来，与先发的黄忠、卓膺等部会合，向南进攻。

黄忠、卓膺当时的知名度不是很高，可谓名不见经传，但其实能力并不弱，尤其黄忠，他是刘备在挥师南荆州时所收战将，勇猛善战方面并不亚于关羽、张飞、赵云。所谓强将手下无弱兵，有黄忠、卓膺等作为左膀右臂，加上蓄势待发、有备而来，在早已掌握和熟悉益州地形军情等资料的情况下，刘备大军得以长驱直入，且基本可做到战无不胜、攻无不克。

各城池关隘虽接到了刘璋的拒守命令,但因缺乏准备,大多难以组织强有力的抵抗,只能望风而降。当然也有例外,梓潼令王连紧闭城门,不管怎么攻打和劝说,都拒不投降。本来刘备要是组织足够规模的攻势,也是能拿下梓潼的,但他觉得王连忠于故主,这样的人才今后要是予以收用,有利于自己治理蜀地,并且梓潼也不是那种非攻下不可的要地,因此没有再予以强攻,而是选择了绕其城而走。

刘备大军一路上进展顺利,不久即占领了涪城。涪城是一年前二刘首次见面的地方,此处距离成都已经很近了,据有涪城,成都在望,刘备十分高兴,于是在涪城置酒奏乐,召开了庆功会。酒宴之上,刘备表现得异常高兴,他对庞统说:"今天这场聚会,可以说真是快活极了!"没想到庞统却回了一句:"偷袭别人的疆土而引以为欢的,非仁义之师!"

刘备早已习惯了自己仁德信义的人设,庞统这句"非仁义之师",不偏不倚正好戳中他的痛处。此时的刘备已经有些醉意,不由得勃然大怒,当即醉醺醺地予以反驳:"周武王讨伐商纣王,前歌后舞,难道他就不算仁义之师吗?"随后便对庞统下了逐客令:"你既然说不该取乐,那还坐在这里干什么?你给我赶快离开这里!"庞统站起来徘徊迟疑了一会儿,最终还是离席而去了。

刘备没多久就清醒过来,对刚才的举止感到很是懊悔,便连忙让人将庞统请回。庞统重返宴席,坐回自己的座位后,也不抬头致谢,而是该吃吃、该喝喝,就好像什么事都没发生一样。倒是刘备有些不好意思,对他说:"刚才那些话,到底是谁说错了啊?"庞统以"君臣俱失",也就是"你我都有错"作答。刘备听后放声大笑,大家心照不宣,宴乐如初。

这就是引起史家学者广泛兴趣的"涪城欢宴"事件。对《三国志》研究颇深的两位东晋史家习凿齿、裴松之,都先后加入讨论之中。习凿齿认为,刘备偷袭并夺取刘璋的疆土,虽然如庞统所言,是借以成就自己大业的权宜之法，但总是已经背信弃义，违背人情，譬如一个人砍了手臂以保全自己的躯体，这种事有什么值得庆贺的呢？庞统就保持着清醒头脑，他担心刘备酒后吐真言，过分暴露他的真实心境，流传出去，恐对其形象不利，故而才犯颜直谏，加以必要的提醒。

在习凿齿看来，庞统直言敢谏，不愧忠臣，刘备醉时未能理解他的用意，所以发怒，但之后又立即悔悟，他在公开场合下，不追究事情的是非，唯赏识庞统直言无隐的性格和忠心，亦不失为一位贤君。

习凿齿的观点基本得到裴松之的赞同。裴松之说刘备以"诡道"袭刘璋，本应该心怀内疚，可他搞这样的庆祝活动，却等于是在为别人的痛苦感到高兴，更离谱的是，他居然还大言不惭地自比于周武王，话里话外，连一点惭愧的意思都没有，真是太不应该了。

裴松之指出，庞统虽是"诡道"的设计者，但他却还知道违背信义而成大功，是不能够摊在阳光下去说的，因此一听刘备关于欢乐的话语，触动心思，马上就脱口而出，跟刘备唱了反调。总之，在"涪城欢宴"事件中，刘备有错而庞统无差，庞统所谓"君臣俱失"，不过是替刘备打圆场罢了，同时也是他在特定情况下，主动与主君分谤，承担一份责任的表现。

后世学者更深入挖掘了庞统的动机。刘备拘泥于仁德信义，虽有多方面的综合考虑，但也确实几次都丧失了速取益州的机会，对此，庞统一直看在眼里、急在心里。他觉得，若不让刘备彻底从仁德信义的观念束缚中解脱出来，对以后的攻取益州仍将造成不利影响，而涪城庆功会，正是帮助刘备改变观念的机会。于是，原本就主张使用王霸之术，且为"诡道"袭击刘璋始作俑者的庞统，才会意外地说出"非仁义之师"这番话，其目的就是欲用类似于禅宗棒喝的方式，使刘备从仁德与诈取的纠结中解脱出来。

如果刘备真的已经不再纠结，他就不会在乎庞统的话，他在乎，就说明仍然处于纠结之中，"酒后失言"，不过是他在逾越仁德信义界限后的一次自我放纵。庞统的话，把刘备拉回到了现实之中，告诉他：世间难得两全，你既要袭夺益州之实，又要仁德信义之名，有些时候是做不到的，必须学会取舍！

　　清醒了的刘备，显然是听懂并领会了庞统的深意。他的哈哈大笑，既是一种自我解嘲，同时也是对庞统隐喻式批评的接受。

　　庞统的苦心没有白费。在经历了这场看似不愉快的口角冲撞后，刘备终于干脆彻底地把仁德信义的马甲脱下来，扔到了地上，"宴乐如初"，足以说明他对自己的取蜀行为是否符合仁德信义，已经完全不在乎了。

　　涪城庆功会实际也是一次正式的誓师大会，三军将士群情振奋。消息传至成都，城内一片恐慌，但益州从事郑度却早就看出了刘备的致命弱点，并断言只需如此这般，不仅可不战而屈刘备之兵，甚至还能生擒刘备本人。

万万没有想到

　　刘备本是客军，加之孤军深入，远道奔袭成都，后勤必然难以得到很好的保障，其解决的办法，只能是就地补给，在野外收集军粮。郑度紧紧抓住这一点，在听到刘备起兵的消息之后，就主张将涪水以东、巴西、梓潼一带的百姓全部迁至西部，然后将那里的粮食仓库及田野里的庄稼一概烧去，以切断荆军的物资供应。

　　在坚壁清野的同时，郑度还建议刘璋深沟高垒，静待其变，对于荆军的挑战，始终按兵不动，坚守不出。荆军缺乏辎重特别是用于攻城的重装备，对于坚固大城，必然毫无办法，结果只能是久困于城下。

刘备初入蜀时，兵不满万，直至涪城会后，刘璋给他增加了相当兵力，又令白水关守军归其节制，才使刘备的人马达到了三万余。也就是说，刘备军中除不到一万的荆州步卒外，其余皆为益州兵，刘备在葭萌逗留那么长时间，当然有助于对益州兵进行消化，但也很难说这些士兵已经全心归附于他，尤其收编不久的白水关守军，其变数更大，要不然也用不着将其家属统统作为人质。这样的内部结构，使得荆军在困难时刻很容易动摇，郑度预计，不出百日，刘备就将被迫撤退，届时蜀军可乘机出击，则必能大败荆军并俘获刘备。

其时面对刘备的强大攻势，本就人心散乱的益州决策层内部更趋分裂，暗中联系法正，欲投靠刘备者，不会是少数，刘备从成都所获情报因此既快又准。那边郑度刚刚献计，刘璋还未及表态，这边刘备就已得知，他一听心就悬了起来，因为郑度之计正是他最担心的，荆军不怕与蜀军野战，就怕被如此耗着，一旦刘璋采纳该方案，自己的处境将会变得非常困难。

刘备越想越不是滋味，就去向法正询问对策。法正却很肯定地说刘璋不会接受郑度的意见，让刘备不必担心。

法正并不是在空言安慰刘备，如其所料，刘璋不仅没有采纳郑度之计，而且还罢免了郑度的职务，他对部下这样阐述自己的理由："我只听说过抵抗敌人用以安定和保护民众的，从未听说要以迁徙百姓的方式来逃避敌人的！"

显然，法正对刘璋非常了解，知道他除了志向不大、能力短浅、不会识才用才外，其他方面倒与刘备非常相像，即都是宅心仁厚的主君，对治下百姓也都怀有仁德之心。如同刘备在长坂坡险遇前，怎么都不肯舍弃追随他的百姓一样，刘璋在自己的艰难时刻，也还记挂着治下百姓，觉得迫使百姓迁徙，让他们流离于战火，非仁君所为，故而即便明知这样做有助于抗击刘备，亦不忍采纳。

刘璋除放弃坚壁清野外，也没有采纳郑度坚守不战的战略。如果说前者是因为不愿贻害于民，后者却反映出刘璋确实不懂军事。正如郑度所言，刘备是客军作战，没有稳定的后勤保障，唯有战胜才能求生，这种情况下，最明智的做法就是不和他正面打，使其始终不能得志，然后再设法袭击其有限的后方补给线，而不是主动出战。

刘璋先后派遣大将张任、吴懿等率领精兵前往涪城，对刘备进行反击。这种相当于添油战术的逐次派遣方式，分散了蜀军的力量，加上进攻涪城所带来的主客易位，致使蜀军在正面战场上根本不是荆军的对手，刘备求之不得，来一个打一个，来一双打一双，刘璋所派诸将无一例外都被击败，只得退守绵竹。

接下来，吴懿又投降了刘备，并被刘备拜为讨逆将军。吴懿是随刘焉入蜀的"东州士"，也是刘焉的心腹，他的妹妹是刘璋的三哥刘瑁的妻子，因此与刘璋又是姻亲。作为刘焉遗下的重臣兼刘璋的姻亲，吴懿投降刘备给蜀军带来的消极影响，丝毫不亚于诸将反击涪城失败。

在此之后，刘备乘胜率部从涪城出发，向绵竹进兵，沿途由于未实行坚壁清野，仓库和庄稼都一无所动，从而为刘备"以战养战"提供了条件和可能。

此时刘璋已意识到诸将分散御敌的弊病，情急之下，忙派李严、费观赶到绵竹，统一指挥退守绵竹的各路兵马作战。李严是个客卿，他原在刘表手下为吏，那时就以富有才干著称，赤壁大战后投奔刘璋，被刘璋委为成都令，在任期间亦有能干之名。费观与刘璋系姑表兄弟，刘璋的母亲是费观的同族姑母，同时刘璋还将自己的女儿嫁给了费观。费观是以参军也就是军事参谋的公开身份，随李严去绵竹的，但作为刘璋的女婿，他恐怕也还负有监视李严之责。

令刘璋万万没有想到的是，李严、费观到绵竹后，居然以吴懿为榜样，一起率军主动投降了刘备，绵竹不攻自破。

张任等不肯投降刘备的将领不得不退守雒城，至此，刘璋再无主动攻击刘备的能力，只能进行收缩，集中力量固守城池。雒城是成都外围的最后一道屏障，一旦刘备攻占雒城，成都就将无险可守，刘璋于是加派长子刘循前往雒城，与张任等人共同死守城池。

围攻雒城

刘备在攻占绵竹的过程中，不但未受太大损耗，还通过纳入投降的蜀军，扩充了兵力，这使得他得以分派部下将领去占领周围各县，自己则亲自领兵将雒城团团围住。

张任为解城池之围，领兵出至城外的雁桥，与刘备展开大战，结果复遭败绩，张任被俘。此时对刘备而言，全取益州已是指日可待，多招纳一位蜀将，也就意味着自己今后将多一份力量。他很欣赏张任，便对他进行劝降，想将其招至麾下，然而却遭到张任的厉声拒绝："老臣宁死不事二主！"张任作为敌将，战场上必然会有荆军将士伤于其刀下，在他坚决拒绝投降的情况下，如果继续留着或予以释放，恐难以服众，刘备只得怀着惋惜的心情，下令将张任杀掉，但过后仍为之叹息不已。

似乎是张任的忠勇感染了蜀军，此后刘备开始遭遇到意想不到的顽强抵抗，战事再也不像最初那么顺利了。究其原因，实际还是刘璋兜了个大圈子，不自觉地又回到了郑度深沟高垒、坚守不出的正确战略，同时他在困难时刻仍以民为念的言行，也确实对士民起到了感召作用。如同当年赵韪叛乱，东州士站出来殊死保卫刘璋政权一样，考虑到刘璋执政期间毕竟政局尚稳、邦富民殷，一些东州士、益州豪族即便平时对刘璋有意见，但大敌当前，为了防止他们整体的利益受到可能的侵害，也会拿出置之死地而后生的勇气，依托完备的城防，极力抵御荆军的进攻。另一方面，荆军在野战中虽可完全压制住对手，但攻打如雒城这样的坚固大城则又不同，从攻城器械到能力、经验等，都尚有很大欠缺。

刘备久攻雒城不下，部队也蒙受了惨重伤亡，军心、军威均大为受挫。其时刘备的入蜀之战早已引起各方高度关注，大家都在想方设法了解相关进展，正在巴蜀境内的东吴大将吕岱，对刘备围攻雒城的情形进行了观察，回去后向孙权报告，说刘备的部众在战斗中流离散落，战死逃亡的人已将近一半，并且断言刘备在这场战事中必定已无法取胜。

曹操方面甚至传言刘备已死。刘备是三军主帅，又是攻方，曹营方面居然能传言他已被打死，不难想象攻城战有多么艰苦惨烈。除了正面固守外，刘璋还派蜀将扶禁、向存等，领兵万余，由阆水而上，围攻葭萌，抄袭刘备的后路。葭萌守将霍峻原为刘表部将，刘表病逝后，才投奔刘备并随之入蜀，随其留守葭萌城内的军士也仅数百人。幸亏霍峻表现优异，面对敌优势兵力来攻，他临危不惧、指挥若定，使得敌人始终难以得手。尽管如此，葭萌被攻陷在当时看来也只是迟早的事，毕竟双方力量的对比太过悬殊了。葭萌城是刘备在蜀中仅有的一块根据地，倘若失陷，其他入蜀部队将后退无路，进而陷入崩溃，但要向葭萌城派援的话，刘备在雒城本就已经陷入困境，难以拨出大批人马，少的话又不济事，只会白白地被蜀军消灭。

令刘备感到焦虑的，不仅仅是后路被袭。在刘备与刘璋正式反目前后，曹操除派夏侯渊在关中与马超作战外，一直未再西进，但刘备明白，曹操不会放弃先前的攻汉中讨张鲁计划，暂未行动，只是在稳定后方，同时蓄积力量，为未来的大规模西征做准备。

刘备与曹操交手这么多年，对于其超强的进军速度和战斗力感受极深，一旦曹操准备就绪，大举进军汉中，相信张鲁根本挡不住曹操兵锋，汉中将很快落入曹操之手。汉中陷落，益州必然唇亡齿寒，如果到那时，他还未攻下成都乃至雒城，曹操想都不用想，就会趁乱攻入益州，将其收入囊中，更可怕的是他还会顺藤摸瓜，歼灭刘备的在蜀部队，并再次杀入荆州，后果不堪设想。

面对这种种困境和压力，仅仅依靠现有的攻击力量，显然很难解决问题，刘备考虑再三，还是决定从荆州调重兵增援，即命关羽留守荆州，敕令诸葛亮、张飞、赵云率军入蜀助战。

不得不说，这是刘备在迫不得已的情况下走出的一着险棋，或者说是一把双刃剑。因为只有进行这样重大的战略调整，才可以孤注一掷，最大限度地集中力量，提高夺取益州的胜算，然而与此同时，原先进退自如，立于不败之地的布局也在无形中被打破，今后还能否保住防守力量陡然削弱的荆州，就只能看关羽的发挥甚至是天意如何了。

庞统之死

东汉建安十九年（214），刘备命关羽留守荆州，敕令诸葛亮、张飞、赵云率军入蜀助战，其行动方案是与刘备军形成南北配合，即刘备军以葭萌为后方，由北向成都进发，而诸葛亮等军溯长江西上，自南向北攻击，最终形成合围成都之势。

在当时天下的战略要地中，论山川险固，无如巴蜀。诸葛亮在"隆中对"中即指出"益州险塞"，法正在激励刘备取蜀时，亦强调号称"天府"的益州除殷实富庶外，更为重要的是，该地还具有自然地理上的特殊条件，即"险阻"，四周群山环绕，外敌不易攻入。庞统是与诸葛亮、法正同一级别的大谋士，他在"庞统三策"的下策中策划退守白帝城，就是因为清楚并懂得利用益州的"险塞""险阻"。

反观刘璋方面,坐守金山却仿佛视而不见,与刘备反目后,他只是在成都以北的剑阁道上层层设防阻击,对于蜀境东边门户白帝城的防守,则未加以重视。由此造成的结果是,蜀军兵力分布过分偏重于成都以北,白帝城当地的兵力未能得到相应加强,虽然最后使刘备军在雒城受阻,暂时保住了成都的安全,却丢失了包括白帝城在内的几处险要戍地,也因而错过了利用险要地势来抵御荆州援军的机会。

刘璋对蜀东防务的忽视,致使荆州援军得以顺利入川。在几乎没有遇到严重抵抗的情况下,诸葛亮、张飞依靠强弓硬弩,很快就得以攻克白帝城,直趋巴郡郡治江州(今重庆)。巴郡现任太守赵筰和前太守严颜组织抵抗,双双兵败被俘。严颜曾说刘璋邀刘备入蜀是"独坐穷山,放虎自卫",在政治态度上坚决站在刘备的对立面,张飞应该有所耳闻,他一见到严颜便大声呵斥:"我大军已到,你何以不降而胆敢抗拒?"严颜毫不畏惧地回答:"你们这帮人不像个样子,无理侵夺我们州郡。我江州只有断头将军,没有什么降将军!"张飞大怒,令左右将严颜推出斩首。严颜见状神色自若,从容说道:"砍头便砍头,你发什么火!"

严颜视死如归的胆魄,令张飞很是意外,由此反而对他心生敬佩,于是便将严颜予以释放,并以礼待之,引为上宾。严颜被张飞感动,最终也和赵筰一起投降了张飞,这就是被传为佳话的"张飞义释严颜"。

前有张任,后有严颜,都不肯做"降将军",兵败被俘后也都曾出言不逊,拒绝和其他人一样立马投降,然而结局大不相同。研究者推测,这与严颜的出身背景也有很大关系,巴郡是益州大郡,地理位置非常重要,严颜能出任郡守,很可能属于当地豪族,张任则并非如此,史载他虽然也是益州当地人,但家世贫寒,仅仅是靠自己的能力才得以入仕。张飞是个粗中有细的武将,他接纳严颜,除了被对方的大义凛然打动外,恐怕亦有发挥严颜作为益州豪族的影响力，以便弥补荆军身在客地之不足的用意。从实际效果来看，此后张飞所过皆克，已取之地也没有出现任何波动，其中未尝没有在其麾下效力的严颜的一份功劳。

占领江州后，诸葛亮、张飞、赵云开始分兵，其中诸葛亮平行攻向成都，张飞北行逆垫江攻向巴西，赵云取南道，逆长江攻向江阳。三支生力军在进展方面都很顺利，川东、川北、川南各郡县很快便被他们一一攻下。

在此之前，刘璋抄袭刘备后路的策略则未见成效。他派扶禁、向存等以一万多对几百的绝对优势，对葭萌展开围攻，但攻了将近一年，仍无法攻下葭萌。围城军队精疲力竭、一筹莫展，守将霍峻瞧得真切，趁其懈怠之机，挑选精锐士卒，出城大破敌军，并立斩向存首级，葭萌之围顿解。

从整体上讲，荆军在益州已完全占据主动，然而正如对方使尽九牛二虎之力，都奈何不了葭萌一样，具体到雒城前线，也依旧艰苦异常，迟迟无法取得进展。

雒城攻不下来，意味着整个蜀中战事都被拖进了僵局，这对刘备一方来说是极其不利的。毕竟刘备的本钱实在太少了，一共两个州，前面的州还没能吃到嘴里，后面的州又随时可能会丢，他必须在荆州可能丢掉的情况出现之前，尽快拿下益州，否则就算是能够取一州（益州），但如果又同时丢一州（荆州），便等于白干。最糟糕的则是丢一州（荆州），还不能取一州（益州），那样一来就蚀光了老本，将立马因此陷入绝境。

困顿之下，整个刘备阵营都陷入集体焦虑之中。法正绞尽脑汁，给刘璋写去一封洋洋洒洒的长信，劝他及早投降，却没有收到任何回音。于是只能再攻再打，庞统一咬牙，不顾自己只是在帐中运筹帷幄的文臣，亲自上阵，率众向城池发起进攻，不料一个不留神，被流矢射中，当即以身殉职，时年仅三十六岁。

作为刘备身边最重要的谋士之一，陈寿在《三国志》中明确将庞统与曹操阵营中的荀彧相提并论。这对庞统而言，自有过奖之嫌，毕竟庞统从开始辅佐刘备到他去世，不过才四年光景，还来不及为刘备做太多的事，其所立功绩就是和法正放在一起，都还尚有不如，更别提与荀彧比肩了。庞统对于刘备大业的贡献，主要都与取蜀有关，正是他促使刘备下决心入蜀夺取益州，从而在一定程度上避免了刘备未来因局促于荆州，最终被曹、孙夹击，遭受灭顶之灾的可能。除了尽献其智外，庞统在益州战事中还表现出了为刘备竭尽忠诚，乃至不惜躬冒矢石，牺牲自己年轻生命的一面。实际上，在同一历史时期，各方都极少有谋士殁于敌阵的例子。

庞统之死可谓是刘备在取蜀过程中的最重大损失。刘备十分痛惜，只要一提到庞统就情不自禁地流泪不止。有个名叫张存的人，以荆州从事身份随刘备入蜀，后被任命为广汉太守。张存也有些谋略，不然刘备不会带他入蜀，但此人一贯对庞统不服气，见刘备总是在众人面前一边叹息，一边称赞庞统，不由得妒火中烧，居然当众表示："庞统尽忠而亡，虽然说非常可惜，但他也违背了大雅之义。"

所谓"大雅之义"，是指德高而有大才，张存认为庞统最多只能算个忠臣，德才方面却均无可称道，其意暗指庞统为刘备所献取蜀之计偏于"诡道"，可是又并不高明，使得刘备遭遇了重重艰难险阻，而他自己也死在了雒城城下。

刘备不听犹可，一听勃然大怒，立即表示："庞统杀身成仁，为了帮助我成就大业，连自己的生命都舍弃了，你竟然还在这里说他的坏话？"当下便将张存予以罢官免职。

在此后的岁月里，刘备一直都怀念着庞统。他特地派诸葛亮出面，拜庞统之父为议郎，继而又迁为谏议大夫，同时追赠庞统以关内侯之爵，谥靖侯，以此来缓解自己对庞统这位心腹谋士的思念之情。

马 超

在经历了长达一年多持续不断的围攻后，到了夏天，雒城终于被攻克，刘备随后率兵直逼成都。诸葛亮、张飞、赵云在分头平定各郡县后，也引兵来会，从而完成了对成都的战略包围。

虽然完成了对成都的包围，但攻城战一开始也并不顺利，数十天过去，围攻部队仍不得其门而入。

成都之固绝不亚于雒城，同时城中还有精兵三万，储存的粮食、丝帛足够支撑守军打上一年。另一方面，不管刘备在葭萌期间如何收揽民心，努力进行自我形象的塑造，但他背弃信义，把蜀地拖入战争之中的做法，一时终究难以得到人们的谅解。反而刘璋战前保境安民的政策以及他在打仗时宁愿自己吃亏，也不愿扰民的行动，重新唤起了益州吏民对他的好感，在这种情况下，即便成都被围，全城吏民也皆愿替刘璋死战到底而不肯卖主投降。

这是一个很关键的节点。此前夏侯渊与马超的鏖战已决出胜负，依托曹操在后方所提供的强大后盾，夏侯渊不仅彻底击败了马超，而且连凉州也打平了。马超无法立足，只得逃往汉中，投奔张鲁。刘备进兵西川，马超抗击曹操，二者在时间上是一致的，正是由于马超拖住了以夏侯渊部为主的曹操精锐部队，刘备才能从容在巴蜀攻城略地，直至达到进围成都的态势。马超败走汉中，意味着关中基本为曹操所控制，后者随时可进逼汉中和益州，倘若成都和雒城一样，也迟迟难以攻克，刘备将被迫两面作战，即一面继续攻打成都，一面分兵抵御曹操。荆军在攻打雒城等取蜀战斗中，本已付出血的代价，力量受到了削弱，若再分兵两荷，必然岌岌难支，尤其抵御曹操那一面，更将吃力异常。

幸运的是，马超在张鲁那里很快就待不住了。原来马超投奔张鲁后，张鲁的部将忌恨他的才能，多次在张鲁面前对其进行诋毁，导致张鲁对马超并不信任。马超在汉中很不得志，欲借张鲁之力重返关中的努力，也迟迟无法实现，这让他感觉到张鲁是个不值得与之共谋大事的人，因此心中闷闷不乐。

张鲁对马超的猜忌和忽视，反过来给刘备创造了机会。对于马超，刘备可谓久慕其名。中国自古以来有一个常见说法，即"关西出名将，关东出名相"，此处的"关"指的是函谷关，以函谷关为界，关西与关东在气候风土、民情风俗上都大不相同，相对恶劣的边塞环境和"习于夷风"，使得关西在军事上一直处于优势，也因此涌现出了一大批勇猛彪悍的"关西将"。

如果将时间回溯到董卓作乱甚至是关东诸侯争战的前期，当时曹操、刘备等人都还未崛起，站在关东诸侯前台的基本是一些大名士，如孔融、陶谦之辈。这些人在太平年代或许可以"入相"，但在战场上却难以与"关西将"匹敌，当年"会盟讨董"失败，这不能不说也是一个原因。及至关东争霸进入尾声，孔融、陶谦等人早已被淘汰，以曹操、刘备等人为代表的新一代"关东将"成为主角，以他们的武勇加上谋略，才从整体上使"关东将"超过了"关西将"。

尽管如此，对于"关西将"的悍勇，即便是曹操也不得不心存忌惮，而在年轻一代的"关西将"中，马超又是最为突出的一个。马超文武兼备。骁勇善战，在关中与曹操对抗期间，时而杀得曹操狼狈不堪，时而使曹操损兵折将，曹操因此感叹："这个马家儿郎要是不死的话，我怕是要死无葬身之地了！"

有人甚至将马超与汉初的韩信、英布相提并论，对刘备而言，要是能趁机将这位"关西名将"招至麾下，则不啻如虎添翼。除此之外，马超还有一个他人难以企及之处的优势，他不仅出身于羌胡杂居的凉州，而且其祖母即为羌女，本人有羌人血统，同时与不少残暴嗜血的胡化军人不同，马超对待老百姓也相对较为和睦亲善，因此昔日在关陇时就颇得民心，氐、羌等少数民族中也都很信服他。巴蜀自古以来，就一直受到氐、羌的侵扰，对之非常忌惮，马超若投于刘备麾下，也就意味着氐、羌加入了刘备的阵营，这将对刘璋和成都守军造成更大震慑。

马超的价值太大了，于是刘备一听说马超在张鲁那里壮志难酬、处境尴尬，便立即派使者潜入汉中，劝说马超归顺自己。马超正在失意彷徨之际，既得刘备看重，便毅然脱离张鲁，逃至氐人部落中避难，继而又秘密写信给刘备，表示自己这就赶来成都，与刘备会合。

刘备接到信件后大喜过望，脱口而出："这下我就必定能拿下益州啦！"考虑到马超仓促脱离张鲁，已相当于一个光杆将军，他派人在半路上截住已赶来成都的马超，暗暗交给他一支兵马，让他直接以凉州兵的名义进攻成都。马超会意，当即遵照其指示，领兵赶到成都城下并驻扎于城北。

消息传到城内，城中军民果然大为震恐，这里面当然也包括刘璋。

一厢情愿

马超屯于城北，不用他自己宣传，给刘璋和成都军民造成的直接印象，就是特地领兵来助刘备攻取成都的。马超及凉州兵的实力之强，马超对氐、羌的影响之大，可谓无人不知、无人不晓，除此之外，让刘璋感到特别恐惧的还有一点，那就是他认为张鲁也率军攻来了。

成都防御坚固，精兵三万，储备物资能够用上一年，益州吏民支持死战，这些说到底，都构成不了刘璋长期固守成都的足够理由。早在写给刘璋的劝降信中，法正就指出，迄今为止，刘备进军道路上的所有重要城池和军屯之所，都已一个个被攻陷，可以说，蜀中就没有刘备攻不破的城池，雒城再坚固，也不过是守的时间长了一点而已，成都亦不可能例外。

法正说随着荆州通往益州的道路被完全打通，荆军将源源不断地得到补充。其实就算他不说，刘璋站在城头之上，肉眼亦可见到城下围攻部队越来越多这一事实。相比之下，成都城内虽也有三万精兵，但只会越打越少，且作为战败之卒、受惊之将，很难一直保持旺盛士气和斗志。实际上，自成都被刘备围攻之初开始，刘璋的部将属吏中就已经有不少人在谋划出降了。广汉郡督邮朱叔贤就是其中一个，只是他运气不好，走了张松的老路，出降未成被抓住杀掉了。刘璋除处死朱叔贤外，还将朱叔贤的妻子张昭仪配给兵将，张昭仪不甘受辱，自杀而死。刘璋要的是杀鸡儆猴，但却没能收到预期效果，守城将士在得知朱叔贤夫妻落此下场后，不是人人称快，而是均为之叹息，显然他们物伤其类，已经对前途感到悲观沮丧。

按照刘璋和主战派原来的想法，刘备不远千里，带一支孤军入蜀，其粮草无一日之储，蜀军依托坚城，步步固守，就能以逸待劳地消耗对方，刘备无粮，势必只能自行撤退。问题是人家很快就站住脚了，并没有出现后勤供应短缺的困扰，至雒城、成都被围，除了部分地区外，益州大半都已为刘备所有，"以战养战"使得刘备在围攻雒城时，即无乏粮短衣之虞，在城外扎下的荆军营地里，谷米粮草都堆得好好的。反观刘璋这边却愈见空乏，成都的储粮固然是不少，但也就够吃一年，而物资供应又难以再指望外界，一年结束了，该怎么办？或许刘璋已开始为拒绝郑度坚壁清野的建议而后悔，然为时已晚。

至于吏民的支持，按照法正的说法，和守军的士气一样，也只是一个变量。法正以被荆军攻克的广汉等郡县举例：在荆军距离尚远时，面对各郡县政府的加紧役使和征调，百姓不堪其苦，怨声载道；荆军兵至城下，不过一个早上，老百姓便统统决定要更换主子了。在雒城、成都，"民思易主"的情形虽然并不严重，但连刘璋自己都不能保证，随着围困日久，城中百姓的日子一天比一天困厄，这种情况下，吏民是否还有决心继续为自己死战到底。

虽然刘璋对法正的劝降书未予答复，但从事后来看，相关说法对他还是有影响的。其实，对于这些看起来对其有利的守城条件，刘璋本身也没有太大把握，他能够拒绝法正的劝降，直至刘备包围成都，仍坚持与对方硬耗，从根子上说，是因为他对外援尚抱有幻想，而这个外援不是别人，就是隔壁的张鲁。

刘璋邀刘备入蜀，本意是让他打张鲁，从刘备初入蜀地，到在葭萌屯兵大半年，外界也都知道他是奔着汉中去的，站在张鲁的角度，自然会视刘备为敌。虽然原先刘璋与张鲁是死敌，但现在大家既然已经有了共同的敌人和利益关切，情况就不一样了，刘璋对张鲁寄予期望，认为张鲁将可能乘他和刘备鏖战之机，对刘备进行偷袭，而只要张鲁从背后一动手，他就可以从成都正面出击，如此定然可以击败刘备。

刘璋的想法过于一厢情愿了。事实上，早在刘备留霍峻固守葭萌、自己向南攻击刘璋时，张鲁就曾蠢蠢欲动，不过并不是要替刘璋火中取栗，与刘备死磕，而只是想趁机占点便宜。他派将领诱降霍峻，提出所谓"共同守城"，结果遭到霍峻的坚决拒绝："你可以把我的人头拿去，葭萌城却休想得到！"眼见无缝可钻，张鲁也就悻悻作罢，不敢再轻举妄动了。

张鲁无意，刘璋却有心，一直以为只要自己坚守成都，就可以给张鲁创造袭击刘备的良机，届时形势将变得对自己有利。马超的意外出现，不仅将刘璋协同张鲁击败刘备的幻想打得粉碎，而且因为他只知道马超依附于张鲁，不知道马超是脱离了张鲁才投奔的刘备，他还错误地以为马超赶来进攻成都，必是奉了张鲁之命，说明张鲁已经与刘备联手，要共同对他进行讨伐。

马超成了压倒刘璋的最后一根稻草，至此，他便再也支撑不住了。

招 降

在马超出现于成都城下之前，成都内部尚能保持稳定，朱叔贤出降被诛等事件虽对军心、民心有一定影响，不过仍在可控范围之内，随着马超的到来，人心才真正开始发生动摇。

那位因品评曹操而扬名的著名人物评论家许劭，有一位堂兄，名叫许靖，此君也是个擅长"臧否人伦"的大名士，后被刘璋征召入蜀，任用为蜀郡太守。许靖其时已是七旬老翁，看到情况不妙，居然还试图逾城出降，结果被人发现了，但朱叔贤式的厄运并未降临到许靖身上——刘璋只是下令阻止他出降，而没有予以问罪。

这是一个极为重要和敏感的信号。相比于朱叔贤，许靖名气大、官职高，如果刘璋仍决心固守成都，甚至与城池共存亡，此位仁兄正是最佳的"祭旗"对象。刘璋不杀许靖，显示其立场也发生了急剧动摇，他已经在为自己留后路了！

许靖事件很快就为刘备所知，他意识到再次招降的时机已经到了，同时他也担心夜长梦多，给马超"包装"人马的事露了馅，因此马上便派幕僚简雍入城，对刘璋进行游说。

简雍是老资格幕僚，又是刘备的同乡兼幼时好友，刘备派他入城，更多地其实是在表明态度：我以简雍这样一位随我多年的元老作保，保你刘璋只要献城归降，你的性命和基本利益便都能得到保障！

简雍正是刘璋既害怕同时又期盼的那个人，不需要简雍再多费唇舌，他就顺水推舟，派人赴刘备营中进行谈判。刘备开出的条件是，将对刘璋本人以礼相待，并安抚好成都的吏民，这也正是刘璋希望得到的，他于是决定予以接受。

此时，刘璋身边仍有许多人主张坚决抵抗到底，然而刘璋已完全失去了继续坚守成都的信心、勇气和意志，他颇为动容地说道："我们父子在益州二十多年，对百姓没有什么恩德。现在百姓已经打了三年仗，到处暴尸荒野，这都是我刘璋的罪过，叫我如何能够安心呢！"

刘璋最后的表态，被清代大家王夫之认为"犹长者之言也"。此言虽回避了刘璋自己在客观上的原因，但以大势已去、不愿百姓再因战争而受苦的意愿表达，还是与他当初拒绝坚壁清野一样，体现出了其"仁主"的本质，无怪乎当刘璋打开城门，和简雍同乘一辆车出城投降时，部属无不为之伤心落泪。

在刘璋实行"无血开城"后，刘备领兵进入成都，如愿以偿地结束了对益州历时三年之久的征伐。按照谈判时的承诺，刘备将刘璋遣送安置于荆州的公安，并归还了刘璋的全部财物。之前刘璋的身份是益州牧、振威将军，益州牧自然得转让给益州的新主人，不过刘备还是为刘璋保留了振威将军的头衔，让他依旧可以佩戴振威将军的印绶。

没有再赐予丰厚爵禄，也没有送上太多封地，毕竟中间发生了很多故事，刘璋并非一开始就心甘情愿投降，刘备为攻打荆州也费尽了九牛二虎之力，承受了失去庞统等重大损失。不过就算这样，也已基本符合庞统当初所说的"逆取顺守"，因此在安置完刘璋后，刘备也就心安理得、高高兴兴地自领了益州牧，史称"复领益州牧"，意思是他先前已领豫州牧、荆州牧，如今再领益州牧，实现了兼牧三州（豫州牧一直都是虚衔，实际是兼牧荆益二州）。

要说起来，刘备已经几为州牧，不过他最初出任的徐州牧出自陶谦的礼让，以后的豫州牧系由曹操举荐，现在的荆州牧则是群下推荐的。只有益州牧，是刘备在没有任何一个人礼让或推荐的情况下，完全靠他自己凭本事、一手一脚挣出来的。

过去刘备虽名为州牧，却始终没有属于自己的固定地盘：徐州是在已被打得残破不堪的情况下，由陶谦让出来的，刘备对于徐州也并不确实掌握，接手后没多久就丢了；豫州牧只是个空头衔，是曹操为拉拢他，额外"赠送"的；迫不得已，刘备只能四处转战、东依西附，最后依靠与孙权联合，才从赤壁大战的胜果中分得一杯羹，暂时在荆州安身，然而也因为"借荆州"的问题，受制于吴，难得伸其志向。

如今终于得到了益州。益州地域辽阔，面积比徐州、荆州都要大，是汉末最大的一个州，且人口众多、物产丰富。更令人惊喜的是，益州所置十二郡，只有汉中郡被张鲁实际分离出去，虽然刘备入蜀后与刘璋打了三年仗，但由于双方都能加以克制，原有局面也基本得以保存，仍具备着自成一国的优越条件。

刘备憋屈了大半辈子，确实也该他扬眉吐气、踌躇满志一回了。

放　　纵

回过头来看，当初的"涪城欢宴"事件，完全可以视为刘备摆脱仁德信义束缚、接受庞统式"诡道"的一个标志性事件，此后进攻雒城的不顺、成都城下的僵持，更增强了他对"诡道"的关注。在马超身上做文章，关键时刻巧施攻心计，以最小成本拿下成都，实际就是刘备对"诡道"的一次成功运用，有人甚至说他在其中所表现出的诡诈，即便与曹操相比，亦有过之无不及。

刘备不但将"诡道"展现得淋漓尽致，而且还摒弃了一贯严明军纪的做法，在围攻成都之初，即与士卒约定："若打下成都，府库的一切财物，你们可以任意地拿，我绝不干预。"

这实际上就是纵兵抢掠，目的是激励部队攻城。战乱年代，这种情况极为常见，可以说大小诸侯几乎都干过，刘备本是例外，而现在为求尽快攻下成都，却也开始急功近利和不择手段了。

按照刘备许下的诺言，入城后的士兵们全都扔下武器，争相奔赴各府库，抢夺宝物财货，城中因此陷入一片混乱。

志得意满，甚至是已经得意忘形的刘备，在入城后举行了规模宏大的庆祝活动，席间除大摆酒宴、犒劳士卒外，他还论功行赏，将刘璋以益州牧名义存放于城中的金银钱帛（与府库相区别，可称之为"国库"），一一分赐给将士。诸葛亮、法正、张飞、关羽等，每人各被赐予黄金五百斤、银千斤、钱五千万、锦万匹，其他人等，也都得到了数量不等的赏赐。

有功者受赏，自然高兴，但造成的影响却极为恶劣。刘备以客驱主，给成都百姓造成的第一印象原本就不太好，这下更是民心动荡，成都城内的形势迅速变得紧张起来，每天都有骚动，刘备以大军弹压，才勉强控制住了局势。

益州的富庶令刘备的将士们眼界大开，刘备前所未有的放纵，又进一步激发出了人心的贪婪。一名部属以彰显刘备与诸将有福同享之衷为由，提议将成都城中的房舍、城外的园田桑地也都拿出来瓜分。与洗劫府库、掏空"国库"相比，此举无异于在公开抢夺蜀中士民的私人财产——轻一点说，是与投降条件中有关安抚成都吏民的条款严重不符；重一点说，就是强盗行为了，若真的被采纳，势必酿成大乱。

刘备据蜀后的放纵行为，其实完全可以在他的老祖宗刘邦身上找到影子。当年刘邦进入咸阳，也发生了将士竞相冲进府库、哄抢金帛财物的事，刘邦不但未加阻拦，就连他本人也想住进奢华的秦宫里享受。幸亏樊哙、张良先后进行劝谏，刘邦才予以纠正，传令封了库房、关了宫门，将大军全部撤驻城外，并与秦民约法三章，宣布凡侵扰百姓者均将治罪。

刘备手下不是没有樊哙、张良那样类型的角色，张飞、关羽论武勇应不在樊哙之下，诸葛亮、法正之智略亦不让张良，遗憾的是，他们都未站出来劝阻。关羽当时正在荆州；张飞则就在刘备身边，他之所以没能及时劝谏，恐怕还是因为一直以来，他和关羽都视刘备为兄长，向来是刘备指东，就绝不会往西，见刘备正在兴头上，自不会在这个时候泼冷水，以致损害刘备的权威。

诸葛亮的自身品德足以服人，这一点，只要看看同时代人对他的评价就清楚了，无论朋友、上司、部属甚至是敌人，对诸葛亮都是极为尊重和佩服的。以诸葛亮的才能和见识，他对刘备所作所为会产生的弊端，也应该有非常清醒的认识，但诸葛亮一开始并没有跟随刘备入蜀，益州战事主要由庞统、法正推动，后来诸葛亮奉命入蜀增援，与刘备也不在一起。这导致了两个后果：一是前期的一些重大决策，包括刘备许诺士卒入城抢掠府库等，诸葛亮很可能都没机会参与，只是事后才知道；二是庞统死后，益州事务一直由法正主导，一贯谨慎有余的诸葛亮，在对益州方面情形还不太熟悉的情况下，即便内心对刘备进入成都后的做法抱有异议，但如果法正尚未出声，他也就不太好抢在前面，冒冒失失轻易谏言了。

益州事务，以法正的发言权最大，也最得刘备信任，他本是劝阻刘备的最佳人选，然而亦未见他有何反应。这就不能不说是法正的问题了，当时的谋士如果划分类型，大致可分成两类，一类是有谋略且有德可称，另一类是有谋略而无德可称，同为刘备帐中的顶级谋士，诸葛亮属于前者，法正属于后者。法正此人，不但有着追求事功而不顾其他的倾向，在个人品格上也有很大缺陷，他与诸葛亮不同，始终参与蜀中战事的重要决策。对于刘备据蜀后的一系列放纵行为，他是否反对，这个很难讲，往少了说，作为核心谋臣，起码有着无可推卸的责任；往多了说，甚至纵兵抢掠等，都很可能直接出自他的提议或策划。

回到瓜分蜀中财富案，法正自己是可以从此案中获利的，且获利甚丰，他倒没有说公开赞成此案，但沉默本身也是一种态度。也正因为法正的这种态度，才弄得连诸葛亮都没能站出来及时对刘备进行劝谏。

回　归

就在刘备如同刘邦一样陷入重大误区的时候，在其身边能起到樊哙兼张良作用的，不是诸葛亮、法正、张飞、关羽等文臣武将中的任何一位，而是另有其人。这个人就是赵云。

在刘备的武将中，赵云是除关羽、张飞外，最受刘备信任之人，同时他又比较有政治头脑，且大局观强、胸襟广阔、正直无私，这一点，早在他兼任桂阳太守时期即展露无遗，所以有人说他其实是最具文臣气质的武将。刘备的倚重，文臣的气质，使得赵云常常能把维护己方阵营的长远利益放在首位，关键时刻，善于辨别刘备施政的得失，而武将的身份，又使得赵云没有文臣们通常都有的那种谨小慎微的习惯，勇于在第一时间就此发表自己的独立见解。

"兴复汉室"，是赵云当年决定誓死追随刘备的一个重要心理基础，从将益州经营为日后复兴汉室基地这一长远目标出发，他对刘备入城后的放纵行为感到无法理解和认同。刘备对在蜀中战事和留守荆州的将士都分别予以了赏赐，但赏赐名单上唯独落下了同样立有大功的赵云，这当然不会是出于疏忽，很大可能就是赵云自己辞谢了奖赏。现在看到有人居然还提出要瓜分百姓田宅，俨然一副大业已成、完全不把民心当一回事的样子，赵云急了，他引述西汉名将霍去病的名言，"匈奴未灭，何以家为"，指出现在天下尚未平定，"国贼"（指曹操）实力又远非当年的匈奴可比，大家绝不能贪图安乐，追求享受。

按照赵云的想法，只有等到消灭"国贼"，天下安定以后，将士们重归故里，犁田种地、各守乡土，那才是合适的。如今则远没有到可以马放南山、纵情享乐的时候，尤其益州民众才刚刚遭受兵灾战祸，如果再对他们进行抢掠，无异于雪上加霜，对复兴汉室大业极为不利。

赵云向刘备进言："不应该夺取士民的财物，以私宠自己所爱的将领。"他认为，刘备此时最应该做的，是安抚益州士民，使百姓安居乐业，恢复生产，只有这样，才能获得百姓的好感，也才有理由和条件向他们征发劳役、兵役以及收取赋税。

刘备自立志兴复汉室以来，戎马倥偬、辗转各地，可以说无一日能够安居，但以往不管条件和环境如何恶劣，他都没有忘记恭谦待士、抚爱百姓，这种救世济民的用心和努力，也是刘备有别于同时代其他所有诸侯的显著标志。刘备现在的变化，是从他接受庞统、法正等人的思想，以诈力从刘璋手中强夺益州开始的，特别是"涪城欢宴"事件后，他自认为已摆脱了仁德束缚，一心一意弃仁德而行欺诈，并且也确实从中获取了不小的利益，这才有了进入成都城前后的放纵恣肆。

赵云大胆直率的进谏，像是振聋发聩的警钟，一下子把刘备从混沌迷梦中唤醒了。清醒过来的刘备，像是面前竖了一面大镜子，他从中颇为吃惊地看到了另一个面目全非的自己，也由此不可避免地产生了一连串反思：我入城后的所作所为，是不是已经完全背离了施仁政、得人心的初衷，仁德之君、仁德之师的追求是不是已经荡然无存？以此行事，恐怕不过是一个草寇吧，又何谈兴复汉室？诡道和诈术固可行于一时，但又岂能行于一世？

归根结底，一个人不管受到了什么样的外部影响，其原本的心性，几十年沉浮形成的思想观念、政治品格以及奉行的待人处世原则，都不可能在短期内被完全抛弃和放弃。在赵云的提醒下，刘备幡然悔悟，他断然否决了瓜分田宅的建议，并将已被军队控制的土地、田宅全部归还原主。

当初刘备在纵兵抢掠时，原本说好抢掠的对象仅限于府库，但士兵们一旦放飞自我，也就管不了这许多了，入城后，见城内居民生活富庶，抢掠范围又被扩大到了老百姓。刘备也对此做出处理，他下令士兵将通过这种方式抢来的粮食、布帛全都拿出来，退还百姓。

刘备仁德的回归，立即起到了安定民心、稳定局势的积极效果，成都乃至整个益州在经历短暂的混乱期后，很快就恢复了平静。

得　人

在坐拥荆益二州的基础上，静下心来的刘备开始认真进行内部整合，其首要措施就是做积极的人事安排，以充实新的军政机构。

"人才莫胜于三国"，这是清代学者赵翼在其史学名著《廿二史札记》中提出的一句名言，然而人才再多，也并非可以取之不尽，用之不竭。诸葛亮在"隆中对"中说刘备"总揽英雄，思贤如渴"，但由于刘备前半生一直都处于势单力微的状态，在人才争夺战中天然处于劣势，至三足鼎立初步形成前后，天下才俊事实上都已被曹操、孙权尤其是曹操瓜分得差不多了。《廿二史札记》这样描述刘备所处窘境："惜是时人才已为魏、吴两国（指曹魏、孙吴政权）收尽，故得人较少。"

对于刘备而言，最幸运的就是"三顾茅庐"请来诸葛亮，后者被赵翼评价为"第一流人"，并认为刘备能撇开曹操、孙权，独得诸葛亮，是他以诚待人的结果。进入成都后，刘备将诸葛亮由军师中郎将迁升至军师将军，署左将军府事，兼益州郡太守。

军师将军，相当于三军参谋；署左将军府事，"左将军"是刘备被朝廷正式承认的官爵，"左将军府"也就是刘备的官署，此职意谓可代行处理刘备官署的所有大小实际事务。

益州郡的"益州"只是郡名，该郡的位置其实很偏，其郡治尚在滇池县（今云南省滇池东南）。诸葛亮平时要处理左将军府的日常事务，不可能经常性远赴益州郡上任，所以担任此职实际只是一个挂名。它的意义主要在于，诸葛亮此前尚未担任过地方行政负责人，兼任益州郡太守，是对这方面不足的一个弥补。

军师将军、署左将军府事、益州郡太守，诸葛亮将此三要职集于一身，可谓牢牢站稳了文官之首的位置。

史称诸葛亮为刘备之"股肱"，"股肱"者，乃人之大腿和胳膊，通常都用以比喻君主身边最重要的辅佐大臣，以刘备与诸葛亮的关系而言，这应该是恰如其分的。诸葛亮身处隆中时，曾以管仲、乐毅自比，到了此时，无论是他在刘备政权所取得的实际地位与成就，还是与刘备的"股肱"关系，单拣哪一项出来比较，都可以说已经不输于历史上的管仲、乐毅了。

诸葛亮之外，就是法正，后者被刘备擢升为蜀郡太守、扬武将军。蜀郡太守也就是原来许靖在刘璋手下的那个官职，治所在成都，由于蜀郡乃益州核心，因而从理论上讲，诸葛亮与法正是平级的，谁也不矮谁一头。

担任蜀郡太守的法正，拥有统辖成都卫戍部队的实权，加上另授扬武将军，这使他成为真正的"御林军"主将，刘备对他的信任与倚重，由此可见一斑。

法正也当得起这份信任与倚重。是他亲迎刘备入蜀，在张松谋泄身死、庞统亦不幸阵亡的情况下，又独当重任，处理了刘备在进军途中所遇到的各种难题。刘备取蜀，法正之谋居多，可以说没有法正，三年夺蜀战争前景如何，很难预计。

法正与庞统一样好谋略，乃典型的奇谋之士，刘备行军打仗，身边至少需要一个贴身的顶尖智囊，也即"谋主"，庞统一死，便由法正填补了这个空白。诸葛亮和法正，一个是刘备的"股肱"，一个是刘备的"谋主"，刘备对两人都非常了解，也懂得如何最大限度地发掘两人在各自擅长领域内的才能，自此形成的基本模式就是：诸葛亮主内，法正主外。法正在刘备政权的地位，甚至还超过庞统生前，史称他"外统都畿，内为谋主"，意思是只要刘备外出用兵，即由法正以"谋主"的身份随行，而诸葛亮则承担他在荆州时期就担任过的后勤守备事务。

必须指出的是，刘备"得人较少"，不光是指诸葛亮、法正这样站在金字塔尖的大谋士，也包括其他居于中上层次水平的文武人才。后者其实也就是长期追随刘备的旧部，以及荆益二州那些不愿或尚未能跑到曹方的士人武者。虽然手中可供挑选和使用的人才并不多，但刘备的可贵之处，是能把他们都用起来，而且用得恰到好处。

在刘备因攻蜀战事的需要，将诸葛亮、张飞、赵云等调出荆州后，只留下关羽独自镇守荆州。直至刘备和平接管成都，荆州方面都未出现任何问题，没有给攻蜀战事造成后顾之忧，关羽独当一面的勇气和才干于此尽显，刘备遂将关羽任命为"董督荆州事"，正式授权其代行荆州牧大事。

黄忠、张飞、赵云、马超，是先后参与攻蜀战事的四员主力武将。黄忠自葭萌关受任、回军进攻刘璋起，在战场上总是身先士卒、冲锋在前，"勇毅冠三军"。马超虽然最晚加入，但刘备能够最终迫使刘璋投降，皆因马超前来投奔、屯兵城北之故。黄忠原为裨将军，马超原为偏将军，名号上都只属于低级将军，刘备论功行赏，擢升黄忠为讨虏将军，拜马超为平西将军。其时关羽为荡寇将军，黄忠的讨虏将军与之一个级别，但马超的平西将军却已超过了荡寇将军。

张飞、赵云和关羽相仿，系与刘备情同手足的亲信将领，又在攻蜀战事中取得战功，自然也都继续得到刘备重用。张飞被拜为征虏将军，领巴西太守，任务是率重兵镇于巴西，用以北拒曹兵，为成都屏障。赵云自长坂坡之战后，被刘备授予牙门将军，此次擢升翊军将军。牙门将军、翊军将军其实都是刘备自己设置的将军名号，只不过牙门将军属于杂号将军的一种，大致与黄忠的裨将军处于同一层次，而翊军将军则与黄忠现授的讨虏将军进入同一层次了。

史称关羽、张飞、马超为刘备之"爪牙"。这里的"爪牙"并非贬义，乃是最得力、最亲近的武将之意。《三国志》的作者陈寿认为，黄忠、赵云皆具有智勇兼备、"强挚壮猛"的共同特点，并且他们与刘备的关系，就相当于西汉名将灌婴、夏侯婴之于汉高祖刘邦。灌婴、夏侯婴皆对刘邦忠心耿耿，刘邦对二人也极为信任器重，陈寿以此将黄忠、赵云"并作爪牙"，这样，刘备的"爪牙"就是五人，即关羽、张飞、赵云、马超、黄忠，为民间津津乐道的蜀中"五虎上将"即源于此。

随刘备入蜀，在战争中立下军功的其他武将，也都得到刘备重用，其中比较突出的是魏延、霍峻。魏延入蜀前为刘备的部曲将，部曲将是次于将军一级的武官，刘备将赵云原有的牙门将军专门授予了他。霍峻原为中郎将，中郎将本为高级武官，比如公孙瓒就做过中郎将，但到三国中后期，由于获此军阶者越来越多，导致中郎将也已贬值至中下级水平。

霍峻在固守葭萌关、抵抗张鲁和刘璋的过程中，表现极为优异，刘备将其迁升为裨将军，并特地从广汉郡中分出梓潼郡，让霍峻出任梓潼太守。

在刘备的新班子中，诸葛亮的官阶并不是最高的，糜竺被刘备拜为安汉将军，官阶比诸葛亮还高，自然也超过法正诸人。这当然不是说糜竺的实际地位，已然是刘备一人之下，万人之上。实际上，糜竺为人虽雍容敦厚，但文雅有余而干练不足，军事亦非其所长，所以刘备一向都未赋之以实权，也从没有让他统兵。糜竺被授安汉将军一职，只是象征着受到最高级别的优礼，与此相应，他所得刘备赏赐的优厚程度，也无人可比。糜竺之所以有此待遇，是因为他在刘备最困难的时候，不仅不离不弃，还将妹妹许配给刘备，又把家财都拿出来作为军资。糜竺的此种经历和贡献，在刘备的僚属中是独一份的，别人当然难以与之比肩。

除了糜竺，自青徐时期就追随刘备的老资格幕僚，还有简雍、孙乾。简雍青年时期就与刘备有交往，自刘备起兵之初即随其转战四方，如果把刘备看作是刘邦或刘秀的话，他就好比是刘邦的沛县旧识，刘秀的南阳故人。孙乾早在刘备领徐州牧时，由名士郑玄推荐给刘备，迄今为止，在刘备身边也已经有二十余年的追随史了。

糜竺、简雍、孙乾是一个类型的文臣，平时参与谋事，为座上谈客，必要时则接受往来使命，进行外交谈判。除了没法跟诸葛亮这样的顶级外交大咖相比外，简雍、孙乾其实也都算是善于外交的人物：在取蜀战争中，简雍冒着生命危险，单身进入成都，为劝说刘璋投降立下了功劳；孙乾在刘备入荆州前，替刘备四处转圜，北结袁绍，南联刘表，处置也都合乎刘备的心意。二人皆被刘备拜为将军，所受礼遇仅次于糜竺。

刘备客居荆州期间，刘表手下有一个叫伊籍的人，经常前来拜访。此人与刘表是同乡，从年轻时起就依附刘表，但他预感刘备日后必有大作为，便主动托请刘备对他予以照顾。后来刘表病死，他便一直跟随刘备，直至随其入蜀。伊籍颇有辩才，才能与简雍、孙乾相似，益州既定，刘备便任命他为左将军从事中郎，所受礼遇又次于简雍、孙乾。

人们将糜竺、简雍、孙乾、伊籍并称为"宾友"，意思是四人与刘备关系密切，虽名为君臣，但刘备并不把他们当成一般部属看待。比如简雍是一个特立独行甚至有些怪癖的士人，平时性情简傲、不拘礼法，即便刘备在场，他也照旧箕踞（两腿张开的一种随意坐姿）而坐，整个人东倒西歪，一点不讲礼仪，反正只要他自己舒坦就行。这还算是好的，如果是诸葛亮以下的人前来和他说话，他便干脆独据一榻，枕着头，躺着和你说了，中间连身体都不会欠一欠。简雍看起来很是失礼，但就因为他是"宾友"，刘备从未因此怪罪于他，更不用说处罚了，诸葛亮等人亦见怪不怪，不以为意。

千金买骨

时人用"豫州（刘备）入蜀，荆楚人贵"，来形容刘备对荆州旧部的重用，但最能体现其知人善任特点以及高超政治手腕的，还是对于益州人才的留用和选拔。

客观地说，刘璋在位期间，也为其政权提拔拣选了一些人才，董和、黄权、李严等便是其中的代表。原益州太守董和以清廉节俭、处理政事简明果断著称，而且善于处理同少数民族的关系，是公认的循礼守法的好官，在益州及少数民族地区都有着很高威望。刘备掌握益州政权后，即任命董和为掌军中郎将，与诸葛亮并署左将军府事，也就是共同处理刘备官署的各类事务。

黄权原任刘璋主簿，是其重要幕僚之一，原本也受到刘璋信用，只因谏阻刘备入蜀而被降职为广汉县长。及至刘备及诸葛亮、张飞、赵云等人分头进攻益州各郡县，各郡县长官见荆军势大，强弱分明，大多望风而降，只有黄权紧闭城门，顽强坚守，一直到刘璋自己都献城投降了，他才归附刘备。刘备以黄权为人忠义，不计前嫌，仍拜之为偏将军。

忠义文化是维系刘备集团的一个重要精神纽带，刘备、诸葛亮对僚属的评价，常以"忠"为先，在选贤任能时，往往也都特别看重对方的政治品质。梓潼令王连是在刘备三年攻伐期间，除黄权外始终拒敌坚守的又一名蜀官，刘备对他很有好感，攻城时绕城而走，后来王连跟随刘璋归降，刘备先把他继续放在地方上做县令，在王连接连取得不俗政绩的情况下，又毫不犹豫地擢升其为司盐校尉。

忠义的反面就是不忠不义。李严以荆州籍客卿的身份，受到刘璋重用，刘璋在其危难时派李严到绵竹督战，以抵抗刘备，对他寄予了很大期望和信任，未料李严一到绵竹，打都没打，就主动跑到了刘备一边。在涪城就投降刘备的吴懿，随李严一起归降刘备的费观，皆刘璋的姻亲兼心腹，他们的行为与李严一样，都可以划入不忠不义的范畴。就刘备集团的固有文化而言，这一类降将是受到鄙视和厌恶的，也不符合刘备、诸葛亮，特别是诸葛亮的用人标准，但夺取益州本就是个特殊事件，如果完全否定降将，则刘备自己的道义品德也将受到质疑，且李严才能突出，吴懿、费观都是东州士中不可小觑的人物，若摒弃不用，对刘备的大业有害无益。刘备、诸葛亮对此均有清醒认识，故而他们在对降将记功的同时，采取了另外一套用人标准和要求，即只要忠诚于现政权，并愿意为之出力之人，均可得到提拔和重用。李严以此被刘备授予犍为太守、兴业将军，吴懿被任命为护军讨逆将军，费观为巴郡太守、裨将军。

除了道德因素外，吴懿、费观均为刘璋的姻亲，难免也会令人生出疑虑，但刘备都坦然用之，甚至为拉近与他们的距离，还采取了政治联姻的方式，比如将吴懿的妹妹（也是刘璋之兄刘瑁的遗孀）纳为夫人。众所周知，东州兵是刘焉、刘璋父子的军事基盘，刘备取蜀，主要的抵抗力量就是东州兵，他们先后在绵竹、雒城等地与刘备军展开激战，使刘备军付出了很大代价。刘备平定益州后，要想将东州兵真正收为己用，便不能不尽力拉拢有能力直接统领东州兵的东州士，吴懿、费观代表着东州士的中坚实力派，刘备对他们的安排，在体现其宽宏器量以及长远眼光的同时，也赢得了东州士群体的拥戴和支持，极大地缓和了刘璋在任期间东州士对蜀政权的敌意与排斥。

也有欲为降将而未成的"不忠不义之徒"。原蜀郡太守许靖，据说他本来是打算投靠曹操的，可是因为道路阻隔没去成，后刘璋招其入蜀，授以高官厚禄，官至蜀郡太守。刘璋对许靖够好了，事先也并没有什么迹象，表明许靖对刘璋有意见，然而当看到刘备围城、大厦将倾时，这老小子便果断抛弃故主，打算逾城出降了。这事要是放在别人身上本来也不算什么，关键是许靖的名气与岁数一样大，做的事还如此不上台面，就很让人无语了。刘备以此看不起许靖，曾打算予以弃用，但遭到了法正的劝阻。

事实上，法正对许靖也颇为不屑，他倒不是看不惯许靖的品德，而是觉得许靖并没有什么真才实学，顶着个大名士的光环，盛名之下却其实难副。不过法正又认为，许靖毕竟名声在外，刘备刚在益州创建大业，若弃用许靖，将可能引起外界议论，产生刘备将贤者拒之门外的误解，进而对招揽人才产生不利影响。

战国时期，燕昭王听从大臣郭隗"古人千金买骨"的建议，为吸引各国贤才，专门给郭隗建造了房屋，并拜他为师。法正建议刘备追仿此例，对许靖以礼相待，以此不使天下人失望，对招抚远近人才起到积极作用。诸葛亮也劝谏刘备，指出许靖有一定的人望，人望就是重要资源，不应轻弃，若是能借许靖之名，用以号召海内，推动新政权的招贤纳士，则不无益处。刘备接受他们的意见，从招徕人才的大局出发，决定授许靖为左将军长史。

"长史"乃众史之长，"左将军长史"听起来就是刘备幕府的魁首，连诸葛亮、糜竺也要排于其后，所以许靖亦被列为"宾友"之首。不过实际上，"左将军长史"只是一个荣誉性质的虚衔，许靖手中没有任何实权，甚至远不如他那个原职蜀郡太守，与此同时，由于刘备并不喜欢许靖，所谓"宾友"之首，也仅仅只是刘备为了显示公开场合对他的尊重，私底下两人并不亲近，与四大"宾友"根本不是一回事。

用人之长

在外界眼中，刘备幕府中争议最大的新附文臣，其实并不是许靖，而是法正、彭羕。严格说来，无论许靖还是法正、彭羕，都不符合"忠义"标准，但乱世之中，确实有太多不能自主的因素，很多士人在慌不择路的情况下，只能投奔他们最早遇到的诸侯势力，也因此，他们最初追随的人主，往往并非其真正心仪的对象。张松、法正、彭羕等人于刘璋即是如此，他们对刘璋固然不忠，但在发现刘备才是其苦苦寻觅的明主后，便立即用自身行动乃至牺牲，证明了对刘备的忠诚，这是他们与许靖的最大不同，同时也是刘备能够接受他们的前提之一。

用人之长，对人才不求全责备，是刘备用人的一个显著特点。法正、彭羕均"不以德素称"，也就是在个人品德方面都不咋的，把他俩与许靖相比，如果许靖算是伪君子的话，法、彭就得跟真小人沾点边了，也因此两人在益州人中的口碑、名声都非常不好，然而这并没有影响到刘备对他们的任用。法正就不用说了，他以一个不受重视的原蜀官，迅速上升为刘备身边的核心谋臣，得到刘备的特别信任和器重。刘备在使用法正时，把他擅长谋略和军戎调度的长处充分发挥出来，对其不足和缺陷，如私德方面则予以容忍和谅解，有时甚至视而不见。

法正是个心胸狭隘、睚眦必报的人，得势后，他表现出重情意的一面，对于过去哪怕只请他吃过一顿的人，也要加倍予以回赠，然而那些在他落魄不得志时和他结过怨、曾有过过节的人，他也一个都不放过，并且还要加倍进行报复。在法正担任蜀郡太守期间，好几个曾经伤害毁谤过他的人，被他擅自杀了。法正这一有些作威作福的行为，理所当然会引起人们的反感，也因此在社会上产生了一定的负面影响，按道理，刘备对此不可能不知晓，但他却罕见地选择了沉默，并未予以追究。

法正在刘璋政权中虽不得意，但多少也是个有头有脸的人物，不然刘璋不会多次派他出使荆州，与此相比，彭羕在投奔刘备前，就已经沦为刑徒，别说士大夫，连平民都不是。在益州没有任何社会地位的彭羕，就凭着自己也有一定的谋略能力，在关键时与庞统一道在阵前献策，最终促成刘备决定诱擒杨怀、高沛，进而博得了刘备的赏识和认可。成都既定后，刘备即提拔彭羕为益州治中从事。治中从事是州牧的重要佐官、心腹助理，庞统在荆州刚刚得刘备赏识时，得到的就是这个职位。时人羡称"羕起徒步，一朝处州人之上"，意思是彭羕从徒隶中来，却因改换了门庭，一夜之间便居于益州全州的士人之上。

刘璋政权中，还有原来无论如何都不认同刘备的士人，刘巴是其中典型，他本为荆州人氏，在荆州时便避刘备如仇雠，入蜀后作为刘璋的客卿，又屡屡谏阻刘璋，试图拒刘备于国门之外。按理这样的人，刘备应杀之后快，但刘备在进围成都时，即通令全军如有胆敢杀害刘巴者，即刻拿来问罪，诛其三族。

成都"无血开城"后，虽然畏于军令，没人敢主动去招惹刘巴，然而闭门称病的他还是惶惶不安，在感觉躲不过去的情况下，只得自己跑来向刘备请罪认错。面对诚惶诚恐的刘巴,刘备表现得极为宽宏大度,不仅未加以责怪,还为刘巴从此将能为己所用而感到高兴。

授官时,刘巴被封为左将军西曹掾。汉末设东西曹掾,其中东曹掾负责中上层官员的升迁任免,西曹掾负责下层官员的升迁任免,"左将军西曹掾"的具体职能是管理任用刘备官署的下层属吏。刘备把刘巴安到这一位置上来,已属于破格重用。毕竟刘巴为刘璋客卿时,刘璋嘴上客气,待之为上宾,却并未舍得授予其以任何官职,更重要的是,刘巴在刘备入蜀一事上未有寸功不说,还形成了不小阻力,如果授职超过"左将军西曹掾",在那些有功之臣和法正等人面前,恐怕也很难说得过去。

刘巴本是自视甚高的名士,在刘备入城之初,尚战战兢兢,唯恐得祸,及至获得刘备重用,整个人就不免又飘了起来。张飞身为武将,然而对拥有知识名望和才能的文臣士大夫极为敬佩尊重,有一次他特地拜访刘巴,并就宿于其家,却不料刘巴根本不把他放在眼里,居然都不肯与之搭话。张飞热脸贴冷屁股,自然很不高兴。诸葛亮得知后,对刘巴说,张飞虽然是个武人,却很敬慕你,现在我们"刘主公"(刘备)正聚拢各类文武人才,以成就一番大事业,大家不管是文臣还是武将,都应和衷共济,不应相互轻视。他劝刘巴不要对张飞等武将摆架子,"我知道您天性清高,但为了共图大事,还是要稍稍放低一点身段"。

不料刘巴连诸葛亮的面子也不卖,以傲慢的语气回答道:"大丈夫处世,当交接四海英雄,怎么可以让我与一介武夫交谈呢?"

刘巴对张飞的态度以及与诸葛亮的对话,很快便传到了刘备耳朵里。刘备不听则已,一听就火了。因为从公,如诸葛亮所言,现在正是需要将手下文武诸将捏合在一起的时候,刘巴的这些言行,显然不利于内部搞好团结;就私,张飞与刘备有着兄弟一般的关系,诸葛亮是刘备的首席谋士,刘巴不给这两个人面子,某种程度上,也就等于不给刘备面子,况且，刘备本人其实也是武人出身，刘巴鄙视武人，无意中也把刘备给鄙视了一把。

当初刘巴在荆州时，刘备就诚心诚意邀请他加盟，但刘巴宁愿远去交州那样的穷乡僻壤，也不肯见上刘备一面，这与如今他不屑张飞的情景相对照，可谓极其神似。刘巴真正看得上的是谁？是曹操！他绕道交州、益州，本来就是要北上，奔着曹操去的！刘备越想越生气，忍不住愤愤地对刘巴下了这样的结论："我要平定天下，而子初（刘巴字子初）专门捣乱！他还是想着北去，不过是从我这里借个路罢了，哪里是要协助我成就事业啊！"

平心而论，如果是刘巴在曹操、孙权手下做事，而曹、孙有了类似的想法，刘巴的小命可能就保不住了——曹操虽曾对"身在曹营心在汉"的关羽网开一面，但那只是曹操在其羽翼未丰情况下的特例，且只能应用于武将，文臣是没有豁免权的，关于这一点，只需看下荀彧等人的下场，就知道了。

刘备对待士人，则有着非同一般的宽容大度，他一面对刘巴恨恨不已，一面又自我解嘲，说："刘子初才智超群，像我，可以使用他，别人难以任用。"这话既是事实，同时也表明了刘备对刘巴将不予追究、继续重用之意。此后刘巴果然不仅未受责罚，而且依旧参与高层的重要决策。

就这样，刘备一边继续延用荆州班底及其心腹之臣，或掌握枢要，或统重军而兼治地方重郡，一边又以招揽、怀柔、笼络、不计前嫌的态度，对蜀地才智之士和刘璋的重要官僚做了适当安排。后面这些人来历纷杂，既有引刘备入蜀的有功之臣、主动投效的士人，也有主动出降或宣布归附的将领，甚至还有兵临城下被迫投降，乃至先坚决地拥兵抵抗，尔后见刘璋打出白旗，才无可奈何宣布投降者，他们也大多被量才录用，刘备都在新的政治平台上给予了他们属于自己的位置和发挥空间。

清代学者李光地称赞刘备"何让高光",意即他此时用人不拘一格,其规模气象就算与汉高祖刘邦、光武帝刘秀相比,也毫不逊色。随着对荆蜀两地人才最大限度的吸纳,刘备政权也逐渐出现了百舸争流、有志之士竞相劝勉,群策群力的全新局面。

经 济

在三年入蜀战争中,刘备的军用耗资不菲,直接造成了他在军费上出现严重不足。本来还可望通过接收成都殷实富足的"国库"、府库予以弥补,然而由于入城之初头脑发热、决策不当、在府库被将士洗劫、"国库"也被赏赐掏空的情况下,要再想靠接收钱物来堵缺口,已经不现实了。

打仗打的其实就是钱,没有军费,军队将丧失战斗力,如果军队立不住,益州就算已经在握,也将得而复失。可是洗劫府库和用"国库"作为赏赐,都是刘备自己允诺或做主给予的,若是把财物再收回来,轻者会因出尔反尔,失信于部属而受人耻笑,重者则可能导致军心背离,甚至酿成兵变。当然,向益州士民伸手,通过增加赋税来增加军费,也未尝不是一个办法,但正如赵云所谏,益州士民刚刚经历战争之苦,需要的是休养生息,而不是横征暴敛。站在刘备的角度,他在回归自我,认识到"诡道"和诈术的弊端后,已重新把争取士心民心的归附放置于重要位置,对于此类极可能给自己施政和个人形象带来负面影响的短视之举,轻易不会再予以尝试。

就在刘备左右为难、计无所出之际,刘巴帮他解决了问题。除了刘备,诸葛亮对刘巴也很器重,多次在刘备面前力荐。为了突出刘巴,诸葛亮还把他和刘巴放在一起做了个比较,说如果是在前线指挥调度三军,他要比刘巴强,但要是在后方运筹决策,那就连他都还远不如刘巴。诸葛亮此言的目的，当属过谦之辞，尽管如此，刘巴在内政管理方面的能力和水平也已可见一斑。

刘备入蜀后，对内政人才的渴求，已不亚于军事人才，甚至可以说更甚，这可以说是刘备、诸葛亮能够对刘巴尽弃前嫌、以德报怨的一个重要前提。刘巴确也如此，就在刘备为孔方兄发愁，即便诸葛亮、法正等人都没办法替其分忧的情况下，刘巴自告奋勇，说："这好办！"

按照刘巴的建议，刘备下令铸造大钱，这就是"直百五铢"。"直百五铢"本身是一枚五铢钱，只是通过面文规定了它与一百枚五铢钱等值，这就意味着在短期内便可使成都府库的财富增长百倍。不过这样一来，短期内就会产生与后世滥印纸钞相类似的后果，所以刘巴同时又推出了平抑物价和设立官市交易的配套措施——前者稳定经济秩序，避免了随"直百五铢"出现的物价飞涨问题；后者稳定市场流通，防止了"直百五铢"花不出去的现象。

在刘巴的主持下，仅仅数月之间，益州府库便得到充实，同时相关经济措施还稳定和活跃了社会经济流通领域，刘备政权所发行的五铢钱后来被称为蜀钱，蜀钱不光在荆蜀通行，甚至还遍及江南三吴之地，刘备由此度过了最艰难的财政危机阶段。

作为由官府专断的大面值货币政策，铸钱只能用于短期救急，若无其他开源之道，则不异于饮鸩止渴。蜀地素产盐铁，刘备初定益州，即设置司盐校尉，作为盐政的最高主管官。原梓潼令王连在刘备夺蜀战争中进行了顽强抵抗，反而因此获得刘备的欣赏，经过实绩考察，刘备将其提拔为司盐校尉。王连德才兼备，对于自己的要求很高，在选拔其他盐政属官时也非常严格，经他择选培养的属官，后来多数都做到了大吏，有的甚至官至尚书令。

为了把蜀中经济命脉牢牢地掌握在自己手中，刘备除起用王连外，又以张裔为司金中郎将。刘备识人，向来是一看一个准，很少有走眼的时候，这个张裔的德才就不让于王连，当初许靖刚刚从中原来到蜀地时，便惊讶于张裔办事果敢、思维敏捷，认为可与曹操阵营的著名政治家钟繇相提并论。

有王连、张裔等一班能人操持，蜀中盐铁业发展很快。盐业方面，"官灶"的煮盐技术领先海内，当时一般是一灶五锅，即一口灶一天一夜出产五锅盐，而蜀地则已经可以达到一灶十四锅，且所产盐色白如霜，质量上乘。自刘备入蜀后，史书上就有不少关于冶铸方面的记录，刘备还曾为自己铸造质地上好的铁剑八把，分赐儿子和被其视为心腹的诸葛亮、关羽、张飞、赵云，足见蜀地冶铸业也达到了一定的水平。

王连在出任司盐校尉后，专门将盐铁业与益州其他事业做过比较，得出的结论是，盐铁业的收入最多，对政府的帮助也最大。不难想见，盐铁收入应已成为刘备入蜀后，开发益州，振兴益州，蓄积实力的一个重要来源，并在财力物力方面，为刘备此后倾大军出蜀作战提供了条件。

以法治蜀

东汉建安二十年（215），即刘备夺取益州的第二年，春节来临，他在成都大宴群臣。大家相互敬酒时，一个叫李邈的官员忽然对刘备说："振威（指刘璋）以将军（指刘备）为汉室宗亲，故托以讨贼之任，不料大功未建，振威却已先于敌人遭到灭顶之灾。"说到这里，他竟然直接斥责刘备："邈（李邈自称）以为，将军夺取鄙州（益州）之事，是非常不应该的！"

李邈在刘璋治时为县长，刚刚才被刘备任命为州从事。在刘备内心深处，对于自己以怨报德、以诈力从刘璋手中强夺益州的行为，事实上从未能够完全释怀，他事先也不会想到，像李邈这样已得到他厚待的人，有一天也会"恩将仇报"，反戈一击，而且还要搞突然袭击，在大庭广众之下给他难堪。虽然见惯了各种大场面和意外情况，但刘备此时也明显有些心慌意乱，气急败坏之下，不由得脱口而出："你既然明知道不应该，为什么不出手阻止？"

刘备的回应纯属条件反射，没有经过仔细斟酌，此言一出口，其实就表明他输了——这不等于亲口承认，自己夺取益州，是做了一件亏心事吗？

由于刘备回敬李邈时，用的是嘲笑口吻，把李邈又给惹火了，他不但不退缩，反而又将刘备的话给顶了回去："我不是不敢阻止，是心有余而力不足！"

全场哑然，一旁负责维护宴会秩序的官员见状，未等刘备表态，便立即上前逮捕了李邈。

李邈所说的话均涉嫌公开反对现政权，逮捕李邈的官员当场就要按律杀掉他。就在李邈人头即将落地之际，作为文臣之首的诸葛亮，以政权初建、不便多杀官员为由，为李邈求情，请刘备法外开恩。刘备这时也已经从最初的惊愕、尴尬、被动、愤怒中走了出来，重新恢复了平静，思考后，他同意诸葛亮的请求，对李邈免予了处罚。

李邈事件表明，对于刘备入蜀，从官员到普通士人、百姓，仍多有不服者，李邈这个不知死活的"愣头青"，只是充当了他们的代表，把矛盾直接揭示出来而已。应该说，这是每一个新入主者都会遇到的难题，刘焉父子初登巴蜀大位，其实也一样。刘焉的做法，是觉得谁挡着了自己的路，甚至是看谁不顺眼，就把谁干掉，以此立威。刘备则从小受儒学思想影响，在当代硕儒卢植门下求学的短暂经历，更使他受到了正规儒学的熏陶，故而刘备一生，在自处、办事、建制、用人等方面，都表现出了明显的儒家特征。刘备入蜀，支配他的儒者思维同样在起作用，本来刘备既能够凭借强大的军事实力夺蜀，在面临不容忽视的反对力量时，要实施武力镇压也没问题，但他并没有采用刘焉的那一套，而是主动降低身价，对巴蜀人士进行积极安抚，即便是坚决抵抗者，也以恩信礼之，并任以官爵，给予足够的尊重。刘备、诸葛亮最终对待李邈的态度，实际仍属于这一策略的延续，也就是说，即便诸葛亮不替李邈求情，刘备也很有可能会为之网开一面，诸葛亮不过是在君臣已形成高度默契的情况下，主动给刘备找台阶下。

刘焉治蜀谈不上成功，刘璋则更失败，刘备要避免重蹈前任的覆辙，就急需蹚出一条新路，而他的选择是：尚儒重法。

在群雄争霸时代的早期，尚以儒者型诸侯居多，到争霸时代进入尾声，刘备这种类型的人已经是凤毛麟角。尽管信念不变，但残酷的现实和坎坷的人生经历，加上诸葛亮、庞统、法正等人的影响，也使刘备逐渐脱离了过于理想主义的儒家窠臼，日益重视诸子等其他学问的价值和作用。为了培养儿子刘禅，他曾专门列了一个书单，里面不光有儒家经典《礼记》，还有史学名著《汉书》、春秋诸子之书、兵法论著《六韬》、论述商鞅变法的《商君书》等，从中可以非常清楚地看到，历史、诸子百家、兵家、法家等学问在刘备心目中的地位。

儒学为先，诸子百家次之，而在诸子百家中，出于治理的需要，法家又被刘备放置在了仅次于儒学的优先位置，即尚儒术但亦重法术。刘备的实际政治操作也与此对应，具体表现为儒法并用，所谓"霸王道杂之"。

刘备要以法治蜀，定蜀之初，即命诸葛亮、法正、刘巴、伊籍、李严针对蜀中的社会现状，对刑法问题进行研究，并进而制定了成文典律《蜀科》。

《蜀科》的编纂，虽集中了五位要臣之力，但领衔和起主导作用的是诸葛亮。诸葛亮在隆中时修习的主要是荆州学，隆中时期指导过他学问的司马徽、庞德公等人，也都是荆州学名士。荆州学立足于治理乱世，对作为经籍的史书《左传》最为重视。《左传》强调法治和德治并重，认为如果一个政权既缺乏有仁德的政治措施（德政），又没有严厉的刑法（威刑），就会滋生各种乱象和不良风气。诸葛亮以此为依据，希望通过《蜀科》的制定和实施，力纠益州自刘焉以来的种种积弊。

药　方

　　刘焉入主并控制的西蜀，虽然是在他儿子刘璋手中丢掉的，但根子却是他这个老子一手埋下的。刘焉入蜀之初，依靠东州兵立威，尔后便一意扶持和庇护东州士，结果法度几乎没有了，主公和部属之间应该遵循的礼仪也遭到了破坏。对于被自己宠幸的部属，刘焉以为赐予他们的官爵越高，给予的恩惠越多，这些部属就会越忠心，但因为官位给得过多过滥，慢慢地也就变得不那么值钱了，而恩惠也不可能无限地给予，等到恩惠没了，被宠溺惯了的部属，对上也就开始怠慢不敬了。

　　刘璋不仅沿袭了刘焉执政时期的失序弊端，而且由于其本人糊涂软弱，使得局面更加混乱。与其父相比，刘璋的施政措施初看起来，似乎更接近于儒家所要求的"宽"，但实际"宽"得毫无原则和章法。比如对于有实力和影响力的东州士或益州豪族，刘璋在管理方面倒的确是宽松的，甚至激起民怨，都不敢予以处分，相比之下，对于那些地位不高或暂时对自己没有威胁的属吏及其家属，刘璋有时却又过于严苛。最典型的，就是杀死张鲁母弟和对张昭仪加以凌辱。张鲁母弟是无反抗能力的人质，刘璋处死他们也无充分理由，其结果就是把张鲁逼到了对立面，毅然决然地要与刘璋死磕到底。在与张鲁关系问题上所犯的这一大错，等于刘璋自己动手拆除了抵御曹操的一道坚固屏障，同时也为他不得不邀请刘备入蜀埋下了伏笔。

张昭仪系广汉郡督邮朱叔贤之妻。朱叔贤在刘备围攻成都之际，欲背主投降刘备，站在刘璋的立场上，自然可杀之，但张昭仪作为其家人并无罪过，就算按照当时的法律和认识，需要予以连坐，也只要一并斩首即可，刘璋却颇为龌龊地将她交给兵将凌辱，以致张昭仪不甘受辱，选择了自杀。成都官吏及其守城将士，谁无妻儿家人？他们对张昭仪之死的悲叹，其实也就是为刘璋敲响了丧钟。

针对刘焉、刘璋父子的"宽严皆误"，诸葛亮用《左传》"宽猛相济"的典据开出了药方，体现在实践中，就是"威之以法"，树立法令权威，让官吏知道什么是恩惠，以便加强自我约束；"限之以爵"，限制所授官爵，使得上下吏员一俟能够加官晋爵，就感受到荣耀，进而做到上下有节。

《蜀科》具体承载着诸葛亮的"威之以法""限之以爵"的思路，虽然具体文字内容今已失传，但通过诸葛亮个人所著文章中"八务、八戒、六恐、五惧"的训示警式，亦能推测其大概。这种以峻法为主的威刑重典，一经推出，即让已经习惯刘焉、刘璋时代惰弱政治的上层人士感觉难以适应，有人为此攻击诸葛亮"刑法峻急，刻剥百姓"，并大有将刘备也一并请出西蜀之势。

当时益州的儒学被称为蜀学，这也是多数原蜀官所修习的学问。蜀学与传统经学一脉相承，相对于前沿的荆州学，已显得死气沉沉，停滞不前，比如它对于东汉政府曾经的宽治之法，就仍保持认同态度，这其实也是刘璋所谓"宽治"的理论基础。

参与编纂《蜀科》的五要员，刘巴、伊籍、李严原籍均在荆州，作为荆州出身的士人，或多或少都受到过荆州学的影响，在价值基准与诸葛亮比较容易接近，即便偶有不同意见，也不会出现特别大的分歧。唯有法正是在益州为官的东州士，无论是他在中原所受的传统经学教育，还是到益州后接触到的蜀学，都会让他对"宽治"更为认同。况且，诸葛亮的严治措施同样也会触及法正本人的利益，让他感觉不舒服、不适应，因此趁着整个西蜀正被不满的舆论闹得沸沸扬扬，他决定向诸葛亮直接进言。

话从刘氏天下的创始人汉高祖刘邦说起，刘邦入咸阳后"约法三章"，除杀人者偿命，伤人及盗抵罪外，政府一律不准扰民。就"约法三章"而言，可谓当时的一项宽政，百姓无不对之感恩戴德，刘邦由此起步，才终于赢得天下。法正认为，益州初定，新政权刚刚建立不久，对士民还没有广施恩惠，这与刘邦入咸阳时的形势非常相似，他因此建议诸葛亮缓用法刑，实施宽治。

诸葛亮不同意法正的意见。他先是跟着法正的思路，回顾了"约法三章"实施前后的背景：在刘邦入咸阳之前，秦朝暴虐无道，各种严刑苛政，已把老百姓逼到了忍无可忍的地位，此时只需一个敢于反抗的普通小民，站出来大呼一声（此处应是指陈胜吴广起义），也能使得秦朝统治土崩瓦解；刘邦入咸阳后，顺应大势，采用宽政，为老百姓提供了前所未有的自由度和宽松环境，此举切中时弊，刘邦能完成大业，确实有赖于此。

到了此处，诸葛亮话锋一转，指出法正"只知其一，不知其二"。所谓"其二"，就是从东汉朝廷名存实亡开始，时势就不一样了，简单点说，是乱世早已替代了昔日的太平盛世，彼时的宽治之法也不再适用。在这种情况下，如果还是一味遵循原有的法度和规章，没有不失败的，刘焉、刘璋父子治蜀就是一个活生生的反面教训。事实上，西蜀到了刘璋控制时期，已经成了烂摊子，内部法制混乱，人们不听号令，随心所欲，即便在没有外来战争破坏的情况下，依旧出现了大量土地荒芜、破败凋敝景象随处可见的问题，之所以沦落到如此地步，就是刘焉、刘璋父子死搬旧框框，治蜀失序，以致"德政不举，威刑不肃"所结下的恶果。

诸葛亮给法正的答复就是，汉高祖反对强秦暴政，必须宽仁，而现在要着手整顿刘焉、刘璋父子的无序政策，就只能严治，"为治之要，于斯而著"，内政治理的要诀，正在此处！

主　客

在以法治蜀、严刑峻法方面，刘备和诸葛亮的思想是完全一致的。法正作为刘备的核心谋臣，得到刘备最大限度的尊重和信任，刘备对其可谓是言听计从，但唯独这件事是例外。刘备坚持认为，益州新定，反而更需要赏罚分明。他还告诉诸葛亮，自己早年在徐州时，经常拜访大名士郑玄、陈纪。郑玄是刘备的师叔，与刘备的老师卢植同出一个师门，乃著名经学家，被称为汉代儒家的集大成者；陈纪在儒学方面也极有造诣。二人在与刘备交谈时，经常就治乱之道教导刘备，但刘备从未听他们提起要靠"恩赦"（指下令赦免罪犯）来治乱。后来刘备寄于刘表门下，刘表治荆，与刘璋治蜀一样，也是以宽出名的，几乎年年都要搞"恩赦"，然而在刘备看来，效果并不好，对于巩固政权，稳定社会，并没有起到积极的作用。

刘备以此说明，即便是像郑玄、陈纪这样的儒学大家，也知道时代不同了，必须按照具体情况决定具体政策，针对具体实际采取具体措施，反而刘表、刘璋之辈，不看形势变化和具体情况，滥用"恩赦"，执法过松过软，轻者于政治清明无益，重者造成政风堕落，终至不可收拾，因此决不能重蹈其覆辙。

正是看到刘备也坚持峻法思想，法正才只能通过向诸葛亮进言的方式，试图先争取诸葛亮，再动摇刘备的决心，然而却遭到了诸葛亮的反驳。

无论是在刘备幕府的次序，还是朝堂之上文官的地位，实际都是诸葛亮为首，法正为次，在法正头脑中，多少还是有与诸葛亮"争宠"的意识，他毕竟是顶尖谋士，经过与诸葛亮的对话，其实也已经明白诸葛亮言之有理，故而难以在理论上继续与之争执，表面上亦不好发作，但他对于自己意见不被采纳一事，内心还是不太服气的。

法正在劝说诸葛亮时，还讲了这样一番意思，就是你们到益州来，你们是客人，益州是主人，客人对主人应该宽和些，姿态也要放低一点。这是站在主客关系的角度说的，实际上，在刘备入蜀后，其新政权内部也确可据此划分主客：所谓"主"，即由本土势力所组成的益州集团；所谓"客"，即由刘备荆州旧部组成的荆州集团。法正本是东州士，相对于益州集团，东州士属于外来客，但因为他们先到蜀地，并已有了一定根基，相对于荆州集团，他们在一定意义上又为"主"而非"客"。正是因为有着这样复杂的背景，所以东州士很多时候是跟益州集团站在一边的。

刘备、诸葛亮实施峻法，主要限制的是益州集团，这就很容易被看成在"以客欺主"，刻意维护荆州集团，打压益州集团。不管是从个人感情和利益出发，抑或站在"主"的立场，帮益州集团说话，法正对于峻法政策，都有些无法接受。

不久，有人在诸葛亮面前打了法正的小报告。据反映，法正心胸狭隘、睚眦必报，凡在其落魄时和他结过怨的人，不管以往过节是大是小，他全都记得清清楚楚，而且必要加倍报复，好几个曾经或伤害或毁谤过他的人，都被他擅自杀了。打小报告的人提醒诸葛亮，应向刘备言明法正的相关行径，以对其进行抑制乃至制裁。

诸葛亮则拒绝了对方的建议，理由是法正协助夺取益州的功劳实在太大了，大到已能在一定程度上享有"豁免权"，哪怕是"稍稍随心所欲"，也可以不予计较。诸葛亮还把刘备入蜀前后的处境做了一个对比，说刘备之前在公安的时候朝不保夕，进退不得，日日为此担惊受怕，正是法正策划和帮助刘备入蜀，且一直如同羽翼一般辅佐护卫着刘备，才使得刘备一飞冲天，从此能够自由翱翔，不再受制于人。

东晋史家孙盛在点评这段记载时，对此颇不以为然。他直言，法治不应为某个功臣或君主的宠臣近侍开方便之门，否则就会成为破家误国、搅乱社会的祸源，法正就是功劳再大，再受刘备的信任，该罚还是得罚，诸葛亮可以"以功相抵"的说法，不啻是放弃了原则。

孙盛批评犀利，道理上也是对的，问题在于，诸葛亮一向以法制严明、不徇私情著称，又正在积极推动以法治蜀、严刑峻法，不可能不明此理，这种情况下，为何还要对法正采取罕见的姑息态度？显然，其中还有着更多更深的考虑。

将 相 和

法正身任蜀郡太守，成都属于他的辖区，除了随刘备外出期间，该辖区将由诸葛亮亲为镇守外，平时都由他来管控。对于成都辖区内的士民，法正拥有按照《蜀科》规定，施以刑罚的权力，而以法正的头脑，也断不会做出完全违背刑律，滥杀无辜那样公开授人以柄的行径。别人指责法正"擅杀"，重点并不在"杀"，而在"擅"。也就是说，死在法正手上的人，应已触犯刑律、达到了死刑的标准，只是死刑乃最高刑罚，按规定法正应当报知刘备、诸葛亮，但他在没有完成程序闭环的情况下，便"擅自作主"处决了人犯。

这样做当然不合适，作为蜀郡太守，理当以身作则，带头遵守操作规程，不过这与刘璋治蜀时期上层人士纯粹的胡作非为，在性质上毕竟还是完全不同的。法正也不是要从根本上反对刘备，总体上讲，他对刘备的治蜀总政策是支持的，只是在具体问题上想不通，情绪也有些波动，故而才会在行动上故意做出触犯刘备、诸葛亮的事。诸葛亮看得分明，他清楚，如果仅仅据此到刘备面前告状，将令刘备左右为难，即便使法正受惩，对新政权的未来发展也并无益处。确实，以刘备以法治蜀的决心，听了汇报后，多数情况下只会站在诸葛亮一边，但新政权初立，正需要加强团结，此时若制裁法正，必然将引起更多人的猜疑和离心，实属因小失大。再者，与曹操、孙权等相比，刘备幕府的人才最少，足智多谋之士尤其不多，幕府中能称为顶级智囊的仅诸葛亮、法正二人。法正的奇谋，有时令诸葛亮都不能不为之折服，诸葛亮本人虽军政双优，但终究一身难以两用，刘备又必须常年率兵在外作战，前线有法正跟随左右、后方由诸葛亮主持，是最让人放心的组合。日后的事实也证明，在前方有法正，后方有诸葛亮的时候，往往就是刘备政权的形势发展得最好的时候。

　　法正有缺点，然而瑕不掩瑜。站在俯瞰全局的高度，诸葛亮将法正视为可以而且也必须团结的力量和对象，他相信以法正的资质，对于现行政策最终是会想通和接受的，届时亦能进行自我纠正，对此应当给予时间。为此他在回应"小报告"时，才会特意强调法正对新政权的贡献，表示大家任何时候都不能忘记法正的功劳，以此维护法正的脸面，给予他改正的机会。

　　诸葛亮的话自然也会传到法正耳中。法正仅居诸葛亮之后，又正受到刘备的特别信任与重用，若诸葛亮不能胸宽容人，他是完全可以趁机拿"小报告"作为武器，对法正进行抑制，甚至将其扳倒在地的。面对诸葛亮过人的胸襟，法正于感动之余也不由得自惭形秽，自此，他不仅自觉地对自己的言行进行了检点、收敛和改正，而且与诸葛亮关系日睦，双方建立了良好的协作关系。时称诸葛亮、法正"虽好尚不同，以公义相取"，意思是二人品性志趣虽不一样，但在为国尽心这一点上是一致的，因此都能互相尊重对方，共同为新政权竭尽心力。

法正对诸葛亮心悦诚服，两人之间实现了类似战国时期"将相和"般的圆满结局，这也促使由法正所代表的那一部分益州上层势力，就此放弃了原先的反对态度，转向服从于峻法政策。

在峻法政策中，有一项禁酒令，规定如果从老百姓家中搜查到酿酒工具，不管其在禁令颁布后有没有继续酿酒，都将受到与酿酒同等的严刑惩治。虽然规定的本意是要坚决禁止偷酿，但如此做法，却不免有为之太过之嫌，也很容易产生相反的作用。"宾友"简雍看在眼里，有一天，他陪同刘备外出游观，恰巧见一对男女同行，便对刘备说："那对男女想通奸，为什么不把他们抓起来？"刘备很奇怪，说你怎么知道他们想通奸呢。简雍居然答道："因为他俩都有乱搞的家伙呀！这跟家里有酿酒工具则必定想酿酒，不是一样吗？"简雍一贯滑稽多智，刘备听后，立刻领悟到他是在用暗喻的方式，对用法太过之处进行规谏，不禁哈哈大笑，于是马上下令，将家有酿酒工具而没有偷酿，却已按照禁酒令被逮捕的人，全部予以赦免释放。

简雍规谏成功的例子，与刘备、诸葛亮对法正的态度一样，表明他们在坚持以法治蜀、严刑峻法的同时，也并不死板，而是能将原则性和灵活性，根据实际情况随时进行调整。

自刘备入蜀后，他和诸葛亮顶住来自各方面的压力，该赏必赏，该罚必罚，从根本扭转了刘璋时期政令不行、人遂所欲的涣散混乱局面。事实证明，在规则统一的前提下，政令森严和赏罚分明的结果，只是使强者的无理要求受到制约，而弱者的正当行为和生存空间则都相应有了保证，蜀中因而得以大治，之后益州地区虽然也偶有骚动，但如刘焉、刘璋父子治蜀时那样震动四方的叛乱和大动荡，则再也未出现过。

刺 客

刘备据有益州后,据说有一天诸葛亮去见他,发现房间里多了个陌生的客人。看到诸葛亮进来,客人显得神色慌张、举止失措,诸葛亮察觉有异,同时也感到此人很不普通。在诸葛亮与刘备说话时,客人的神色更加慌张恐惧,他低眉垂眼,不敢直视诸葛亮,但又多次用眼睛的余光斜睇,似乎在打着什么主意,然而又下不了决心。不一会儿,他便以起身上厕所为由走了出去,这时刘备对诸葛亮说:"我刚才得到一位奇才,足以帮助和辅佐你。"诸葛亮问"奇才"在哪里,刘备说就是刚才出去的那位客人。

原来客人来自中原,声称是来投奔刘备的,两人刚刚才见面,见面后,他向刘备详述了一番北伐曹操的形势,很令刘备满意。诸葛亮听后一下子就明白了,叹息一声道:"此人必定是曹操派来的刺客!"刘备也醒悟过来,忙派人去寻找客人,却发现他人早已翻墙逃跑了。事后分析,这个曹方刺客就是来寻机刺杀刘备的,在通过精心准备的一套说辞打动刘备后,他本来想再靠近一点好下手,未承想诸葛亮进来了,而且一照面,就对他有了戒心,刺客也就不敢妄动了,之后见已经找不到行刺的机会且很可能被诸葛亮当场揭穿,便找借口逃走了。其实他如果不逃,诸葛亮还不能完全断定他的身份,这一逃,恰恰验证了诸葛亮对他"奸谋外露,包藏祸心"的判断,所以才会坐实他就是刺客。

这个故事来自一个叫郭冲的人,郭冲是诸葛亮的超级粉丝,他说的一些关于诸葛亮的事迹,被怀疑有特意称颂和神化诸葛亮之嫌,所以相关事迹多未被收入《三国志》。"诸葛亮识破刺客"亦属此类,其中确有很多破绽。裴松之在注《三国志》时就指出,能与诸葛亮处于一个档次的顶尖谋臣，到这个时候，应该早就在曹营显达了，怎么可能还寂寂无闻？行刺这种事，基本上是有来无回，如果刺客真的被刘备鉴定为可辅佐诸葛亮的奇才，曹操又怎么舍得把这样的人才派来送死？就算曹操为除去刘备肯不惜代价，然而凡能担当刺客角色的人，多为能空手搏虎、徒涉急流的亡命之徒，而谋士大多为文臣，动脑动嘴不动手，通常是干不了这种活的，比如你能想象刘备会派诸葛亮、法正或者简雍等人去行刺曹操吗？

郭冲生活于西晋，距离三国不远，"诸葛亮识破刺客"的内容尽管疑点重重，但背景应该不会太脱离实际，否则的话，就会使故事彻底失去可信度。人们可以从中看出，当时恐怕连曹操对于刘备取蜀都未有充分的心理准备，也想不到事情最后会发展到这一步。正是有了这样一个真实的背景和前提，郭冲才能设想曹操图穷匕首见，不得不使出派人行刺的损招。

其实曹操对于刘备的迅速西扩，并不是全然没有予以关注，但一开始就没有予以充分重视，却也是事实。这里面固然有一些客观原因：当时的曹操，对内，需要巩固权力，加快代汉进程；对外，既要对付马超、韩遂等关西诸将，又要向孙权耀兵示威。不过从根本上说，还是他小看了刘备，对其迅速发展起来的力量以及夺蜀的决心、能力，均估计不足。

还在刘备发起夺蜀战役之初，曹营内部曾针对战争结果展开了一场"竞猜"。一名叫做赵戬的官员预计刘备将一败涂地并一无所得，他依据历来曹操、刘备交锋的记录，认为刘备"不善于用兵，每次打仗都失败"，用嘲笑的口吻断言战场上的刘备，"逃命尚且来不及，有什么本事去图谋别人的地盘？"另一名官员傅干则不同意赵戬的看法，他给出了比较接近事实的分析：刘备本人宽厚仁义、豁达大度，能够令人自动自发地为其效劳；诸葛亮作为刘备的第一辅臣，通晓治理之道，且善于变通，为人正直而有谋略；张飞、关羽作为刘备的心腹大将，勇猛而又忠义，有万夫不当之勇。傅干据此反驳赵戬，指出诸葛亮、张飞、关羽皆为人杰，以刘备的雄才大略，再加上又有这三个人从旁辅佐，夺蜀战争岂有不胜之理？

以赵戬、傅干为代表，曹营官员对于夺蜀战争的前景，有看衰的，也有看好的，双方各持一端，谁也说服不了谁，但曹操显然更倾向于"看衰派"，赵戬对于刘备入蜀的预测，完全可以看作是曹操本人的所思所想。也正因为如此，曹操才不仅没有想到要在襄樊一线施压，对刘备进行牵制，反过来还继续向孙权示兵，后者等于是在为刘备"助力"，替他解除来自孙权方面的威胁。

夺蜀战争打了三年，这三年里，曹营一直在观察动静，但"看衰派"始终处于上风，至刘备对雒城久攻不下时，"看好派"更是被"看衰派"完全碾压。当时传言连刘备自己都已战死城下，除了青徐时期曾被刘备举荐为吏的袁涣，因感念于刘备的知遇之恩，未作任何表示外，整个曹营都为除去刘备这个大敌而拍首相庆。曹操自然也不例外，在整个夺蜀战争期间，他一直都相信刘备就算不死，最后也会铩羽而归，灰溜溜地"滚回"荆州，故而他把主要精力都放在了别的他认为更重要的方面，对刘备西进未采取任何直接或间接的干预措施。

让曹操及部属们都始料不及的是，刘备犹如一只"打不死的小强"，最终逃离鬼门关不说，还成功夺蜀并在益州站稳了脚跟。后悔吗？说不后悔是假的，但是已经晚了。这是曹操继赤壁大战后的又一个重大战略失误，它直接把刘备送上了强者圣坛。与曹操、孙权相比，刘备原本势力最为弱小，现在则脱胎换骨，于竞逐能力方面迈上了一个台阶。此时，从整个战略格局上来看，西南的刘备，北方的曹操，东南的孙权，已处于同一重量级——如果说先前的三足鼎立之势还只是初显雏形，如今却已是轮廓分明。

预　言

　　刘备取蜀，也完全出乎孙权的意料。在孙刘两家的未来规划中，占领益州都是一个不可或缺的重要环节。当初孙权曾提议两家按照联盟的方式，共同取蜀，后又欲自己单独取蜀，但前者被刘备婉拒，后者遭刘备抵制，都未能够成功。孙权取蜀的理由，是拿下刘璋，以拒曹操，刘备用于婉拒或抵制的说法，是帮助刘璋，以拒曹操。

　　拒曹是孙刘联盟的共同利益所在，因此尽管两家其实都在打着自己的小九九，但他们都把拒曹作为说服对方的主要依据，最终，还是孙权妥协了。后来刘璋主动邀请刘备入蜀，则使刘备给予孙权的说法变得更加顺理成章，也正因为如此，对于刘备率军入蜀，孙权起初不仅未表示异议或加以阻拦，而且还派兵进行协同——刘备声称，他入蜀就是应刘璋之请，帮刘璋讨张鲁进而拒曹操，那么站在孙权的角度，既然不能取蜀，则不如同意刘备的方案，由孙刘联盟加上刘璋，共同讨张拒曹。

　　就在刘备入蜀的那一年，东吴大将吕岱奉孙权之命，率兵两千，随刘备一起进入益州。吕岱率兵入蜀，非刘璋所邀，应是孙刘两家协商好，将其作为了联合讨张拒曹行动的一部分，而且事先也已由刘备向刘璋打好招呼，否则吕岱不可能畅通无阻地进入蜀境。

　　当时孙权帐下有个叫吴范的奇人，深谙占卜预测之术，每次有大事发生，他预卜吉凶祸福，结果常常能够八九不离十，因此名声四方。此前吴范曾推算刘表的死期，又在孙权攻打黄祖的战争中，预言孙权必能活捉黄祖，事后居然也全都应验了，这就让孙权都不得不对之刮目相看。在吕岱率兵入蜀后，吴范告诉孙权，到甲午年（公元214年），刘备就将攻占益州。尽管吴范有不少占卜成功的例子，但孙权听后仍没有太当一回事，究其实，他和曹操一样，都不觉得刘备离开外力相助，自己有独立取蜀的魄力和能力。其时诸葛亮留守荆州，孙权特地遣使通好，从中更可推知，在这一时期，孙权对刘备入蜀一直保持着平和心态，孙刘之间也依旧维系着正常的联盟友好关系。

当然，孙权也不傻，吕岱事实上还担负着监视刘备之责，而且孙权还为他准备好了两套预案：预案一，如果刘备真的与其口头表示一致，要帮助刘璋讨张拒曹，那就跟着一起干，顺便也可以像赤壁大战后获得南郡、江夏等地一样，或趁机占领益州地盘，或倚仗功劳向刘璋索要好处；预案二，万一刘备口是心非，如吴范所言，是要独自打益州的主意，则绝不能让其得逞，少说点也得争取从中分得一杯羹。

孙刘既然是联合讨张，自然要共同商定一个作战计划。与赤壁大战时以孙权为主、刘备佐之不同，这次讨张是以刘备为主，孙权佐之，双方首批派出的入蜀兵力也与此对应，刘备号称数万（实际不到万人），吕岱只有两千。汉中北面是关中的汉兴郡，在汉中与汉兴的边界处，有一座小城名为寋城，按照计划，吕岱部应作为诱兵，先将张鲁引诱至寋城，再由刘备趁机进攻汉中。

刘备入蜀为的是取蜀，讨张鲁不过是个幌子，至于允许吕岱以助战的名义随同入蜀，则是迫于孙权的压力，不得不如此，同时对刘备而言，这样也能起到蒙蔽孙权以及借吴军壮己声威的作用。涪城会后，刘备及入蜀荆军一直滞留于葭萌，并无向汉中大规模进取的实质性举措，吕岱的诱兵行动也被张鲁识破，并提前堵断了他们北上的道路。这种情况下，吕岱自然不敢再孤军深入，好在孙权给了他双重预案，于是当刘备忙着收揽人心的时候，吕岱也把力气花在策反益州将领上，并成功收降了李异等人。

此后因刘备滞留葭萌，引起刘璋及部属的不满和怀疑，刘备采纳庞统、彭羕之计，做了要紧急撤回荆州的姿态。正当吕岱在考虑是该随刘备撤军，还是继续"赖"在益州的时候，曹操突然向东吴大举兴兵。这次继赤壁之战后曹操最大规模的一次南征，令东吴方面颇为紧张，孙权在写信请刘备自西线出击，以牵制曹军的同时，也召吕岱紧急东还。

吕岱尚未打点好回军的行装，刘备却突然与刘璋反目，双方旋即兵戎相见。由帮刘璋突然变成了攻刘璋，刘备提供给孙权和外界的解释是，此次责任完全在刘璋一方，是刘璋不肯如数益兵资粮，助其回军拒曹，两家才翻了脸。

刘备的解释既然是生造出来的，自然就显得极其勉强——就算刘璋未能满足你的要求，你背后有怨言可以，甚至当面指责都未尝不可，但也不至于举兵相攻呀！说刘璋助你东还拒曹不力，结果你干脆就不东还，不拒曹了，一股劲地和刘璋打了起来，你是三岁小孩吗？

以孙权之精明，立刻就看出了刘备在打着什么主意。他本来准备了应付这种情况的第二预案，只是此时的时机不好，东吴自身正承受着曹操南下的巨大压力，刘备没有依诺东下应援，则更加剧了这种紧张感，若再向益州用兵，孙权就怕会顾此失彼。

这个时候，孙权不能不想到吴范所做过的那个预言。按照吴范所说，刘备将在甲午年，东汉建安十九年（214）攻占益州，当年是壬辰年，即东汉建安十七年（212），现在孙权已经基本可以确证刘备志在取蜀，但他对刘备是否能在三年内攻下整个益州，仍然抱有怀疑态度。

如果刘备取蜀有心无力，最后啃不下益州，孙权便可全力抵御曹操，等到事后再替代刘备，独自取蜀。可是倘若吴范预言成真，孙权是绝不甘心益州就这样全部落入刘备手中的，毕竟在他看来，那本来是他的囊中之物、口中之食才对，刘备夺蜀，是欺诈在先，乘人之危在后（即正好曹操大举南下，威胁东吴），这种情况下，他无论如何也得争一争，哪怕是冒着背后被曹操趁机狠揍的风险。

追悔莫及

究竟要不要对益州用兵？此事关系重大，孙权决定派吴范到益州境内进行现场侦察。在吴范出发前，他做好了对益州用兵的准备，除吕岱部外，又不惜从东线抽调兵力，由其弟及大将甘宁等人统率，并以由吕岱收降的原益州将领李异充任向导，作为入蜀的后续兵团。关于后者，孙权也向刘备做了通报，不过给出的说法是，该后续兵团将援助刘备在蜀作战。

吴范入蜀时，益州东部边境尚在刘璋的控制之下，但是刘璋又没有予以充分重视，防守薄弱，致使吴范一行很轻易地就到达了白帝城，巧得很，东返的吕岱也在此时经过白帝城，恰与吴范碰了个照面。

吕岱本来已奉命紧急东还，但在刘备的夺蜀战争打响后，为了弄清真实情况，便以助战为名，一路尾随刘备而行。

也就在雒城，吕岱目睹了荆军碰得头破血流，战斗力折损将近一半的惨状。吕岱对此感到触目惊心，因此在返程时一遇到吴范，便马上根据自己的所见所闻，直言刘备将必败无疑。

吕岱相当于代吴范进行了侦察，吴范自然也就不用再往前了，二人相携同返东吴。在孙权接见二人时，吕岱的报告，肯定是让他暗暗松了口气。孙权随后毫不客气地诘问吴范：你听到吕岱的话没有，你能否认刘备还没到成都，在雒城就将完蛋的事实吗？

吴范的回答倒也绝妙得很，他说他所预言的是老天的意志，而吕岱所看到的，只是人间的具体实情罢了。

吴范的答复到底应该怎么理解，是老天希望益州为刘备所取，但在现实中被扭曲了，结果将出现变化，还是现实不过是暂时的表象，最终仍是老天爷说了算？至少孙权对此的理解是：吴范明知自己算错了，可是嘴上又不肯承认，只得把说不清的东西拿出来做挡箭牌。

吕岱是身经百战的大将，他对战场及刘备军的观察乃至判断，源自一个军人无数次生死相搏才积累起来的经验，在孙权看来，远比玄之又玄、毫无凭据的预言要可靠得多，他之所以要派吴范入蜀，其实想得到的也就是这些信息。

在确认刘备夺蜀终将失败后，孙权决定全力应对曹操南下，原拟入蜀的部队自然也都被调了回来。

这是一个注定将令孙权追悔莫及的决定。就在观察者都认为刘备将一头撞死在南墙上的时候，刘备孤注一掷，祭出了大招，即冒荆州空虚的危险，调诸葛亮、张飞、赵云等作为第二梯队入川增援，以便集中更多的兵力进攻雒城。为刘备夺蜀竭尽全力的法正，更是不惜拉大旗作虎皮，把孙权之前告知的吴军后续兵团入蜀作战方案也拿出来，用于吓唬刘璋。他在给刘璋的劝降信中公然声称："入蜀荆军增加了数十倍之多，孙权那边还在派遣其弟及重兵作为后继"。

从刘备调诸葛亮等人入蜀增援起，孙权就知道情况开始不对了，因为这意味着刘备已向益州倾注几乎全部力量，其取蜀决心之大，真的是九死而无一悔了。很快，白帝城等边境戍地均为诸葛亮、张飞所克。这很容易让孙权联想到，如果他能够在刘备未组织第二梯队入蜀之前，就派兵自白帝城强攻入蜀，要夺取那些地方的话，也绝不会比诸葛亮等人更费事。

此时孙权已经成功化解了曹操的南下攻势，迫使曹操撤兵北返，但随着白帝城等西蜀门户落入荆军之手，孙权也失去了入蜀的良机。与吕岱作为观察者时相比，整个夺蜀战争的形势至此来了个翻天覆地的变化，刘备克雒城，下成都，再没有给自己的对手留下一丝一毫的翻盘机会。

吴范预言刘备将在甲午年（公元214年）攻占益州，果然。不过对于他神乎其神的预卜术，孙权已毫无夸赞的欲望和心情了，某种程度上，他甚至会对吴范这个神神道道的家伙产生痛恨之感，痛恨在他口中得以应验的预言，为什么就不能顺着自己的心意呢？

当初为了让刘备能够借道供其取蜀，孙权还口是心非地提出过共取益州的建议，并纠结于要不要为此真的给刘备仨瓜俩枣作为补偿。现在他终于不用再纠结了 —— 刘备把益州整个都端了过去，连个瓜子枣核也没给他剩下！

我要取益州时，你千推万阻，说什么与刘璋同为汉朝宗室，不应攻伐，大家应以大局为重，团结起来共拒曹操。到头来，你自己却对刘璋反戈相向，还把我排除在外，最后一个人独吞了益州。孙权越想越愤怒，越想越不甘，忍不住对刘备破口大骂："这个滑头，竟敢运用骗术，诈我！"

自赤壁大战以来的孙刘联盟，开始如同冰山一样消融。孙刘这对曾经的盟友终于反目成仇，加上他们的共同之敌曹操，三方在业已形成的三国大舞台上，演绎着一场又一场波澜壮阔、空前激烈的智慧大较量和武力大比拼，一个与过去诸侯争雄完全不同的新时代到来了。

参考文献

[1] 张作耀. 刘备传 [M]. 北京：人民出版社，2004．

[2] 张大可. 三国史研究 [M]. 北京：华文出版社，2003．

[3] 吕思勉. 三国史话 [M]. 天津：天津人民出版社，2008．

[4] 吕思勉. 白话本国史（上）[M]. 上海：上海古籍出版社，2005．

[5] 饶胜文. 大汉帝国在巴蜀：蜀汉天命的振扬与沉坠 [M]. 北京：新世界出版社，2013．

[6] 饶胜文. 布局天下：中国古代军事地理大势 [M]. 北京：解放军出版社，2002．

[7] 宋杰. 三国兵争要地与攻守战略研究（上中下）[M]. 北京：中华书局，2019．

[8] 方诗铭. 三国人物散论 [M]. 上海：上海古籍出版社，2000．

[9] 方诗铭. 曹操·袁绍·黄巾 [M]. 上海：上海社会科学院出版社，1995．

[10] 柴继光. 关羽：名将·武圣·大帝 [M]. 太原：三晋出版社，2011．

[11] 王仲荦. 中国断代史系列：魏晋南北朝史 [M]. 上海：上海人民出版社，2003．

[12] 李硕. 南北战争三百年 [M]. 上海：上海人民出版社，2018．

[13] 钟少异. 金戈铁戟 — 中国古代兵器的历史与传统 [M]. 北京：解放军出版社，1999．

[14] 宋杰. 中国古代战争的地理枢纽 [M]. 北京：北京科学技术出版社, 2022.

[15] 张铁牛, 高晓星. 中国古代海军史 [M]. 北京：八一出版社, 1993.

[16] （日）金文京. 三国志的世界：后汉三国时代 [M]. 何晓毅, 梁蕾. 译. 桂林：广西师范大学出版社, 2013.

[17] （晋）陈寿. 三国志 [M].（南朝宋）裴松之. 注. 陈乃乾. 校点. 北京：中华书局, 1982.

[18] （晋）陈寿. 二十四史简体横排本：三国志. 北京：中华书局, 2000.

[19] （宋）司马光. 资治通鉴 [M]. 北京：光明日报出版社, 2015.

[20] 田余庆. 秦汉魏晋史探微 [M]. 中华书局, 1993.

[21] 谭良啸. 刘备的祖辈、妻妾后妃和子孙述考 [J]. 湖北文理学院学报, 2010, 31(3):5-12.

[22] 孟德明. 刘备是两棵树 [J]. 当代人, 2017(6):2.

[23] 陈忠海. 刘备：从"地摊少年"到蜀汉开国皇帝 [J]. 文史天地, 2020(10):4.

[24] 王小琼. 魏晋南北朝时期的豪侠与任侠之风 [D]. 郑州大学, 2009.

[25] 东篱子. 刘关张并未"桃园三结义" [J]. 文史博览, 2015(1):1.

[26] 李全生. 刘关张三结义辩考 [J]. 衡水学院学报, 2015(05):118-120.

[27] 张丽. 论刘备、关羽、张飞结义的故事流变 [D]. 华中科技大学, 2003.

[28] 佚名. 丈量兄弟之路 [J]. 中国西部, 2006(009):25-27.

[29] 邵飞飞, 陈寿"春秋笔法"下的刘备 [J]. 卷宗, 2018.

[30] 张松旭、董晗. 刘备游走于公正与平衡之间的用人心法管窥 [J]. 领导科学, 2017(17):2.

[31] 赵立民. 汉魏晋之际武人研究 [D]. 山西大学, 2011.

[32] 林榕杰. 乱世"枭雄"——公孙瓒与刘备 [J]. 山西高等学校社会科学学报, 2014, 26(3):3.

[33] 方诗铭. "枭雄"刘备的起家与"争盟淮隅" [J]. 史林, 1994(02):1-8.

[34] 老王. 刘备为何主张杀吕布 [J]. 侨园, 2014(9):1.

[35] 王吉中. 刘备早期的墨者人格特质 [J]. 淮北职业技术学院学报, 2012, 11(4):2.

[36] 席红霞. 论刘备、宋江和唐僧的"醇儒"化 [J]. 河南社会科学, 2004, 012(005):92-95.

[37] 哈叔. 当你迷茫的时候,看看刘备是怎么熬过来的 [J]. 意林, 2018(10):1.

[38] 胥洪泉. "青梅煮酒"考释 [J]. 西南大学学报(社会科学版), 2001, 027(001):118.

[39] 付开镜. 曹操之死与刘备、孙权、曹丕的应对 [J]. 内江师范学院学报, 2017, 32(9):6.

[40] 关庆涛. 拥刘反曹与帝蜀寇魏关系论——以刘备形象流变为研究中心 [J]. 语文教学通讯:学术(D), 2013.

[41] 张恒涛. 刘备究竟是不是皇叔 [J]. 文史博览, 2018(5):1.

[42] 乔凤岐. 论关羽的辞曹归刘 [J]. 郑州航空工业管理学院学报:社会科学版, 2012, 31(2):3.

[43] 王崇任. 关羽与汉末的节义风尚 [J]. 运城学院学报, 2021.

[44] 林辉. 诸葛亮为何疏远关羽 [J]. 科学大观园, 2013(018):46-47.

[45] 陈倩. 刘备在正史中的原始形象 [J]. 西华师范大学学报:哲学社会科学版, 2009(6):6.

[46] 付开镜、闫永锋. 刘备的出身与用人——兼对曹操、孙氏兄弟的

出身与用人进行比较[J].襄樊学院学报,2008,29(1):4.

[47] 付开镜.曹操、孙权、刘备"能服于人"的不同境界[J].领导科学,2020(11):4.

[48] 付开镜.刘备发扬人和优势论[J].湖北文理学院学报,2017,38(7):5.

[49] 李兆成.论刘备的知人待士[J].成都大学学报:社会科学版,2008(6):5.

[50] 马骏.三国人才选用比较研究[D].南昌大学,2008.

[51] 刘子宁、刘付周.三国时期曹操、刘备、孙权的用人之术[J].领导科学,2020(2):4.

[52] 吴国强.简论刘邦与刘备的异同[J].才智,2013.

[53] 黄昊.蜀汉荆州集团与益州集团[D].安徽大学,2011.

[54] 关庆涛."马跃檀溪"故事的流变[J].学术交流,2014(2):4.

[55] 吴新会.刘备在南阳的历史事件始末[J].兰台世界:上旬,2012.

[56] 任崇岳.诸葛亮躬耕地浅说[J].中州学刊,2011(2):3.

[57] 高二旺.诸葛亮躬耕地论考[J].中州学刊,2011(2):3.

[58] 渡边义浩、郑月超、许乔.东汉末年的荆州与诸葛亮、王肃[J].湖南大学学报:社会科学版,2013,27(6):7.

[59] 胡以存.刘备"三顾茅庐"辨[J].黄石理工学院学报:人文社会科学版,2011(02):68-73.

[60] 王瑞平.刘备"三顾茅庐"原因再认识[J].河南教育学院学报(哲学社会科学版),2001(02):83-86.

[61] 孙文礼."三顾茅庐"相关问题考辨[J].华中科技大学学报:社会科学版,2003,17(2):5.

[62] 朱子彦.试论诸葛亮的从政心理与丞相之路[J].史学集刊,

2004(4):5.

[63] 朱子彦. 诸葛亮择主与拜相再认识 [J]. 东岳论丛, 2004, 25(5):5.

[64] 李先超. 诸葛亮出山助刘备原因小析 [J]. 文艺生活旬刊, 2011, (010):76-77.

[65] 张程. 诸葛亮的发迹之路 [J]. 各界, 2011(12):3.

[66] 马凤岗、汤慧敏. 论刘备与诸葛亮君臣遇合 [J]. 临沂师范学院学报, 2005, 27(5):5.

[67] 贾国栋、周宁. 赤壁之战前刘备与诸葛亮的关系新论 —— 兼论诸葛亮出山和"隆中对"[J]. 成都大学学报: 社会科学版, 2013(3):4.

[68] 杨荣新. 诸葛亮《隆中对》试析 [J]. 西南民族大学学报: 人文社会科学版, 2004, 25(1):4.

[69] 段晓川.《隆中对》战略缺陷之评析 [J]. 常熟理工学院学报, 2010, 24(9):4.

[70] 朱绍侯. 试析《隆中对》兼论关羽之失 [J]. 河南大学学报（社会科学版）, 2008, 48(1).

[71] 李殿元. 一个应当纠正的历史错误 —— 关于刘备"汉"政权被篡改为"蜀"的内幕及其还原历史真实的研究 [J]. 文史杂志, 2010(02):32-35.

[72] 许蓉生. 蜀汉政权重要官员的地域构成及变化 —— 兼议诸葛亮的"贵和"精神 [J]. 西南民族大学学报（人文社科版）, 2005.

[73] 周永生、蒋蓉华. 东汉末期刘备集团危机管理实践述评 [J]. 社会科学家, 2003(1):3.

[74] 王前程. 诸葛亮与夷陵之战 [J]. 湖北文理学院学报, 2018, 39(12):5.

[75] 薛国中. 论三国荆州之争 —— 再评诸葛亮 [J]. 武汉大学学报: 人文科学版, 2007, 60(4):6.

[76] 彭欣腾. 诸葛亮火烧新野属杜撰 [J]. 科学大观园, 2011(6):2.

[77] 邱士波. 刘表托孤考述 [J]. 鸡西大学学报: 综合版, 2012.

[78] 张晓春. 论刘表"托孤"与刘备不纳"攻琮取荆" [J]. 湖北文理学院学报, 2008, 029(003):74-78.

[79] 张东. 探析刘备遗托的底蕴 [J]. 成都大学学报: 社会科学版, 2014(2):5.

[80] 曲朝霞. 论刘备与丰臣秀吉成功历程的共通性 [J]. 现代交际, 2010(11):2.

[81] 刘森箬. 论历代的刘备崇祀 —— 以官方崇祀为中心 [J]. 西华师范大学学报: 哲学社会科学版, 2016(5):5.

[82] 谭良啸. 刘备并不好哭 —— 解析刘备在《三国志》及裴注与《三国演义》中的哭泣 [J]. 西华师范大学学报: 哲学社会科学版, 2020(3):6.

[83] 王家宏. 历史上的刘备真的只会哭吗 [J]. 各界, 2017(19):2.

[84] 陈金凤. 益州战略与吴蜀关系 [J]. 江汉论坛, 2008(2):8.

[85] 景昭. 浅析三国时期刘备集团的外交政策 [J]. 中共成都市委党校学报, 2007(02):58-59.

[86] 朱顺玲. 论诸葛亮外交政策的得与失 [J]. 河南理工大学学报: 社会科学版, 2005, 6(2):4.

[87] 杨海玲. 三国外交研究 —— 以蜀吴为中心 [D]. 华中科技大学, 2019.

[88] 常浩.《三国志》质疑一则 —— 赤壁之战前刘备退守地点考论 [J]. 2021(2016—12):12-14.

[89] 孙展. 曹操的赤壁地理 [J]. 时代教育: 先锋国家历史, 2008.

[90] 曾建忠. 三国荆襄地区军事地理论略. 湖南科技大学, 2010.

[91] 王前程. 周瑜刘备驻防鄂县与曹操隔江对峙 —— 也谈赤壁之战战

地的方位[J]. 黄冈师范学院学报, 2017, 37(1):7.

[92] 张悦. 东汉末战乱中的刘备的军阀起家方式[J]. 文化创新比较研究, 2019(6):2.

[93] 郭丽锋. 汉末三国婚姻不重门第初探[J]. 红河学院学报, 2009, 7(3):5.

[94] 王茹. 婚姻选择下的西汉再婚现象[J]. 阴山学刊: 社会科学版, 2020, 33(2):7.

[95] 林榕杰. 赤壁之战后的周瑜考论[J]. 南昌师范学院学报, 2011, 32(004):154-158.

[96] 宋杰. 蜀吴统治下江陵军事地位之演变[J]. 首都师范大学学报: 社会科学版, 2015(3):17.

[97] 梁中效. 襄阳在三国文化史上的战略地位[J]. 襄樊学院学报, 2010, 31(006):21-27.

[98] 张永刚、单辉. 刘备招亲铁瓮城而非甘露寺[J]. 兰台世界, 2017(6):3.

[99] 黄忠晶. "孙权借荆州给刘备"史实辨析[J]. 武汉文史资料, 2003(5):2.

[100] 黄忠晶. "孙、刘争夺荆州的是非"新论[J]. 黄钟: 武汉音乐学院学报, 2002(002):11-12.

[101] 孙启祥. "借荆州"的是非曲直[J]. 陕西档案, 2018(6):5.

[102] 陈冬阳. "借荆州"问题辨误——兼与岳玉玺先生商榷[J]. 聊城大学学报(社会科学版), 2004.

[103] 乔凤岐. 三国时期"借荆州"事件中的权势制衡探析[J]. 中州学刊, 2016(7):8.

[104] 宗瑞仙、吴庆. 荆州问题与樊城之战[J]. 山东理工大学学报: 社

会科学版，2009(4):57-62.

[105] 段少京、陈金凤. 刘璋失益州新论 [J]. 南昌航空大学学报（社会科学版），2004，006(001):27-29,46.

[106] 马宁、石超、李金鑫. 刘璋"暗弱"辨 [J]. 传承，2008(8):2.

[107] 陈瓷. 诸葛亮的强盗逻辑 [J]. 各界，2012(6):1.

[108] 陈鸣谦. 说"东州兵"[J]. 长江丛刊，2017.

[109] 薛腾飞. 两汉至蜀汉时期巴蜀豪族发展及儒学化研究 [D]. 河南大学，2019.

[110] 高茂兵、周建敏. 益州土著士人与刘璋、刘备集团 [J]. 乐山师范学院学报，2004，19(8):4.

[111] 林榕杰. 庞统考论 [J]. 内江师范学院学报，2012，027(003):67-70.

[112] 李梦泽. 三国史二题 [J]. 湖北文理学院学报，2016，037(001):11-13.

[113] 刘小方. 秦中古道，足下之音 [J]. 中国西部，2012(017):62-75.

[114] 夏晨、张大民(图). 见证蜀汉之兴重要地标：童乐山、矾山、七曲山 [J]. 环球人文地理，2012(9).

[115] 佚名. 蜀道咽喉上的历史真相：探访绵阳主宰蜀汉兴亡的六大地标 [J]. 环球人文地理，2012(009):72-73.

[116] 王前程. 刘备的迷信心理与三峡三国地名传奇 [J]. 西华师范大学学报：哲学社会科学版，2013(1):4.

[117] 罗开玉、谢辉. 刘备"取成都"初论——刘备入蜀1800周年纪念 [J]. 成都大学学报：社会科学版，2010(6):8.

[118] 李尚学. 有关刘备军事集团平定益州的几个问题的考证 [J]. 乐山师范学院学报，2004.

[119] 芮文浩. 正史与小说观照下的刘备图像分析 [J]. 西华师范大学学报：哲学社会科学版，2020.

[120] 李名山. 浅谈刘备仁义理念对其功业的影响 [J]. 中国商界：上半月，2012(11):1.

[121] 王凤翔、李静. 中国古代兵儒关系中"仁诈合一"的战争伦理观——以汉末三国时期几个重要军事人物为例 [J]. 军事历史，2021:82-88.

[122] 张真.《三国志平话》中的刘备形象 [J]. 许昌学院学报，2012，31(3):5.

[123] 张东. 马超与蜀汉政权 [J]. 襄樊学院学报，2008，29(006):78-81.

[124] 金玛丽. 韩、马军事集团对三国政治格局产生的影响 [J]. 中外企业家，2015(3Z):1.

[125] 朱宇航. 三国时期的魔鬼兵团 [J]. 大科技：天才少年图说百科(B)，2010(1):2.

[126] 张寅潇、黄巧萍.《三国志·先主传》"取蜀城中金银"语辨析 [J]. 五邑大学学报：社会科学版，2018，20(4):5.

[127] 孙彩霞. 本我与超我的失衡——从心理传记学角度分析刘备的人生悲剧 [J]. 心理技术与应用，2014(8):6.

[128] 冯兴隆、冯家华. 论刘备与诸葛亮的君臣关系 [J]. 南方论刊，2009(5):3.

[129] 苏谦、李永红. 三国时期蜀汉政权的君臣之信 [J]. 四川文化产业职业学院学报，2009(3):4.

[130] 王志宏. 刘备，诸葛亮用人比较分析 [J]. 党政干部学刊，2005(5):1.

[131] 王拴弟, 张列芳. 刘备入川的政策与诸葛亮治蜀的几点启示 [J]. 山西高等学校社会科学学报, 2001, 13(12):2.

[132] 周庆义、孟肇咏. 人才·发展·强盛——蜀汉灭亡原因初探 [J]. 运城高等专科学校学报, 2000.

[133] 杨强. 汉末中原名士迁移蜀地及其贡献 [J]. 中州学刊, 2019(2):5.

[134] 薛腾飞. 两汉至蜀汉时期巴蜀豪族发展及儒学化研究 [D]. 河南大学, 2019.

[135] 潘忠伟. 蜀汉政局与巴蜀经学的演变 [J]. 西华师范大学学报:哲学社会科学版, 2020(5):6.

[136] 马宁. 蜀汉兴亡的政策因素研究 [D]. 南京农业大学, 2008.

[137] 孟繁冶. 人才盛衰与蜀国兴亡 [J]. 郑州大学学报:哲学社会科学版, 2005, 38(5):3.